悠悠我心

梁惠王古诗词二十讲

史杰鹏 著

北京出版集团公司
北京十月文艺出版社

新经典文化股份有限公司
www.readinglife.com
出　品

目录

第一课　情之起，思无邪

『诗经』爱情诗七首

第一讲，我们讲《诗经》里的七首爱情诗，有的详细讲，有的略讲，总之，都是我喜欢的篇目。

一、汉广

　　　南有乔木，不可休思。汉有游女，不可求思。汉之广矣，不可泳思。江之永矣，不可方思。

　　　翘翘错薪，言刈其楚。之子于归，言秣其马。汉之广矣，不可泳思。江之永矣，不可方思。

　　　翘翘错薪，言刈其蒌。之子于归，言秣其驹。汉之广矣，不可泳思。江之永矣，不可方思。

　　我上高中的时候，买过一本《诗经选注》，里面一部分是爱情诗，凡是这些爱情诗，我都背下来了。这是年轻人的天性，吃饱了，就会对异性胡思乱想。当然，现在也有对同性胡思乱想的，都很好。情欲勃发，这是好的东西，是生命力的一种体现。如果世界没有这种对爱情的想慕，人生该是多么单调，又是多么困苦啊！

《汉广》这首诗，出自《周南》，从其他国风都用地名冠之的情况来看，周南也是一个地名。按照传统注释，周南具体指代什么地方，有很多种说法。有的说，古代的周南，就是现在的洛阳。司马迁在写《太史公自序》时就说："天子始建汉家之封，而太史公留滞周南。不得与从事，故发愤且卒。而子迁适使反，见父于河洛之间。"杨雄的《方言》里讲："宛，美也。陈楚周南之间曰宛。"按照《太史公自序》的说法，周南就差不多在河、洛之间，而《方言》把"陈""楚""周南"放在一起，说明它们靠得也比较近。陈，在今天的河南东南部，淮阳县一带。楚的地域比较广，除去发源地湖北，河南、山东，都有它的地盘。有人概括过周南的具体方位：东北和召南之地相接，西与周都相接，东南和陈地相接，东与楚地相接。总之，周南的范围，大概是陕县，也就是现在的河南颍州以东，洛阳以南的湖北、河南之地。其他的说法，我们就不介绍了，太烦琐。我们是来欣赏文学的，不是搞历史地理。

前面说过，《汉广》一诗我高中时候背过，很喜欢，就是因为它描写爱情。这首诗没有一个难字，也很好背。很多重复的句子，一唱三叹，符合歌词的特点，音乐属性很强，可能当时就曾经是民歌。

南有乔木，不可休思。

首句说南边有乔木，不可以在它下面休息。这两句看似普通，细究却没有什么道理。为什么有乔木，却不可以在它下面休息呢？我们知道，乔木，是指高大的树木；灌木，是指矮小的树木。"乔"的繁体字，下面就是"高"字，"乔"和"高"古音很近，应该是同源词，也就是说，它们的词义有同一个来源，非常接近。在汉字里，有很多以"乔"

字为声符的字，也有"高"，或者隐含有"高"的意思，比如骄傲的"骄"。一个人如果很骄傲，就是因为他觉得自己很高大，比别人高大。再比如桥梁的"桥"，在古人眼里，"桥"都是架得比较高的。古代桥又叫"梁"，跨越水的梁，有的用木制，有的用石头制造，还有的就是在水中直接建一道堤坝，都可以叫"梁"，都比平地要高。建造屋子时，架得最高的那根大木，也叫梁。再比如矫健的"矫"，一般我们熟悉的是它"矫正"的意思，但在古代，它经常被作为"高"的意思，比如"矫健"，就是指很高大挺拔。在古人看来，"高大"和"健硕"，意思是相关的。还有很多很多，比如"轿子"的"轿"，是人坐在里面，给抬起来走的，也很高。总之，以"乔"为声符的字，大都和"高"有关。

既然有高大的树木，为什么不可以在下面休息呢？汉代的郑玄说，是因为树木既然高大，枝叶高耸，所以不好在下面休息。他到底是什么意思，深究也有问题。为什么枝叶高耸就不好在下面休息？依照我们的生活经验，树荫多不多，跟枝叶的繁茂度有关，和高不高没什么关系。树太高就不好在下面休息？没什么道理。但我认为这个问题不必深究，郑玄自己也未必多清楚，要知道，古人的大脑没有我们现代人精密，他们很多时候，都是强作解人。郑玄的年代，距离《诗经》时代也有上千年，在很多方面，他不一定比我们多懂多少。

我们有一句俗语，叫"大树底下好乘凉"，乔木就是大树，没有在乔木底下反而不好休息的道理。金文的"休"字，就是画一个人在树下休息，对于古人来说，大树底下是非常重要的休憩之地。《管子》里面曾经讲了一个小故事，说齐桓公很忧心忡忡，忧心忡忡什么呢？忧心老百姓太懒，生产劳动不积极，税收太少。管子给他出了主意，说把路旁边的大树树枝全部砍掉，砍得光秃秃的，大家就没地方休息了，就没法偷懒了，就只好为国家卖力干活了。齐桓公高兴得不行，夸奖管子治理国家真有一套。所以在古代，大树是很重要的。我想，《汉广》里的这句，也未必有什么深意，就是纯粹起兴，相当于现代诗说："南方有好多好多的大树啊，可是我没法在下面休息。"你要是问他为什么不在下面休息，那纯属无聊。人家是写诗啊，写诗是不要太逻辑严密的，要靠解诗者去寻找其中的逻辑。当然，我们自己也可以这么解：好多好多的大树，我没法在下面休息，因为我恋爱了，恋爱得要死要活，怎么有心情休息嘛。

有必要提一下，这个"休思"的"思"，有个版本的异文是"息"。我认为"思"是对的，"思"就是一个语气词。我们看"南有乔木，不可休思。汉有游女，不可求思"。里面是"休"和"求"押韵。《诗经》的语气词，一般是不入韵的。如果原文是"休息"，那么"息"就是个实词，韵脚是"息"字，和"求"就不押韵了。

汉有游女，不可求思。

这两句直接进入正题。原来写的是在汉水的附近，有个小伙子，望着面前浩瀚的江水，水的对岸，有他的意中人。他心头火热，像一头发情的毛驴，对那女孩日思夜想，但是很麻烦，两人隔着一条汉水。

汉之广矣，不可泳思。

这两句是说，汉水好广阔啊，我游不过去。其实我们也可以抬杠，你游不过去，不会锻炼身体啊？把胸大肌和六块腹肌练出来，再每天长跑，练出足够的体力，游过去不行啊？即使不行，你弄张羊皮，缝好吹足气，载着你去不行？就算羊皮蛮贵，你买不起，那么木罂你有没有？木罂，古代人也常用来渡河的。楚汉战争的时候，刘邦派韩信为左丞相，带兵去打魏国，从临晋渡河。魏王魏豹发兵抵拒，两军在蒲坂对峙。蒲坂在黄河的东边，今天属于山西；临晋在黄河的西边，今天属于陕西。魏军只要守住蒲坂，韩信渡不了黄河，就无所作为。但韩信却下令一部分军队假装渡河，迷惑魏军；另派主力沿黄河上溯，从夏阳（今陕西韩城南）偷偷渡河。

没有渡船怎么办？每个人腰间缚着一个木质的大腹缶，这就叫罂，可以浮在水面上。韩城一带的黄河不宽，我曾经亲自考察过，渡过去一点不难。当时又是夏历八月，天气暖和，也不用怕冷，就当在黄河里集体洗了个澡。这支队伍湿淋淋地爬上岸，衣服贴在身上，曲线分明，解下身上的大木缶，撒开脚板南下袭击魏国重镇安邑。魏王豹正全神贯注防备对岸临晋的汉军，哪料到此，立刻回兵救援安邑，两军交战，魏军大败，魏豹也成了俘房。

我们大可以责备男主人公，你身体弱，游不远，腰间绑个大腹缶，再游过去总不难吧？你没这么做，说明你不是真爱女主人公。但诗要是这么解，就没意思了。而且，如果男主人公真的那么做了，然后两人一起生儿育女，吃糠咽菜，因为生活的艰辛，成天鬼一样互相叫骂，那还有什么诗味？谁还会读，是吧？

江之永矣，不可方思。

"方"，现在我们一般写作"舫"，指并排绑着的两只船。这种船一般比较简易，又叫"泭"（fú)，也就是筏子，我们南昌人叫竹排。全句的意思是：江水很长，扎个木排都浮不过去。上面那句写江水很宽，游不过去；这句写江水很长，木筏渡不过去。看似自相矛盾，因为你要去对岸，主要在乎江水宽不宽，至于长不长，其实是无关紧要的。但诗歌嘛，不要深究，理由如上。

另外我们要注意到，泳、永、方，在古代都是押韵的，韵母很近，现在已经不押韵了。

上面是第一章。古代配乐的歌曲，一段称为一章。《说文》里说："乐竟为一章。"就是歌曲唱完一段，称为一章。所以《关雎》那篇，古人指出共有五章，每章四句；《汉广》则是三章，每章八句。一章，也叫一终，"终"，就是终结的意思。也可以称为"遂"，因为"遂"也有终结的意思。还可以称为"竟""成"，因为都有终结、完成的意思。这里我们采用最普及的称呼，一章。接下来，解释这个小伙子的心思。

翘翘错薪，言刈其楚；之子于归，言秣其马。

翘翘，本来是长的意思，翘起来，就是长嘛。但在古人的意识里，"长"和"茂盛"意思有相通之处，所以，"翘翘"在古代又有"众多"的意思。

楚，就是荆棘。楚国又叫荆国，因为"楚"和"荆"意思一样，都是指荆棘。这两句诗是说：那茂盛交错的，都是柴薪，我帮你砍伐，砍伐其中的荆棘。言，就是我的意思，"言"和"我"的古音很近，有可能是通假。但也有学者认为，"言"不能解释为"我"，这些都是很深奥的学术问题，目前还没争出个什么结果，我们不管它。"之子于归，言秣其马"两句，是说如果她嫁给我，我就给她喂马。那女孩并不一定真有马，也许只有一头牛，一窝猪。但说马，可以跟楚字押韵。"马"和"楚"，现在读音相差很大，但在当时，他们都是古音学家归纳的鱼部字，是可以押韵的。

男孩很努力了，他许诺，为了那女孩，他什么都肯干，他愿意使出浑身解数，倾情为那女孩服务。这里透露出一个很重要的信息：这小伙子是个普通人，他没什么钱。其实从前文我们早可以猜到，倘若他有钱，大可以雇人去河对岸提亲，敲锣打鼓，用豪华游轮，把女孩迎娶来，但他只是慨叹江水又宽又长，无所作为，显然是比较穷的。只是我们还不敢那么肯定，还以为他只是抒发诗意。

但这几句就很明显了，他没有说："女孩啊，你嫁给我吧，我给你工资卡，银行卡；我有几套房，都写你的名字；我给你买游艇，顺长江而下，出海遨游。"统统没有。他只是说："我会给你喂马，我会帮你砍柴。"非常朴实，跟几十年前中国农村男女的情况一样，想追求谁，就去帮谁干农活，割稻子、掰玉米什么的。还都能成功，因为大家都没见过什么世面，要求都很低。但是现在，就不行了。

翘翘错薪，言刈其蒌。之子于归，言秣其驹。

接下来这几章，就是旋律和歌词的不断回环重复了。蒌，指一种草，又叫蒌蒿，生长在水边，江南人常用来蒸鱼。苏东坡的《惠崇春江晓景》是我们读过的："蒌蒿满地芦芽短，正是河豚欲上时。"用蒌蒿来炖河豚，味道鲜美。元代的乔吉《满庭芳·渔父词》曲说："蒌蒿香脆芦芽嫩，烂煮河豚。"这两句的意思是，那茂盛交错的，都是上好的柴薪啊，我帮你砍伐其中的蒌蒿；如果你肯嫁给我，我还会帮你喂马驹。

这个男子应该是位好丈夫，但也不一定，因为男人大多是这样：追到之前瞎许诺，到手之后全忘光。而且他是个空想主义者，每当发完一个誓，依旧只看着茫茫的江水发呆：汉水啊，你为什么这么宽，我游不过去啊；江水啊，你为什么这么长，我用竹排也划不过去啊。当然，说是这么说，你要真的游过去了，划过去了，你就不会这么刻骨相思了，我们这些怀春男女就不会有同感了，就不愿意听你抱怨了！

只有得不到的，才是最让人断肠的，才是永世难忘的。这就是《汉广》一诗的动人之处。

二、野有死麕

> 野有死麕（jūn），白茅包之。有女怀春，吉士诱之。
>
> 林有朴樕（sù），野有死鹿。白茅纯束，有女如玉。
>
> 舒而脱脱兮，无感我帨（shuì）兮，无使尨（máng）也吠。

这首诗出自《召（shào）南》。召南这个区域，据古注说，跟召公的德化有关，一般认为在周南的南边，所谓南郡南阳之间，也就是今天的河南省南部、湖北省北部一带。这个问题争议很大，我们不理会，只讲诗本身。

按照古人的注释，说这首诗是讥讽礼崩乐坏，男女不再讲究礼仪，见面就乱搞的。我们来看看，到底是不是这样。

野有死麕，白茅包之。

麕，就是獐，是一种鹿科动物，体长一米左右，不长角，毛粗长，黄褐色，善游泳，雄性的有犬牙，会露在外面。古代有个笑话，说唐朝的宰相李林甫，不学无术，经常写错字。有一次他舅子姜度的老婆生孩子，李林甫亲自写了一张贺帖，说："闻有弄獐之庆。"搞得旁边的

9

人掩口而笑。因为李林甫本来应该写作"弄璋之庆"，这个词出自《诗经·小雅·斯干》："乃生男子，载寝之床，载衣之裳，载弄之璋。"说男孩子生下来，就要给他玩"璋"这种玉，因为这是贵族用的礼器，贵族必须懂得玩璋，而不是玩獐子。李林甫这事一传出，大家都称他为"弄獐宰相"。

回到诗本身来。很好懂，说是野地里有一头死了的獐子，要用白茅草包裹它。

有女怀春，吉士诱之。

白茅包裹着一头死鹿，和吉士诱惑怀春的女孩，两者到底有什么联系呢？我觉得没什么联系。就像《汉广》的"南有乔木，不可休息"，和"汉有游女，不可求思"一样，两者也没什么关系。要记住，这是写诗，这是文学。写小说的人，经常来一段景物描写，景物可能只是发生事情的环境，也可能根本就是作家本人的一点情绪，和故事本身没有必然联系。

但我们可以由此设想，在一个小树林内，一对情人正要幽会。突然，面前横亘的一头死獐子吓坏了女孩："哎呀，这有头獐子，怎么办啊？它还活着吗？"男的用手探探獐子的鼻息，说："死了，哇嗷，今晚有肉吃了。"女的说："那，亲爱的，咱们现在就把它抬回家烹了。"她很着急，那时候人穷，普遍缺乏蛋白质摄入，突然碰到一头獐子，谁会不欢欣鼓舞？但男的可不这么想，他想吃肉吗？当然也想。但我们要记住，他很年轻，除了想吃肉，他还有肉欲。

我们可以预见他会这么说："亲爱的，别忙，咱们先欢乐欢乐，欢乐完了，再把獐子弄回去不迟。"女的说："那被人捡走怎么办？"男的说："咱们先弄些白茅草，把獐子包起来，这样，别人就看不见啦。"他们兴冲冲把獐子盖好，男的继续挑逗女的："亲爱的，现在，该轮到我们了，你别跑，来吧。"这就是"吉士诱之"。

这里要稍微讲解一下"吉士"，以往的注本都不注重挖掘词源，而在比较早的时代，挖掘一个词的词源，对理解古诗有重要的作用。吉士，指高大健壮的肌肉男。在出土的金文里，经常说"择其吉金"，来铸造鼎啊盘啊什么的，这个"吉金"的"吉"，就是"坚硬刚猛"的意思。甲骨文的"吉"字，下面写成"口"，上面或者写成竖立的戈状，比如 ；或者上面写成士状，比如 。戈是一种兵器，先秦常用；士是斧头的形状，也是兵器，两者都是很坚硬的东西。所以，古代很多以"吉"为声符的字，都和"坚硬刚猛"有关。比如有个人叫顾颉刚，其中的颉，《说文》训为"直项也"，意思是脖子很坚硬，就像得了强直性脊柱炎。东汉有个县令，叫董宣的，得罪了光武帝的姐姐湖阳公主，光武帝要他跪下给公主道歉，董宣硬是梗着脖子，不肯道歉，光武帝感叹："你真是一个强项令啊。"所谓强项，也就是硬脖子，也就是"颉刚"。再比如结束的"结"，《说文》说："缔也。"就是打结。《说文》："缔，结不解也。"大家都知道，打好的结，也是很硬邦邦的。我们结婚，就是要把男女关系坚硬化、固定化，等闲不能松开。又比如宋徽宗赵佶的"佶"，意思也是壮健的样子，当然，宋徽宗是亡国之君，他本人辜负了这个名字。总之，今天我们说"吉祥""吉利"，都和"坚硬"相关，因为古人认为坚硬的东西是好的，是壮健的，是挺拔的。所以"吉士"，就是壮健的肌肉男，女孩一般都喜欢的，要不现在怎么这么多男的去健身啊。有两块胸大肌、六块腹肌的男子去挑逗女的，我不说全部，至少有三分之二怀春少女扛不住，你们说呢？

上面我讲的，大概就是这首诗的秘密；而不是郑玄所说的：獐子死在林子里，大家仍很懂礼节，想着用白茅草去包裹它；而男的却横暴无礼，想在树林里勾引良家妇女。这哪对哪啊？古代的腐儒，真的让人好笑。

林有朴樕，野有死鹿。白茅纯束，有女如玉。

第二章仍是复述这个场景。朴樕，是个联绵词，两个字都是音韵学家所说的古屋部字，这类字有很多变体，或者写成"仆仆"，或者写成"醍醐"，或者写成"觳（hú）觫（sù）"，总之词源义都与"蜷缩"有关。林有朴樕，古书解释为"小木"，所谓"小木"，就是蜷缩在一起的小木丛。诗句是说：林子里有小木丛，野地里躺着一头死鹿，男女两个用白茅细致地将死鹿捆扎起来。

白茅纯束，"纯"，就是聚合。纯，也可以写成三里屯的"屯"，甲骨文里，"屯"表示一双，"奇"表示单个。所以，"屯"会引申为聚集的意思。"屯"和"全"的古音相近，"全"的意思也是表示聚集、全部。我们今天依旧说"屯集"物品，情况是一样的。总之，这对男女把死鹿四蹄攒尖，捆扎了起来，然后互相击掌，叫了一声"耶"。男的看着女的，眼睛里射出幸福的光芒，在有鹿肉吃的兴奋预期下，他眼睛里的女孩越发漂亮了，水灵灵的，像美玉一样。

舒而脱脱兮，无感我帨兮，无使尨也吠。

第三章可就不客气了。为什么不再来复述一下场景？比如说林子里很深邃，地下躺着一头麇什么的，一唱三叹。或许可以，但恐怕太拖沓了，该来真格的了，于是就出现很香艳的场景。所谓的脱，又写成"娧（tuì）"，意思是动作美好，舒迟优雅，不急躁。古代凡是从"兑"为声符的字，多有松缓、分开的意思，比如"脱""悦""说""敓""垸"等等，一个人太急躁了，就不可能显得优雅，所以松缓和优雅的意思相关。"感"，有的版本又写成撼动的"撼"，意思是"摇动"。"无感我帨兮"的"帨"，有的本子写成"帅"，指佩戴的手巾，用来擦拭汗液的，相当于后世的手帕，大概比手帕要大一点。在那个时代，声符"兑"和"帅"的读音很近，可以通假。身上佩戴一块手巾，是当时有点身份人的标配，估计这个女的出来的时候，还是经过一番修饰的。女孩很爱干净，诗句描写的场景很香艳，她叫道："死人，庄重点，轻一点。不要把我的手帕弄掉了，不要让我的长毛狗叫起来。"尨，就是指多毛狗。尨的意思还有庞杂，在古人看来，"多"和"庞杂"，意思是相通的。

原来他们幽会，还带着一条长毛狗，真有爱心。

这是很简单的一首爱情诗，东汉的郑玄却解释说：贞洁的女子想要心上人派媒人带着聘礼上门求婚，她的动作舒迟，但时代却礼崩乐坏，肌肉男武力劫色，奔走失节，搞乱了女性佩戴的手巾。这是哪对哪啊？

三、静女

静女其姝，俟我于城隅。爱而不见，搔首踟蹰。

静女其娈，贻我彤管。彤管有炜，说怿女美。

自牧归荑，洵美且异。匪女之为美，美人之贻。

《静女》这首诗出自《邶风》。我们知道，《诗经》有《卫风》《邶风》《鄘风》，地域都在河南商朝的故地，主要是黄河北部。古代把黄河以北称为河内，商朝的主要疆域就在河内。后来周灭商，把商地分为三个国家，就是卫、邶、鄘，如果分得不细，也可以统称卫。《史记》里讲吴国公子季札访问鲁国，听鲁国音乐家演奏乐曲，不管演奏的是《邶风》《鄘风》还是《卫风》，季札的总括评价都是："真美好啊，真朴实啊，我听说卫国的先祖就是这种品德，这肯定是《卫风》吧。"邶，顾名思义，指商都朝歌以北的地方，大约在今天河南淇县以北、汤阴县东南的区域。南边则叫鄘，以新乡县为中心。东边叫卫。但如果要分得细一点，《静女》就属于《邶风》。

此诗古代腐儒们照样有政治方向的解释。郑玄就说，是因为卫君和夫人无道德，国人于是作诗讽刺他们。有的人还说，这是君夫人迎接媵女的诗。古代诸侯国君娶老婆，都讲究门当户对，非别国诸侯的女儿不娶。每次娶老婆，和女方的祖国同姓的另两个国家也要出人作为陪嫁，称为媵。这个静女，就是其中的一个媵，也就是陪嫁妾，而诗中的我，则是嫡夫人，也就是大老婆。她出城门去，把远方来的小老婆从城墙一角接回家。小老婆送了大老婆一根彤管，勉励她好好辅助国君，做德才兼备的女人。两人互相勉励，一点也没有宫斗的架势，和现在影视剧里演的，完全不同。

当然，这是很牵强的。宋代士大夫承认，都是瞎扯。欧阳修直截了当地说："此乃是述卫风俗男女淫奔之诗尔。"朱熹也很痛心地下批语："此淫奔期会之诗。"应该确实就是青年男女的约会恋爱诗，"淫奔"两个字，带有强烈的卫道士语气，很让人讨厌。但古代人普遍迂腐，可以原谅。

"静女"的"静"，是什么意思呢？古人训为"贞"。古代"贞"和"静"常常连用，静，就是安静、娴静。文史学者吴小如说，所谓静女，就是今天广东人所谓的靓女。这对不对呢？"静"和"靓"，好像读音也蛮近的样子。但这恐怕是不行的，因为"靓"是现代方言词，不能这样比附。它在汉代的时候，虽然有化妆美丽的意思，但距离《诗经》时代，还是过于遥远。

更重要的原因是，古代人以"娴静"为美好的象征，《关雎》里说"窈窕淑女"，"窈窕"，就解释为"幽娴"；"淑女"的"淑"，也和"幽静"一类的意思有关。按照古人的审美系统，"静女"的"静"，还是解释为"幽娴贞静"比较好。除此之外，"静女其姝"的"姝"，则可以确切无疑训为"美丽"，如果"静"也训为"美丽"，就等于床上叠床了。因为，我们不能说：美丽的女孩很美丽。这样的话不通。

　　静女其姝，俟我于城隅。爱而不见，搔首踟蹰。

这个安静贤淑的美女，竟然在城墙脚下等我。但又躲藏着不见我，急得我抓耳挠腮。

"爱而不见"，我小时候一见，以为诗句意思是：爱我，但是又不见我，搞得我抓耳挠腮。好像这么理解很合适，后来才知道，"爱"应该训为"隐蔽""躲藏"。为什么呢？

在古人眼里，"爱惜"和"隐蔽"意思是相通的，有很多例子可以证明。比如"隐"字，在古代也有"爱"的意思，我们说的"恻隐"之心，这个"恻"和"隐"，其实都和"隐藏"的意思相关，也和"爱怜"的意思相关。大概在古人看来，爱怜某人，和保护某人，以及将某人隐藏起来，意思是有相通之处的。我们爱一个人，就想照顾她，把她保护起来嘛，是不是？当然，引申途径是不是这样，还可以讨论，但语言事实无可否认。

我曾经在小说《楚墓》里，也发挥过这个"爱"字，我说："'爱'为什么训为'隐'呢？是因为爱是一种非常朦胧、不可捉摸的心理状态，像夏天的夜晚，天际只留一抹晚霞，蝙蝠在空中捉蚊子，恋人们在树下呢喃，只有趁着这若有若无的霞光，心中的委曲才敢向恋人吐露。而且有趣的是，古汉语里面'隐'字本身也有'爱'的意思，《诗经》里说'爱而不见'，又是隐蔽而不见的意思。这说明，古代人精确地把握了爱这种情感的特点：爱，就是一种隐约朦胧的心思。为什么人们把不正当的男女关系用暧昧这个词形容呢？也是因为此。不正当的男女关系，反而是真正的爱情，那种夫妻之间，坦荡透明的，也许反而不算爱了。"当然，我这种阐发，就小说而言没有问题；但如果讲学术，则是过度阐发，也许"爱"和"遮蔽"的意思相关，仅仅因为词义中蕴含"保护"的因素。

第二章"静女其娈"，娈，也是美的意思。不过在《说文》这部书里，"娈"训为"慕也"，其实就是现在"恋爱"的"恋"，"娈"和"恋"古音很近，可以通假。不过这个"娈"有另外一个义项是美好。诗句是说，这个美貌的女孩，送给了我一根彤管。彤管是什么？按照古注，儒生们的解释是"红色的笔管"，还说在古代宫廷里，有些女官被分配的任务是用红色的笔管写字，凡是君主召见妃嫔，都要记下妃嫔的名字和召见时间。这种女官，也被称为女史。秦汉时代，所有的秘书都被称为"史"，丞相府有丞相长史，就是首席秘书；县政府有令史，就是县令的秘书。彤管有炜，就是说彤管光灿灿的；"说怿女美"，就是欢喜你的美貌。说怿，就是"说释"，解释、疏通，古代表示"解释""疏通"的意思，一般和"高兴"的意思相通。

但现在的学者们，一般把彤管训为一种植物，说下文的"荑"，是一种香茅草的嫩芽，白白嫩嫩的；"彤管"，则是红色的管状草。对不对呢？不好说。不过从下文说"自牧归荑"来看，茅草嫩芽说有一定道理，符合逻辑。归，就是馈，归的本义是嫁女，这里是假借为"馈赠"的"馈"用，但也可能是同源词，因为女子嫁人，跟把东西馈赠给人也差不多，是很悲哀的事。诗的意思是说：你将从牧田采摘来的荑草馈赠给我，荑草又美丽，又奇异。

最后两句是名句："匪女之为美，美人之贻。"意思是：并不是你这个破荑草有什么美的，只是因为这是美人送的，就比什么都让我开心。这种感情，我想经过青春期的男女都有，尤其是内向型的，就不需要我专门解释了吧。

四、将仲子兮

　　将仲子兮，无逾我里，无折我树杞。岂敢爱之？畏我父母。仲可怀也，父母之言，亦可畏也。

　　将仲子兮，无逾我墙，无折我树桑。岂敢爱之？畏我诸兄。仲可怀也，诸兄之言，亦可畏也。

　　将仲子兮，无逾我园，无折我树檀。岂敢爱之？畏人之多言。仲可怀也，人之多言，亦可畏也。

这是《郑风》里面的诗，儒生们说，这是讥讽郑庄公的。中文系出身的人，都学过《郑伯克段于鄢》：郑庄公因为母亲的原因，放任弟弟公子段胡作非为，最后却不得不杀了公子段。因此，大家觉得郑庄公不像个国君，也不像个哥哥，所以大家都讽刺他。但套到这首诗上，显然很牵强。所以，我们不如单纯把它当成一首爱情诗来看待。

将，一般训为请。按照古代的反切，这个字应该读送气音，也就是 qiāng，但我不主张这么迂腐，这么墨守成规。因为语言的目的，是为了交流。我见过许许多多的人，提到这首诗，都念 jiāng，几乎没有一个念"qiāng"的。你要是念"qiāng"，没人听得懂你说什么，这就失去了交流的意义，丧失了语言的功能。所以，为了让大家都能听懂，我建议就直接念"江"。有些顽固的人喜欢扯着脖子叫："要念古音。"但这么叫的人，多半是不懂古音的人。真要念古音，所有的字都应该念古音，为何独独这个字念古音呢？何况在《诗经》时代，"将"不一定是多音字。

将仲子兮，无逾我里，无折我树杞。岂敢爱之？畏我父母。仲可怀也，父母之言亦可畏也。

请仲子你啊，不要攀越我的里居，不要折断我的杞树。我不是吝惜里居和树，你确实让我日夜思念，但是父母的责备，也是很让我害怕的。很明显嘛，这是一首爱情诗。就是村里一个愣头青，他常常攀上杞树，越过里居，去和心爱的女孩幽会。女孩也喜欢他，但又怕父母知道。这大概有几个原因：首先，女孩的父母可能并不排斥男孩，但没有结婚就乱来，毕竟不大好；其次，这个男孩家里很穷，女孩父母确实不接受。总之，恋爱中的女孩那种踟蹰矛盾焦虑的感觉，写得非常到位。

但是儒生们说，诗里的仲子，指的是郑国的大臣祭仲，他曾经向郑庄公进谏，应该早点对公子段采取行动，控制住他，不要让他搬起石头砸自己的脚，不要让他在错误的道路上越滑越远。但是郑庄公对祭仲的进谏悍然拒绝："不行，你别攀越我的院墙，别折断我的杞树。"意思是，你别干预我的家事，离间我的兄弟。但后面又解释说，我不是吝惜兄弟之情，而是因为我母亲偏心，更加爱公子段。仲子你的话，我心里喜欢，但父母的话，我也害怕。

这明显逻辑不大通。既然前面悍然拒绝，说你别离间我们兄弟，后面又说我父母确实偏心，那说明他自己心里本来就有怨恨，怎么怪人家离间？更重要的是，"仲可怀也"，本义是说仲这个人值得思念，但儒生为了讲通微言大义，又增字为训，把"仲"解释为"祭仲的话"，说他的话也值得怀念。然而诗说的是"仲可怀也"，并没有说"仲之言可怀也"。总之，儒生的解释，不一定行得通。

将仲子兮，无逾我墙，无折我树桑。岂敢爱之？畏我诸兄。仲可怀也，诸兄之言亦可畏也。

第二章意思差不多，只是换了树木的名称。仲子啊，你不要攀越我的墙，不要折断我的桑树，我不是吝惜院墙和桑树，而是怕我的几个兄长。你确实值得爱慕，但是我那些兄长的话，也很可怕。把杞树换成了桑树，把父母换成了诸兄，"桑"和"兄"在那时是押韵的，都是阳部字。一直到汉代都是这样。汉代有句谚语："虽有亲父，安知其不为虎；虽有诸兄，安知其不为狼。"也是把"兄"和"狼"押韵，可以证明"兄"读音，那时和现在不一样。父母换成诸兄，感觉武力值不一样，父母不能打，诸兄能打。我总是想，女主人公的诸兄还蛮文明，换了别的人家，如果发现未嫁的妹妹和人幽会，恐怕就不是说两句责备话的问题了，应该会动手了。

将仲子兮，无逾我园，无折我树檀。岂敢爱之？畏人之多言。仲可怀也，人之多言亦可畏也。

第三章换了地方。请仲子啊，你不要攀越我的菜园，不要折断我的檀树。我不是吝惜菜园和檀树，而是人言可畏。你确实很值得思念，但是人家的嘴巴，也是很可怕的呢。檀树是一种非常强劲的树木，一般用来制造兵车，按说不能轻易就折断。但我们知道，人家诗人只是为了押韵，女孩家并不真的有那么一株檀树。

五、山有扶苏

山有扶苏，隰有荷华。不见子都，乃见狂且。
山有乔松，隰有游龙。不见子充，乃见狡童。

这首诗也是《郑风》的，我比较喜欢《郑风》，就是因为儒生们讨厌它，说什么"郑声淫"。但这是诗歌啊，不是大会报告，不淫谁爱看？淫，在古代有"邪"的意思。做人要正派，但文学不一样，文学如果太正了，就味同嚼蜡了。所以越邪的诗，越有文学性，越伟大。那种很"正派"的诗，只好进课堂，谈不上文学。

这明显也是爱情诗，但儒生们说，这是写郑国的太子忽的，说太子忽眼里的美人，其实是丑八怪，言下之意，太子忽任用的人，都是蠢货，没有一个像样的。好好的一首爱情诗，被儒生们那副时刻不忘讲政治的眼光解构成这样子，真是让人啼笑皆非。所以说，中国不是没有好的文学，但好的讲文学的老师永远缺乏。

　　山有扶苏，隰有荷华。不见子都，乃见狂且。

　　扶苏，指一种小树木。也有的人说，是大树木。隰，指低湿的土地，大概和"湿"是同源词。低湿的地上，长着荷花。子都，是古代美人的名字。古代美人，既可以指男的，也可以指女的。从诗的上下文来看，是男的。都，是大的意思。古代的人都以大而丰满为美。所以《郑风》的"硕人"，硕大的人，就是美人。这段诗是说：山上有扶苏木，地里有艳丽的荷花。在这美好的环境里，我去约会，但是没有见到美男子，只见到一个狂人。且，是语气词，没有意义的，同时可以当韵脚押韵，因为上古音的苏、华、都、且，都是鱼部字，可以押韵。

　　山有乔松，隰有游龙。不见子充，乃见狡童。

　　第二章是回环往复的感叹：山中有高大的松树，桥、乔意思相通，我们以前说过的，都是高大的意思。游龙，指一种草。诗句是说：我兴冲冲跑来，却没有见到子充，只见到一个狡童。上面我们说了，古人以大为美，"都"有大的意思，"充"其实也有大的意思。《说文》里就说："充，长也，高也。"特别要注意的是，狡童，本义不是狡猾的童子。古代的"狡"字，因为和"高""乔"等读音相近，往往意思也相近。所以古代的狡，一般也有身材挺拔、动作刚猛的意思。《吕氏春秋》上说："养壮狡。"高诱注："狡，多力之士。"郑玄也说："狡童有貌而无实。"《孙膑兵法》："爱之若狡童。"总之啊，狡童也是美男子，但不是女孩的意中人。由此我想，前面的"狂且"的"狂"，是不是也有此类意思，值得考虑。古代"狂狡"两字经常连用，大概意思也相近。《广韵》："狡，狂也。"可以为证。当然，这里也可以是它们的引申义，表示狡狯。

这首诗，表面上看，是讲一个女孩去约会，却满怀失望，所看到的，自己没有感觉。但也可能是打情骂俏："我没见到帅哥，却只见到你个狡狯的家伙。"其实心里美得不行。两种解释，都说得通，都表现了爱情美好的一面。这回没相中，下回还有机会，反正青春勃发，来日方长。如果理解为相中了，但故意说反话，就更好理解了，这叫情趣。

六、女曰鸡鸣

> 女曰鸡鸣，士曰昧旦。子兴视夜，明星有烂。将翱将翔，弋凫与雁。
>
> 弋言加之，与子宜之。宜言饮酒，与子偕老。琴瑟在御，莫不静好。
>
> 知子之来之，杂佩以赠之。知子之顺之，杂佩以问之。知子之好之，杂佩以报之。

这首诗同样是《郑风》里的，儒生们仍有微言大义，说是"刺不好德而好色也"，这些说法，我们不须理会，直接读原文。

女曰鸡鸣，士曰昧旦。

在一个清晨，两口子躺在床上，女的说："起来啦，你听鸡都叫了。"男的一般要懒一点，贪睡一点。众所周知，家里一旦有婴儿，总是女的受罪，半夜爬起来喂奶；男的一般装睡，无动于衷。在吃苦耐劳方面，女性真的比男性要强多了。这诗里男的说："天还黑着呢。"昧，就是黑。古代很多以 m 为声母的字，都有黑或者看不见的意思，比如昧、墨、蒙、盲。旦，就是早晨。昧旦，指早晨天将亮未亮之时。

子兴视夜，明星有烂。将翱将翔，弋凫与雁。

一般认为，这是女的对男的说话："你起来看看，启明星都发出灿烂光辉了。"我这么译，显得女的是个文艺女。但如果不文艺，诗就不好看了。接下来女的继续对男的提要求："请你起床，出去遨游，顺便带上你的弓箭，去射几只凫和雁回来。"凫，就是野鸭；雁，就是野鹅。两者都是高蛋白的食物，在古代很稀罕。

弋言加之，与子宜之。宜言饮酒，与子偕老。琴瑟在御，莫不静好。

这几句仍是女人的话："你射来了凫雁，我们一起享用。我们边吃它们边饮酒，就这样和你一起慢慢变老。我们弹弹琴，奏奏瑟，过着安静美好的生活。"张爱玲和胡兰成结婚的时候，就祈愿过"岁月静好，现世安稳"，可惜她后半生颠沛流离，谈不上静好，谈不上安稳。其实对于古代普通人来说，想过上岁月静好的日子，本是一种奢望。和平时期，有官府欺压，徭役兵役不断；战争时期，要不当炮灰，要不死于兵燹。

知子之来之，杂佩以赠之。知子之顺之，杂佩以问之。知子之好之，杂佩以报之。

接下来继续，女的说："知道你很勤苦，我赠送给你各种佩玉；知道你很勤慎，所以拿各种佩玉来问候你；知道你和我有相同的爱好，所以我拿各种佩玉来报答你。"其中的"来"字，清代有个大学者王引之说，它不能训为"来去"的"来"，而是"劳来"的"来"。什么是"劳来"的"来"？劳，就是勤苦，在古人看来，参加劳动，是一种很勤苦的事，一点都不享受。我们今天有人说享受劳动，那是瞎扯，没有什么劳动是不苦的。"痨病"的"痨"，其实也是从"劳动"的"劳"引申出来的，在古人看来，就是一种勤苦病。

来，和"劳"的意思一样，都是表示勤苦。表示这个意思的时候，我们一般读 lài，但是如果大家觉得读成阳平更好相互理解和交流，我觉得也不必读去声。至于"顺"，我认为不是"顺从"的"顺"，而应该读为"慎"，因为那时"顺"和"慎"音近，可以通假。慎，就是谨慎，还有忧虑的意思，和"勤劳"的意思相近，但略有区别。我知道你很谨慎整饬，所以赠送你佩玉。用佩玉问候，很尊重，如果解释为"顺从"，就好像对一只狗说话了，不尊重对方。至于"好"字，应该指对我好，知道你对我好，所以我用佩玉报答。就像《诗经》的另外一篇："投我以木桃，报之以琼瑶，匪报也，永以为好也。"也是用"好"和"报"对文。

这首诗虽然写得温情款款，但是男人可能会万分委屈：凭什么不让我睡懒觉？凭什么一大早把我从床上赶起来？凭什么天还没亮就逼着我去打猎？最重要的是，你为什么这么唠叨？

我读这诗的时候，脑中经常会出现一段连续的画面：女人从床上爬起来，进了厨房，点着火，一边给男的下面条，一边絮絮叨叨说着上面那些话。温馨是温馨，但确实贫了点。

七、隰桑

隰桑有阿，其叶有难。既见君子，其乐如何。

隰桑有阿，其叶有沃。既见君子，云何不乐。

隰桑有阿，其叶有幽。既见君子，德音孔胶。

心乎爱矣，遐不谓矣？中心藏之，何日忘之！

　　《隰桑》是《小雅》的一篇。《小雅》中有一部分诗歌与《国风》类似，其中最突出的，是关于战争和劳役的作品。一般认为，主要出现在西周末年。按照古代儒生的说法，《大雅》是歌颂王公大人的，《小雅》是抒发个人得失的，想通过个人得失的一些感受，去感化统治阶层。上海博物馆收藏了一篇战国楚简，有一卷叫《孔子诗论》，其中"小雅"的"雅"，一般写作"夏天"的"夏"，因为"雅"和"夏"古音相近。所以有学者认为，当时正规的写法是"夏"，而不是"雅"。古代中原称为华夏，夏，就是正统的，好的。诗歌称为《小夏》《大夏》，就是指正统的诗歌，而不是邪门歪道。正因为上面说的这个原因，《隰桑》这首诗，古代儒生的解释是：小人在位，君子在野。作者希望看见君子在位，则自己可以出仕，去辅佐他。这些讨论很枯燥，我们不管它，我们只欣赏艺术。

隰桑有阿，其叶有难。既见君子，其乐如何。

就是说低湿的地上，种着桑树。阿，是美好的样子。我们后来有联绵词，婀娜，也是形容美好的。"阿"的本义是大土山，还有个意思是"曲阜"，也就是山的曲折处（今天的曲阜市，就是因为旁边有曲折的山而得名），引申也可以指任何曲折的地方。所以，"阿"可以引申出任何和"邪曲"有关的词义，比如水边可以称为"水阿"，因为在旁边的，就不是正的。"阿谀奉承"的"阿"，也是表示曲意奉承领导，都不是正道。偏爱某个人也可以称为阿，比如"阿私"，因为偏爱，就不是正的。倚靠某个人也可以称为阿，比如古代君主身边的辅弼大臣，称为"阿衡"。因为是旁边供倚靠的，也是非正的。

从"阿"声的字，有时也有邪曲的意思。比如"奇"，《老子》说："以正治国，以奇用兵。""正"和"奇"对文，这个"奇"不是奇怪的意思，而是"邪曲"的意思。全句话是说，治国要用正道，打仗要用歪门邪道，也就是诡计，不能循规蹈矩。邪曲的东西，一般看上去是有美感的。比如一个人身体有曲线，当然比上下一样粗好看。所以，隰桑有阿，就是说桑树枝叶婀娜，非常漂亮。

"其叶有难"的"难"，读"婀娜"的"娜"，古音相近通假。诗通过桑树起兴，说在这美好的时刻，看见君子，我是多么高兴啊。

隰桑有阿，其叶有沃。既见君子，云何不乐。

第二章，大部分字是相同的，我们只讲解不同的字。这个沃，是指桑叶和柔驯顺。上下文的意思是：在这美好的时刻，能看见君子，我是多么快乐啊。

隰桑有阿，其叶有幽。既见君子，德音孔胶。

这个幽，古代的注释书解释为黑色。桑树的叶子，确实颜色比较深，我小时候养过蚕，摘过，知道它的颜色。不过清朝的学者马瑞辰说，这个"幽"应该读为"葽"，"葽"是草茂盛的意思。但从古音来看，"葽"和后面的"胶"不押韵。所以，我们不同意马瑞辰的说法。

心乎爱矣，遐不谓矣？中心藏之，何日忘之！

第四章就是名句了。突然从前面缠绵反复的咏叹中跳出来，升华全诗。我心里爱慕这个男子，为什么不对他表白呢？如今我将他藏在心里，何曾有一天将他忘记？可谓感情至深。遐，和"胡""何"的读音皆相近，也是疑问代词。这一章大概是音乐上也很特别，一定是非常好听的一段，才能和诗句的优美和至情至性相得益彰。

而且，这一章也最符合青春男女的心思，写到他们心坎里去了。我们每个人大概都经历过，心里喜欢某个人，但是因为种种原因，不敢表白，或者不好意思表白。尤其对女性来说，喜欢一个男孩，要说出口，是要有一定勇气的。

所以，"中心藏之，何日忘之"，这样美好的诗句，才会打动几千年来的青年男女。

第二课　从蒹葭苍苍，到泛彼柏舟

『诗经』讽喻诗、送别诗各二首

一、柏舟

泛彼柏舟，亦泛其流。耿耿不寐，如有隐忧。微我无酒，以敖以游。

我心匪鉴，不可以茹。亦有兄弟，不可以据。薄言往愬，逢彼之怒。

我心匪石，不可转也。我心匪席，不可卷也。威仪棣棣，不可选也。

忧心悄悄，愠于群小。觏闵既多，受侮不少。静言思之，寤辟有摽。

日居月诸，胡迭而微？心之忧矣，如匪浣衣。静言思之，不能奋飞。

我们讲的这首是《邶风》的《柏舟》。《诗经》里有两首《柏舟》，另外一首是《鄘风》的《柏舟》，那是一首爱情诗：

泛彼柏舟，在彼中河。髧（dàn）彼两髦，实维我仪。之死矢靡它，母也天只，不谅人只！

　　泛彼柏舟，在彼河侧。髧彼两髦，实维我特。之死矢靡慝，母也天只，不谅人只！

　　前面我们说过，邶国和鄘国靠得很近，风俗也近似，大概在那个地方，用柏木做舟是一个习俗。诗讲的是一个少女，爱上了一个少年，写得很直白，但又很懂得修辞。它不直接说那个少年，而是用"髧彼两髦"来代替，也就是说，在少女的心中，一想起那个少年，脑海里就浮现出那个少年两缕下垂的头发。髧，就是垂下，跟这个读音相近的字，大多有这类意思，比如"耽搁"的"耽"。耽的本义是耳朵垂下来，垂到了肩膀上。（有个音乐家叫聂耳，原名聂守信，聂耳这个名字，其实是取自古书，意思也是垂下耳朵，因为"聂"和"耽"古音很近，《山海经》等古书上常说，南方的野蛮人，耳朵很大，垂到肩膀上。聂守信是云南昆明人，在古代的分类，属于标准的南方蛮夷之地，他给自己改名聂耳，或许有自嘲的因素。）再比如"下沉"的"沉"，本来也是和髧、耽的声符一样的。这个耽，还有个异体写作"紞"，指古代冠冕两边下垂的带子，反正都是下垂。

　　据礼书说，头发下垂本来是儿童的发型，长大了仍象征性保留两缕，以示自己犹是弱小。若父母双亡，则必须除去。我们看古装剧里，有些帅哥总是垂下两缕头发的，确实显得要帅一些，难怪少女动心了。

　　这是饭前点心，现在我们讲《邶风》的《柏舟》。儒生们对这个也有解释，说是卫顷公的时候，朝中没有正直的人，都是奸臣当道。因此，诗的本义是抒发到处都遇不到仁义之人。这个解释好像说得过去，因为从诗的内容来看，确实就像写一个失意的人，在抒发怨气。

古代儒生还有一个更复杂的、故事性更强的说法，说是卫宣公的夫人，是齐国国君的女儿，她嫁到卫国，但才走到卫国城门，就听说新郎死了。保姆劝她："咱回家，还没正式婚礼，不算寡妇，现在回去不晚。"女儿说："不行，我已经接受了聘礼，而且都入了人家的国境，就是人家的人了，怎么能反悔？"执意去祖庙朝拜，当了没有老公的新娘，服了三年的丧礼。老公的弟弟被立为国君，跟嫂子说："我们卫国是小国，税收很少，宫内负担不起两个厨房；要不，咱俩搭伙做饭吧。"其实就是要求娶她的委婉说法。女的说："你简直是个禽兽，连嫂子都想欺负。"那弟弟不甘心，派人去齐国，跟嫂子的兄弟说，希望他们劝劝妹妹。兄弟们疼爱妹妹，不忍见她守一辈子活寡，纷纷派人来劝，她不但不听，还诗兴大发，写了这首诗。这个故事告诉我们，诗人，是可以逼出来的。

要注意，这首诗虽然是《邶风》，但按儒生们的说法，写的是卫国国君的事，可见邶和卫，是不分彼此的。现在，我们来详细欣赏。

泛彼柏舟，亦泛其流。耿耿不寐，如有隐忧。微我无酒，以敖以游。

泛舟很好理解，我们现在去公园，租条船，荡起双桨，在湖里遨游，依旧叫泛舟。彼字和现在的语法差距有点大。这个彼，是指示代词，指"那个"舟。古代这种句式非常多，《诗经》里就很不少，比如"称彼兕觥"（《豳风·七月》），"取彼谮人"（《小雅·巷伯》），"截彼淮浦"（《大雅·常武》），"挞彼殷武"（《商颂·殷武》）。柏木是一种很坚固的木头，用来做船是极好的。

亦泛其流，是指小船随着流水泛泛漂浮。这两句说的是：这个人百无聊赖，驾着舟，任其漂泊，无所归止。很多人首先会想到，这家伙肯定心情不好。我们心情不好的时候，会漫无目的地乱走，而她是漫无目的地泛舟而漂，意思是一样的。但我读这首诗的时候，却没这么想过，我想的是：这家伙真浪漫，真有钱，真有闲。我们平常泛个舟，哪那么容易？还得在周末，还得去公园，还得买票排队。反正我没有享受过这样的浪漫。小时候看见电影里，情侣一边用吸管喝着汽水（我倒是喝过汽水，但那时从来不提供吸管），一边泛舟波上，说些淡话，就觉得太浪漫，太奢侈，太小资产阶级情调。

总之，这个人漫无目标地泛舟，肯定是心情不好，因为诗中没有写她在谈恋爱。两个人泛舟，可能很快乐；一个人泛舟，如果也很快乐，多半精神有点问题。如果她没有问题，则是心情不好。

诗的下面说了，"耿耿不寐，如有隐忧"，原来她是失眠症患者，睡不着觉，起来划船玩。"耿耿"，古代"耿"有两个意思，一个就是明亮，因为"耿"这个字，右边是"火"，跟"火"有关的字，肯定明亮。所以这个字，有一种《诗经》的版本就写作"炯"，"炯"和"耿"的古音很近，是同源词。除此之外，"耿"还有"正直"的意思，我们平常说的"耿介"，就是这个意思。但这个意思，大概是从"光明"的意思引申出来的。因为"耿介"又写成"耿洁"，"洁"就是干净、明亮。一个人正直，其实就是指他干净、明亮；一个人心灵很脏，多半不可能正直。那么，耿耿不寐，如有隐忧，意思则是：脑袋透亮，睡不着，好像有忧愁。

古代儒生对"耿耿"有另一种解释：犹儆儆也。儆，现在一般写成"警"，"儆"和"耿"古音也很近，那么，在儒生眼里，这里的"耿耿"，是当成"儆儆"的通假字来用的，耿耿不寐，就是说整个晚上像狗一样警觉，这还怎么睡觉？为什么会这样呢？因为"如有隐忧"，很多人望文生义，第一时间会认为"隐忧"就是"隐藏的忧患"。其实不是的，"隐"也有"忧伤""痛苦"的意思。我们上次课说过，隐藏的意思，常常和忧虑的意思相关。比如我们说恻隐之心，"恻"和"隐"都有隐藏的意思，但组成词，却表示怜惜、忧虑。

接下来说"微我无酒，以敖以游"，微，就是非，表示否定的意思。在古代汉语里面，所有表示否定意思的副词，声母都是双唇音，你们想想，是不是这样？念过高中的，都回头想想，有哪些否定副词？最常用的是不，然后是非、无、没、未、靡。这个"微"，我们中学的《岳阳楼记》里就有："微斯人，吾谁与归？"意思是说，如果不是这个人，我和谁归为一类呢？《诗经》这两句连起来，是说，我驾舟泛游，心中忧愁，并不是我没有酒喝，也不是没有钱旅游。这句话透露了一个信息：这人蛮有钱的。

"敖"，我们现在写成"遨"，以前北京大学中文系的李家浩先生讲《说文解字》课，我听过三次，每次他都要讲，鲁迅有一个笔名叫"宴之敖"，根据《说文》的解释来拆解，就是"被日本女人赶出来的人"，为什么是这个意思？因为按照《说文》的说法，"敖"是由"出""放"两个字组成的；当然，从古文字字形来看，《说文》对"敖"字形结构和意义的分析是不对的。"敖"的甲骨文字形像一个人头上顶着一棵草，金文字形在旁边加了个手持木棒殴打的样子，大概表示驱逐的意思。总之，并不是由"出""放"两个字组成的。

　　我心匪鉴，不可以茹。亦有兄弟，不可以据。薄言往愬，逢彼之怒。

接下来是这个主人公的表白和控诉：我的心不是镜子，能容得下很多东西。茹，就是吞。"吞吃"和"容纳"意思相通，有多大胃口容纳，才能吞吃。镜子可以容纳无数影像，铜镜如果一直磨，估计几千年也能用的。我有很多兄弟，但都靠不住。我去找他诉苦吧，他竟然为此发怒。薄，是语气虚词，没有意义。愬，是"诉"的异体字。

我心匪石，不可转也。我心匪席，不可卷也。威仪棣棣，不可选也。

第三节依旧是表白和控诉：我的心不是石头，不可以转动。估计她心目中的石头，都是圆的。又说：我的心不是席子，不可以卷起来。小时候看过一个戏曲片，叫《卷席筒》，故事很悲惨，不忍回忆，就是用席子把人卷起来埋掉。上面几句都很容易，小学生都看得懂。但是"威仪棣棣，不可选也"是什么意思？我想很多人都会被卡住。就像你开着一辆疾驰的汽车，突然前面出现了障碍物，你一个急刹车，颠得前仰后合。怎么回事？读《诗经》，很容易碰到这种字词障碍。不像唐诗宋词，晓畅如话。

什么叫"威仪棣棣"，古注说："棣棣，富而闲习也。"就是威仪美而盛大，动作悠闲，仪态万方。古代贵族上朝堂，穿着、动作、容止，都有一定规矩，要学习好久，练习好久，才敢抛头露面。吐个痰，都有一百零八种方式。这样，泥腿子们看到了，才会慨叹："真牛啊，怪不得人家吃香喝辣。"上海博物馆收藏的楚简中，有一篇《民之父母》简，引用了这句诗，但写作"威仪迟迟，不可选也"，恐怕"迟迟"才是本字，因为"迟"正好是宽松悠闲的意思。迟到，说明缓慢，这和贵族的所谓富而闲习，意思是一致的。选，就是算。"选"和"算"的古音，是很相近的，古代常通用。这句话说：贵族们的礼仪万方，难以尽数。大概是自夸，说自己威仪舒迟，不可以数得清。

忧心悄悄，愠于群小。觏闵既多，受侮不少。静言思之，寤辟有摽。

这一节写她的心情。她心里很忧虑，悄悄，也是忧虑的意思，古代"悄"和"忧"读音也不远，大概是同源词。她很忧虑，因为被很多小人憎恨。愠，就是郁闷，愤懑，被小人愤懑，相当于被小人憎恨。觏，遇到。遇到很多痛苦，受到了很多侮辱，每当静下心来想这事，一觉醒来，就免不了想捶胸顿足。辟，一般认为通擗(pǐ)，表示击打。不过"摽(piāo)"也是击打，这个词不常用，但漂洗衣服的"漂"，跟它是同源词，漂洗，就是击打衣服。韩信碰到的漂母，就是在河边用砧槌击打衣服的妇人。那么，"擗"和"摽"是同义词。有，读为"又"比较好。古书上"有"经常当"又"字用，表示连词。但是这个"寤"，解释为睡醒了，在意思上不大顺。

静下来思考这件事，睡醒了就捶胸，跳跃有点快，所以有人把"寤"解释为"交替"，比如周振甫先生就这么解释。但是"寤"在古书上并没有"交替"的意思。周先生估计是把它当成"午"字来看待的，因为"午"有交互的意思，但是它又没有副词用法，所以不可信。我猜"静"和"寤"是对文，都表示状态。静下来思考，睡醒之后捶胸，意思说得过去。而且"思"在古代也有"悲伤"的意思，当然用法不普遍，估计也是从思念的意思引申过去的，思考多了，总是会给人带来痛苦。思考得越多，对世事越清楚，就越痛苦。所以古人会说："难得糊涂。"

日居月诸，胡迭而微？心之忧矣，如匪浣衣。静言思之，不能奋飞。

日居月诸，胡迭而微？意思是太阳啊，月亮啊，为什么有更迭亏损？我心中的忧虑啊，太浓太浓了，像没有洗衣服一样。这两句暴露了主人公的性别，原来是个女人。古代的男人是不会洗衣服的，除非实在娶不起老婆，没有办法。古代在河边抡起砧椎洗衣服的，都是一色的女性。男人也没有几个爱干净的，至少我从来没见过，因为他们对干净与否不敏感。我曾经写过一篇散文，叫作《两个邋遢朋友》，收在我的散文集《旧时天气旧时衣》里，写到其中一个朋友的家里，地上扔了一本杂志。我捡起杂志，才看见地砖的真实颜色。另一个更绝，专门空了一个房间来装垃圾。我另外有个男性朋友，他倒是显得蛮干净的，屋子也打扫，地上没有垃圾，甚至座机电话也用一块手帕盖着。但我有一天仔细看去，那块手帕脏得不得了。这朋友真是一朵奇葩，他貌似爱干净，其实比那些不加掩饰的脏男人还要可怕。

诗歌里面这位女主人公显然有着洁癖，换到现在，她肯定会去学医。后世的文人写忧愁和痛苦，是"思蹇产之不释兮，曼遭夜之方长""肠一日而九回""魂营营而至曙""心思不能言，肠中车轮转""只恐双溪舴艋舟，载不动，许多愁"，没有人会写心里很难受，好像没洗衣服一样的。这种比喻太奇特，我以前读到这里，总是想笑。

我想这首诗没有什么微言大义，大概就是写一个贵族妇女，因为比较清高自负，得罪人太多，遭到中伤，生活很苦闷，但又无处可逃。古代社会层次不丰富，交通也不发达，不像现在，我买张机票走人，自己玩自己的。有人说，这是一首大老婆不得丈夫欢心，控诉众多小老婆的事，也说得通。诗歌的本事不显豁，谁都可以尽情想象。

但我认为，这首诗最重要的，是写到了人的局限。"静言思之，不能奋飞"，苦思冥想，也无处可逃。人是一种可悲的社会动物，离开了群体很难生存。但群体生活的代价，就是必须处理人际关系。一旦处理不好，轻则被驱逐，重则被杀头。所以武侠小说家想象，那些大侠比如黄药师独自一人住在桃花岛上，谁也不搭理，也可以过，而且过得更好，实际上是不可能的。人类现在过得比较舒服，是因为有社会分工，很多事不必亲力亲为。如果黄药师一人住在桃花岛，他难道一日三餐都自己做？米呢？好吧，米可以买很多来囤积。菜怎么办？那时可没有冰箱，难道都自己种？海岛上湿气重，还有很多意想不到的自然灾害，比如海啸、水灾、旱灾之类，都不可能一个人解决。其实黄药师很残忍，他弄了很多人来，把他们搞成哑巴，一一安排工作，专门侍候自己。但其实这是不切实际的，黄药师也不是三头六臂，不可能躲在海岛上，独自控制那么多哑仆。所以，武侠小说我小时候很爱看，长大后就懒得翻。不管怎样，还是现代社会好，开放、文明，被这个群体不待见，大不了换个地方、换个群体融入。当然，并非每个人都有这个能力。很多人依旧不得不屈服于社会，不能奋飞，这是没办法的。

二、燕燕

　　燕燕于飞，差池其羽。之子于归，远送于野。瞻望弗及，泣涕如雨。

　　燕燕于飞，颉之颃之。之子于归，远于将之。瞻望弗及，伫立以泣。

　　燕燕于飞，下上其音。之子于归，远送于南。瞻望弗及，实劳我心。

　　仲氏任只，其心塞渊。终温且惠，淑慎其身。先君之思，以勖寡人。

《燕燕》这首诗，古代儒生们也有说解。说是卫国的庄姜，嫁给了卫庄公，但是没有生子。一听庄姜这个名字，我们就知道她很大可能是齐国人，因为齐国的领导阶层姓姜嘛。卫庄公有个小姜，叫戴妫的，生了个儿子，叫完。庄姜没有儿子，就把完视同己出。但是完即位不久，就被谋杀了，估计名字取得不好。当然也不一定，比如陈国的公室子弟叫陈完的，因为国内政治不稳定，举家移民到齐国。不但没有完，而且后嗣日渐壮大，最后夺了齐国的君位，硬生生把姜姓齐国颠覆成了陈姓齐国（古书上一般叫田姓齐国）。戴妫很悲伤，准备回国。庄姜去送她，写了这首诗。这是最流行的说法。还有别的说法，我们不管它，还是欣赏诗歌本身重要。

　　燕燕于飞，差池其羽。之子于归，远送于野。瞻望弗及，泣涕如雨。

　　这首诗以燕子飞翔起兴，为什么呢？因为诗人看到了燕子飞翔和离别之间的关系。燕子飞的时候，它的羽毛是差池的，也就是错开的。差池的意思是错开，分开。有个读音相似的词，叫"蹉跎"，实际就是"差池"的另外一种写法，也是指离开，引申为失去。岁月蹉跎，就是岁月离开，失去，再也不会回来。我们现在说差错，差，本义就是分开。《说文》说："差，贰也，差不相值也。"如切如磋，磋就是摩擦，也是不断错开、分开的动作。

　　主人公在这里送别，分离，相互失去，再也不能相见。我们现代人，对自然界草木动物的熟悉，远不如古人。我收养一只流浪猫之后，才理解《庄子》里说的，狸猫和黄鼠狼捕捉猎物前的动作："子独不见狸狌乎，卑身而伏，以候敖者，东西跳梁，不辟高下。"说狸猫和黄鼠狼，把身子拉长，伏下来，等待猎物。我有时候看见我那只取名为咖喱的小猫，也是这样卑身而伏，看着我，虎视眈眈。我想这是它的天性，如果我是只老鼠，它真的会把我吞了。

燕燕于飞，颉之颃之。之子于归，远于将之。瞻望弗及，伫立以泣。

第二章也写到燕子，颉之颃之。从字面上看，是指飞翔的动作一上一下，直来直去。古注上说："颉"是向下飞，"颃"是向上飞，这个我是不大信的。上次我们提到，从"吉"为声符的字，多有挺直、挺拔、健壮的意思，所以吉士就是挺拔的肌肉男。所以，"颉"的意思和梗直、挺拔肯定有关。"颃"从"亢"声，"亢"这个为声符的字，也很巧，和"吉"一样，也有类似的意思。比如说"亢直"，就是不会弯曲的、挺拔的。高亢，就是指挺拔的、高直的。"亢"还解释为喉咙，实际上就是指脖子，脖子都是直的。甲亢，就是高亢过头了，挺拔过头了，需要吃药，缓下来。所以"颉""颃"两个字放在一起，意思是一样的，都是指挺直。燕子飞的时候，或许是这种风格。我倒是见过蜻蜓，飞起来特别灵活，突然就直坠下去，突然又直冲而上。这大概就是"颉之颃之"。古人解释"颉之颃之"，说是鸟大飞而前，则脖子很直，而颈下脉络历历可见，我想太迂曲了，不可信。另外，燕子那种有时大起大落的飞翔方式，大概也让人想起离别吧。

燕燕于飞，下上其音。之子于归，远送于南。瞻望弗及，实劳我心。

这章写燕子飞的时候，上上下下，发出鸣叫；而我要送人去南方，远远看见她离去的背影，不由得心中悲苦。劳心，就是心很劳累，很痛苦。

仲氏任只，其心塞渊。终温且惠，淑慎其身。先君之思，以勖寡人。

第四章有些怪，突然说到仲氏去了，"仲氏任只"是什么呢？周振甫先生解释说，是说仲氏姓任。这有点莫名其妙，如果说庄姜送别的是戴妫，那她姓妫，而不是姓任。程俊英先生则说，这是国君送他二妹出嫁的诗，所以仲氏是他叫妹妹为老二，似乎也有些牵强。因为古代男子和女子不放在一起排行，二妹不该称呼为老二。程俊英先生又把"任"解释为"信任"，说这句的意思是：老二，你值得信任。都是不懂训诂的说法。其实"任"和"信"的意思是一样的，古音也有关，都是表示心地"温厚"的意思。只，则是语气助词，在楚国简牍中，"只"和"也"的写法很像，有人说"只"就是"也"，当然也不可信。但"只"和"也"一样，可以当句尾的语气助词用，则是确实的。

所以后面说她"其心塞渊"，古注《毛传》(是秦末鲁国人毛亨给《诗经》做的注释，后来他把学问传给自己的侄子毛苌，世称大毛公、小毛公)解释说："塞，瘗；渊，深也。"不够精确。《说文》有个"𡍮"字，解释为："𡍮，实也。《虞书》曰：'刚而𡍮。'"清代的大学者段玉裁在《说文解字注》说："《邶风》：'其心塞渊。'毛传：'塞，瘗也。'《诗》：'秉心塞渊，王猷允塞。'皆同。郑笺云：塞，充实也。今文《尚书》：'塞晏晏。'郑注《考灵耀》云：道德纯备谓之塞，道德纯备，充实之意也。"都是说，"𡍮"和"塞"是同源词，"塞"的意思是"满"，"𡍮"的意思是"内心塞满"，也就是内心充实。内心充实，一般认为是厚道。

那么"渊"呢？也一样，古文字"渊"的字形像一个封闭的水池，激荡的回水被限制在一个范围内，和"塞"的意思很相近，表示水池很"充实"，所以"渊"也有深的意思，因为"深"和"厚"意思是相通的。总之，"渊"和"塞"同义连用，一起用来形容人很厚道，非常合适。

后面讲到温、惠、淑、慎，都是形容她温厚品质的。终温且惠，就是既温且惠。"终"是终结，"既"也是结束，所以"终"和"既"的意思相同。最后两句说：你因为思念先君，因此鼓励寡人，要积极面对生活，不抛弃，不放弃。寡人是庄姜自称。古代国君称为君，自称寡人，国君的夫人称为小君，地位很高的，大概也可以自称寡人。

不过也有人说，最后这一章是错简，混入这首诗的，因为和前面三章意思不相关。这是一种看法，可以作为参考。

这首诗打动人心的，就在于把送别的痛苦，描写得很到位。场景发生在春天燕子纷飞的时节，时节很美，但更增加人的悲伤。如果换了后代的诗人，肯定要重重描绘周边景色，什么柳丝长啊，绿树听啼鴂啊，长亭更短亭啊，劝君更尽一杯酒啊……总之，会写得哀婉动人。《诗经》这首呢，简单了点，但要原谅，毕竟是早期诗歌嘛，简陋一点，很正常。但它在中国送别诗歌史上很有地位，辛弃疾的《贺新郎》，专门描写人世各种离别的惨状，其中就有一句"看燕燕，送归妾"，就是用这个典故。如果我们切身代入庄姜的心态，确实很悲伤。她死了老公，死了养子，现在连唯一谈得来的闺密姐妹也要回国，情何以堪。在古代，发不了短信，看不了朋友圈，从此相当于阴阳两隔，今生今世，再也无法见面。想起来，是很让人断肠的。

我们必须清楚，在当代社会，送别远没有如此悲伤。有飞机这种交通工具，再远的距离，也飞不过二十小时就可以抵达；在国内，再远的距离，四小时就可以相见。今人和古人一样，离别的情感浓度是一样的，但感觉为什么不一样？因为古人更不自由，而现代科技给了我们自由。我曾经评价过宋代王禹偁的一首《点绛唇》，词是这么写的：

雨恨云愁，江南依旧称佳丽。水村渔市，一缕孤烟细。

天际征鸿，遥认行如缀。平生事，此时凝睇，谁会凭栏意！

宋词里一旦写到"飞鸿"，一般都是抒发思乡之情。其实故乡不是真的那么重要，真正重要的，乃是人类意识到自己本身能力受限的无力之感。有了飞机，我们不一定经常回乡，但我们不会有相思病，因为我们有随时能够回去的自由。

而古人没有，他们因此会羡慕一切能高飞的东西。因此，《燕燕》这首诗以燕子起兴，我们也可以视为作者羡慕燕子能够飞翔，生命因此自由自在。

三、硕人

硕人其颀，衣锦褧（jiǒng）衣。齐侯之子，卫侯之妻。东宫之妹，邢侯之姨，谭公维私。

手如柔荑，肤如凝脂。领如蝤蛴，齿如瓠犀。螓首蛾眉，巧笑倩兮，美目盼兮。

硕人敖敖，说于农郊。四牡有骄，朱幩（fén）镳镳。翟茀以朝，大夫夙退，无使君劳。

河水洋洋，北流活活。施罛（gū）濊濊，鳣（zhān）鲔（wěi）发发。葭菼揭揭，庶姜孽孽，庶士有朅（qiè）。

《硕人》这首诗，按照儒生的解释，和上首诗的主人公有关，是歌颂卫庄公的妻子庄姜的。和其他诗歌不一样，这首诗的所指很明确，明确提到主人公是"齐侯之子，卫侯之妻"。后面则罗列她的一圈阔亲戚：原来这个身材颀长、穿着锦衣和麻布罩衫的美女，是齐国太子的妹妹，邢国国君的小姨子，谭国国君是她姐妹的老公。也就是说，她的姐妹们，嫁的都是诸侯，连一个嫁总理的都没有。

我之所以喜欢这首诗，完全是少年时候的爱好，爱好对美女的描写。我想很多男孩，都有这种爱好。我还想，这大概是中国最早的对美女的描写了。一般古代文学中，凡是有这种描写，我少年时代读几遍就能背诵，比如宋玉的《登徒子好色赋》里描写美女：

> 东家之子，增之一分则太长，减之一分则太短；著粉则太白，施朱则太赤；眉如翠羽，肌如白雪，腰如束素，齿如含贝；嫣然一笑，惑阳城，迷下蔡。然此女登墙窥臣三年，至今未许也。

当时真的为宋玉跌足，这么美的美人，扒着围墙偷看他三年，他竟无动于衷，这家伙心中该有多骄傲啊。"惑阳城，迷下蔡"，写到两个楚国的城市，阳城，下蔡，也让我对楚国文化产生了亲切之感。后来研究楚简，看到《包山楚简》中有个案例，说有个家伙偷了一匹马，从阳城运到下蔡去卖，不由会心一笑，这两个城市肯定靠得很近啊。肯定也是宋玉，那个大文学家去过的地方，至少是很熟悉的地方。

宋玉是宜城人，宜城在楚国的时候，叫作鄢郢，曾经是楚国的都城。鄢郢发生了很多故事，如果他写一本《故都》，肯定不亚于川端康成，得个诺贝尔文学奖估计不成问题。东汉的时候，刘表被任命为荆州牧，就是单骑去宜城上任，从此和邻县襄阳的蔡瑁张允搞在一起，稳定了荆州。想想宜城这个地名，都让人神往。当然，我也因此记住了宋玉写丑女的句子："其妻蓬头挛耳，龋唇历齿，旁行踽偻，又疥且痔。"也知道了宋玉的狡辩术：爱美女不叫好色，爱丑女才叫好色。因为在这篇名文中，他辩称自己不好色，因为东邻的美女爬围墙偷看他三年，他都没有动心；而登徒子才好色，因为登徒子有个那么丑的老婆，两人还一起生了五个孩子。看来在宋玉的心目中，"色"的意思不一定指美色，而是指交配。

这诗的容貌描写，主要是第二章。说她的手指像刚生出荑草的嫩芽一样白嫩，皮肤像凝固的动物油一样细腻，脖子像一种叫蝤蛴的昆虫，据说是雪白修长的，大概脖子露出来的部分，就是月牙一样修长洁白。牙齿像瓠瓜的籽一样白而细。额头像一种叫螓的昆虫，什么样，实在想象不出来。她开颜巧笑的样子，她美目一瞥眼波流动的样子，简直会迷死人。

第三章写庄姜刚来到卫国的时候，所乘的怒马高车，多么漂亮。敖，就是高大。它的同源词"傲"，就是这类意思，高大得自以为是。这漂亮的马车，停在国都的近郊。农，就是"近"。"农"为什么有"近"的意思？大概应该读为"浓"，"浓"和"厚"意思相近，"厚"有密集的意思，密集就相当于相互之间距离很近。"四牡有骄，朱幩镳镳"，是说，驾车的是四匹高大的雄马，古代贵族驾车不能选雌马，否则让人取笑。幩是指系在马嚼子两边的丝布条，这样马跑动的时候，就会像扇子一样给马扇汗。镳镳，也是很繁盛的样子。

翟茀以朝，大夫夙退，无使君劳。

45

"翟茀"的"翟"，是指野鸡；"茀"，是指遮蔽车门的帘子，这种帘子常常用野鸡的尾巴来装饰。庄姜乘坐着这种华丽的车来上朝，大夫们也心领神会，早早退朝，让君王有精力欢度新婚之夜。

河水洋洋，北流活活。施罛濊濊，鳣鲔发发。葭菼揭揭，庶姜孽孽，庶士有朅。

黄河洋洋广阔，向北哗啦哗啦流去；有渔夫在撒网捕鱼，鲤鱼鲟鱼一个劲往网里跳；河边的芦苇高高的，给庄姜陪嫁的女孩个个高大，营养充足；护卫送行的武士也个个高大威猛，都是吉士一样的人。活活，本义就是水流的声音，现在一般写成"哗哗"，是因为"哗哗"现在的读音和"活活"的古音相近。罛，是渔网。濊濊，撒网入水的声音。发发，鱼尾巴甩动的声音。至于揭揭、孽孽、朅，古音都很近，意思也相近，都是指高大。我们现在用词文雅一点，用"揭橥"这个词，就是"高举贴标签"。揭开，就是往上提。朅，另外一种版本写作"桀"，桀是夏朝最后一代君王名，古文字字形，则像人的两只脚站在树木上，表示高高的，不同凡俗的。现在这个意思，我们一般用"杰"来表达。所谓杰出，就是比别人高大的。要记住，凡是从"吉"、从"曷"、从"桀"等声符的字，大多有"高大挺拔"一类的意思，因为它们古音很相近。

我们更要知道，文字只是语言的附庸，它归根结底是用来记录语言的。离开了语言，它什么都不是。远古时代，没有文字，人们通过语音表达想法，人们互相能理解对方的意图，都是靠捕捉对方嘴里蹦出的音节。后来有了文字来记录语音，从此可以远途传递说话内容。同音字很可能有相同的意思，是颠扑不破的真理。当然，随着语言的丰富和发展，原本的同音字不断独立发展，所代表的词义开始有了微妙区别;还有很多不同音的字,后来变得同音,就更不可能是一个意思。但在《诗经》时代,词义分化不剧烈,同音字所代表的词义相近,还是比较普遍的情况。

　　《硕人》这首诗,因为写美女的原因,很多人喜欢。比如汉代有一种"硕人镜",就是把这首诗铸上去。它的描写,我想会打动无数使用这面镜子的女人,她们也许美,也许不美,但她们肯定都向往美,读着"手如柔荑,肤如凝脂",照着精美的铜镜,她们的心里一定会略微快乐起来。

　　最后说一下,男人以高大雄壮为美,其实女人也是。"硕人"的"硕",就是大的意思。身材高大,胸大,臀大,都是很美的。硕士,就是很大的士;当然,博士的博,就更大了。硕士、博士的称呼,隐含古代贵族文化传统。我觉得如果有更高的学位,不妨叫吉士。

四、山有枢

　　山有枢,隰有榆。子有衣裳,弗曳弗娄。子有车马,弗驰弗驱。宛其死矣,他人是愉。

　　山有栲,隰有杻。子有廷内,弗洒弗扫。子有钟鼓,弗鼓弗考。宛其死矣,他人是保。

　　山有漆,隰有栗。子有酒食,何不日鼓瑟?且以喜乐,且以永日。宛其死矣,他人入室。

这首诗也是我很喜欢的。喜欢的原因，在于它满篇的伤感气息，它来自《唐风》，唐，是晋国的前身，在现在的山西省。

山有枢，隰有榆。

诗首先描写景物，山上有刺榆树，低洼的地上有榆树。好像是纯粹起兴，有点像我们上次讲的"山有扶苏，隰有荷华"。起兴后，再以第二人称规劝的语气写，这种写作方式在《诗经》中也有一些，比如《将仲子兮》。

子有衣裳，弗曳弗娄。

诗的意思是说：你有衣裳，不肯拖曳着走路。娄，也是拖曳。按照古注，"娄"和"搂"相通，是"聚集"的意思，所以这个"娄"，不是一般的拖曳，而是聚集在一起拖曳。古代贵族的衣服很长，可以拖在地上，平民百姓都是短衣。如果贵族衣不曳地，那是非常节俭的象征。《汉书》里说，汉文帝的宠妾慎夫人衣不曳地，就专门当成一个伟大事迹。《山有枢》里这个被规劝的人，有条件衣服曳地，肯定是个富人。

子有车马，弗驰弗驱。宛其死矣，他人是愉。

他还有车马，估计还是个贵族。不过他这个人很节俭，所以朋友劝他：哥们儿，别这么苦自己！将来死了，家产留给别人享用，就划不来了。用我们现在的话来说，就是：不要替别人打工。

宛，古书上一般写成"苑"，意思是枯萎而死，实际上就是"郁闷"的"郁"的同源词（后来简化为"郁"），因为两者古音很近。"郁"的古文字字形是𩰊、𩰋，像蜷伏的人躺在密密麻麻的树林中间，意思是被包围、郁积起来了。这个意思，可以向两个方向引申：一是表示很茂密，很茂盛。很茂盛的东西，总是很密集、郁积的。但从另外一个方向引申，就是堵塞，怨愤。很多气抒泄不出去，就会产生怨愤，就会死。我们看古书，说古代很多帝王的嫔妃，被打入冷宫后，就"以幽死"，比如汉景帝的宠妃栗姬，就是不听老公的话，被老公打入冷宫幽死的。估计姓栗姓坏了，栗子多刺，栗姬也多刺，本来景帝很喜欢她，要立她为皇后，她却恨景帝乱玩女人，对景帝出言不逊。皇帝玩女人，你也敢管，这不找死吗？所以被景帝废了。"幽"也有忧愁的意思。或者写成"以忧死"，意思是一样的。上古音"忧"和"幽"声母韵母都相同，是同源词。有些学者专门考证"幽死"和"忧死"有什么不同，我认为是没有必要的。

另外就是"他人是愉"的"愉"字，古注训为"乐也"。今天我们说愉快，就是快乐，好像很简单。但实际上古代的"愉"，意思没有今天这么正能量，一般都是指苟且快乐，很轻薄。因为"愉"，或者写成"媮"，要知道，古代从"女"的字，有很多都不怀好意。"媮"的本义，是巧黠、苟且。"偷东西"的"偷"，常常和"懒惰"的意思搭配，"偷惰"在古代是常用词，一般来说，那些奸巧的人，都知道怎么偷懒，但又不会扣奖金。

山有栲，隰有杻。
是说山上有栲树，低洼有杻树。

子有廷内，弗洒弗扫。子有钟鼓，弗鼓弗考。
你有庭院和房间，内，就是房间、内室。皇帝的内室叫大内，也是指他的内部房间。你有庭院和房间，不肯洒扫；你有钟鼓，不肯敲击。古代有钟鼓的人，一定是贵族。考，就是敲击。和"叩"是同源词，叩头，就是把头往地下敲击。

宛其死矣，他人是保。
等你枯萎而死，你的财产旋即被别人保有。

山有漆，隰有栗。
山上有漆树，低洼有栗树。

子有酒食，何不日鼓瑟？
你有酒食，为什么不一边吃一边喝，同时弹弹琴唱唱歌？

且以喜乐，且以永日。宛其死矣，他人入室。
我劝你啊，应该整天都快快乐乐；不要等到枯萎而死，被他人霸占了你的一切。

这首诗好在哪里呢？就好在悲凉气息。虽然通篇没有一句提到已经发生了什么不好的事，但对人生苦短的慨叹，已经尽在其中了。曹操的《短歌行》里说："对酒当歌，人生几何。譬如朝露，去日苦多。"意思也不脱这些。应该说，就感叹人生的悲凉和无意义而言，这诗是最早的之一了。

五、蒹葭

蒹葭苍苍，白露为霜。所谓伊人，在水一方。

溯洄从之，道阻且长；溯游从之，宛在水中央。

蒹葭萋萋，白露未晞。所谓伊人，在水之湄。

溯洄从之，道阻且跻；溯游从之，宛在水中坻。

蒹葭采采，白露未已。所谓伊人，在水之涘。

溯洄从之，道阻且右；溯游从之，宛在水中沚。

最后一首是《秦风》的。秦国在我心目中总是五大三粗、四肢发达头脑简单的模样，其实它的诗歌真不错，很多我都喜欢，这首是其中之一。因为字句简单，我们不一个字一个字疏通字义。这首诗好就好在意境，一读，面前就会出现一幅婉约的水墨画面：深秋季节，北雁南飞，在空中发出嘹戾的声音；地上铺满了白色的冰霜，像碎银镶嵌一样。在这种梦幻般的气氛中，突然出现一个人，在河水的另一边移动。伊人，听到这个词，我们就感觉是说美女。在鲁迅的小说中，"伊"通常是当成女性的第三人称代词来用。但实际上没那么复杂，有学者指出，它就相当于南方常用的第三人称代词"渠"，因为读音很相近。不过在这首诗里，是作为指示代词，指那个人。

看到那个人后，这个人就逆着水流跟随，要是现在，对方肯定吓得要死，这是不折不扣的盯梢啊。鲁迅曾经举过一首晚唐的盯梢词："晚逐香车入凤城，东风斜揭绣帘轻，慢回娇眼笑盈盈。消息未通何计是，便须伴醉且随行，依稀闻道太狂生。"其实最早的盯梢诗，是这首。

溯游从之，游，大概可以读为流。在古代，"流"和"游"经常通用。

古注上说:溯流而上叫溯洄,顺流而下叫溯流。我认为不可信。因为"溯"本身就是"逆行"的意思,怎么能解释为"顺"呢?而如果把"溯游"读为"溯流"的话,则可以讲通。流水是往下的,逆着流水盯梢,是可以理解的。

整首诗三个章节,最后都是写盯梢没有结果,那个美女怎么追也追不上,道路好像很长很长,还很多阻碍,但美女总也不消失,总是让人看在眼里,急上心头。宛如天边之月,不离不弃,却永远可望而不可即,她不是在水中央,就是像在水中的沙丘上。

我总怀疑,这个家伙是碰到了女鬼,但他是个诗人,于是把自己的遭遇写了出来,意境铺陈得特别美好,迎合了人内心深处杳渺、若有若无的理想,于是流传千古。它像谁的诗呢?意境有点像李贺,但整个气氛又像李商隐。他写的不是一种情感,而是一种情绪。

而情绪正是文学的真谛,情感不是。

第三课　死生契阔，与子成说

『诗经』中的战乱荒年

一、击鼓

击鼓其镗，踊跃用兵。土国城漕，我独南行。

从孙子仲，平陈与宋。不我以归，忧心有忡。

爰居爰处，爰丧其马。于以求之，于林之下。

死生契阔，与子成说。执子之手，与子偕老。

于嗟阔兮，不我活兮。于嗟洵兮，不我信兮。

这首出自《邶风》。诗的本事，有好几种说法，一种是说，卫国的
公子州吁，是卫庄公的儿子，从小喜欢打打杀杀，又不缺蛋白质，把
身体练得壮壮的。他老爸卫庄公很喜欢，可是他心比天高，身为下贱，
为什么？因为他是妾生的，连他的母亲叫什么名字，史官都忘了记，
大概比《红楼梦》里赵姨娘的地位还低。不过和贾环不一样，他深受
父亲喜欢，他哥哥贾宝玉，哦不，卫桓公继位后，看他不惯，赶他出国；
他到了国外，勾结"境外势力"，又偷偷回国，把卫桓公杀了。这个卫
桓公，就是我们上次课讲的《燕燕》那首诗中庄姜的养子，名字叫完
的。州吁完结了他的性命，自立为君。但好景不长，很快他又被自己

国家一个姓石的大臣，联合境外势力陈国，给干掉了。干掉的具体过程，可以参看《左传》。《左传》不好懂，可以看我的书《有风度才叫贵族》，里面有一篇，讲这个事很详细，也很幽默，很深刻。

那么这首诗是什么背景呢？前面我们说了，州吁这个人很喜欢打仗。贵族喜欢打仗，很好理解。贵族都是尚武的，英国贵族学校伊顿公学的学生，在一战中差不多死光了，就因为他们把打仗视为贵族的天职。但尚武，并不等于好勇斗狠。州吁就是这样，他当上国君不久，就和赫赫有名的反贼，郑庄公的弟弟段交上了朋友。段也深受母亲喜欢，母亲一直想把他立为太子，以取代自己的长子郑庄公，可惜没有办到。州吁是卫国的贾环，但段不是郑国的贾环，毕竟段也是嫡出的。但两人的理想都相同，所以同病相怜，惺惺相惜，一拍即合。州吁后来能潜回国杀君自立，大概也有段的帮助。即位后，他没有忘掉老朋友，照会陈、宋、蔡三国，一起去攻打郑国，准备帮助段夺位，但没有成功。我们诗里的内容，据说就发生在他和陈、宋一起在外用兵的时候。

击鼓其镗，踊跃用兵。

镗，就是钟鼓声。古代表示钟鼓声音的象声词，多用主要元音开口比较大的字，也就是主要元音是 a 的字。我们发 a 这个音的时候，嘴巴张得很大，是不是？所以，这种象声词是纯粹的记音词，可以有多种写法。比如这个"镗"，也可以写成"鞺"，因为钟虽然是金属铸造的，但鼓却是用皮革蒙的；还可以写成"鼞"，《说文解字》里引这句诗的时候，就写成"鼞"。说到鼓，我们经常用一个象声词，叫作"彭"。《说文》："彭，鼓声也。"从古文字来看，"彭"字的左边，像一个鼓的形状；右边的"彡"，一般认为是像鼓声震荡的样子。我们现在画漫画，画到一个东西在震荡，依旧是用几条短笔画来表示。"彭"现在的读音，主要元音好像不是 a，但在上古时代，它的主要元音也是 a。也就是说，彭在那时大概读为 pang，或者 bang，也是表示声音很大。

这两句诗说：敲击鼓的声音很响亮，我们在踊跃练兵，训练军事本领，好为祖国做贡献。

土国城漕，我独南行。

这句没那么通俗了，主要因为两个名词被动用，土和城，本来指土地和城市，但这里当动词用，表示筑土和建城。国，现在指国家，古代也可以指城市。国的本义是一块围起来的土地，金文的"国"，从"口"从"必"，后来"必"讹变为从"戈"，于是有了"用戈守卫之地"的意思，"或""域""国"三个字，乃是同源分化。所以，"土国城漕"的意思就是到处筑土，建设城邑。土国，筑土建城；城漕，就是在漕这个地方建城。漕的位置有争议，一般认为在河南滑县东面。

卫国的国都本来在河内的朝歌，后来屡次迁都，楚丘、帝丘、野王，迁来迁去，还是在河内一带。他们要去打郑国，就得南下。因为郑国的国都新郑，在黄河以南。所以，主人公抱怨："他们在国内筑城，固然辛苦，我要独自南下上前线，更倒霉。"

这章"兵"和"行"押韵，现在读来还很押韵。但古音的韵母都是 ang，如果简单地说，兵念 bang，行念 hang，依旧是押韵的。但这种巧合的情况不多，所以《诗经》很多地方今天读起来是不押韵的。

从孙子仲，平陈与宋。

第二章说明缘起，他们去南边干啥呢？原来是跟随公孙仲，去和陈、宋两国交好,这就叫"平陈与宋"。我们不要望文生义,认为"平"是"平定"的意思。在春秋时代,凡是国家和国家之间说"平",都是指媾和;有时候也写成"成",也就是说,在春秋时代,凡是出现国家和国家之间说"成",也是指媾和。"平"和"成"的意思是相同的,很有意思的是,它们的韵母也相近,在很早很早的时候,它们是不是有同源关系?这个可能性恐怕不能排除。我们知道,日本有天皇,依旧采用年号纪年,现在的年号是"平成",出自中国古代典籍《尚书》:"地平天成。""平"和"成"是同义词,表示天地和谐,原来日本也想建成一个和谐社会。

不我以归,忧心有忡。

虽然貌似没有生命危险,但主人公依旧不高兴,他说:"不让我归家,我真是忧心忡忡。"前一句是宾语前置,就是"不以我归"。情绪很好理解,在家千日好,出门一时难,谁也不愿意离开家乡啊。

爱居爱处,爱丧其马。

这章写征途的环境。这句话也见于《小雅·斯干》:"爱居爱处,爱笑爱语。"爱,连接词,表示承接关系,相当于现在说"于是"。意思是:于是居和处,于是丢了马。郑玄的解释则不同,他说这几句诗的意思是:"今天到哪里居处?如何丢了马?"好像把"爱"当成了疑问词,但是郑玄在解释《小雅》那个"爱居爱处"的时候,却没有当成疑问词来解释,可见他并不真正理解"爱"的意思。《尔雅》说:"爱,曰也。"是当语气词用,"曰"和"爱"古音很近,所以这么训。古汉语中的语气词,凡是读音相近的,一般是同源的。现代注释《诗经》的,基本上都是把这个字当成疑问词来看待,恐怕都是有问题的。

于以求之，于林之下。

于，往也。往以寻找，往林之下。"于"的意思为什么是"往"呢？我认为依旧是古音相近。"于"是古音学家所说的鱼部字，"往"是古音学家所说的阳部字，声母也接近，在古代，是有通假可能的。

死生契阔，与子成说。

契阔，《毛传》解释为"勤苦"，大概是有原因的。有的古代注释，则说是"约束"，大概是望文生义。因为"契"容易理解为"契约"；阔，他们说通"括"，而"括"也是"约束"的意思。括号，就是约束的符号；我们人体有一个肌肉，叫括约肌，就是控制大便滑脱的一块肌肉。所以，郑玄把这几句解释为：从军之士，和他的战友约定，死和生都处在勤苦之中，我和你成相悦相爱之意，在战场上，要互相救助。他有点首鼠两端，既说"约定"，又不放弃"勤苦"。但这样是不行的，语法上说不通。

除此之外，还有几种说法，比如宋代的朱熹，说"契阔"是隔得很远，"久别"的意思，估计是看见"阔"字，望文生义。马瑞辰认为"契"是"聚合"，"阔"是"分散"，死生契阔，就是"聚合分散"，和"死生"相反对应。闻一多认为"契阔"就是"会合"，"死生契阔"就是"生生死死永不分离"。钱锺书也认为"契阔"是"分开"，但理由为："契"是"割开"（《诗经·大雅·绵》："爰始爰谋，爰契我龟。"）；"阔"是"阔别"，"死生契阔"就是"死生分开"。以上的说法，马瑞辰的说法勉强能讲通，闻一多和钱锺书的说法，训诂上则有问题，因为"阔"没有"会合"的意思，"契"没有分开的意思（只有"刻"的意思）。

那么，"契阔"到底什么意思呢？对付这种情况，我告诉大家，看到这样的词，第一反应就是要看组成这个词的两个字，古音有没有关系。如果有关系，很有可能是联绵词。而"契阔"正是联绵词，因为"契""阔"在上古都是属于古音学家所说的月部字。我们知道，联绵词大多不能拆开来解释，也就是说，它们只是记一个音，至于记这个音的汉字，是写成"契阔"，还是"奇括"，甚至"揭锅"，是没有关系的。倘若汉语是用字母文字记录，我们看到的，大概是 kiat-kuat 这个词，就不会望文生义了。

《毛传》就没有望文生义，很伟大，它的解释是"勤苦也"。"勤苦"这两个字，和"契阔"两个字，从字面上看过去，意思毫不相关，说明《毛传》是把它当联绵词看待的，郑玄就差很多了。我告诉大家，碰到《诗经》的注释，《毛传》和《郑笺》如果互相不对付，最好首先选择相信毛，而不要相信郑。虽然金朝人元好问写过："诗家总爱西昆好，独恨无人作郑笺。"把郑玄的《笺》看得很伟大，其实以我们现代语言学的目光来审视，郑玄的水平和他在当时的声誉配不上。至于周振甫、程俊英，一个解释为"契合疏阔"，一个解释为"不分离"，都是沿袭前人的观点。

而且，把"契阔"解释为勤苦，有其他的证据。《诗经·小雅·大东》："契契寤叹，哀我惮人。"《毛传》："契契，忧苦也。"从这里也可以看出，《毛传》认为"契契"和"契阔"都是"忧愁"。为什么？因为"契契"是叠音词，古代很多联绵词，是由叠音词发展而来的。"契契"如果用罗马字母记音，是 kiat-kiat，和 kiat-kuat 的读音，是很接近的。另外《楚辞》中，也有一例相同的用法，《楚辞·九叹》："执契契而委栋兮，日晻晻而下颓。"后来也有很多人用这个词，如南朝宋谢灵运《彭城宫中直感岁暮》诗："草草眷徂物，契契矜岁殚。"至于"契阔"，在后世的诗词里，确实发展出了"阔别"的意思，比如曹操《短歌行》："契阔谈宴，心念旧恩。"但那是另外一回事了,误读古文,经常会产生新的习惯用法。至少《诗经》时代,"契阔"不能解释为"阔别"或者"不分离"。

总之,死生契阔,就是说死生勤苦。生活很辛勤,很辛苦,我和你成立一个约定。《毛传》把"说"解释为"数",数,就是计划。计划,也就是"约定"。这个约定很美丽:执子之手,与子偕老。

很美好,很美丽,很感人。我们第一课学过的《女曰鸡鸣》里也有这句:"宜言饮酒,与子偕老;琴瑟在御,莫不静好。"那么问题就来了,《女曰鸡鸣》里是夫妻,说"与子偕老",情意绵绵,很正常;但《击鼓》这篇,按照古代儒生的说法,是讲同袍之情,也情意绵绵就有问题了。当然,我们大可以说,这首诗是中国最早的同性恋诗,但古人相对比较保守,同性恋不是没有,但做归做,不大可能到处歌颂。所以,第四章很可能是这个士兵喃喃自语,对家里老婆说的话。贫贱夫妻百事哀,所以也只能誓言"执子之手,与子偕老"了,其他目标他无能力达到。

我们这样理解,从第五章可以证明。

于嗟阔兮,不我活兮。

是说真让人长叹啊,如今阔别,我不能与你会面。《毛传》把"活"解释为"活着",意思是如今阔别,我实在不想活啊。马瑞辰把"活"读为"佸"(huó)。这个字有"相会"的意思。《诗经·王风·君子于役》:"君子于役,不日不月,曷其有佸。"意思是君子在外服役,没日没夜的,啥时有相会之期。两种都能讲通。不过,我猜这个"活",恐怕含有"急切"的意思,为什么,我们看下章。

于嗟洵兮,不我信兮。

《毛传》把"洵"解释为"远",但你查一般的字典,是查不到"洵"有"远"的意思的。因为"洵"在这里是通假字,通"敻（xiòng）"。古书里,"敻"常训为"远"。这比较难记。但是它有个同源词很好记,就是"迥",王勃《滕王阁序》里说:"天高地迥,觉宇宙之无穷。"这个"迥"就是"远"的意思,也就是"敻"字,它们和"洵"的古音很近,可以互用。诗的意思是:道路好远啊,不能给我音信啊。但是,《毛传》把"信"训为"极"也。这是个很重要的训释,我最近正在研究相关问题,感觉像"信"这种读音的字,往往和"坚硬""紧绷"的意思相关,比如"申""伸",和"信"的读音都是很近的,而"极"也有类似意思。因此,这两句可能是说:哎呀你的情绪宽缓,不以我这个人为急。因为"远"和"宽缓"的意思是相通的。

于是我想,"于嗟阔兮,不我活兮",大概也是类似的意思。因为如果把"活"读为"佸",训为"会面",则诗的意思是,哎呀隔得太远啊,不能会面。句子是能说通,但显不出急切,相当于一句废话,隔得远当然没法见面。但如果解释为:哎呀你太宽缓（心大）了,一点都不着急我,这抱怨得有深度了。那么"活"没有"急"的意思怎么办?我觉得可以读为"蹶","蹶"有"急"的意思。"活"和"蹶"古音很近,有通假的例子。

这首诗,也有认为是卫国士兵远戍陈、宋,离家太久,思乡情切的。后两章都是士卒的喃喃自语,这大概是中国最早的反战诗了。有一种说法,说不是反战的战争片,不是好战争片,我个人是同意的。战争,对普通人来说就是噩梦。多读读这类诗,可以得到直观感受。只是因为《诗经》语言太古,不好理解,不如"可怜无定河边骨,犹是春闺梦里人"那么生动，但当时的人，读这首诗得到的感受，和我们读上面唐诗的感受是一样的。

二、鱼藻之什·苕之华

> 苕之华，芸其黄矣。心之忧矣，维其伤矣。
>
> 苕之华，其叶青青。知我如此，不如无生。
>
> 牂羊坟首，三星在罶（liǔ）。人可以食，鲜可以饱。

《苕之华》出自《小雅》，《小雅》是哀而不伤，怨而不怒的。这首诗就是其中之一。苕，凌霄花，分布于中国中部，性喜温暖湿润、有阳光的环境，稍耐阴。

湖北方言里把红薯称为"苕"，但《毛传》把"苕"解释为"陵苕"，其实就是"凌霄"。因为"陵"和"凌"，"霄"和"苕"的读音都很近，在古代经常通假。陵苕花色彩鲜红带橙，和古代妇女在脸部涂的化妆品很相近，看上去很红嫩。《史记·赵世家》说："王梦见处女鼓琴而歌诗曰：'美人荧荧兮，颜若苕之荣。'"后来很多诗人都用苕花来形容美女的脸蛋。比如王粲《七释》："红颜照耀，晔若苕荣。"总之，苕花是很美丽的一种花，但因为是藤蔓类植物，所以也显得很柔弱。有个女诗人叫舒婷，她有一首诗叫《致橡树》，起句就是："我如果爱你——绝不像攀援的凌霄花，借你的高枝炫耀自己。"我那时不知道凌霄花是什么，后来才知道就是《诗经》里的"苕之华"，要不然，我可能会喜欢上舒婷的这首诗。

苕之华，芸其黄矣。心之忧矣，维其伤矣。

芸，读为陨落的"陨"，或者至少和"陨"是同源词。苕华陨落时，显出枯黄的颜色。看到这种美好的东西凋落，心里怎么能不悲伤？"悲剧将人生的有价值的东西毁灭给人看"，在古典诗词中，花落向来都是惆怅失意的象征。后世诗词说到落花，大多是伤春，而这首诗不仅仅是伤春那么简单，仿佛那柔弱的苕华掉落，生命就失去了似的。总之，充满着绝望气息。

苕之华，其叶青青。知我如此，不如无生。

第二章说凌霄花的叶子是青色的，但是看见它的结局，想起了自己的人生，也是不美好的，于是不由得起悲怆之思：早知道人生是这样，还不如没有生下来。

这让我们慨叹，我们几乎每个人都怕死，其实认真想想，如果我们从来没有出生，该有多好，就不会有这么多痛苦了。除了那些王侯将相的后代，我想绝大多数人，如果在他们尚是液体的时候，能给他们一道选择题，他们都会选择不出生。可惜，那些液体没有思考能力，它们盲动，一往无前往前游，看见一个圆圆的东西，就一头扎进去，殊不知在那一刻，悲剧就此诞生。

《诗经》的作者早就看到了人生无常，众生悲苦。

牂羊坟首，三星在罶。人可以食，鲜可以饱。

第三章，没有循环往复，而是另发新声。说公羊的脑壳非常大，天上三星正照射在罶上。"牂"这个词很怪，《毛传》说是母羊，写《说文解字》的许慎却说是公羊。古代的训诂，这种截然相反的情况很多，不好分辨。但不管公羊母羊，都是说这个羊脑壳很大。一般来说，动物的脑壳和身体都是成比例的。当然，如果特别胖，脑壳就显得小，我家的小猫咖喱已经有这个趋势，吃得太好了。特别瘦，脑壳就显得大，比如非洲饥民的照片，脑袋就显得很大。牂羊坟首，这句话大概是说，这羊真瘦。三星，据《绸缪》诗，讲"三星在天"。《毛传》解释，指参星。"三"和"参"古音很近，是通用字。郑玄的解释则是心星。"参"和"心"都是二十八宿之一，参宿有七颗星，心宿则是三颗星。到底是指哪个星宿，不好判断。不过值得注意的是，三、参、心三个字，古代读音都很相近，有可能是纯粹的"音训"。反正都是指星星，说这些星星照在鱼篓子上。罶，鱼篓。这种鱼篓子，一般是放在堤堰下，堤堰上有孔，水流过孔，鱼就被罶挡住，跑不掉了，是当时很普遍的捕鱼办法，省时省力。《毛传》在这里有一句感慨："牂羊坟首，言无是道也；三星在罶，言不可久也，治日少而乱日多。"据程千帆回忆，当年他在中央大学听黄侃讲课，黄侃讲《诗经》到这句，重重念了几遍，表情非常沉痛。当时正是抗战前夕，家国骚动，他非常忧虑，于是在课堂上忧叹起国事来。人可以食，鲜可以饱。这两句说：人可以吃饭，但是很少能吃饱。其实已经不错了，至少没饿死，还不算太差。古书上人相食的记载，不晓得多少。可见春秋时期，因为地广人稀，人再穷，也没有后世残酷。

这首诗很有名，是因为它的感伤气氛，很能迎合小资产阶级、小地主阶级自怜自爱的精神需要，他们动辄感时伤生，从颓废中获取快感。王国维有个词集，就叫《苕华词》，里面的词，几乎没有一首充满乐观主义精神,很显然,他是把这首诗当成自己作品的情绪基调的。他的词话叫《人间词话》,词集却叫《苕华词》,词也经常写这样的想法,比如《采桑子》:"人生只似风前絮,欢也零星。悲也零星。都作连江点点萍。"比如《浣溪沙》:"试上高峰窥皓月,偶开天眼觑红尘,可怜身是眼中人。"都是这种悲观颓废基调。

最后说一句,这首诗的主旨,《诗序》里说是:"大夫闵时也。幽王之时,西戎东夷交侵中国,师旅并起,因之以饥馑。君子闵周室之将亡,伤己逢之,故作是诗也。"恐怕都是深层解读,不过王国维显然相信这点,他害怕清室灭亡,所以把词集从《人间词》改成了《苕华词》。最后清朝果然亡了,他也干脆跳了昆明湖。

三、荡之什·崧高

崧高维岳,骏极于天。维岳降神,生甫及申。
维申及甫,维周之翰。四国于蕃,四方于宣。

亹(wěi)亹申伯,王缵(zuǎn)之事。于邑于谢,南国是式。
王命召伯,定申伯之宅。登是南邦,世执其功。

王命申伯,式是南邦。因是谢人,以作尔庸。
王命召伯,彻申伯土田。王命傅御,迁其私人。

申伯之功,召伯是营。有俶其城,寝庙既成。

既成藐藐，王锡申伯。四牡蹻蹻，钩膺濯濯。

王遣申伯，路车乘马。我图尔居，莫如南土。
锡尔介圭，以作尔宝。往迓（jì）王舅，南土是保。

申伯信迈，王饯于郿。申伯还南，谢于诚归。
王命召伯，彻申伯土疆。以峙其粮，式遄其行。

申伯番番，既入于谢，徒御啴啴。周邦咸喜，戎有良翰。
不显申伯，王之元舅，文武是宪。

申伯之德，柔惠且直。揉此万邦，闻于四国。
吉甫作诵，其诗孔硕；其风肆好，以赠申伯。

这首诗很长，但写得气势磅礴。它出自《大雅》，《大雅》和《小雅》不同，《小雅》一般基调比较悲观，充满了忧世伤生之情，多写末世景象；《大雅》当然也有愤懑忧虑的，但有不少也充满了乐观主义精神，让人读了很向往。

这首诗，一般认为是周宣王时期，大臣尹吉甫赞美宣王的诗歌。西周自周厉王后，元气大伤。周厉王不许百姓批评他，他在位时，老百姓敢怒不敢言，道路以目。百姓忍无可忍，发起暴动，把他赶到外地，从此一辈子都没能回国。国人甚至要干掉周厉王的儿子静，静逃到大臣召穆公家，召穆公不得已，把自己儿子交出去冒充，才救了静一命，这大概是最早的《赵氏孤儿》一类故事。十五年后，周厉王死，大臣拥立周宣王，改弦易辙，一时繁荣，称为宣王中兴。

尹吉甫，在《诗经》中多次出现，一般叫吉甫。尹是他的官称。最近有一件铜器，大约和这个人有关，这个铜器叫兮甲盘。宋代出土。铭文一百三十三字。记述兮甲（即尹吉甫）随从周宣王征伐猃狁，对南淮夷征收赋贡之事，2014 年在中国（湖北）文化艺术品博览会上拍卖，以 2.1275 亿元人民币成交，创造了古董艺术品在中国拍卖的记录。

崧高维岳，骏极于天。

我们回到诗本身来。起句就意境不凡。说嵩山之高，仿佛触到了天顶。骏，就是峻，高峻。山高叫峻，马高叫骏，人高叫俊。骏马，就是高大健壮的马，俊人，就是高大健壮的人，也就是吉士。矮子，在古代是不会被人看成俊的。极，到了极限。

维岳降神，生甫及申。

是说山岳降下神迹，才诞生了两个牛人，一个叫甫伯，一个叫申伯。这个甫，又写成吕。因为"吕"和"甫"古音很近，可以通假。吕、申是周代两个很有名的诸侯。下面说："维申及甫，维周之翰。"就是说这两位诸侯，是周朝的股肱。有个翻译家，名叫杨周翰的，名字就出自这两句诗。

四国于蕃，四方于宣。

指四面八方的国家，都靠他们藩护，四面八方的人们，都靠他们做墙垣，抵御外面的欺负。宣，和"垣"读音很近。

亹亹申伯，王缵之事。

亹亹，现在一般写成"娓娓"。因为"亹亹"和"娓娓"古音很近。都是表示"勤勉"的意思。申伯很勤勉，所以王缵之事。缵，《毛传》没有训释，郑玄注为"继续"。"缵"在古代常常当"继续"的意思来用，但是"王缵之事"，解释为周王继续他的事，好像不大通。大概是使动用法，指周王使申伯继续祖先的事业。

于邑于谢，南国是式。

前一个"于"，可以训为"往"，前面我们讲的"于以求之"，那个"于"也训为"往"。往邑于谢，指去谢那个地方，再次建立城邑，成为南方各个诸侯国的榜样。式，就是榜样。我们现在还说"样式"，就是榜样、标准。申国，在汉代是南阳的宛县，但不是那个帮助犬戎攻打周幽王的申国，那叫西申。在《水经注》时代，宛县附近还有谢城。前688年，这个申国被楚文王灭了。

王命召伯，定申伯之宅。登是南邦，世执其功。

周王又命令召伯："麻烦您老人家去南方，给申伯划定疆域。"登，就是成立。我们说五谷丰登，就是指五谷都成了。"登是南邦"，就是说成立南国，世世代代掌握政权。

王命申伯，式是南邦。

第三章和第二章意思差别不大，重申其意。意思是王命令申伯，一定要做南国的榜样，成为周朝的样板间国家，成为中原文明插入长江流域的橱窗国家。

因是谢人，以作尔庸。

是说倚靠本地土著，建立你的城墙。

王命召伯，彻申伯土田。

是说王又命令召伯，治理好田地，为以后打粮食做准备。古代以食物为天，这是最重要的规划。

王命傅御，迁其私人。

王又命令申伯的股肱，立刻行动起来，把申伯的人马迁徙过去，尽快建立对南方的殖民区。"傅"和"御"都有"旁侧"的隐含词义，也因此有"辅佐"的意思。这种辅佐，都是指侯王的股肱之臣，相当于后世诸侯的家宰。金文中说到"辅佐"这个意思，经常用"夹辅""夹绍""会绍""仇匹""仇次"等词，都是"辅佐"的意思。

申伯之功，召伯是营。

是说申伯的建国成功，是召伯帮他经营。

有俶其城，寝庙既成。既成藐藐，王锡申伯。

是说城邑很快就开工了，最后寝宫祖庙都落成了，都很美好，王就把城邑赐给了申伯。俶，开始。藐藐，美好。

四牡蹻蹻，钩膺濯濯。

是说驷马高大健美，马身上的佩具，也光明亮洁。我们以前说过，从"乔"声的字，多有"高大健壮"的意思，"蹻"也不例外。钩膺，马颔及胸上的革带及下垂缨饰。"濯"的本义是洗涤，洗涤当然很干净，所以引申为干净的样子，但也可以引申为光秃秃的样子，干净，就是光秃秃嘛。所以有一句话叫"濯濯童山"。第一次课我们说过，管子向齐桓公建议砍掉树枝，老百姓没处躲，就只好干活，为祖国做贡献。《管子》的原文把砍树枝称为"沐涂树之枝"，字面的意思，是给树洗头，其实是砍树枝。树被洗了头，当然光秃秃的。

王遣申伯，路车乘马。我图尔居，莫如南土。

王派遣申伯去就职，赐给他路车和乘马。古代把车称为"路"，又写成"辂"，一般指豪车，破车是不能叫"辂"的。王说，我帮你规划建国的地方，没有比南方更好的。

锡尔介圭，以作尔宝。往迎王舅，南土是保。

我赐给你大圭，当成你们的宝贝。去吧，我亲爱的舅舅，好好依靠南土，做一番事业。圭，是一种礼器，上朝的时候拿的。保，是依靠的意思。迈，语气词。

申伯信迈，王饯于郿。

申伯确定出发。信，确实。迈，远行。其实南方那时环境很差，谁也不愿去，但没办法。王很高兴，在郿地为他送行。

申伯还南，谢于诚归。

申伯回去南方，决心去谢那个地方。"谢于诚归"，即诚归于谢。

王命召伯，彻申伯土疆。

王又命令召伯，把申伯的疆域治理好。

以峙其粻，式遄其行。

把沿途的粮食储存好，以方便申伯快快出发。

申伯番番，既入于谢。

是说申伯的人马很勇壮，进入了谢邑。

徒御啴啴。周邦咸喜，戎有良翰。

跟随的车马都很高兴，但"啴"也有"勇壮"的意思，解释为勇壮也通，这些车马进了城，全城的人因此很快乐，很高兴。要注意，这个周，不是国名，而是形容词，表示全部，我们现在还说"周全"，就是同义词连用。全城的人奔走相告："你们有好国君了。"戎，你。古音戎、若、汝、而，都可以解释为"你"，古音都很近。翰，就是国宝。

不显申伯，王之元舅，文武是宪。

申伯是王的大舅舅，文武百官的榜样。宪，榜样。我们今天说宪法，就是指一国的根本、标准、榜样。

申伯之德，柔惠且直。

是说申伯的德行，是刚柔并济。直，刚。

揉此万邦，闻于四国。

像揉面条似的，揉和各个诸侯，使南土安定，以此天下闻名。

吉甫作诵，其诗孔硕。

是说我尹吉甫为此作诗，我的诗写得很硕大。我们说过，硕，就是美的意思。

其风肆好，以赠申伯。

是说我的诗非常好，赠给申伯。孔和肆，都是非常、极其的意思。古代讽、诵连文，意思相近。诵就是讽，都是指吟诗。也有理解为弹奏音乐的，也能讲通。

这首诗虽然写的是西周末年，周王朝向南方殖民的事情，其气势比之西周刚建国的全盛时期，已经差得远了，但仍可窥见西周先民不屈不挠的进取精神，以及当时诗歌音乐的盛大华丽繁美。从诗里面周王不停催促申伯去南方的情况来看，已经显示周王对南方的混乱状况颇为忧虑，暗示着西周王朝已然衰落。周宣王末年，连续对南国用兵，都不顺利；一百多年后，这首诗里周王敦促新建的申国，就被楚国纳入自己的版图，居民都为楚国政府纳税，成了楚国进击北方的桥头堡。对比这首诗中申伯建国的热闹景象，让人觉得恍若天上人间。读诗，如果知道其背景，会看到背后的沧桑，产生无尽的感慨。

第四课　王在在镐，岂乐饮酒

雅、颂三首

一、鱼藻之什·鱼藻

鱼在在藻，有颁其首。王在在镐，岂乐饮酒。

鱼在在藻，有莘其尾。王在在镐，饮酒乐岂。

鱼在在藻，依于其蒲。王在在镐，有那其居。

《鱼藻》这首诗，也出自《小雅》。说到这首诗，我们不免要提起近代学者王国维。众所周知，他是自杀的，投昆明湖而死。昆明湖其实很浅，何况他又不是从桥上跳下去，他选的跳湖地点，和我们这首诗有关，那个地方叫鱼藻轩，名字就来源于这首《诗经》中的诗。

按照古代儒生的说法，这首诗有两个解释：一、它是讽刺周幽王的。周幽王的时候，天下万物都过得不自在，很焦躁，不能安居乐业。大家都怀念古代的周武王，所以做了这首诗。也就是说，诗里写的是武王时代的景况。二、但北宋的朱熹说，这是周王召集诸侯饮酒作乐，诸侯赞美周王的诗歌。

按说这些我们都不用管它，只管欣赏诗歌本身好了。对有些作品，是可以的，比如那些爱情诗，你加些迂腐的微言大义，只会破坏诗的意境；而对《鱼藻》这类作品，不加微言大义，反而没有诗意。没有微言大义，这只是一首写鱼游来游去的诗；加了微言大义，它就能表达家国之恨和人类面对社会的衰败无可奈何的痛苦情感。它的内涵不消说会深邃很多，就像一件青铜器，加上了铭文，再也不是一件死的青铜器，而是有背景、有故事、有履历的文物。我们能想见贵族们在上面写字的场景，它有血有肉，价值起码翻上十倍不止。

现在来读诗本身。

鱼在在藻，有颁其首。王在在镐，岂乐饮酒。

"鱼在在藻"，句子看上去简单，但深究却不简单。两个"在"字连用，是什么意思？郑玄的说法是，中间有个停顿。鱼在？在藻。意思是鱼在哪？在水藻间。但我表示怀疑，因为古汉语的疑问句，好像没有这样表达的。古汉语的疑问句，或者后面会有"乎""与""也乎""邪""诸""哉"等语气词，或者句子中间有"抑""将"等语气副词，或者句子前面有"何""安"等疑问词。像这样没有任何语气词为引导的疑问句，在散体文中也罕见，更别说诗句中了。

因此，"鱼在在藻"的第一个"在"，应该是副词，表示正处在什么状态。第二个"在"，应该是介词，表示所发生状态的处所，现代汉语一般用"于"来表示。因此，鱼在在藻，相当于说，鱼在于藻。有一句《诗经》的佚文："鱼在在藻，厥志在饵。"其中"厥志在饵"的"在"，也是介词的"在"，相当于说"厥志于饵"。当然，不管副词还是介词，都是从"在"的本义引申出来的。《说文》说："在，存也。"指心思放在什么上面，有一句诗"匪我思存"，"思"和"存"的意思相同。郑玄虽然把"鱼在在藻"从中间点断，但他串讲的时候，却说："鱼何所处乎？处于藻。"可见，他从语感上，还是认为"在在"应该相当于"在于"。

鱼喜欢在水草间嬉戏，这没有问题，是鱼的天性。"王在在镐"，相当于说王在于镐京。"镐"是多音字，古代都念 hào，本义是一种温东西的器皿，安徽寿县曾经出土过自名为"镐"的铜器，像一个碗，这个碗高 25.3 厘米，不算大，后世写成"盉（qiáo）"，《红楼梦》里出现过，在第四十一回中，妙玉用盉给黛玉斟茶，黛玉见盉身用垂珠篆写着三个字"点犀盉"。说起《红楼梦》，当然是极好的，但我鄙视曹雪芹取名字的水平，什么宝玉、黛玉、妙玉、宝钗、熙凤，没有一个名字不俗气，当然，我对清代世家大族的了解不深，也许他们都喜欢取这种俗气名字也未可知。

扯远了，但古书上有个"銚"字，说起来和镐、盉的读音也不远，也兼有温器和碗、盂的意思，大概温器和碗之间有什么意义上的联系，可能碗这类东西，一般同时可以当温器来用，它的口大，正好可以放一些小的器皿进去。

但这个字，常被假借为"镐京"的"镐"。据周代铜器德鼎，"镐京"的"镐"写成"蒿"，从"艸"从"高"，也就是"蒿子秆"的"蒿"。大概表示草木繁茂的意思，和"丰"的意思相同。我们知道，"丰"和"镐"是西周建立的两个城邑，合称宗周。蒋介石的老屋称"丰镐房"，就是取法于此。他们家蛮有野心的。

"王在在镐"的句式，和"鱼在在藻"相同，应该也读为"王在于镐"，然后"岂乐饮酒"。"岂"的古字形像一面鼓，古书上说，打仗胜利了，回来奏乐叫"岂"。现在一般写作"凯"，得胜归来叫"凯旋"，就是敲锣打鼓回家。所以，它和"乐"字搭配。因为"乐"的古文字像木头上绑着丝线，表示琴瑟。那么，王在在镐，岂（凯）乐饮酒的意思是：

王在镐京，饮酒作乐，非常开心。

鱼在在藻，有莘其尾。

《毛传》说："莘，长貌。"意思是很长的样子。我们知道，"莘"主要形容"多而密集"，有个词叫莘莘学子，就是说很多学生，但因为很多人不理解"莘莘"的意思，常常会导致这样奇怪的句子：众多莘莘学子们。那我们或许会问，为什么"莘莘"是众多密集的意思？因为和它的读音有关？我们想想，以"辛"为声符的字，比如"新旧"的"新"，"亲戚"的"亲"，"襯（衬）衫"的"襯"，是不是都和密集有关？密集，就是相互之间靠得很近。最新的，是不是离现在最近的？亲戚，是不是和你关系密切的（不管你承认不承认，DNA 至少很近）？衬衫，是不是和你的肉贴得最近的？甚至古代最贴身的棺材，都叫榇。在《包山楚简》等其他楚简中，"父亲"的"亲"，都是写成"新"的，也就是说，在楚国人看来，"新"和"亲"没啥区别。

"亲"在古代是真部字，这部的字，很多都有密集、茂盛的意思。比如"莲叶何田田"的"田"，"申申其詈予"的"申"，"蝮蛇蓁蓁"的"蓁"，都是真部字，都有密集、茂盛的意思。

但在这首诗里，"莘"的意思是长，我们可以回忆一下第一讲里的"翘翘错薪"，其中的"翘翘"，本来是"长"的意思，翘起来就是长嘛。但在古人的意识里，"长"和"茂盛"意思有相通之处，所以，"翘翘"在古代又有"众多"的意思。这两句诗的意思是：鱼在水藻间嬉戏，它们的尾巴长长的。

王在在镐，饮酒乐岂。

当然和前章一样，只是为了押韵，换了前后顺序而已。

鱼在在藻，依于其蒲。
鱼在水藻间嬉戏，偎依着蒲草。

王在在镐，有那其居。
《毛传》说："那，安也。"就是说王在镐京，过得很舒适很愉快。

我们前面说了，这首诗短小，也不见出奇，但用鱼在水草间自得其乐，来比况周王的安乐生活，显示出岁月静好、现世安稳的画面，对于善良的中国人来说，有莫大的吸引力。常言道，宁为太平犬，不做乱世人。谁都喜欢太平，周王安乐，说明天下井然有序。回到王国维自杀的话题上来，据园丁回忆，王国维在该日的十点左右进园，开始在石舫前呆坐很久，再步入鱼藻轩，吸了一根烟，然后投湖。石舫在慈禧重修的时候叫"清晏舫"，"清晏"也就是"河清海晏"，是封建王朝冀盼的天下太平富足的象征，可以想见，王国维在石舫里呆坐，大概非常痛苦，往日河清海晏的时代已经一去不复返了。所以，他就像鲁迅在《采薇》里写的伯夷叔齐兄弟那样，慨叹道："上那西山呀采它的薇菜；强盗来代强盗呀，不知道这的不对。神农虞夏一下子过去了，我又那里去呢？唉唉死罢，命里注定的晦气。"

最后，有必要一提的是，在西周时代，"鱼"和"藻"这两种东西有特殊的地位。据古代的礼制，"藻"是很重要的祭祀物品，《诗经》里有一篇《采蘋》，是写诸侯夫人采摘蘩草用来祭祀的。而鱼也是祭祀的重要物品，和藻的关系很密切。《毛传》就曾解释说，"牲用鱼，芼之以蘋藻"，指用藻来包裹鱼为祭。为什么把鱼和藻看成是重要物品？因为礼制讲究质朴，祭祀祖先，要用最朴实的东西，要用先民最容易搞到的东西。而在生产力不发达的时代，猪牛羊都得养半年甚至几年，猎猛兽要冒险，只有鱼是最方便的，拿个竹篓子放到堤坝上，鱼自己就会进去，水草也好采摘。所以《左传》里讲晋灵公不君，派刺客去杀总理赵盾，刺客看见赵盾一大早就起床，早饭只有鱼肉汤泡饭，感动得不得了。因为一国"总理"，竟然只摄入鱼肉这种最不值钱的蛋白质，这还不算人民的好总理？不过我小时候，觉得鱼肉也一样高档。常被邻居家的鱼汤馋得流口水，那时候，我特别想移民到他家。

二、泮水

思乐泮水，薄采其芹。鲁侯戾止，言观其旂。其旗茷茷，鸾声哕哕。无小无大，从公于迈。

思乐泮水，薄采其藻。鲁侯戾止，其马蹻蹻。其马蹻蹻，其音昭昭。载色载笑，匪怒伊教。

思乐泮水，薄采其茆。鲁侯戾止，在泮饮酒，既饮旨酒，永锡难老。顺彼长道，屈此群丑。

穆穆鲁侯，敬明其德。敬慎威仪，维民之则。允文允武，昭假烈祖。靡有不孝，自求伊祜。

明明鲁侯，克明其德，既作泮宫，淮夷攸服。矫矫虎臣，在泮献馘。淑问如皋陶，在泮献囚。

济济多士，克广德心。桓桓于征，狄彼东南。烝烝皇皇，不吴不扬。不告于讻，在泮献功。

角弓其觩（qiú），束矢其搜。戎车孔博，徒御无斁（yì）。既克淮夷，孔淑不逆。式固尔犹，淮夷卒获。

翩彼飞鸮，集于泮林，食我桑黮，怀我好音。憬彼淮夷，来献其琛：元龟象齿，大赂南金。

这首诗出自《鲁颂》。《鲁颂》共四篇，都是歌颂鲁僖公的。

《泮水》这首诗很长，我选这首诗的理由，是因为"泮水"这个词，在我国文化中有很高的地位，对历代读书人有很深的影响。《说文解字》里说，泮是诸侯举行射礼的地方，古代贵族和后世贵族不一样，他们不能四体不勤（虽然也会五谷不分），射箭是他们必须学会的技艺，因为随时都可能上阵。当时周王的射宫，有块圆形的水域；诸侯的只允许有半圆形的水域，所以叫泮宫。有的学者说，泮宫的建筑，后世叫"榭"。《红楼梦》里有个藕香榭，就是那个榭。这种叫"榭"的屋子，四面是没有墙壁的，方便射箭。古代学习射箭是很重要的课程，所以后世把泮宫当成学堂的代名词。

鲁僖公在位三十三年，在鲁国君主中，名声不错。他在位时，重新修筑了泮宫，弘扬六艺，所以大家写诗来歌颂他。泮宫在鲁国地位崇高，国家有大事，都会到泮宫来祭祀。

思乐泮水，薄采其芹。

思乐泮水，思是语气词，没有意义。但也有解释为思念并快乐的。薄，也是语气词。思乐泮水，薄采其芹。相当于说，乐泮水，采其芹。芹菜是古代常用的菜，非常古老，也是在礼书中经常出现的，又叫楚葵。

因为这首诗，搞得古代人秀才也叫"采芹"，《红楼梦》里"新涨绿添浣葛处，好云香护采芹人"，就是用这个典故。

鲁侯戾止，言观其旂。

就是说鲁僖公剪彩来了。戾，也是到、止的意思。有个成语叫"鸢飞戾天"，就是说飞到了天穹上。"戾"有"至"的意思，主要因为两字古音也很近。"旂"就是旗帜，大概和"旗"也是同源词。这里押韵要注意了，"芹"和"旂"都是以"斤"字为声符的，说明它们在古代读音很近。但是现在，"旂"已经丢落了辅音韵尾，这就像现在的吴语，上海话、苏州话，很多字也丢了辅音韵尾。比如饭馆，北京话说饭馆，南昌话说饭 kuon，苏州话则说 ve（前中元音）kuo（圆唇）。这里的押韵情况，也是这样。

其旗茷茷，鸾声哕哕。

是说旗子很多，车子的銮铃声很好听。古代的车马上，都喜欢配一些铃，走动的时候，就会发出鸾凤鸣叫样的声响。在《说文解字》里，这个哕写成"钺"。因为两个字古音相近，可以互换，不过那样的话，恐怕要读成 yuèyuè。

无小无大，从公于迈。

是说不管地位高的，还是地位低的，都跟着鲁僖公来了。迈，就是出行。这里是茷、哕、迈押韵，本来"迈"主要指远行，"路漫漫"的"漫"，就是它的同源词。漫、慢、曼、蔓等字，不是远的意思，就是长或者慢的意思。鲁僖公到泮宫来，路途应该不远，但用"迈"字，大约是为了迁就押韵。当然，也可能是奉承的话，领导同志出行，再近也是不辞劳苦。

　　思乐泮水，薄采其藻。鲁侯戾止，其马蹻蹻。
　　这几句，我们就不说了，意思差不多。

　　其马蹻蹻，其音昭昭。
　　是说他们的马个个高大威猛，声音个个洪亮。

　　载色载笑，匪怒伊教。
　　载，语气助词，没有什么意思。这句话是指有色有笑，《说文》训"色"为"颜气"也，不是指面容像僵尸样，而是指气色饱满。"气"字在古代，本义就暗含着"饱满"的义素。气色饱满，既可能指喜色，也可能指怒色。所以古书里单独一个色字，有怒气的意思。不过，这里的色，应该指喜色。另外值得注意的是，古代的"色"和"喜"古音很近。在楚简里，表示语气词的"矣"，有时候写作"喜"。而色字的写法，有的是从"矣"声的。所以，这句话大概也可以视为"载喜载笑"。诗句是说鲁僖公这个人，很亲切和蔼，脸上没有怒气，他不是靠着生气来教化百姓的；而是平易近人，让大家如坐春风，不知不觉就改变了自己的思想看法。这就是所谓的德教，是最上乘的政治教化。

　　思乐泮水，薄采其茆。
　　茆，莼菜，又叫凫葵。古代盛行吃葵菜，好像什么菜都能扯上一个"葵"字。有个清代学者叫吴其濬的说："古人于菜之滑者多曰葵。"

我在绍兴的饭馆吃过西湖莼菜汤，一小片一小片打卷的叶子浮在汤上，吸到舌尖上确实感觉很滑。这个"莼"字，又写成"蓴"，因为"纯"和"专"古音相近。我们都熟知那个典故，说晋代的张翰在洛阳做官，有一天秋风起来，他突然很怀念家乡苏州的鲈鱼和莼菜羹，感叹道："呐，做人呢，最重要的是自由，怎么能为了点名利爵位，把自己囚禁在千里之外？"马上让仆人给自己准备车马，弃官回家。

但我们不要学他，其实他辞官的目的并不这么纯粹，而是因为看见乱世将来，怕受牵连，才干脆辞官的。别人为他可惜，问他："难道你不想做一番事业，留名千古吗？"他说："还是算了吧，什么身后声名，都比不上眼前一杯酒重要。"其实他心里没准在说："什么声名，保命要紧。"其实建功立业有那么容易？不是出身好，根本不可能当上大官。不当上大官，不碰上大事，怎么留名？古者富贵而名磨灭不可胜纪，司马迁都这么说了。所以，我怀疑张翰早就想好了，搞这么一个行为艺术，没准留名更快。事实也证明了这一点，小时候我读辛弃疾的词："意倦须还，身闲贵早，岂为莼羹鲈鲙哉？"就知道张翰这个人了。

鲁侯戾止，在泮饮酒，既饮旨酒，永锡难老。

旨，美味的意思。本义大概是厚，因为"旨"和"实"的读音很近，酒味厚就是好酒，不厚就是差酒。锡，就是赐。记得小时候读吴伯萧的散文《难老泉》，最后有两句说："永锡难老，记忆还是新的。"当时很触动，感觉"永锡难老"这个词很古典，现代的作家，恐怕写不出来。毕竟吴伯萧是那个时代受教育的，在金文里，"难老"这个词出现得很多：

1.《叔夷（尸）钟》：用祈眉寿，灵命难老。（《集成》00272）

2.《叔良父盘》:季良父作姒尊壶,用盛旨酒,用享孝于兄弟、婚媾、诸老,用祈眉寿,其万年灵终难老,子子孙孙是永宝。(《集成》09713)

3.《太宰归父盘》:唯王八月丁亥,齐大宰归父□为忌沫盘,以祈眉寿,灵命难老。(《集成》10151)

4.《邿子姜首盘》:邿子姜首及邿公典为其盥盘,用祈眉寿难老,室家是保,它它熙熙,男女无期,于终有卒,子子孙孙永保用之,丕用勿出。(《文物》1998.09,页21)

5.《曾侯与钟》:余永用允长,难老。黄耇,弭终,无疆。(《江汉考古》2014.04,页26,65-66)

从金文的情况来看,绝大多数出现"难老"这个词的铜器,都是齐国的,齐鲁是一个地域,《鲁颂》里出现"永锡难老"这样的词汇,没准带有地方风味。

顺彼长道,屈此群丑。

这句话有很多异议,《毛传》说,顺着这条道路,收获了或者说收割了这么多的群众。意思是鲁僖公很得人心,估计道路两边,一直有群众举着鲜花,欢迎他们的伟大领袖。屈,有卷起来的意思,引申为收聚。丑,通畴,指群众。不过先秦古书上常说出去打仗,战果是"执讯获丑",指捉到了很多俘虏。所以郑玄说,这句话的意思是顺着那条长长的道路,歼灭了很多坏人。我个人赞同《毛传》的说法。

穆穆鲁侯,敬明其德。敬慎威仪,维民之则。

美好的鲁僖公，他品德高尚，形象威严，是老百姓的榜样。

允文允武，昭假烈祖。

继续赞扬鲁僖公，说他文武双全，让祖先下来享受祭品。郑玄的解释不同，他说是指鲁僖公的聪明达到了列祖的高度，大概他是把"昭"解释为"聪明"，把"假"解释为"格"，这是常见的训释。但是"昭"虽然有"明"的意思，却一般不直接用来表示"人的聪明"这种名词式的用法，所以郑玄的说法很可疑。另外，在金文中，"昭假"这个词很常见，但多半写成"昭各（格）"，比如：

1. 梁其敢对天子丕显休扬，用作朕皇祖考龢钟……用昭各、喜侃前文人。（梁其钟，《集成》1·187~188，189~190）
2. 㷭趩趩，夙夕圣爽追孝于高祖辛公、文祖乙公、皇考丁公龢林钟，用昭各、喜侃乐前文人。（㷭钟1，《集成》1·246）
3. （㷭）敢作文人大宝协龢钟，用追孝、敦祀、昭各、乐大神。（㷭钟2，《集成》1·247，248，249，250）
4. 述敢对天子丕显鲁休扬，作朕皇考龚叔龢钟，……用追孝、昭各、喜侃前文人。（述钟，《近出殷周金文集录》1·107，108）

有时候可以省去"喜侃乐"一类的话，只说"昭各"，例如：

5. 龢敢扬天子丕显鲁休，用作元龢扬钟，用昭各前文人。（晋侯龢钟，《近出殷周金文集录》1·46）
6. 王对作宗周宝钟，……用昭各丕显祖考、先王。（㝈钟，《集

成》1·260）

总之，都是指搞迷信活动，希望列祖列宗的鬼魂从天上闪亮降落，享受钟鼓之乐。昭，是闪亮的意思，当然也可能和"各"是一个意思，也表示到达。

靡有不孝，自求伊祜。

郑玄注释说，国人没有不效法他的。他是把"孝"读为了"效"。但也是不通的。我感觉这个"孝"大概是"享"的意思，因为金文里面，"孝"和"享"经常连用，所以，这句话是说，没有什么不贡献给列祖的，以求得自身的福佑。

明明鲁侯，克明其德。既作泮宫，淮夷攸服。

都很好懂，没有什么可以解释的，就是说，聪明的鲁侯，能够光大他的德行，修建这个泮宫，搞得周边少数民族都纷纷前来服从。

矫矫虎臣，在泮献馘。

矫，我们说过了，凡是从"乔"的字，多半有"壮健"的意思。馘，是割了敌人的左耳朵献功。

淑问如皋陶，在泮献囚。

这两句是说，鲁僖公判案的本领，比得上古代的大法官皋陶，在泮水这个地方，他对付了很多俘虏。

济济多士，克广德心。桓桓于征，狄彼东南。

这是说，好多人才能够帮助鲁僖公弘扬德行。桓桓，勇武的样子；"狄"和"剔除"的"剔"古音很近，经常通用，是"翦灭"的意思。

烝烝皇皇，不吴不扬。不告于讻，在泮献功。

是说现场有好多好多的人，但是他们不喧哗。郑玄把"吴"训为"喧哗"，是挺好的，这是因为"吴"和"哗"的古音很近，可以通假。而且"吴"的古文字形像一个歪着脑袋的人，顶着一个"口"，本义是说大话，大概和"哗"也是同源词。一般来说，喜欢说大话的人，总是咋咋呼呼的，跟喧哗的意思相通。这里的很多人能做到不喧哗，说明他们的素质很高，当然也说明鲁僖公统帅有方，搞得别人不敢喧哗。讻，争辩，古注解释为"讼"，古音也不远，没准也是同源词。这两句是说，不在泮宫争讼，只是好好献功。

角弓其觓，束矢其搜。

角弓，是说用角镶嵌的弓；觓，弓很强劲的样子。为什么？因为和"觓"读音相近的字，多有很急、绷得很紧、很强劲的意思，比如"虬结"的"虬"，"纠结"的"纠"。"觓"的异体字就写成"觓"，而"觓"的本义是"角曲屈的样子"。古汉语中有一个很有趣的现象，很多表示"曲屈"意思的词，往往也有"绷紧"的意思。搜，《毛传》训为"众多"，郑玄训为"劲疾"。我赞同《毛传》。古代一束箭矢，有的说是十二支，有的说是五十支，有的说是一百支，总之都很多。我们今天还说搜集，就是类似意思。

戎车孔博，徒御无斁。

兵车很多很多，士兵精神抖擞。孔，就是很；博，就是多，郑玄说"博"
应该读为"傅"，指很坚固，也讲得通。无斁，指不懈怠。斁的本义是
分开，引申为选择。因为选择一件东西，本质上是分开，分拣。而"分
开"和"懈怠"的意思相近。比如解，就是分开的意思，也可以当"懈
怠"的"懈"来用。不过这个"斁"字，古书上一般写成"择"，古代
很多人取名叫"无择"，《庄子·让王》里有"北人无择"，《庄子·田子方》
里有"田无择"，《吕氏春秋》里有"北人无择"，秦始皇时有御史大夫
"冯毋择"，但没有什么取名"无斁"的，可见"斁"和"择"是一回事。
无择的意思，就是不懈怠。

既克淮夷，孔淑不逆。

是说士兵们打败了淮夷等少数民族，而且都很注意军纪，不会违
逆命令，不会违背各种战争公约。

式固尔犹，淮夷卒获。

让你的谋略坚固，这样就使得淮夷全部被擒获。

翩彼飞鸮，集于泮林。食我桑黮，怀我好音。

这里写到泮宫的景色，说翩翩飞翔的猫头鹰在泮宫的树林上聚集，
吃掉了我的桑葚。但它不白吃，"怀我好音"，就是说，它对我由此产
生了好印象，甚至声音都变得好听了。为什么这么说？因为鸮，也就
是猫头鹰一向被视为一种声音很凶恶的鸟。

憬彼淮夷，来献其琛：元龟象齿，大赂南金。

憬，有另一种写法为"夽"，因为"憬"和"夽"古音很近，但是《说文解字》里说，"憬"的本义是"觉悟"，也就是顿悟，醍醐灌顶，它和"旷"大概是同源词。这句诗说，淮夷挨打之后，终于醒悟到自己很野蛮，应该虚心向上国学习，于是来向鲁国贡献宝贝。琛，宝，伪满洲国有个大臣叫陈宝琛，就是根据这个取名。淮夷献的什么宝贝呢？大乌龟，大象牙，还有南方的铜料。铜料最珍贵，是当时的战略物资，周王朝屡次向南边用兵，都是为了铜矿。《左传·僖公十八年》："郑伯始朝于楚。楚子赐之金，既而悔之，与之盟曰：'无以铸兵！'故以铸三钟。"楚国送给郑国一些铜，却要人家做保证，不用它来铸造兵器，可见当时铜的重要性。现在淮夷主动来向鲁僖公献铜，可见已经是多么顺服。

《泮水》这首诗，总的来说是歌功颂德的。从文学上来说，价值一般，但因为它对中国文化影响很大，所以还是有必要学一点，可以更全面了解中国传统文化，免得一听到中国文学，就想起那些唯美的爱情诗，凄恻的感伤诗，沮丧的反战诗。我认为，这种拍马屁的诗，也是要了解一点的。而且，马屁诗里面，涉及礼制的内容比较多，对我们充分了解贵族制度和文化有用；而只有了解了这些制度和文化，才能对其他类似的古诗有更深入的理解。

三、殷武

挞彼殷武，奋伐荆楚。罙（shēn）入其阻，裒荆之旅。有截其所，汤孙之绪。

维女荆楚，居国南乡。昔有成汤，自彼氐羌，莫敢不来享，莫敢不来王，曰商是常。

天命多辟，设都于禹之绩。岁事来辟，勿予祸适。稼穑匪解。

天命降监，下民有严。不僭不滥，不敢怠遑。命于下国，封建厥福。

商邑翼翼，四方之极。赫赫厥声，濯濯厥灵。寿考且宁，以保我后生。

陟彼景山，松柏丸丸。是断是迁，方斫是虔。松桷有梴（chān），旅楹有闲，寝成孔安！

《殷武》出自《商颂》，所谓的《商颂》，其实都是宋国的诗歌。一般的说法，说这首诗是宋襄公赞美其老爹宋桓公的，也有说是歌颂商朝先祖武丁的，我觉得后者的可能性大。

挞彼殷武，奋伐荆楚。

挞，形容词，指迅疾，快速。一般古代表示迅疾快速意思的词，往往和强壮有关，所以，理解为强大，更好，因为更符合语言习惯。这句是说，殷商的军队很勇武，奋起讨伐荆楚。

罙入其阻，裒荆之旅。

《毛传》把"罙"当成"深"的假借字。郑玄则把它解释为"冒"。《说文解字》引这句诗，"罙"则写成"采"，就是轻率冒进的意思。裒荆之旅，是说俘虏了楚国士兵。"裒"和"俘"的古音很近，可以通用。

维女荆楚，居国南乡。昔有成汤，自彼氐羌，莫敢不来享，莫敢不来王，曰商是常。

你们楚国啊，居住在南边。以前我们成汤当政的时候，不管什么氏族还是羌族，没有敢于拒绝来进贡朝见的，都齐声说："商王就是我们的王。""南乡"的"乡"，可以读为"方向"的"向"。

天命多辟，设都于禹之绩。岁事来辟，勿予祸适。稼穑匪解。

是说上天命令各路诸侯，在大禹所居住的故迹设立都城，年年来朝。我们不是想责罚他们，而是告诉他们，不要在农业上懈怠。前一个辟，是君王的意思。后一个辟，是表示君王义的辟的动词用法，意思相当于朝见。绩，就是迹，两个字古音很近，可以通用。适，读为谪居的谪。

天命降监，下民有严。不僭不滥，不敢怠遑。

上天监视下面，民众都很恭谨，做事有分寸，不敢懈怠。严，就是恭谨。僭和滥，都是过分的意思。

命于下国，封建厥福。

于是上天让有功的人建立国家，立为诸侯，当作赏赐。

商邑翼翼，四方之极。

商朝的都城巍巍高耸，是四面八方的表率。极，表率。

赫赫厥声，濯濯厥灵。

它名声赫赫，神灵光亮。

寿考且宁，以保我后生。

长寿安宁，能保护我们这些后生。

陟彼景山，松柏丸丸。

爬上那景山，松柏直立高耸。丸丸，解释为"挺直高耸"，是很奇怪的，古往今来都没有解释。我这里提出一个猜想，古代"丸"和"宽"的读音很近，"宽松"有时和"挺直"的意思相通，比如"挺"，本身既有"挺直"的意思，又有"宽松"的意思。其原因大概是宽松乃是一种放纵，一种舒张，因此和挺直的意思相关。

是断是迁，方斫是虔。

把它砍断，然后迁运走，而且又斫又削。虔，也是削的意思。

松桷有梴，旅楹有闲，寝成孔安！

松树做的方形橼子很修长，厅堂的柱子陈列宽舒，寝宫建成后，住起来很安稳舒服。

这首诗，没有什么很难懂的词汇，和一般纯粹歌功颂德的诗歌不一样，这首诗描绘了一个王朝昂扬向上的气质。有些名句，现在读起来还比较雄放，比如"莫敢不来享，莫敢不来王，曰商是长"，我想商朝贵族们在宗庙里唱起这首歌，会很自豪的，因为这是他们的国家。最后一章特别有意思，前面都是歌颂商人的武功，但最后一章突然转到砍伐松树建设寝宫，而且细致描写寝宫的特征，说住得很舒服，充满了俗世气息，非常亲切。其实所谓的武功，并不值一钱，能打动我们的，也不过是有一栋房子，能够"寝成孔安"而已。

第五课　风飒飒兮木萧萧，思公子兮徒离忧

『楚辞·九歌』二首

《诗经》都是无名氏的作品，现在，我们终于开始了有名有姓的人写的诗歌。《楚辞》大部分是屈原写的，屈原这个人，大家都很熟悉，但未必都熟悉，少不得还得介绍一下。

　　屈原，名平，字原，战国时代楚国人，约生于公元前 340 或前 339 年，死于公元前 278 年，是著名诗人。他出身高贵，是楚武王的后裔，祖先屈瑕，是楚武王的儿子，被封在屈地，所以氏屈。曾官任左徒、三闾大夫，后因为政见不同，遭贵族排挤，被先后流放汉北和沅湘流域。前 278 年，秦将白起攻破楚都郢（今湖北江陵），屈原自沉于汨罗江而死。屈原是中国历史上第一位伟大诗人，一般认为，他开创了"楚辞"这一文学形式（我觉得未必），开辟了"香草美人"的文学表达传统。在屈原之前，没有专业的诗人，屈原是第一个专业诗人，虽然他本人并不情愿。中国古代文人，其实本来也没有想当专业诗人的，都想搞政治，也不管自己有没有这个才能。

　　作为一个楚国的红 N 代，屈原很热爱楚国，很为楚国自豪，大概因为楚国的文化比较有独立性，浸润到了他的骨子里。不过，这不一定有普遍性。比如商鞅也是王族（卫国的公族）出身，但人家就没有为卫国要死要活，此处不留爷自有留爷处，只有屈原一根筋。这说明，一个人道德感太强，不是什么好事。当然，太没有道德感，也不是什么好事。屈原只是自己投河了，商鞅却给灭了族。

屈原的主要作品有《离骚》《九歌》《九章》《天问》等，这些诗歌有着和《诗经》不同的文学特点，多描写楚地山川风物，喜欢用"兮"字为感叹词，多抒情，多以"香草美人"作隐喻，句式活泼，意境幽丽，总称为"楚辞体"。

下面我们来读《楚辞·九歌》的第一首，《东皇太一》。

一、东皇太一

> 吉日兮辰良，穆将愉兮上皇。
>
> 抚长剑兮玉珥，璆（qiú）锵鸣兮琳琅。
>
> 瑶席兮玉瑱（zhèn），盍将把兮琼芳。
>
> 蕙肴蒸兮兰藉，奠桂酒兮椒浆。
>
> 扬枹兮拊鼓。
>
> 疏缓节兮安歌，陈竽瑟兮浩倡。
>
> 灵偃蹇兮姣服，芳菲菲兮满堂。
>
> 五音纷兮繁会，君欣欣兮乐康。

先介绍《九歌》。一般认为，《九歌》是屈原为楚国的祭祀活动写的歌曲，有人说，是楚人娱神降神时，代表天神说话的"唱词脚本"，全部内容由巫师来进行表演，有一个领衔主演，饰受祭的神鬼，唱的时候，好像神鬼附体；旁边有些小巫师，是配角或群众演员，他们充当背景，载歌载舞，起迎神、送神、颂神、乐神的作用。

《九歌》共十一篇，但为什么叫"九歌"，有很多种说法，有的说，"九"是"多"的意思，不一定指九篇；有人说《湘君》《湘夫人》应该合为一篇，《大司命》《少司命》应该合为一篇，这样就正好九篇。还有其他种种分合的说法，都是没什么坚实证据的，我们就不介绍了。

《九歌》的首篇是《东皇太一》，首先，我们要谈谈东皇太一是什么神。

从古代儒生的解释来看，东皇太一是楚国文化中至高无上的神，但我年轻时候读《楚辞》，就觉得这个名字怪怪的，感觉哪里有点不对。事实上，如果这个神叫"太一东皇"，我会觉得正常些，但为什么偏偏叫东皇太一呢？好像日本人的名字。而且除了《楚辞》，这个神名在其他先秦两汉典籍中都不见。所以，这个问题还是值得探究的。由于现在出土的楚国文字资料很多，在这方面会有突破。

在先秦时代，还没有"太"这个字，它是秦以后从"大"分化出来的，所以，在当时的楚国，"东皇太一"肯定写成"东皇大一"。不过目前出土的楚简材料，还没有"东皇太一"的材料。楚国文字中有一个写得像"大"的字，但在"大"的右臂上有一条纵向的短画，写作"大"；有时候还给这个字加上一个"示"旁，写作"秋""夨""秋"等形。有人认为，这就是东皇太一的"太"字，且因此认为"东皇太一"可以省称为"太"。但综合其他材料来看，不大可靠。

按照汉语习惯，"东皇太一"的中心词在"太一"，"东皇"是修饰，但"东皇"明显是个名词，不是形容词，不好用来修饰"太一"。那么，有没有可能"太一"是修饰词，但是放在中心词后面？又似乎不符合汉语习惯。至于东皇，现在一般认为指伏羲。大概因为东方是生命的象征，是阳刚的象征，所以掌管人世的神称为东皇。在汉代古书里，以伏羲为主管春天的神，还把伏羲称为太昊，号称木德，与此思想有关。一般认为，伏羲是南方民族崇拜的神灵，除了《庄子》之外，其他先秦典籍很少提到，也可以证明。19世纪20年代，长沙子弹库楚墓出土了一幅帛画，里面有一段文字，提到"雹戏"，也就是"伏羲"。帛书说，伏羲出生时，宇宙还是一个黑暗、混沌、无序的状态，可见伏羲是创世纪之神。后来又附会伏羲娶了女娲为妻，生了四个儿子，被他任命为四季之神，自此过了千余年后，日月才诞生了。闻一多认为，东皇太一就是伏羲，得到很多学者赞同。从两个神的地位来看，似乎确实有道理。

但"太一"两个字，不管从哪方面来看，都不像是神名，而是一个哲学名词，郭店楚简有一篇《太一生水》，阐述世界的本源，说太一生成了水。传世典籍中，则有"天一生水"的说法，于是宁波有个藏书楼也取名"天一阁"，来厌胜潜在的火灾。一，表示独一无二；太一，则是最大绝对的独一无二。所以有学者认为，太一其实是一个形容词，表示至尊、至纯、至上一类意思，就像"元始天尊"的"元始"。总之，"一"是中心词，"太"是修饰"一"的。而"一"相当于道家所说的"道"，《老子》里就出现了"一"，但还没有"太一"，"太一"应该是指至高无上的一，最大的一。

为什么"太一"这个哲学名词，会被放到东皇后面，变成神名的一部分呢？裘锡圭先生有个解释，他说，可能和伏羲的称号有关。在楚帛书里，有一句话叫"曰故大熊雹戏"。古时候，有动物崇拜的习俗，南方人崇拜的伏羲，被冠上了"大熊"的称号，因为熊是一种很威武的动物。古书上，伏羲就有个称号叫黄熊氏，但在文明化以后，楚国人觉得动物崇拜不雅驯，不贵族，就把"大熊"故意改读为"太一"。

这有音韵依据，因为在楚国文字中，"一"字可以写成"罢"，而"罢"和"熊"的声符一样，可以通假。于是，"伏羲"就和"太一"这个哲学概念联系起来，成了独一无二的尊神。

字形表

"熊"字在古文献中的不同写法
图片来源：《裘锡圭学术文集2》简牍帛书卷

　　楚国历代国王都把"熊"字冠在名前面，一般认为，就是因为楚国人的熊图腾。当然更直接的原因，是因为楚国的始祖名叫鬻熊，因为后世的楚王都是鬻熊的后代，所以在名字前面加一个熊字来表示。

看来在楚国，熊是很常见的一种动物。不过出土竹简中，给楚王冠名的"熊"一般写成"酓"，极少数才写成"熊"。在出土或者传世文献中，"鬻熊"又写成"穴熊"，那么问题就来了，如果楚国人真的以熊为图腾，为什么历代君主的名字在出土文献中都写成"酓"，"穴熊"的"穴"，也大多写成同音的"鬻"？对此裘锡圭先生也有解释，他说，楚国人极力想摆脱对熊的记忆。可惜是徒劳。迄今为止，所有的传世文献，写到楚国君主的名字，都是写"熊"字，而不是那个"酓"字。这是为什么呢？因为自秦火以后，保存下来的文献大多以秦国文字写成，于是楚国的祖先本来姓"妳"，被改成了"芈"（羊咩咩叫的意思）；燕国的国号本来是"郾"，被改成了"燕"，都变成了动物禽鸟。当然，如果统一天下的是楚国，我猜秦国的国名会变成"鸩鸟"的"鸩"（一种羽毛有毒的鸟），秦国的国姓"嬴"会变成"骡马"的"骡"，因为它们的读音都相近。

下面看正文。

吉日兮辰良，穆将愉兮上皇。

"吉"和"良"意思相近，以前我们说"吉士"的时候说过，"吉"在古代有"坚"的意思，古代所谓"吉金"，就是指"坚金"。"吉"和"良"的意思相近，我认为"良"和"梁""谅""粱"等同源，"梁"指桥梁、屋梁，据我研究，词义都来源于"挺直、坚硬"，引申为"精良"，所以"谅"有"的确"的意思（"确"的本义就是"坚硬"），"粱"就是"精米"。清代胡绍煐《文选笺证》里说，《山海经》里有一种马，白白的身体，赤色的鬃毛，名叫"吉良"，谁骑了它，可以像王八一样活上千年。我想，这种马的名称，就和"吉良"的本义有关。古代妇女对丈夫称"良人"，当然你可以理解为"好人"，但很可能它的本义是指"坚固耐用的人"，嫁个男人当作依靠，是指望他坚固耐用，当长期饭票的。总之，这两句诗是说碰上了好日子，准备迎接上帝降临。穆，就是敬重；愉，就是愉快。上皇，指东皇太一，创世纪的神。

抚长剑兮玉珥，璆锵鸣兮琳琅。

抚，相当于现在的"把"，握着。因为"把"和"抚"古音是相近的。手里握着长剑，这种长剑的"珥"，是用玉镶嵌的。看来迎接神的人，身上要佩戴长剑。珥，本来是指耳塞，《说文》把这个"珥"字训为"瑱也"。我告诉大家，一看到这种"真"为声符的字，马上就可以猜测它和"填补""堵塞""紧密"的意思相关。因为镇、填、窴、阗、缜、稹、慎等一系列的字，都有类似意思。唐代诗人"元稹"的"稹"，是种植庄稼很紧密的意思。不过这里的"珥"，是它另外一个意思，指剑的镡（xín），也就是剑柄和剑身之间的护手，它是用玉石做的。璆，是美玉的名字，现在写成"球"。锵，是佩玉互相撞击的声音。琳琅，也表示玉石碰撞的声音。这句诗有的版本写作"纠锵鸣兮琳琅"。"纠"和"璆"古音很近，可以训为错杂，那么整句诗指佩玉众多，交错而鸣，其声琳琅。不过我认为把"璆"释为玉，从语法上讲得通些。就是说，璆玉互相撞击的声音琳琅作响。

瑶席兮玉瑱，盍将把兮琼芳。

瑶，是一种像玉的石头。瑱，一作镇。镇，就是填塞。镇和压是一个意思，就像"压"也有"填塞"的意思，古书上"压塞"是个常用的词。诗是说，一种美玉的席子，用玉做镇。古代的竹席，为了怕卷角，都会用镇来压住。出土古墓中常见，但多是铜制，未见玉制，且做成俯伏的动物形状。满城汉墓出土的铜镇，豹形，动物体内还灌了铅，重量相当于现在一斤半左右。

豹形古铜镇

盍，何不。"盍"字的古音，按照王力先生的拟音，是 hap，不过这个 h 和汉语拼音的 h 发音不同，是浊音，在英语中常见。p 是收尾音，这种收尾音在粤语和闽南语中还有，其他方言全部丢了。"何不"两个字连读，就是"盍"的读音。盍将把兮琼芳，是说何不持着琼玉一样的芳草？也有人认为，如果看成疑问句不很通顺，于是把"盍"解释为全部，说全部抓起酒盏。但"盍"所处的语法位置应该是名词，但它又没有名词的用法，所以不合适。而且这时候诗歌只说铺陈酒宴，没有提到要抓起什么，下面"奠桂酒"，也只是说"放置桂酒"，所以我想，"把"有没有可能读为"铺"？因为"把"这个字出现很晚，楚国文字中还没见过，有可能原文是写成"铺"字，后来改成了同音的"把"。古代谈到酒宴，就说铺陈。"盍"可以读为"盖"，当成没有意义的语气词,那这句诗就是说:铺上瑶席,压上玉镇,再陈列上琼玉一样的芳草。

蕙肴蒸兮兰藉,奠桂酒兮椒浆。

蕙肴,用蕙草来蒸肉。我记得平生最美味的食物,是在小时候的某个晚上,跟着外婆、妈妈和小姨去东方红电影院看电影,离开映时间还很长。为什么会那么早去电影院?那个时代,有电影看就像过节一样,恨不得提早半天到达。她们提议去吃点夜宵,然后我就吃到了一生中最棒的小笼汤包,垫在松针上。松针是很香的,蕙草垫的菜肴也应该是很香的。肴,就是肉。蒸好后,再放在兰草上,献上去。桂酒,是把肉桂放在酒里面,增加香味。椒浆,把椒放在浆中,浆是酿制的略带酸味的饮料,这些都是迎接东皇太一的供品。

扬枹兮拊鼓。

有人怀疑下面漏了一句,到底是不是漏了一句呢?从句式来看,好像是这样。但古代诗歌的句式,未必都是这么整齐的,所以也不可视为定论。扬,举。拊,击也。枹,鼓槌。

疏缓节兮安歌,陈竽瑟兮浩倡。

"疏"和"缓"是一个意思,都是表示音节稀疏零落。安歌,也是指缓缓而歌,不急促。陈,就是陈列。这两句诗说,亲自举枹击鼓,让巫师们缓节跳舞,慢歌唱和。又陈列竽瑟等乐器,大声倡导,尽兴方休。"竽"和"瑟"在古书上经常连用,《说文》里说:"竽,管三十六簧也。""簧"是什么东西呢?就是在竹管顶端安装的金属片或竹片,吹的时候震动发声。竽在古代礼制中有很重要的作用,《韩非子》

里面说，竽是各种乐声的老大，每次奏乐，都是竽先开始奏响，然后钟声和瑟声开始跟随，其他各种乐器也竞相唱和。有训诂学家说，竽本身就有大的意思，因为竽的古音主要元音是 a，发这个音的时候，嘴巴张得很大，所以引申为"大"。有一种块根植物，叫"芋"，《说文》对它的解释是："大叶实根，骇人，故谓之芋也。"因为大得吓人，所以叫芋。不过竽这种乐器，在《仪礼》中从未见到，《仪礼》中"笙"和"瑟"相配，《礼记》中则是"竽""瑟"连言，大概因为"笙"和"瑟"是一类东西。"笙"是一种十三簧的乐器。总之，在古代的奏乐系统中，管乐和弦乐，是互相辅助的。

浩倡，也就是浩大的音乐。《说文》："倡，乐也。"一般指音乐家，所以倡伎，就是指乐伎。但是后来又造了一个"娼"字，专门表示妓女，实际上它的本义并不如此。在古代，音乐人没什么地位，有很多音乐人是盲人。有学者说，这是为了锻炼他们的耳朵，故意把他们的眼睛弄瞎的。好像也有点道理，著名音乐家兼刺客高渐离，就是因为技艺特别好，秦始皇舍不得杀掉，于是把他眼睛弄瞎，放在身边娱乐。春秋时郑国盛产音乐人，每次打仗打败了，就进贡音乐人给战胜国，表示顺服。音乐人主要是男人，后来发展到专门指女人，大概最后因为不但卖艺，还要卖身，就变成了从"女"旁了。但这句诗大概是说，陈列竽瑟，然后乐师们大声唱和。

灵偃蹇兮姣服，芳菲菲兮满堂。

灵指巫师。偃蹇，按照古注说，是指舞蹈的样子。但我不大相信。因为什么呢？因为在《楚辞》中，"偃蹇"这个词曾经多次出现，而古人给它的注释却各不相同：

1.《离骚》："何琼佩之偃蹇兮，众薆然而蔽之。"偃蹇，众盛貌。

2.《离骚》："望瑶台之偃蹇兮，见有娀之佚女。"偃蹇，高貌。

　　一个注释是很繁盛的样子，一个注释是很高的样子，这句诗的注释则是跳舞很美的样子，到底哪个是对的呢？让人一头雾水。别说普通读者，就是一般学者，也没几个说得清的。得找大学者求助。清代有两个大学者，一个叫王念孙，一个是他的儿子王引之，因为是江苏高邮人，在学术史上号称"高邮二王"，非常厉害，大概称得上是中国有史以来最伟大的古典语言学家。大家听到高邮，可能第一时间会想起秦观，他是高邮人；第二个就是汪曾祺，也是高邮人；第三个是高邮咸鸭蛋。其实最伟大的高邮人，可能是王念孙。王念孙是怎么解释这个词的？他说，"偃蹇"是个叠韵联绵词，并列举了古书上其他"偃蹇"词的例子。我们知道，很多古典词汇，如果想知道它的意思，没有别的办法，只有把这些词都归纳到一起来分析。有个叫张相的近代人，写过一本《诗词曲语辞汇释》，就是这么干的，他把古代诗词里所有词进行排比，分析它们的意思，除此之外，没有别的办法。因为我们没办法把古代人从土里挖出来问他："喂，你的诗歌里面那个字是什么意思？"我们只能排比，可供排比的例子越多，结论越可靠。王念孙举了下列例子：

1.《汉书·礼乐志·郊祀歌》云："灵舆位，偃蹇骧。"偃蹇，高也。

2. 张衡《思玄赋》："偃蹇夭矫娩以连卷兮。"夭矫谓之偃蹇，故屈曲亦谓之偃蹇。

3. 司马相如《上林赋》："夭蟜枝格，偃蹇杪颠。"郭璞注："夭蟜，频申也。"

4.《淮南子·本经训》："偃蹇蓼纠曲成文章。"

5. 司马相如《大人赋》："掉指桥以偃蹇。"张揖注："偃蹇，委曲貌。"

6.《哀六年左传》："彼皆偃蹇。"杜预注云，偃蹇，骄傲。

最后王念孙的结论是，偃蹇是指"伸展貌"，故骄傲亦谓之偃蹇，崇高亦谓之偃蹇。但王念孙没有解决一个问题，有时候"偃蹇"和"曲屈"一类意思的词连用，为什么它既是"伸展"的意思，又有"曲屈"的意思呢？其实它这个"曲屈"，不是一般认为的柔软的曲屈，而是一种硬而有韧性的曲屈。古代有一个常用的名字，叫"屈氂"，又写成"滑厘"，因为两者古音相近。前一个有汉武帝时的丞相刘屈氂，后一个有墨子的弟子禽滑厘。此外，汉印中还有这个名字。为什么大家喜欢取这个名字呢？要追根溯源。《汉书·王莽传》里面讲啊，王莽喜欢用氂毛装在衣服里面，这种毛就是一种硬而曲屈的毛，装在衣服里面，会把衣服撑起来，像西方妇女以前的裙子一样。所以，"屈氂"是同义词连用，表示"倔强刚直"一类的意思。我认为，"偃蹇"的本义就是"倔强刚直"，所以在各种辞例中，它有"高"的意思，也有"曲屈"的意思，还有"骄傲"的意思，还有"茂盛"的意思，在古人看来，高大和茂盛意思相通。

所以，我认为"灵偃蹇兮姣服"的意思是：巫师们身材伟岸（也可能指神态骄傲和众多），穿着美丽的衣服。"姣"的本义是"好"，本来是容貌好。但古代的"好"有时候只是因为长得高大健壮，《史记·苏秦列传》里说"长姣美人",清代有个学者叫徐灏,他有一句话说得很好:"古代从交声的字,意思多跟长有关。"为什么把"长"和"姣"放在一起?段玉裁说:"姣主要指容体壮大。"

五音纷兮繁会,君欣欣兮乐康。

五音指宫、商、角、徵、羽。纷,繁盛的样子。这句话是说,各种乐器发出的音符交汇在一起,恭祝东皇太一身心愉快,永远健康。

《东皇太一》这首诗场景热闹,可以看出当时盛大的祭祀场面。目前出土的楚国竹简很多,有不少是关于祭祀的记载,都是墓主身体快不行了,就叫人占卜,又花钱请巫师,给各个神仙祭祀。祭祀的名称繁多,有些名称现在还搞不清楚意思。各种不同的神,按照身份等级高低,都有不同规格的供品,用的祭品是牛还是猪还是羊、每种牲畜是什么颜色的、是什么性别、用了什么乐器,竹简中都记载得很详细。而且楚国人习惯在晚上举行这种活动,大概认为晚上鬼神才好出来。在那个贫瘠的年代,对很多人来说,这种活动无疑像盛大的节日。我小时候在乡下,吃过饭黑灯瞎火,就要上床睡觉。但如果碰到放露天电影,简直奔走相告。我想,那时晚上举行的祭祀,就和我们小时候看露天电影一样吧。而且,那时祭祀所用的牺牲,都是家家户户要凑钱的,不是自愿,而是必须,但也因此人人都有参与的资格,大概也能分到一点祭品,这对吃糠咽菜惯了的他们来说,是难得的享受。他们平时看不到穿着那么华丽衣裳的巫师,看不到那么多琳琅满目的乐器。总之,诗的画面感很强,有过农村生活经验的人,更容易想象。

二、山鬼

若有人兮山之阿，被薜荔兮带女萝。

既含睇兮又宜笑，子慕予兮善窈窕。

乘赤豹兮从文狸，辛夷车兮结桂旗。

被石兰兮带杜衡，折芳馨兮遗所思。

余处幽篁兮终不见天，路险难兮独后来。

表独立兮山之上，云容容兮而在下。

杳冥冥兮羌昼晦，东风飘兮神灵雨。

留灵修兮憺忘归，岁既晏兮孰华予。

采三秀兮于山间，石磊磊兮葛蔓蔓。

怨公子兮怅忘归，君思我兮不得闲。

山中人兮芳杜若，饮石泉兮阴松柏，

君思我兮然疑作。雷填填兮雨冥冥，

猿啾啾兮又夜鸣。

风飒飒兮木萧萧，思公子兮独徒离忧。

山鬼，按照古注，是一只脚的动物，跳着行走。这当然是无稽之谈。还有人说，就是一种叫枭阳的怪兽，也就是今天所说的狒狒。

狒狒面目五彩斑斓，但长这个德性，估计不会有人去祭祀。有人说，山鬼应当指山神。这首诗里的山鬼，很明显带有女性特征。我曾经看过一篇红楼梦研究的论文，里面考证说，曹雪芹写《红楼梦》，受这首诗影响很大。文章里说，山鬼就是林黛玉。三秀就是灵芝草的别名，而灵芝草就是绛珠草，林黛玉又是绛珠仙子。石磊磊兮葛蔓蔓，这句是指贾宝玉。宝石和鹅卵石，差不多嘛。余处幽篁兮终不见天，场景像林黛玉住的潇湘馆。风飒飒兮木萧萧，思公子兮独徒离忧，意境则像林黛玉的《秋窗风雨夕》。

我只能说，作者的脑洞太大了，后来我不再看《红楼梦》的论文，就是被这篇文章害的。

另外，郭沫若认为山鬼就是巫山神女，但这个"鬼"字，太可怕了，怎么能联想到神女上去？而且郭沫若的理由是：

> 於山即巫山。凡《楚辞》"兮"字每具有"於"字作用。如"於山"非巫山，则"於"字为累赘。

看来他认为"於"应该读为"巫"，也就是说，"采三秀兮於山间"应该读为"采三秀兮巫山间"，这我不能相信。因为"巫"和"於"的古音并不近，主要是声母相差很远，"巫"的古声母是 m，"於"是零声母。我以前读过芝加哥大学一位学者写的论文，说"巫师"的"巫"和英语的 magic 是同源词，因为 magic 和"巫"的读音很近，意思也近。说实话，这个脑洞开得更大，我不能相信。美国有一派语言学，擅长开脑洞，他们认为全世界的语言都是同源的，逻辑推导是：人类都是几百万年前一个东非女人的孩子，妈妈教他们的语言应该是相同的，所以不可能不同源。但是走出非洲后，他们各自经历过多少灾难？语言各自经历了多少变化？哪有那么容易指证同源。

总之，"於"和"巫"两个字的读音在中国古代并不相同，当然，我不敢肯定它们不能通假，毕竟韵部相同，但在《楚辞》中出现过"巫"字，出土楚简也经常出现"巫"字，没有一例是用"於"字来记录的，凭什么这里就用通假字呢?

若有人兮山之阿,被薜荔兮带女萝。

好像有个人在山的转角旁边,她身上披着薜荔草和女萝草。很漂亮,很美的样子。

既含睇兮又宜笑,子慕予兮善窈窕。

《说文》:"睇,小视也。"清朝的学者惠栋改为"邪视也",其实"邪视"和"小视"意思差不多,古代很多有"小"的意思的字,同时有"邪"的意思,邪,就是旁边的,侧面的,是不可能大的。总之,不是张大眼睛目不转睛地视,而是偷偷瞥一眼,然后赶紧躲开。《说文》中还补充说,楚国本部把"盼"称为"睇",和今天广东人说的"看"为"睇",是同一个字形,不是同一个词。盼、瞥、睥,我认为都是记录的一个词,它们古音很近。以前我们讲《郑风·硕人》,说庄姜这个美女"巧笑倩兮,美目盼兮",其中的"盼",我一直以为就是"盼"的另一种写法,也就是偷偷斜视,因为"盼""盼""瞥"的读音是很相近的。美女那么偷偷看你一眼,娇羞不胜的样子,在古人看来是最美的。《吕氏春秋》里说新妇刚刚结婚进门的时候,应该"烟视媚行",这个"烟视",也是指偷偷地看,不正眼看。当然,偷偷看的样子到底美不美,有个度,比较难以把握,要是过度了,就是贼眉鼠眼了。除此之外,还跟人长得好看不好看有关,长得不好看,偷偷看就是贼眉鼠眼;长得好看,偷偷看就是美貌。就像西施捧着心就是美,东施效颦就让人作呕。没办法,世界就是这么势利。

宜笑,就是笑得恰到好处,张开血盆大口笑不成,不该笑的时候放肆地笑也不成，总之，笑的时候让人很舒服。

子慕予兮善窈窕。

这句一般认为是山鬼的话，说你思恋我啊，因为我好好看。

乘赤豹兮从文狸，辛夷车兮结桂旗。

是说山鬼出入的时候，骑着火红色的豹子，跟随着文采斐然的狸。古代的"猫"都叫"狸"，"猫"这个字东汉的《说文解字》里都没收，可见用得很不普遍，那时候家里没有人养猫，也做不成猫奴，生活很悲惨。山鬼养的猫，也是野猫，但是身上五彩缤纷，很漂亮，估计是品种猫。她骑着火红的豹子还不过瘾，有时还要换乘辛夷木做的车，辛夷就是木兰，也叫玉兰。她的车上还结着桂树做的旗帜。屈原很喜欢写桂树，桂树我也很喜欢，那种香味，我认为没有哪一种植物的花香比得上。李清照《鹧鸪天》词说："暗淡轻黄体性柔，情疏迹远只香留。何须浅碧深红色，自是花中第一流。"连月宫里，都选择种桂树，而不是什么桃树梅树。西方人似乎也喜欢桂树，把写诗夺冠的人称为桂冠诗人。但小时候，我外公家屋后一户人家，女主人整天蓬头垢面，她的名字叫桂花，搞得我一直对这种花没有好感。一种很美的植物被用滥了，它就变成了纯粹的记音符号，和它本来所指没有关系了。比如我看到那个妇女，绝对想不起桂花；看见桂花，也想不起那个妇女。还好，辛夷这个名字就没什么人取，显得很高雅。

被石兰兮带杜衡，折芳馨兮遗所思。

身上还披着石兰和杜衡两种香草，折下芳香的草，送给所思念的人。

古代做菜酿酒，很喜欢用香草，祭祀祖先要用香草酒，叫作"鬯"。这句话被汉代《古诗十九首》化用了："攀条折其荣，将以遗所思。"

余处幽篁兮终不见天，路险难兮独后来。

下面继续是山鬼自诉，我住在竹林里，终年不见天日。篁，竹林、竹丛。路途很艰险，所以独自来得很晚。

表独立兮山之上，云容容兮而在下。

像标志一样独立在山上，古代"表"和"标"读音很近，可以通假，也是同源词。"表"的本义是外衣，是比较显眼的东西，标志也是很显眼的东西，所以古代标志物、树顶、旗帜、计时器都可以叫"表"，都是因为很显眼；也因为很显眼，所以又引申为"标准""规范"的意思。邪恶的东西，都是藏着掖着的，不能当作标准，对吧？《红楼梦》里林黛玉写过一首诗，说："孤标傲世偕谁隐，一样花开为底迟。"孤标，也就是指孤独地竖立，跟"表独立"相近。繁盛的云朵在下面飘浮。容容，就是很多很多的意思。

杳冥冥兮羌昼晦，东风飘兮神灵雨。

是说山鬼所在至高邈，云出其下，虽然是白昼天气，好像也进入了深夜。杳，就是深远。"冥冥"和"晦"都是指黑暗。羌，语气词。诗句是说，这时刮起了东风，神灵受到感应，开始下雨。天气不大好，阴沉沉的，有点鬼气森森。

留灵修兮憺忘归，岁既晏兮孰华予。

一般都认为，灵修指楚怀王，但有没有必要这么解释？我觉得还可以商议。不妨把灵修看成是好的人，因为"灵"和"修"，都有美好的意思。作者是说，留恋美好的人，沉溺耽搁，而忘了回家。"憺"字古注一般解释为"安"，我认为应该读为"耽"，耽搁，就是流连忘返的意思。《楚辞·东君》有类似的句子："羌声色兮娱人，观者憺兮忘归。"其中的"憺"，古注也训为"安"，我认为也应该理解为"耽"。当然，"安定"和"耽搁"的意思有相通之处，但放在具体的语境中，还是应该采取最精确的释读。这句的意思是，岁月已晚，行将衰老，谁能让我荣华呢？

采三秀兮于山间，石磊磊兮葛蔓蔓。

三秀，指灵芝草，据说这种草一年开三次花，所以叫三秀。诗句的意思是，在山间采摘芝草，只见山石磊磊，葛草蔓蔓，什么也找不到。

怨公子兮怅忘归，君思我兮不得闲。

古注说，公子，指公子椒也。子椒、子兰是楚怀王的宠臣，名字都很美，但都是屈原的死对头。但这里说是子椒，恐怕有点过度解释。我感觉大概是山鬼自诉，说怨恨公子不来，我怅然忘了归去，你思念我应该也不得闲吧？大概是女性的自我安慰，很多人把这句解释为疑问句，说你思念我，却告诉我不得闲。但有点增字为训，所以我们不采取。

山中人兮芳杜若，饮石泉兮阴松柏，君思我兮然疑作。

这是山鬼自诉，山中人经常跟芳香的杜若草为伴，饮用的是山泉，遮阴的是松柏树。有点像凤凰非梧桐不栖，非练实不食的架势，总之很高大上。但是最后一句又表达怨恨，说君思念我，但我有点怀疑。

和上句不同，到这里开始有怀疑了。大概恋爱中人们的患得患失，都是这样的。

雷填填兮雨冥冥，猿啾啾兮又夜鸣。

这两句写环境，说雷声响起来了，发成"填填"的声音。填填，就是密集厚重。我以前说过，"莲叶何田田"的"田田"，意思和这个相似，因为古音相近。古代形容车马走动的声音，经常用雷声来比喻。王国维《蝶恋花》词："昨夜梦中多少恨。细马香车，两两行相近。对面似怜人瘦损。众中不惜搴帷问。陌上轻雷听渐隐。梦里难从，觉后哪堪讯。蜡泪窗前堆一寸，人间只有相思分。"词里的"陌上轻雷"，不是指打雷了，而是指车声，有时候也写成"甸甸"，比如《孔雀东南飞》："隐隐何甸甸，俱会大道口。""隐隐"和"甸甸"经常都是用来形容雷声的，但在这里都形容车声。何，相当于《楚辞》里的"兮"，如果用典雅的楚辞体来记，就是"殷殷兮填填"。下句说猿猴在晚上尖声啼叫。据说猿猴的声音很凄恻，《水经注》："巴东三峡巫峡长，猿鸣三声泪沾裳。"可见很感人，也很凄厉。

风飒飒兮木萧萧，思公子兮独徒离忧。

天气越发的差了，风声飒飒，木枝萧萧，我好想念公子啊，但只能独自徒然忧愁。

《山鬼》这首诗的名字很可怕，如果我小时候听见这样的题目，肯定会想象一出恐怖的场景：一个青面獠牙，披头散发而且若有如无的厉鬼，在山间小路上漂浮，等候路过的行人，进行袭击恐吓。但这首诗却是写一个美貌的女子，想念她的情郎。我完全想不明白，屈原怎么会取这么一个诗题，难道这个"鬼"字是个通假字？记录的是一个和鬼怪无关的词？希望有一天我们挖到一个什么楚墓，墓里出土一卷屈原的诗歌，能帮我们解决这个疑难。

这首诗的色彩感很强，薜荔和女萝，听名字有一种青绿袅娜的味道；赤豹和文狸，也色彩艳丽。幽篁又给人凄清之感。整首诗幽悄深邃，略带点阴森，这种意境的渲染，在《诗经》和其他先秦文学作品中，是没有出现过的。和北方文化相比，楚国文化更绮丽华美，楚国的服饰也比北方的要云蒸霞蔚。有学者指出，刘邦是楚国人，在审美品位上倾向楚国，看见齐国人叔孙通穿着楚国的服饰来拜见，就非常高兴。汉朝贵族墓里随葬的俑，和秦始皇兵马俑的朴实不一样，往往衣服色彩瑰丽，这种审美习惯，和南方的环境和气候是相关的。楚人多信鬼神，南方植被丰富，而古人认为鬼神都藏在植被茂密的阴暗地方，比如大树底下。南方也雨水多，常常阴沉沉的，也容易给人深邃清冷之感。文学，总是和它的环境密切相关。

第六课　后皇嘉树，橘徕服兮

『楚辞·九章』二首

这次我们重点讲两首楚辞，第一首是《橘颂》：

一、橘颂

后皇嘉树，橘徕服兮。

受命不迁，生南国兮。

深固难徙，更壹志兮。

绿叶素荣，纷其可喜兮。

曾枝剡（yǎn）棘，圆果抟兮。

青黄杂糅，文章烂兮。

精色内白，类任道兮。

纷缊宜修，姱（kuā）而不丑兮。

嗟尔幼志，有以异兮。

独立不迁，岂不可喜兮？

深固难徙，廓其无求兮。

苏世独立，横而不流兮。

闭心自慎，终不失过兮。

秉德无私，参天地兮。

愿岁并谢，与长友兮。

淑离不淫，梗其有理兮。

年岁虽少，可师长兮。

行比伯夷，置以为像兮。

　　橘子这个玩意，说老实话，是可看而不好吃的东西，可能南丰蜜橘除外，那是培养几千年的改良品种；早期的橘子，一定非常难吃。屈原写的橘子，我也经常见，"青黄杂糅"，皮是青一块，黄一块的，光泽粲然，确实很好看；但很酸，真的不好吃。所以下面我们会看到，全诗里面，屈原一句也没提到它的味道。对古代人来说，它基本是一种中看不中用的水果。在荆州出土的包山楚墓里，随葬品中有梅子、栗子、藕、梨子，却没有橘子，估计就是嫌它太酸。有人说可能季节不合适，因为包山楚墓的墓主死亡在夏历三月，公历四月，橘子还没成熟。但梨子和藕也应该是秋天成熟的，到底怎么回事，还有待研究。

　　橘子专产于南方。《说文》里解释说："橘，果，出南方。"过了淮河，它就叫"枳"了。在汉代，中央政府还在产橘子的地方专门设了官府，来管理这种橘园，因为可以创汇。最有名的是四川荥经县、重庆奉节县、云阳县，朝廷专门在当地设立了橘官，但在湖北湖南，倒没听说。可见，最好的橘子产地在四川，要是屈原到了四川，估计《橘颂》这样的诗要写两篇。

　　橘子虽然不好吃，不过在古代，它应该还比较重要，中国土产的水果并不多，除了梅子、桃子、李子、柚子、杏子、桑葚，大概就属橘子了，其他大部分水果，都是陆陆续续从国外传来的，所以古代中国人很可怜，穿越回去可不妙。也正因为此，所以古代文人们，逮着一个就往死里写。《楚辞》中传世的歌颂水果的文章就只这么一篇，但出土的还有一篇所谓《李颂》（原文没有标题，也有人认为应该取名为《桐颂》，也有道理），内容是：

> 相吾官树，桐且怡兮。
>
> 抟外疏中，众木之纪兮。
>
> 旱冬之耆寒，燥其方落兮。
>
> 鹏鸟之所集，俟时而作兮。
>
> 木斯独生，榛棘之间兮。
>
> 恒植兼成，石（从欠）其不还兮。
>
> 深利开（jiān）豆，亢其不二兮。
>
> 乱木（本？）曾枝，浸毁丨兮。
>
> 嗟嗟君子，观吾树之蓉兮。
>
> 几不皆生，则不同兮。
>
> 谓群众鸟，敬而勿集兮。
>
> 素府宫李，木异类兮。
>
> 愿岁之启时，思吾树秀兮。
>
> 丰华緟光，民之所好兮。
>
> 狩勿强干，木一心兮。
>
> 悍与它木，非与从风兮。

后面还有一点序赞之类的东西：

是古圣人兼此和物，以理人情。人因其情，则乐其事，远其情。

大家可能注意到，出土的这篇《李颂》，和《橘颂》的风格完全一致，甚至有些词汇都雷同（后面我们会具体提到）。这让我们不由得要遐想，屈原到底是不是传说中的开拓《楚辞》这个题材的人？我个人倾向于不是。在当时，肯定有很多楚国文人操持这种文体，表达自己的爱恨，只不过屈原写得更好，流传下来了。但词汇雷同怎么解释？我怀疑当时肯定有很多有关"楚辞"这一文体的写作教辅，搜罗了不少当时的名句，每个高中生都会买来背诵。所以，屈原的《橘颂》很可能是一篇课堂作文。我们想象一下，在公元前320年左右，高中生兼语文课代表屈原坐在课堂上，然后语文老师来了，宣布："今天的两节语文课，我们写作文。"然后拈起一截粉笔，在黑板上写下硕大的两个字：橘颂。"下课铃响后交卷。"老师说，同时用粉笔擦敲敲黑板。

屈原于是充分发挥自己写作文的才华，交出了这篇作品，因为我感觉，它在艺术上并不完美，但充溢着一股年轻人才有的热烈向上的气息。在写这篇作文的时候，他年纪应该不太大。在这篇作文中，他充分借鉴了平时读过的《高考范文选》，甚至直接借用了几个句子，在古代，这是允许的，不会被视为抄袭。古往今来，很多诗人都抄过前人的句子，很多时候因为全篇出彩，而盖过原作。屈原这首，估计也是这样。

顺便提一下，我们现在把"橘子"一般写成"桔子"，这是很晚的事。就古音来看，"橘"和"桔"不近，一般不通用。"桔"念 jié，不念 jú，它的本义是"桔梗"，在日本动画片《聪明的一休》里，有个桔梗店老板，就是这个桔梗。"桔"的本义还有一个，指"挺直的木头"。我们以前讲"有女怀春，吉士诱之"的时候提到，从"吉"为声符的字，多有"挺直"的意思，所以"吉士"就是健壮挺拔的男子。桔梗这种植物，应该也是很挺直的，但我没见过。

至于"颂"，本义是"容貌"。所以"颂"这种文体，本义大概是来源于把容貌摆放在前，总之应该是"陈列美好"。现在我们来看诗的原文。

后皇嘉树，橘徕服兮。

后皇，就是指上帝。古代把帝王称为后，也称为皇，所以后皇就指帝王。在这里，大概是指上帝，因为上帝才能创造大自然，掌管大自然。屈原说，这是上天赐予的美树，它的名字叫橘。服，就是习。这种树被上帝派来，习惯于南土的气候。"服"和"习"的意思相同，《管子·七法》："政教军中，号令存乎服习，而服习无敌。"意思是号令如果想顺利传达，得到奉行，平时就得加强训练，让士兵熟悉。诗中说橘树是上天赐予的，大概也有屈原的自喻在内，他觉得自己就像橘树一样，天降伟人。至于为什么他如此看重橘树，橘树到底有什么优良品质，它在哪些方面超过梅树、桃树、栗子树，后面会具体描述，给出理由。

受命不迁，生南国兮。

南国，指南方的区域。"国"和"域"是同源词，春秋时代说诸侯国，一般不叫国，而叫邦。国指"区域"的时候多，指"国家"的时候少。南国这种称呼，由此一直沿袭到后世，唐代王维的诗《相思》："红豆生南国，春来发几枝。愿君多采撷，此物最相思。"南国就是指南土。这两句是说，橘树生在南土，从此根深叶茂，再也不肯迁移。大概也有屈原自诩的意思，他是楚国人，即使朝廷辜负了他，他也不肯迁徙到别的国家。其实屈原那个时代和春秋时代已经不一样了，以前有句成语"楚材晋用"，楚国有很多人在国内政斗失败，逃到晋国，比如析公、雍子、苗贲皇、申公巫臣等，还有逃到吴国，比如帮助吴兵攻占郢都的伍子胥。但那时国际环境较好，还是贵族社会，投奔别的国家，一般都能得到当初在祖国时的相应待遇；战国时代则不然，不讲究出身，有用才给薪水。屈原是王族，在楚国地位高，楚国又是大国，经济发达，怎么也能过得不错；要是跑到别国，很难有那么好。所以屈原的爱国，可能也是权衡过利弊的；就像橘树也权衡过利弊，过了淮河，它长不好。所以，这种托物喻志的东西，看看就可，千万别当真。世界上绝对没有无缘无故的爱，也没有无缘无故的恨。

　　深固难徙，更壹志兮。

　　这两句是说，橘树的根非常深厚坚固，难以迁徙，更加一心一意，扎根楚国。这又像是屈原抒发爱国激情的一个证据，但实际靠不住。因为当年文学还在草创年代，有些固定的句式，就像我们小学生写作文，春游回来，必定"依依不舍"一样，实际上都是套话。上面我们提到的上海博物馆藏战国楚竹书的《李颂》里，有类似的句子，比如"深利开豆，亢其不二兮"，前面那句到底什么意思，还搞不明白；但后面的"不二"，显然就是一心一意的意思。此外，《李颂》里还有一句："狩勿强干，木一心兮。"跟这个也比较类似。

绿叶素荣，纷其可喜兮。

这两句描写橘树的样子：绿绿的树叶，雪白的花朵。纷繁茂盛，看上去很喜人。橘树一般在初夏开花，秋天结果。这里写橘树，则不拘泥季节，只是写它的情态。

曾枝剡棘，圆果抟兮。

橘树的枝条繁茂，层层叠叠，堆积在一起。曾，就是层，很多以"曾"为声符的字，都有"高"和"层叠"的意思，比如层、增、赠、甑。曾本身也是这样，我们说曾祖、曾孙，都是表示代际相叠。赠，就是送别人东西，"赠"和"送"古音很近，估计也是同源词。别人凭空得了赠送的东西，也是表示增加了财富。"甑"是一种蒸东西的器具，是两层的，而不是单层的。剡棘，剡是锋利的意思。这句是说橘树枝条上长了很多很多的刺，而它的果子是圆圆的。"抟"也是"圆"的意思。汉代王逸的注说，楚国人把"圜"称为"抟"。类似的句子，也见楚简的《李颂》："乱木曾枝，浸毁丨兮。"

青黄杂糅，文章烂兮。

这两句说橘子的色彩，青色和黄色交杂，文采灿烂。这也是橘子让我最喜欢的一点，不管里边如何，外面总是很漂亮的。我曾经流落在福建南平，又饥又渴，掏出仅有的钱，在街上买过几个橘子，结果剥开后，里面空空如也。橘子这个玩意儿似乎很怪，不管里面烂成什么样，外面还能保持完好。

精色内白，类任道兮。

精，就是明亮也。类，就是外表。这两句是说，橘子的果实剥开，总是透明晶莹的，所以这里用"精白"来形容。古代人说的"白"，不仅仅指我们现在说的白色，在很多情况下，是指明亮、透亮，所以我们说真相大白，就是让真相透明，大家都看得到。"精白"相当于说"清白"。"精"和"清"是同源词，"精"从"米"，本义是纯净经过选择的米；"清"从"水"，本义是纯净经过过滤（选择）的水，有相同的义素：选择、过滤，引申为清楚、干净。包括跟它们音近的"静""净"，都有类似的义素，"静"，《说文》说"审也"，就是很清楚，很明白；"净"也是一样。"类任道兮"，是说橘子的外貌明亮干净，能够担当道义，这当然是比喻的说法，比喻内心纯净的人。有一种版本写的是"类可任兮"，意思也通。哪种对呢？从押韵来看，无疑"类任道兮"对，因为"道"和下文的"丑"都是押幽部韵，而"任"是侵部字，一般来说有点远。但问题可能又不是这么简单，一则"类可任兮"表面上看，是一句明显押韵不符合的句子，但为什么还被人保存下来呢？一则"任道"这个词在先秦典籍中很少见到，几乎没有。有没有可能是后人感觉"类可任兮"不押韵，改成"类任道兮"呢？这种可能也是不能排除的。因为楚国文字中，包括先秦其他古书中，幽部字和侵部字通假或者押韵，也不是没有的。比如上海博物馆藏战国竹书《孔子诗论》，讲到《诗经》的一首诗《葛覃》，其中的"覃"字，它写成左边是"寻"，右边是"由"的字，这是个两声字，也就是说，组成这个字的两个偏旁，读音相同，都是声符。其中的寻，就和"任"音近，"由"，就和"道"音近。所以，

"覃"的异体字
图片来源：上海博物馆藏
战国竹书《孔子诗论》

屈原的原文，写作"类任道兮"，也是可能的。

纷缊宜修，姱而不丑兮。

纷缊，茂盛的样子。丑，恶也。这是说橘子茂盛，有着恰如其当
的美好，没有一点丑态。其实从诗句的艺术上来说，这两句是败笔。
因为等于说废话，我们平常说话，谁也不会说繁茂而美好的橘树啊，
它美丽而不丑。这样的句子，有点朴素过头了。美丽，当然就不丑，
用得着费唇舌吗？这样的句子，在唐诗宋词是看不到的，如果有诗人
这么写，也就被淘汰了，绝对流传不下来。屈原的为什么能流传呢？
因为他是先秦的，片言只字都很珍贵；当然，此外还有运气。

嗟尔幼志，有以异兮。

上面对橘树的形状和果实都描述完了，接下来是纯粹对之进行人
格化的歌颂。屈原嗟叹：橘树啊，你从小就有远大志向，就和别人不同。
这大概也是说自己。其实橘树能有什么志向？它长什么样，完全是被
动的，由基因决定的。只有人这种具有主观能动性的动物，他有思想，
才会各有各的不同。人类是万物之灵，但即使人，也绝大多数像动物
和植物那样，被动生长；只有少部分杰出的，才会自小有大志。屈原用
树来拟人，只是一种玄想。

独立不迁，岂不可喜兮？

橘树独立不肯迁徙，这不是很可喜的事吗？这两句也是败笔，因
为前面讲了"受命不迁"，又讲了"深固难徙"，这里又讲"独立不迁"，
老是一个"不迁"打转，词汇和诗义都显得很贫乏。而且前面"绿

叶素荣，纷其可喜兮"一句中，"喜"字已经做过韵脚，意思并无任何不同，这里又用"喜"字押韵，也未免单调。要在后世这样写诗，去参加科举，肯定不及格。《诗经》虽然句子常重复，但那是一种诗体，和这不同。

深固难徙，廓其无求兮。

这句的"深固难徙"，又是重复前面的句子。说为什么不迁徙呢，因为你阔达无所求。"廓"从"郭"声。"郭"的本义是外城，引申为很大的意思。心中廓落，没有所求。因为很多人迁徙来迁徙去，都是有所追求，比如现在的移民。如果无欲无求，那就没有移民的意志。但人是有意志的动物，人往高处走，是合理的。橘树也未必不想往高处走，比如要它选择，是愿意长在一个环保很好的国家，还是随便砍伐的国家，它肯定愿意选择前者。屈原夸它"廓其无求"，看看就行了。

苏世独立，横而不流兮。

这句继续抒发自己的品德。无欲无求，所以不肯避害就利，坚决和庸俗的世道对着干。王逸的注释说：苏，寤也。意思是醒悟。还说屈原自知为谗佞所害，心中觉悟，像明镜似的，只是天性刚直，横逆俗人，不随波逐流。但把"苏世"解释为"觉悟世道"是不通的，因为"觉悟"一般是不及物动词，我觉悟了，这样的话就可以。觉悟了世道的虚伪，也可以讲通。但觉悟了世道，这样的句子就不通了。所以，王逸的注释是不对的。我认为"苏"至少可以读为三个词，一个是"忤逆"的"忤"，一个是"忤逆"的"逆"，一个是"傃"。这三个字都和"苏"读音相近，都可以解释为"违逆"。以前我们说过多次，汉字归根结底，都是用来记录语言的，读音相同的字，理论上意思应该相近。但其实"苏"本身也有"违逆"的意思，《荀子·议兵》："以故顺刃者生，苏刃者死。"这里"顺"和"苏"对文，意思相反，唐代的学者杨倞作注，就指出"苏"应当读为"傃"。上古音"苏"和"忤""逆"的声母不同，我为什么说它也可以通这两个字呢？因为在安徽阜阳第二代汝阴侯夏侯灶墓出土的《诗经》残片里，有"琴瑟在御，莫不静好"一句，其中的"御"就写作"苏"，而"御"和"忤""逆"两个字的读音几乎是相同的。横而不流兮，是说跟世道对着干，不顺从。横，就是不顺从。古代人认为南北向是顺的，称为纵；东西向是不顺的，称为横。横的，一般是不好的，比如说螃蟹横行，就是很霸道的意思，但一个人特立横行，不从流俗，又可以说是好的。流，可能跟"纵"也是同源词，它们的韵部很近。"流"在古代有"放纵"的意思，大概就是因为它和"纵"音义相通。

　　闭心自慎，终不失过兮。

　　这两句说，自己要闭心捐欲，敕慎自守，终不敢有过失。这里的"失过"是并列式词组，而不是动宾式词组，也就是说，不是"失去过错"，而是"过失和过错"。

　　秉德无私，参天地兮。

　　秉，执也。这是说自己执履忠正，行无私阿，德行可以和天地相并。参，就是等同、并列、匹敌的意思。

　　愿岁并谢，与长友兮。

希望随着岁月的消逝，我和橘树能够一直做很好的朋友，不相背离。"谢"和"舍"是同源词，表示"消逝"。《李颂》的"愿岁之启时，思吾树秀兮"句式，也以"愿"为开头，和这里很相似。

淑离不淫，梗其有理兮。

淑，就是美好，善良。王逸的注释说：自己虽然和橘离别，但依旧善持己行，梗然坚强，终不淫惑而失义也。但是，把"淑离"解释为"善良的离别"，是讲不通的，所以王逸在串讲时，也就穿帮了。这句的离，有可能是"丽"的通假字。"淑丽"两字的意思相同，都是指美好。这样的话，诗句就是说橘树美好不淫逸，木质坚强有仪表。我们前面讲到桔梗的时候，说过"桔"和"梗"的意思相近，都是刚硬挺拔。"梗"和"刚""强""亢"古音相近，都是同源词，意思也相同。《李颂》的"亢其不二兮"，其中的"亢"，读音正相当于"梗"，应该记录的是一个词。也可见《楚辞》体有很多老生常谈的废话，只有看得多了，我们才会发现。

年岁虽少，可师长兮。

王逸解释这句说：言己年虽幼少，言有法则，行有节度，诚可师用长老而事之。我觉得这样不通，屈原再怎么也不能这样自吹自擂。这句承接上文而言，应该仍是歌颂橘树。看来他歌颂的是一棵小橘树，说橘树虽然很小，但可以当自己的师长。

行比伯夷，置以为像兮。

像，就是楷模。伯夷这个人，我们都很熟悉，鲁迅的小说《采薇》

就是以他们兄弟为主人公，兄弟俩很憨，虽然不喜欢商朝，但又反对周伐商，认为是以暴易暴。后来躲在首阳山，靠野菜充饥，阿金说他们："你们假清高，吃的还不是周天子的野菜。"他们听了很羞愧，绝食而死。这可以见传统中国文人思辨能力的薄弱，人生下来就天经地义该享有自然的一部分，怎么叫吃了周朝的东西呢？鲁迅一生都在为此沉痛，但也毫无办法。

《橘颂》这首诗，我们在串讲时也说了，艺术上是有瑕疵的，但它依旧是一篇伟大的作品。为什么？首先，因为它的开拓性，不管这首诗的风格是不是屈原独创（从目前来看，独创的可能性很低），但在这首诗之前，没有人穷形尽相描写一棵树，写它的叶子，果实，枝条。而且写得非常精彩，抓住了橘树及其果实的特点，比如"绿叶素荣""曾枝剡棘""青黄杂糅""精色内白"，都非常生动，体现出作者高超的描写水平。

其次，作品把橘树和自己的志向结合起来，也开了咏物寓志的先河，为后世文人提供了写作典范。

第三，作品充溢着蓬勃向上的气息，和强大的道德感召力。我上中学时，最讨厌语文课本类似的归纳，显得很假。但这首诗的确让我感到这种气息，它们通过简洁干脆的句子，直愣愣展示在我面前。句子很短，节奏明快，朗朗上口。虽然词汇有重复之处，意思也有重复之处，却不掩盖其美好，是一首很好的咏物诗。有些句子去掉"兮"字，也很像七言诗。有人因为这个节奏，猜测是屈原年轻时的作品。

二、抽思

心郁郁之忧思兮，独永叹乎增伤。

思蹇产之不释兮，曼遭夜之方长。

悲秋风之动容兮，何回极之浮浮。

数惟荪之多怒兮，伤余心之慢（yōu）慢。

愿摇起而横奔兮，览民尤以自镇。

结微情以陈词兮，矫以遗夫美人。

昔君与我诚言兮，曰黄昏以为期。

羌中道而回畔兮，反既有此他志。

憍（jiāo）吾以其美好兮，览余以其修姱。

与余言而不信兮，盖为余而造怒。

愿承间而自察兮，心震悼而不敢。

悲夷犹而冀进兮，心怛伤之憺（dàn）憺。

兹历情以陈辞兮，荪详聋而不闻。

固切人之不媚兮，众果以我为患。

初吾所陈之耿著兮，岂至今其庸亡？

何毒药之謇謇兮？愿荪美之可完。

望三五以为像兮，指彭咸以为仪。

夫何极而不至兮，故远闻而难亏。

善不由外来兮，名不可以虚作。

孰无施而有报兮，孰不实而有获？

少歌曰：与美人抽怨兮，并日夜而无正。

憍吾以其美好兮，敖朕辞而不听。

倡曰：有鸟自南兮，来集汉北。

好姱佳丽兮，牉（pàn）独处此异域。

既惸（qióng）独而不群兮，又无良媒在其侧。

道卓远而日忘兮，愿自申而不得。

望北山而流涕兮，临流水而太息。

望孟夏之短夜兮，何晦明之若岁！

惟郢路之辽远兮，魂一夕而九逝。

曾不知路之曲直兮，南指月与列星。

愿径逝而未得兮，魂识路之营营。

何灵魂之信直兮，人之心不与吾心同！

理弱而媒不通兮，尚不知余之从容。

乱曰：长濑湍流，泝江潭兮。

狂顾南行，聊以娱心兮。

轸石崴嵬，蹇吾愿兮。

超回志度，行隐进兮。

低徊夷犹，宿北姑兮。

烦冤瞀容，实沛徂兮。

愁叹苦神，灵遥思兮。

路远处幽，又无行媒兮。

道思作颂，聊以自救兮。

忧心不遂，斯言谁告兮？

抽思，就是把思念陈列出来。《说文》说："抽，引也。""引"，就是拉长。拉长，就是陈列。"思"可以解释为思绪，那"抽思"就是"陈列思绪"。"思"也可以解释为悲伤，因为"思"在古代有"悲伤"的意思，而且这种意思一般流行在楚国。古人常说思秋，其实就是悲秋。那么，"抽思"就是"抽绎悲伤"，把悲伤陈列开了，心情就会好一点。思的悲伤义，应该来源于思考，人有思想，就会悲伤；做一头快乐的猪，就无忧无虑，但也有后果，就是会被宰。也有人说，"抽"应该直接读为"忧"，因为"忧"和"抽"音近，这是不懂古音的人的说法，不可信。"抽"和"忧"的古音并不近，不能通假。

一般认为，这是屈原的后期作品。文章写得很沉痛，我还记得年轻时，在图书馆把它和《思美人》《惜往日》等几首对读，心中非常触动。题目没有什么可以多说的，看原文。

心郁郁之忧思兮，独永叹乎增伤。

心中郁郁不乐，产生了忧虑，于是独自长叹，愈加悲伤。郁郁，就是堆积，聚集。增伤，就是累积悲伤。

思蹇产之不释兮，曼遭夜之方长。

这个"蹇产"，其实和我们经常说的"偃蹇"一样，是联绵词，大概就是一个词分化的。我们说过，"偃蹇"有高大的意思，也有曲屈的意思。蹇产也一样。汉东方朔《七谏·哀命》："戏疾濑之素水兮，望高山之蹇产。"其中的"蹇产"就是高大。但这里是"曲屈"的意思，是说心中诘屈不能分开，觉得长夜漫漫，难以度过。也就是失眠。我也经常失眠，但我失眠的时候，觉得夜并不长，经常很悲伤，怎么一夜就过去了，我竟然没合眼，会很惊恐。

　　悲秋风之动容兮，何回极之浮浮。

　　这句悲伤秋风的强劲。动容，不要望文生义，以为是吹动了容颜，虽然这样说很美，但就像藤野先生所说："这样一移，的确比较的好看些，然而解剖图……"总之，它是个联绵词，"强劲饱满"的意思，也可以用来形容心情。这是说秋风很强劲，让他悲伤。回，王逸说是邪也；极是中也。浮浮，行貌。又串讲说，"怀王为回邪之政，不合道中，则其化流行，群下皆效也"。宋代的洪兴祖说：极，是极致的意思；浮浮，是盛行的意思，这句是说邪恶盛行，像秋风摇落万物。我认为都不对，因为不合语法。我感觉"回极"应该是个名词，不该拆开，什么"回邪盛行""不合道中"，这些纯粹瞎说。浮浮，则是说回极的状态。我怀疑"回极"可以破读为"讳忌"，因为"回极"和"讳忌"古音相同，在古代有通用的可能，《老子》："天多忌（期）讳（违）则民弥贫。"这里大概是说，为何朝廷的忌讳那么多？

　　数惟荪之多怒兮，伤余心之懰懰。

　　数，纪也。荪，香草也。以喻君。荪，一作荃。清代有个人叫缪荃孙，实际上"荃"和"荪"古音很近，就是一种东西。如果在战国时代，缪荃孙这个人名读音类似"缪荃荃"或者"缪孙孙"，叠音词做名字，像中古时代的妓女。《楚辞》里面，"荃"或者"荪"一般认为代指楚王。懰，悲痛貌，其实就是"忧"字。这是说：记得君王一直对我脾气不好，可是君王啊，您可知道我的心有多的感伤？屈原的诗歌很多好像古

132

典剧的台词，难怪郭沫若写《屈原》话剧的时候，写得跟咏叹调似的。

愿摇起而横奔兮，览民尤以自镇。

摇，就是跳。古代摇、跳、跃、逃、倬等字古音都很近，所以意思也很近，多有突然向上升腾，跨越了很多路的样子，有点像鹞式飞机，垂直起降，但又飞得很快，一般的直升机是不行的。横奔，逆着奔。看来屈原得了君王的怒之后，魂飞魄散，慌不择路，撒丫子就跑。这个"摇起"和"横"字，把屈原当时的反应写得极传神，不可轻易放过。不过等他跑了一阵，双手撑住膝盖大喘气之后，神志清醒了，再看看四边，大多数混得还不如自己呢：有房子被强拆的，有小贩被驱赶的，有卖儿卖女的，有粉笔写字讨饭的，人家都没有什么过错，比自己惨多了，自己为什么不镇定？这两句脑补一下，画面感超强。

结微情以陈词兮，矫以遗夫美人。

惊魂稍定，于是继续把自己的想法写下来，上交给君王。矫，可以解释为举，因为很多从"乔"声的字，都有"高举"的意思。但看到后面这句，我们不要望文生义，以为屈原这家伙恋爱了，他不是写情书，还是死不改悔，想当帝师，想赐黄马褂，成为南书房行走呢。

昔君与我诚言兮，曰黄昏以为期。

开始你和我说话很诚恳，指定了在黄昏见面。我兴奋得蹦起来，以为恋爱就在碗里，只要用筷子把它扒进嘴就行了。这两句把一个初恋愣头青的兴奋之态，写得历历如在目前。

羌中道而回畔兮，反既有此他志。

谁知筷子还没伸进去，恋爱就跳出去了，人家呀，有了别的想法。如果这是一首恋爱诗，那么我认为屈原不占理，为什么？因为结婚了还可以离婚呢，人家不想跟你谈恋爱，咋的了。但如果是国事，就不能这么解了，国家人人有份，屈原当然有权利要求参与，有权利抱怨。

憍吾以其美好兮，览余以其修姱。

憍，就是骄。她凭借自己的美色在我面前骄傲，也就是尽情展示她的美貌。我的看法还是和上面一样，如果是恋爱，屈原不占理。人家漂亮凭啥不许展示，凭啥不许骄傲？生得漂亮，容易吗？

与余言而不信兮，盖为余而造怒。

这句和《离骚》的"荃不察余之中情兮,反信谗而齌（jì）怒"相似。"齌"和"疾"古音很近，是同源词，快的意思，这是说楚怀王不徐徐察他忠信之情，反信谗言而对他暴怒。至于本句的"造"字，大概应该读为"躁"，"急躁"的意思，和"齌"义近。这两句是说屈原蔫了，楚王不但不接受说他言而无信的批评，反而暴怒。原先还能黏黏糊糊，说点暧昧的话，这下好了，撕破了脸，彻底没戏。

愿承间而自察兮，心震悼而不敢。

间，空闲。察，明。意思是，希望在你接客的空闲中，能够稍微顾及一点我，让我也沾沾您的芳泽。这句显示屈原妥协了，他再也不求独自霸占楚怀王，只要楚怀王肯把他当成客人中的一个，他就满足了。但是他也承认，即使这样，他都害怕见到楚怀王的面，一想起就心中震荡。为什么呢？屈原不是很想见君王吗？很好理解，近乡情更怯嘛。

悲夷犹而冀进兮，心怛伤之憺憺。

夷犹，犹豫。他也意识到自己的可鄙，患得患失，想被接见，又犹豫不决，所以只能自己心中暗暗悲伤。这也是恋爱男女的微妙心思。

兹历情以陈辞兮，荪详聋而不闻。

"兹历情"。这句说，我写了这么多，你为什么像聋子一样？屈原终究忍不住，又开骂了，怪不得领导不喜欢他。但我们要感激屈原，这种做法，在屈原之后，就成为了一种文化传统，历代诗人词人对君王说些类似的话，有时候君王还假装要优容，因为不想自己被看成楚怀王嘛，至少要显得自己读过《楚辞》，有文化嘛。当然，对没文化的君王，就没有什么用。

固切人之不媚兮，众果以我为患。

我固然是喜欢说真话，不懂得讨好别人，所以别人以我为患。切人，就是直率的人，有着赤子之心的人，他不会去媚人，也就是讨好人。相当于不会哄女孩的男孩，只能做单身狗了。

初吾所陈之耿著兮，岂至今其庸亡？

我以前所说的，都很明白，难道你全忘了？意思说，难道你没有点击保存？就算没保存，也可以找专家来恢复数据啊。他不知道，人家根本没把他的情书当回事，保存啥啊，恢复啥数据啊。真是没有眼色。

何毒药之謇謇兮？愿荪美之可完。

我为什么这么毒舌呢？是因为良药苦口利于病，我希望您成为一个完人，为了咱们芈家的江山着想啊。第一句有一种版本写作"何独乐斯之謇謇兮"，可能更合理，意思是我为什么乐于坚持不懈地劝谏你呢？古代"毒"和"独"读音相近，可以通假；"乐"和"药"也读音相近，可以通假，因此形成异文。这是就政治说的，如果是恋爱，人家楚怀王长那么漂亮，每天无数凯子贴上去奉承，听好话多舒服，要你说什么忠言？找罪受？吃饱了撑的？

望三五以为像兮，指彭咸以为仪。

我希望您以三王五霸为楷模，让我们楚国重新强大起来。可以想象，如果当年楚国有选举，屈原一定会站在竞选台上，大叫："Make Chu State great again！"于是台下楚国群众欢声雷动，有节律地大叫："Quyuan——Quyuan。"但没有，屈原只能劝告楚王："听我的，能让楚国再次强大。"为了达到这个目的，我可以效法彭咸，随时跳水。原来他不是谈恋爱，这可以理解。如果真是谈恋爱就可怕了，动不动就以跳水威胁人家跟他好，那就是个渣男了。

夫何极而不至兮，故远闻而难亏。

有什么目标达不到呢？盛名远布，不会亏损。但楚王满可以说，跟了你一切都搞不成。

善不由外来兮，名不可以虚作。

善要靠自己争取，别人给不了的；名声也不可以靠玩虚的，而要靠长久获得。总之，要为老百姓办实事。楚王说："关你卵事。"

孰无施而有报兮，孰不实而有获？

天下没有白吃的午餐，有付出才有收获。依旧是劝告楚王，别玩虚的。

少歌曰：与美人抽怨兮，并日夜而无正。

这首诗明显是配合曲子唱的，上面的歌唱完了，这里唱一首小歌，大概相当于副歌。少，就是小，楚国人把"小"都称为"少"，但现在这两个字义有了微妙区别，我们称呼"少女"，感到很美好；称呼"小女"，只是可爱。词汇的发展，各有自己的道路。

小歌也许是合唱，也许是大歌完结后的孤声独唱，到底什么样，现在已经无可复原。从歌的内容来看，是对自身理想不能达到的继续悲叹：我向美人陈述悲伤啊，日日夜夜没有停止。正，有止的意思。有人认为"少歌"是内容总结，看起来不像，而是加大咏叹，抒发悲伤。

憍吾以其美好兮，敖朕辞而不听。

前面那句，上面已经出现过了。后面那句，是重申美人不听他的，对他的劝谏表示一种傲慢不接受的态度。很显然，这几句是继续咏叹。

"少歌"一共只有四句，显得很缥缈，想象是旁边的人助唱比较合适。

倡曰：有鸟自南兮，来集汉北。

少歌完后，还没有满足，于是再次起倡发声，造作新曲。诗义更加灵动，充满了象征的气息。有鸟从南边，飞到汉水的北面。大概是屈原自喻。他是南郡秭归人，长江边上。汉水在长江北面，从长江到汉水，是从南到北。

好姱佳丽兮，牂独处此异域。

我很漂亮，为什么孤独地在野外乱跑？牂，一作叛，两个字是同源词，都从"半"声，词源是"分开"，"分开"则是孤独的，所以"牂独"连文，是同义词连用。《离骚》里说"判独离而不服"，应该是"判独离"三个同义词连用。

既惸独而不群兮，又无良媒在其侧。

我很不合群，但其实并不想单身，只是没有媒人帮我找个床友。这么美，却没有人做媒，也是以大龄女青年自喻。

道卓远而日忘兮，愿自申而不得。

卓，一作逴。卓就是高，"高"和"远"意思相通，所以"卓远"是同义词连用，诗句是说道路辽远，和楚王更加疏离，没有机会跟他重新表白了。

望北山而流涕兮，临流水而太息。

我眺望北方的高山，哭得不可遏制；俯视流水，也禁不住长叹。流水，一作深水。"流"和"深"古音相近，有音近讹误的可能。

望孟夏之短夜兮，何晦明之若岁！

孟夏是四月。望着四月的夜晚日渐缩短，但我还是睡不着，一晚上好像经过了一年。有个成语，叫作寸阴若岁，就是表达这种情感的。

惟郢路之辽远兮，魂一夕而九逝。

想回到首都，但道路遥远，只能晚上魂魄跑归，一晚上要跑好多好多次。姜夔的词说"夜长争得薄情知……淮南皓月冷千山，冥冥归去无人管"，其意境屈原早就写了。屈原想的不是郢都，而是楚王。

曾不知路之曲直兮，南指月与列星。

不知道路是弯的还是直的，全靠月亮和星星们给我指路。

愿径逝而未得兮，魂识路之营营。

我想径直跑回去，然而做不到。魂魄在野外营营往来，非常孤独。营营，有一种版本作"茕茕"，古音相近。但这样意思就有区别，营营是往来徘徊的样子。茕茕是孤独或者忧愁的样子。两种写法，在诗句中都说得通。大概在古人眼里，徘徊和孤独的意思是相通的。

何灵魂之信直兮，人之心不与吾心同！

为何我的魂魄会这么直率，和别人不一样？

理弱而媒不通兮，尚不知余之从容。

理，通"使"，古音相近。我的使者和媒人很弱，不能帮我和心上人沟通，乃至心上人不理解我的行为。从容，一般训为动作。从词源上看，本义应该指比较狂放的举止。

乱曰：长濑湍流，泝江潭兮。

乱，大概通"阑"。在汉简里，"乱"和"阑"字相通，可知它们古音相近。"阑"有末尾的意思，比如夜阑、酒阑、阑尾。乱歌，应该就是指结束曲，尾曲。诗歌是说：长长的急流啊，向上逆流，冲击到江潭里。"濑"和"湍"意思相近，都是指急流。楚国人把"渊"称为"潭"。

狂顾南行，聊以娱心兮。

狂，古注说：遽也。"狂"和"遽"古音相近，是同源词。娱，乐。这句是说：楚怀王不肯召还我，我只好急促南行，幽藏山谷，自己娱乐自己。

轸石崴嵬，蹇吾愿兮。

古注说：轸，方也。但这个训释很可疑，因为古书上除了这句诗的例子，从来没有把"轸"解释为"方"的。在郭店楚墓的《五行》篇中，"轸"写成"访"，估计王逸看到了几种本子，其中一种"轸"讹误成"方"。"轸"有"多"的意思，它和田田、填填等都是同源词，这里也许是说：很多的石头高大，阻挡了我的愿望。

超回志度，行隐进兮。

超，越也。回，邪。我超越邪行，志其法度，隐行忠信，天天向上。

低佪夷犹，宿北姑兮。

夷犹，犹豫。北姑，地名。我之所以低佪犹豫，在北姑住招待所，就是希望君王能幡然觉寤，要我回去。

烦冤瞀容，实沛徂兮。

瞀，乱。实，确实。徂，去。我很烦闷委屈，容貌愤乱也懒得打理，诚欲随水沛然而去。

愁叹苦神，灵遥思兮。

我忧愁哀叹，苦身焦思，灵魂思念远方，不可遏止。

路远处幽，又无行媒兮。

我道路遥远，居处幽静，还是没有媒人帮我联系君王。如果视为恋爱，则好像哀叹恋爱搞砸了，没有人帮忙居间缓颊。

道思作颂，聊以自救兮。

道，道路。思，想。我在路上，想着写一篇颂歌，以抒发怫郁的心情，也算是自我救助。因为心情老抑郁，就会生病。抒发出来了，对健康有利，所以叫"自救"。有人说，这个"道思"就是"抽思"，"抽"和"道"古音相近，也说得通。

忧心不遂，斯言谁告兮？

不遂，不通。我的忧心没法传达给楚王，不晓得怎么办，这些话告诉谁呢？

《抽思》这首诗，在《楚辞》中非常有代表性，它不但有主歌，还有少歌、倡歌、乱歌，大概是现存的结构最齐全的楚国诗歌了。通过这些歌不同部分的名称划分，我们可以更好地了解楚国音乐的风貌。

内容则缠绵悱恻，一唱三叹，我们可以从中学到很多抒发忧虑的词汇和写作技巧。如果有人给它谱曲演唱，一定非常好听。

第七课　行行重行行，与君生别离

『古诗十九首』上

如果要问我，你最喜欢的中国古典诗歌是哪些？我会毫不犹豫地回答："古诗十九首。"

　　《古诗十九首》这样的诗，好像美酒，越读越醇，百读不厌。但奇怪的是，在它里面，找不到任何艰难的词汇，全是大白话。要知道，近两千年前的诗，现在人读来毫不困难，这是非常不容易的。它比很多唐诗，很多宋词，很多元曲都好懂，仿佛天籁，不假雕饰。而且，它们的作者，都不知道是谁，更坐实了像是天赐的东西，有一种"此曲只应天上有，人间能得几回闻"的感觉。

　　中国有很多伟大的作品，都是不知道作者的。比如《诗经》，比如《古诗十九首》这样无名氏的诗词，比如著名的小说《金瓶梅》，甚至《红楼梦》的作者，到底是不是一个叫曹雪芹的人，恐怕也还不是没有疑问。王国维在上世纪就说："谁使《红楼梦》这样伟大的著作，竟然丢了作者的姓名。"然后才激发后世无数人进行的考证，但至今疑问依旧很多。总之，这些作品仿佛都是天籁。

　　当然，这只是比喻，事实上没有什么东西是天上掉下来的。

　　《古诗十九首》这个名字，始见于南朝梁太子萧统编撰的《文选》。在《文选》中我们看到，萧统把一批不标作者名字、没有诗题、艺术风格类似的五言诗都称为"古诗"。《古诗十九首》艺术上的水准之高，不是我说的，刘勰就赞之为"五言之冠冕"（《文心雕龙·明诗》），明代的王世贞则评为"千古五言之祖"。我今天也想评价一句：如果要评中国古典诗歌的诺贝尔文学奖，恐怕第一个就该宣布：《古诗十九首》以无与伦比的感悟力，淋漓尽致地展示了人生的感伤；在艺术上，它将语言的直白和隽永完美统一在一起，让后世绝大多数学富五车的文人瞠目结舌，揭橥了新一代诗风，开拓了五言诗的表现领域。

这样伟大的诗歌，不但作者不清楚，连创作年代也无法考证。一直以来，有三种说法：

1. 刘勰、徐陵都认为它是西汉作品，后者甚至确定，《古诗十九首》中的八首是西汉辞赋家枚乘所作，黄侃、鲁迅、隋树森等对之也有部分赞同。

2. 梁启超认为它是东汉末年作品，罗根泽响应，经过俞平伯、刘大杰、马茂元、游国恩、袁行霈、李炳海等人的补充，写入了文学史教科书，成为最权威的"官方"看法，被广泛接受，流传至今。

3. 徐中舒认为是建安时代的作品，李泽厚赞同。有一位叫木斋的学者，力主建安说，出版专著《古诗十九首与建安诗歌研究》，详细论述《古诗十九首》产生于建安十六年以后，并且考证《古诗十九首》中的九首为曹植所作。

我个人认为，西汉说不可信。因为目前尚未发现西汉有这样成熟的五言诗，至于东汉末年和建安时代，则相差不大，建安本来就是东汉献帝的年号。从诗歌的押韵来看，和上古音接近，但也有明显的汉代特征，比如鱼、侯通押，脂、微、支通押，在先秦是很罕见的。综合地看，视为东汉末年作品大略可信。

至于木斋认定《古诗十九首》是建安十六年以后的作品，而且很多就是曹植写的，恐怕过于专辄。他还说，因为诗歌涉及曹操和甄后的隐事，被魏明帝曹叡下令刊落，更让人怀疑。因为我实在看不出《古诗十九首》有什么地方能让人联想到甄后。如果因此被刊落，那历来被认为更能反映其私情的《洛神赋》为什么不刊落呢？而且，据我看来，《古诗十九首》的艺术性要远强于曹植集中的诗，怎么可能这么巧，刊落的恰好是曹植最好的诗？

他们还说，曹植诗中的《七哀》，和《古诗十九首》的"西北有高楼"近似，我们比较一下，就知道其优劣：

七哀

明月照高楼，流光正徘徊。

上有愁思妇，悲叹有余哀。

借问叹者谁？言是荡子妻。

君行逾十年，孤妾常独栖。

君若清路尘，妾若浊水泥。

浮沉各异势，会合何时谐？

愿为西南风，长逝入君怀。

君怀良不开，贱妾当何依？

古诗十九首

西北有高楼，上与浮云齐。

交疏结绮窗，阿阁三重阶。

上有弦歌声，音响一何悲！

谁能为此曲，无乃杞梁妻。

清商随风发，中曲正徘徊。

一弹再三叹，慷慨有余哀。

不惜歌者苦，但伤知音稀。

愿为双鸿鹄，奋翅起高飞。

不得不说，曹植的《七哀》叙事太多，抒情太少，过于质实，不够轻灵，导致诗歌的韵味较少，比较平庸。《西北有高楼》则以拙为巧，浑厚中饱含旖旎之气。

明代的胡应麟曾列举曹植诗歌和《古诗十九首》相似的句子（斜线前为曹植诗，后为《古诗十九首》）：

1.人生不满百，戚戚少欢娱。/ 生年不满百，常怀千岁忧。

2.飞观百余尺，临牖御棂轩。/ 两宫遥相望，双阙百余尺。

3.借问叹者谁？言是荡子妻。/ 昔为倡家女，今为荡子妇。

4.愿为比翼鸟，施翮起高翔。/ 思为双飞燕，衔泥巢君屋。

两者之中，有的看不出太大的差别，有的则高下显然，比如"愿为比翼鸟，振翮起高翔"，就太老套了；而"思为双飞燕，衔泥巢君屋"，则画面感很强，还带着温馨家常的味道，诗味要远为浓厚。

总的来说，曹植五言诗多写实，叙事多，语言讲究，书面色彩浓厚，多铺排；《古诗十九首》则抒情旖旎，醇厚，直白如话，而又隽永有味，不是曹植能写出来的。

一、行行重行行

> 行行重行行，与君生别离。
>
> 相去万余里，各在天一涯。
>
> 道路阻且长，会面安可知？
>
> 胡马依北风，越鸟巢南枝。
>
> 相去日已远，衣带日已缓。
>
> 浮云蔽白日，游子不顾反。
>
> 思君令人老，岁月忽已晚。
>
> 弃捐勿复道，努力加餐饭。

下面逐句讲解。

行行重行行，与君生别离。

行走啊行走，与您生生别离。屈原有句诗："悲莫悲兮生别离，乐莫乐兮新相知。"人和人之间，终究不能常见。不管是母子、夫妻、兄弟、朋友，总会一个死在前，一个死在后，这是"死别"。但人还活着，就不得不别离，这种"生离"是最可悲的。虽然我个人并不认为生离比死别还让人悲痛，但死别是没办法，拗不过司命的召唤；生离好像还有盼头似的，可能因为此，大家觉得生离更加悲伤。

相去万余里，各在天一涯。

水边为"涯"，山边叫"崖"，眼睛边叫"睚"，我们有个成语，叫"睚眦必报"，"睚"和"眦"古音同部，这类字，多有"边侧"的意思。

总之，很多以"厓"为声符的字，都有"边侧"的意思，都是同源词，在古代都是混用的，"厓"在古书中，既可以用为"涯"，也可以用为"崖""睚"，就是这个道理。

道路阻且长，会面安可知？

这句话是化用《诗经·秦风·蒹葭》："溯游从之，道阻且长。"可见作者是读过《诗经》的。《诗经》那两句本来是明白如话，作者化用，渺无痕迹。

胡马依北风，越鸟巢南枝。

《韩诗外传》："代马依北风，飞鸟栖故巢，皆不忘本之谓也。"这两句诗，和《韩诗外传》的引诗相似，应该是化用《韩诗外传》的句子。代，今天山西北部，很多胡人居住。

相去日已远，衣带日已缓。

古乐府歌里说："离家日趋远，衣带日趋缓。心思不能言，肠中车轮转。"意思跟这差不多。大概当时也有一些精彩名句流传，大家随时拈来，用在自己的作品中。

浮云蔽白日，游子不顾反。

唐代李善的注释说："浮云之蔽白日，以喻邪佞之毁忠良，故游子之行不顾返也。"恐怕是求之过深。应该只是写漂泊之苦，没有那么多微言大义。

思君令人老，岁月忽已晚。

很简单的句子，但也有人把君解释为君王，纯属胡说。

弃捐勿复道，努力加餐饭。

捐，弃。还是放弃，别再说了吧，不如保养身体，努力多吃点饭。加，加强。汉代人写信，互相劝人多吃饭是套话。现在各地出土不少汉代书信，多是下级官吏或者平民写的，有关于加餐吃饭的话极多。

1. 强幸酒食，慎出入。(《天长汉简》)

2. 幸进酒食，慎察诸，毋缓急。(同上)

3. 幸强酒食，近衣炭，以安万年。(同上)

4. 将侍近衣，幸酒食，明察烽火事，宽忍小人。(《敦煌汉简》)

5. 足衣强食，慎塞上。(《居延汉简》)

6. 强饭，自爱，谨事吏已。(同上)

7. 加餐食，永安万年，为国爱身。(《居延新简》)

8. 慎风寒，谨候望，忍下愚吏士，慎官职，加强餐食。(《居延新简》)

但是，这种套话陡然用在诗歌中，别有一种陌生的味道。也同时可以证明，《古诗十九首》确实有汉代风韵。

这首诗，应该是写一个女的想念一个男的。按照东汉的情况，多半是妻子想念丈夫，不大可能是情人想念情人。东汉的礼教已经十分严厉，稍微有点身份的人，都是信奉儒家教化的，不大可能写偷情诗。

不过解释为夫妻，也有一个难点，就是诗中写道"相去万余里，各在天一涯""道路阻且长，会面安可知"，显得此去就是生离死别，似乎又未必是夫妻之间。难道是男人和男人？恐怕更不可能。双方的性别，应该还是一男一女。一般来说，男称女不称"君"，因此女性思念男性的可能性比较大。那么我们不妨想象，"游子不顾返"，显示是男子自己不愿回家。在汉代，一般万里求官，才会出现这种情况；当然，也可能是经商。从这点来看，女子确实是男子的妻子。那么"万余里""会面安可知"之类的句子，就是夸张的修辞了。

诗歌的写法是叙事兼抒情，通过前面的话，我们知道是男子出门，和女子相隔很远，一时半会儿不可能回家，留下女子独守空房。叙事很清楚，但间或插入抒情，"衣带日已缓""思君令人老，岁月忽已晚"，沉痛悲伤。思念是不可能让人老的，衣带也不可能因此每天宽松，但有相同体验的人，又会觉得有何等的同感。悲痛的人，需要夸张的修辞来抚慰。但这个女子，坐在灶台边，想着丈夫，突然从梦里回到了现实：不行，我不能先死掉，还是好好吃饭，才有身体等他回来。也许是灶台上米饭的煳味警醒了她，也许伴着这煳味，传来一声苍老的责骂："死妮子，老公刚走才多久，就熬不住啦？饭都烧煳了，败家精。"

这是婆婆的声音。一般来说，公公不会这样。

婆婆真的有这么严厉吗？大家可以想象一下《孔雀东南飞》，刘兰芝的老公只是在郡太守府做官，离家不会太远，十天半月就可以回来团聚一次，刘兰芝都觉得无比难受。这种难受不单单因为孤独，也不单单伤心青春易逝，主要在于和婆婆相处的艰难。

另外，说说诗的写作手法。一般来说，写作不能纯叙事，必须有适当的抒情，纯叙事的诗歌容易显得板滞。白居易的诗歌《长恨歌》和《琵琶行》，都是夹叙夹议的。议论要非常新颖陌生，才能给整篇添彩。吴伟业的《圆圆曲》："恸哭六军俱缟素，冲冠一怒为红颜。""妻子岂应关大计，英雄无奈是多情。全家白骨成灰土，一代红妆照汗青。君不见，馆娃初起鸳鸯宿，越女如花看不足。香径尘生乌自啼，屧廊人去苔空绿。"这些抒情就很为全诗增色，没有这些抒情，诗歌的价值起码减五成。

《古诗十九首》应该不是很穷的人写的诗，大约是中产阶级。很穷的人天天挣扎在贫困线上，像动物一样觅食，心中哪有诗意？诗必定是悠闲的产物，不管作者当时有多么贫困悲苦，他都没到挣扎在死亡线上的程度。至少他经历过一段闲适的生活，培养了一定的审美情操。

顺便提一下某学者的话，他说，黄初二年，曹植与甄后生离死别，曹植写作《行行重行行》一首，当作只有两者之间才能读懂的隐语。这是很荒谬的。

二、青青河畔草

> 青青河畔草，郁郁园中柳。
>
> 盈盈楼上女，皎皎当窗牖。
>
> 娥娥红粉妆，纤纤出素手。
>
> 昔为倡家女，今为荡子妇。
>
> 荡子行不归，空床难独守。

古注说，这首诗是写人有才华，却侍奉暗主，所以以妇女事夫的情怀，表达心中委屈。不可信。下面我们逐句解说。

青青河畔草，郁郁园中柳。

这两句纯写景，汉代人亲近自然，屋边没有什么水泥地，哪怕列侯宅邸，周围也是泥巴地，一下雨寸步难行。我小时候住在乡下，老宅边就是一个菜园，种满了蔬菜、向日葵、南瓜和各种树。所以，读这诗感到非常亲切。

盈盈楼上女，皎皎当窗牖。

这个女子住楼房，说明家里有点钱，至少中产。她体态丰满。盈盈，应该是丰满的意思。我以前屡次讲到，古人认为长得好看的，不管男女，都高大挺拔丰满。盈，本来就指满，我们说月圆也叫月盈。宋玉的《神女赋》："貌丰盈以庄姝兮，苞温润之玉颜。"就是指丰满。她还很白，站在窗前，像满月一样皎洁。如果跟她做邻居，不用等到晴天的八月十五，天天可以准备好月饼，坐在门前赏月，看她一眼，咬一口月饼。当然，穷人没月饼吃，只能干看了。

娥娥红粉妆，纤纤出素手。

她还做了化妆，唇上施朱，脸上傅粉。手指纤细，好像削葱根。我们前面说女孩丰满，不是肥，而是秾纤得衷，修短合度，也就是不胖不瘦，瘦不露骨。要是丰满过头，手指就粗短了。

昔为倡家女，今为荡子妇。

这女子为什么这么漂亮，原来是当成乐妓培养的。"倡"和"唱"是同源词，唱歌的意思。乐妓从小就练习声乐，不会干粗活，所以好看。人的相貌，起码有一半会受生活影响，现在美女的比例，肯定远高于古代。为什么？因为营养好，医疗好，至少牙齿长歪了，可以矫正，古代怎么可能？诗中的女子可能已经嫁人，她嫁的男人是个荡子，成天不落屋，这和她以前灯红酒绿的夜生活，无疑有着极大反差。

荡子行不归，空床难独守。

这两句好就好在直白："天杀的，老娘守不住了。"丝毫不加掩饰。这是全诗的诗眼，没有这句，这首诗起码减色百分之五十。

诗的写法好像一台摄影机，先是摄制风景，有小河，有青草，有柳树，然后画面中出现了楼台，窗户，美女；镜头推近，细致展现美女的装束，样貌。最后是画外音加回忆的画面，画外音直接叙事，女主人公乐妓出身，床上可能还摆着箜篌或者琵琶，但丈夫不晓得死哪游荡去了，这年头真是涝的涝死，旱的旱死，别人把这女子当月亮，当女神，荡子却不在乎。最后女神终于喊出一句："天杀的，老娘守不住了。"收束全诗，达到高潮，大快人心。

为什么大快人心？因为这句写出了很多人的愤懑，不管是女的还是男的：凭什么你快活，我受苦？不，去你的，我也要及时行乐！

三、青青陵上柏

青青陵上柏，磊磊涧中石。
人生天地间，忽如远行客。

斗酒相娱乐，聊厚不为薄。

驱车策驽马，游戏宛与洛。

洛中何郁郁，冠带自相索。

长衢罗夹巷，王侯多第宅。

两宫遥相望，双阙百余尺。

极宴娱心意，戚戚何所迫？

青青陵上柏，磊磊涧中石。

看见"陵"字，大概就能想到坟墓，很恐怖。其实"陵"的本义是大土山，但这里可能确实指陵墓。陵墓上种着松柏，山涧中到处是鹅卵石。这是野外风景。

人生天地间，忽如远行客。

这是自古以来就有的思想，和天地的永恒相比，人生短暂，不过像在人世做客。这个思考很形象，也很沉痛。我小时候过年去外公外婆家做客，吃了点好吃的，总舍不得回家。妈妈就会说："一餐只管得一餐。"我则希望这个"客"永远做下去，人类对于世间的愿望也是如此。因为在人看来，没有比世间更好的去处。

斗酒相娱乐，聊厚不为薄。

所以要及时行乐。斗酒，就是一斗酒。鸿门宴里说项羽给樊哙"斗卮酒"，"斗卮"就是容量为一斗的酒杯，大约相当于现在的200毫升。这里说，拿着能装一斗酒的酒杯痛饮娱乐，这已经是比较丰厚了，不算太薄了。

驱车策驽马，游戏宛与洛。

宛、洛是当时的一线城市，房子都限购的。前者在现在的河南南阳，已经沦落为四线城市了。

洛中何郁郁，冠带自相索。

索，求也。郁郁，盛貌。冠带，有钱人。这是说洛阳好繁荣兴盛，有钱人都找有钱人一起玩，你跑上去说："土豪，我们做朋友吧？"碰上脾气不好的，你会挨打。

长衢罗夹巷，王侯多第宅。

衢，四通八达的大道。这是说洛阳的大道边傍罗列着众多小巷，巷中多是王侯的豪宅。正常语序应该说"多王侯第宅"，但诗句一般不用 1+4 句式，读着不协调。

两宫遥相望，双阙百余尺。

东汉的洛阳皇宫，最著名的是南宫和北宫，两者相去七里。门口立着的双阙，有一百尺那么高。汉代一百尺相当于现在 23.5 米，当时肯定非常高了，恐怕有些夸张。

极宴娱心意，戚戚何所迫？

于此宫阙之间，快乐地纵欲，有什么忧思可逼迫我的？戚戚，忧思。

这首诗押入声韵，而且都是上古的铎部字，不夹杂其他韵部的字，押韵非常严格。入声短促，自有一种落寞凄凉之感，所以全诗虽然讲的是快乐，却隐隐透出悲凉。开头以陵上柏、涧中石起兴，仿佛《诗经》的写法。但自有不同。《诗经》的起兴，往往没有目的，因为和主题可能毫无关系。但这个起兴，却有以陵墓上松柏之长青，山涧中鹅卵石之坚固，来反衬人世的短暂之用。所以在短暂的抒情之后，立刻转入叙事，写在洛阳的纸醉金迷生活。但结尾说，过得这么爽，还有什么忧愁呢？显得欲盖弥彰，其实内心并未忘却"人生短暂"的忧思。

我个人很喜欢这首诗，一则因为画面感很强，"驱车策驽马，游戏宛与洛"，写人的活动；"洛中何郁郁""长衢罗夹巷"，写洛阳的繁盛华美。但突然来一句"两宫遥相望，双阙百余尺"，景象忽然变得巍峨巨丽，有居高临下之气。洛阳是天子都城，其繁华比之下郡，自带一种高贵。但就算如此，又怎样呢？现在的洛阳，那些巨大的双阙安在哉？那辉煌的宫殿，早已连麋鹿都没有兴趣涉足了。

这种大开大合忽起忽落的写作手法，看似不经意，其实有很高的写作技巧。当然，如果是天才，可以在随意间得之。

四、今日良宴会

今日良宴会，欢乐难具陈。

弹筝奋逸响，新声妙入神。

令德唱高言，识曲听其真。

齐心同所愿，含意俱未申。

人生寄一世，奄忽若飙尘。

何不策高足，先据要路津？

无为守贫贱，坎坷长苦辛。

今日良宴会，欢乐难具陈。

起句好像极普通，其实现在小学生也都会这么写：今天是中秋节，我心里的高兴啊，一天大批说不完。或者老干部写诗："火树银花不夜天，弟兄姊妹舞翩跹，歌声唱彻月儿圆。"但俗气四溢。而这两句，却显得古朴有味，为什么？难道因为有从汉到今近两千年岁月的加持？不过距汉不远的刘勰等人，都已经认为它们是好诗了，所以问题还不在此。

我以前每次看到这句，却不感到欢乐，总感到有一种悲凉的味道，不晓得为什么。大概因为读到下面，知道是一首悲凉的诗；但也因为可能知道，过分的欢乐之后，总是悲凉。所以，写欢乐不要太过。

弹筝奋逸响，新声妙入神。

弹筝的声音纵逸，这美妙的新曲调，深入人的神髓。

令德唱高言，识曲听其真。

令德，指唱歌的。高言，高歌。识曲，指知音。有高尚情操的人在唱歌，只有知音能听出其中的真意。

齐心同所愿，含意俱未申。

齐心协力，有相同的愿望，但饱含在心里，没有传达出来。

人生寄一世，奄忽若飙尘。

这里突然转为抒情，大概是宴席上的人突发感慨：人生像做客一样，寄居世间，突然就会消失，像飘飞的尘土一样。这样的听曲喝酒的日子，怎样才能长久获得呢？

何不策高足，先据要路津？

为什么不策马前进，先占据好的居处呢？策，刺马前进的器具。高足，指骏马。要路津，指重要的职位。

无为守贫贱，坎坷长苦辛。

不要守着贫贱，长久过艰辛的日子。诗写到这里，仿佛俗了。前面写宴会，诗歌起初八句都是写宴会之乐的具体细节。突然笔锋一转，又哀叹起人生短暂。但短暂的解决办法，是要想尽办法做官，以便有机会大吃大喝。说俗了，是表面的现象。显得主人公的思想就是这么庸俗，但似乎又不至于如此。主人公是有文化修养的人，他不是禽兽，他懂得音律之美，还希望碰到知音，绝非寻常的酒囊饭袋。所以，我从这诗才看出悲凉和末世景象。大概当时人心思乱，战乱一起，玉石俱焚，作者才有这样的悲痛吧。但不管如何，究竟不算高尚情操，所以古人说，这都是说反话，表示很愤激。

至于艺术手法，朱自清分析过，他说这首诗所咏的是听曲感心；主要的是那种感，不是曲，也不是宴会。但是全诗从宴会叙起，一路迤逦说下去，顺着事实的自然秩序，并不特加选择和安排。前八语固然如此，以下一番感慨，一番议论，一番"高言"，也是痛快淋漓，简直不怕说尽。这确是近乎散文。

五、涉江采芙蓉

　　涉江采芙蓉，兰泽多芳草。
　　采之欲遗谁？所思在远道。
　　还顾望旧乡，长路漫浩浩。
　　同心而离居，忧伤以终老。

《楚辞》里说："折芳馨兮遗所思。"这首诗大概由《楚辞》的句子启发。

涉江采芙蓉，兰泽多芳草。

趟过江水去采美丽的芙蓉花，在布满兰花的水泽里，长着很多很多的香草。芙蓉，或指木芙蓉，也可能指荷花。

采之欲遗谁？所思在远道。

采了芙蓉，我送给谁呢？我所思念的那人啊，在很远的地方。

还顾望旧乡，长路漫浩浩。

我回过头去，望着故乡的方向，只看见漫漫不尽的长路。

同心而离居，忧伤以终老。

《周易》："二人同心，其利断金。"《楚辞》："将以遗兮离居。"离居，《楚辞》的古注说是隐居者。这里指的是分居。诗句是说：我和那人同心，但是不得不分居，相隔遥远，只能忧伤终老。

这首诗很短，开头是叙事，想象一个人，挽起裤脚，想渡过江去，采那边的芙蓉。芙蓉种在江边的湿地。泽在古汉语中，一般指半干半湿的沼泽地。湿地上长着很多兰花和香草。采芙蓉是干吗呢？想送给远方的朋友。这位朋友可能还留在故乡，所以主人公环顾望着故乡的方向，道路漫漫，远在天边。于是不由得慨叹，虽然同心，但是无法住在一起，只能忧伤终老。很显然，一辈子也可能见不到。古代那种交通条件下，这种情况是非常常见的。

从古注来看，仿佛作者思念的是个男人，但是诗歌写得这么情真意切，思念的不是情人仿佛说不过去。所以，也可以把它理解为情诗。"还顾望旧乡，长路漫浩浩"两句，今天的人肯定没有沉痛的同感，现代人读古诗，除了亘古不变的人性，其他的情感都要打九折，因为交通条件提高得太多了。《史记》里说汉文帝有一次带着宠妃慎夫人去霸陵游玩，指着新丰道对慎夫人说："此走邯郸道也。"慎夫人当即惨凄悲怀，不可遏制，夫妻俩鼓瑟而歌。因为慎夫人是邯郸人，但贵为皇帝宠妃，也知道故乡渺渺，等闲无法回去。换现在，就一张机票的事。

第八课　思为双飞燕，衔泥巢君屋

『古诗十九首』下

一、庭中有奇树

> 庭中有奇树，绿叶发华滋。
> 攀条折其荣，将以遗所思。
> 馨香盈怀袖，路远莫致之。
> 此物何足贵，但感别经时。

这首诗很多选本说是枚乘写的，不可信。它和上次我们讲的《涉江采芙蓉》有类似之处，都是采摘了东西，想送给所爱，但所爱在远方，无由送达。

庭中有奇树，绿叶发华滋。

第一句开门见山，说院子里有一棵奇书，但不是说奇怪的树，而是指很卓异不凡的树，"奇"从"可"声。以前我们讲过，从"可"声的字，有很多是"邪曲"的意思，比如"若有人兮山之阿"，就是指山的拐弯处；出土马王堆帛书的《老子》里面，有一句话叫作"人多智，则何物滋起"，今天的传世本作"人多技巧，奇物滋起"，说明从"可"

声的字，大多可以通用。奇就是邪的，不正的，孤独的。涵义有好有坏，比如"畸人"，我们普遍认为那是坏的，畸形的人，怎么可能好？但庄子说，这类人才是得道的人。"寡人"和"独夫"本来意思是相同的，但褒贬完全相反，也是同样道理。总之，诗句是说庭院中有一棵很不凡的树，它的叶子绿绿的，花朵茂盛。"华"和"花"现在的意思不同，但古代是一个字。还有"奇葩"的"葩"，和"花"可能是同源词。为什么呢？因为"花"有一个合口的介音，现在南方人都念不准，一般都念成"发"。古代在某些地区，肯定也有人读不准，于是他们自己造了一个"葩"字，来记"花"这个词。唐代有个和尚叫慧琳，写了一部《一切经音义》，他说，秦地的人，都把"花"念成"葩"。有没有根据暂且不说，但至少说明，"葩"有方言因素，它在东汉，已经得到广泛承认。所以说啊，保护方言很有意义，因为方言会丰富汉语的词汇。从方言分化出来的字，往往会演化到和记录通用语的字行使不同的功能。"花"这个字用得太多，早就变俗气了。村里有个姑娘叫"小花"，很俗气；但如果叫"小葩"，就会有陌生感，审美感受就不一样。你说一个人是"奇葩"，已经是贬义词；但说他是奇花，感觉又不含贬义了。另一个"花"的异体字叫"蘤"，读音和"花"一样，从语言的角度看，没有扩大汉语的丰富性，但从文字的角度看则不然，写出来会有一种陌生感，觉得很雅，是不是？有个朋友曾请我给孩子取名，我结合古书的典故，给取的名字中有一个"兰"字，他否决了，说"兰"这个字太难看，如果像古代那样写成"蘭"，才可以接受。"蘤"和"葩"是一回事，《文选》收张衡《思玄赋》："百卉含葩。"在《后汉书》里写作"百卉含蘤"，情况是一样的。

滋，就是生长。很多和"滋"音近的字，都有这个意思。比如我们常说的"文字"的"字"，古代指生孩子。包括儿子的"子"，也是滋生的结果。滋生本身，和滋生的结果，读音是一样的，是同源词。所以，"绿叶发华滋"是说绿叶里花朵茂盛。

攀条折其荣，将以遗所思。

荣，也是花。古人曾经强生分别，说木本的植物开花就叫花，草本的开花就叫荣，其实没有区别。我个人怀疑，"荣"也是"花"的一种方言读音，因为"荣"在古代和"环"的读音相近，而"环"和"花"的读音显然也不远。当然，我的看法对不对这有待证实。这个人攀着树枝折取花朵，为什么呢？想送给自己思念的人。

馨香盈怀袖，路远莫致之。

花朵的馨香，充溢了袖子，但这些花许久没送出去。为什么？因为路远，没法送达。我们以前讲过，古代没有为普通人服务的邮政系统，除非你当官，可以让官方邮政系统代寄；或者你是士兵，战争时官方邮政系统也会帮忙代邮。这情况折花的人肯定知道，但为什么明知寄不出去，依旧要折呢，就因为她怀念所爱，丧失了理智，不惜残害花花草草。致，送达。

此物何足贡，但感别经时。

古代没有环保意识，她白白折了花朵，还说这东西不值得进贡。"贡"或者写成"贵"，这是字形长得比较像的缘故，意思也很通。总之都是说不够好，但前面说了树是奇树，花肯定是奇葩，怎么会不贵重呢？她应该是正话反说：即使这么好看的花朵，对于她的心上人来说，都不值一提。

这首诗非常浅白而又非常深情，就好像我们看见一个古人，坐在自己简陋的院子里。正是春天，庭院中一棵嘉树，花开得正艳。春天是躁动的季节，免不了春情勃发，就像《牡丹亭》里唱的："没乱里春情难遣，蓦地里怀人幽怨，则为俺生小婵娟，拣名门一例一例里神仙眷，甚良缘，把青春抛的远。"这个古人，最大可能是个女人，因为在那个时代，只有男人才会跑得很远。

但这诗是那女子写的吗？那时候女人识字的不多，能写诗的不多。也许是男人代笔的，当然也不排除没有代笔。这位女诗人不肯留下自己的名字，因为春情勃发，好羞啊！她真是生错了时代，要是生在当今，她一定是个名满天下的诗人。我们现在有个女诗人，写了一首《穿过大半个中国去睡你》就红了，在东汉也一样，无数个女人想穿越几个郡县去睡她的丈夫。她真的生错了时代，写了首能流传千古的诗，却无法留名千古。

类似这样的诗，古人常有拟作，比如陆机有一首："欢友兰时往，苕苕匿音徽。虞渊引绝景，四节逝若飞。芳草久已茂，佳人竟不归。踯躅遵林渚，惠风入我怀。感物恋所欢，采此欲贻谁！"朱自清说，陆机这首诗，恰可以作《庭中有奇树》的注脚，"陆机写出了一个有头有尾的故事：先说所欢在兰花开时远离；次说四节飞逝，又过了一年；次说兰花又开了，所欢不回来；次说踯躅在兰花开处，感怀节物，思念所欢，采了花却不能赠给那远人。这里将兰花换成那'奇树'的花，也就是本篇的故事。"

古代男人和男人之间的友情，有时确实缠绵。南北朝时，陆凯曾自江南寄一枝梅花给长安的友人范晔，并赠诗："折梅逢驿使，寄与陇头人。江南无所有，聊赠一枝春。"但寄梅花哪有那么容易？《世说新语》里面有一个故事，说殷洪乔被任命为豫章郡守，临行前，南京的朋友们附上百余封信件，请他捎给亲友。殷满口答应，但乘船至石头渚，却把那些信一股脑扔进水里，还说风凉话："沉者自沉，浮者自浮，殷洪乔不能作致书邮。"我感觉人品有点问题，要么你就别答应，要么就得送到。当然，从另一个侧面，殷的做法又可以理解。因为那时的书信还要加上木检，一百封信起码得装一马车。殷这个故事被收在"任诞"篇中，不无褒义，可见那时托人寄东西是艰巨任务。即使人家丢掉你的信，也不算道德败坏，你若识相，本不该拿这个麻烦别人。

二、回车驾言迈

> 回车驾言迈，悠悠涉长道。
> 四顾何茫茫，东风摇百草。
> 所遇无故物，焉得不速老？
> 盛衰各有时，立身苦不早。
> 人生非金石，岂能长寿考？
> 奄忽随物化，荣名以为宝。

> 回车驾言迈，悠悠涉长道。

这两句是化用古人的诗歌。《楚辞》说："回朕车以复路兮，及行迷之未远。"《诗经》："驾言出游，以写我忧。""悠悠南行，顺彼长道。"看来这个诗人不是文盲，对《楚辞》《诗经》很熟的。诗句就是说，回过头驾着车出行，要走很长很长的道路。

四顾何茫茫，东风摇百草。

他环顾四面，到处看，一眼望不到边，只见东风吹拂，百草茂盛，天气很不错的样子。"摇"字很生动，可以想见草在风中的状态。

所遇无故物，焉得不速老？

这两句非常有哲理，他不直接写人生短暂，而是说一路上看见的东西，就没有一个是认识的，由此反衬出自己的衰老。古代社会没有现在变化快，现代有时发展真是日新月异的。我记得小时候，家对面有个单位建楼房，每天看到在建，但两三年才建好，其实也不过三四层高，外墙涂着灰色的水泥，很丑陋，但当时觉得已经很漂亮。后来上中学，旁边有个军事医学单位建楼房，我以为怎么也得建几年，结果人家一个多月就建起了十多层，让我非常震惊；同学告诉我："这叫深圳速度。"后来才知道，那是改革开放的春风带来的成果。再后来我从爸爸的中专美术课本里看到，美国 20 世纪 30 年代建造的帝国大厦，就是三天一层；那么八十年代的中国，一个月建十层楼，也不算奇迹，何况那个楼的体量比帝国大厦差远了。现代这么快的变换速度，你看见它不会觉得自己衰老；但古代不一样，所以桓温才会感叹："树犹如此，人何以堪。"树都不是过去的样子，人怎么可能不老？

盛衰各有时，立身苦不早。

然后作者就感叹，人的盛衰时段，各有一定的比例，要趁着年轻加倍努力。有点少壮不努力，老大徒伤悲的感觉。

人生非金石，岂能长寿考？

人和金石不同，无法永恒，难以长寿。

奄忽随物化，荣名以为宝。

人的肉体一刹那间就随物而化，人过留名，雁过留声，要留下荣名，才算万世不朽。《史记·郭解传》里赞扬郭解，说郭解这个人啊，长得难看，口才也不好，但天下士大夫和游侠都慕其为人，很崇拜他。最后司马迁感叹，说："人貌荣名，其有既乎？"意思是，人如果以荣名为貌，那就永世年轻，否则就很快衰朽。看来，这是汉代人惯常的思想。汉魏人对死后声名的追求，实在太强烈了。司马迁说："古者富贵而名磨灭，不可胜纪，唯倜傥非常之人称焉。"他虽然丢了睾丸，但自以为比汉武帝的生命更有意义。魏文帝曹丕的《典论》也说："盖文章，经国之大业，不朽之盛事。年寿有时而尽，荣乐止乎其身，二者必至之常期，未若文章之无穷。……而人多不强力，贫贱则慑于饥寒，富贵则流于逸乐，遂营目前之务，而遗千载之功。日月逝于上，体貌衰于下，忽然与万物迁化，斯志士之大痛也！"有时对名声的追求甚至到了变态地步，桓温就说："不能流芳百世，亦当遗臭万年。"好像也有一定道理，至少他证明，自己作为一头畜生，在这世上存在过。何况后世也有不少崇拜畜生的，无穷无尽，比如希特勒，至今仍有无数拥趸。

总的来说，这首诗虽然说人生苦短，但比以前几首诗里讲的及时行乐，境界又自不同。《世说新语》里说，王孝伯在京师，有一天吃了五石散，散步到其弟王睹门前，问："古诗中何句为最？"王睹正低头想，王孝伯说："想啥，所遇无故物，焉得不速老，这句最好。"

我们也可以设想一下场景，想象诗歌的主人公从远方回到故乡，坐在马车上，经过当年的家乡小道，发现没有一样是脑子里故往的图像。原先的小树林，现在已经遮天蔽日；以前那崭新的驿亭，现在或陈旧不堪，或已经坍塌。也有的相反，陈旧的变得崭新，因为新建了。所遇的池塘，没有了；所遇到的人，一个都不认识。他于是慨叹："立身要趁早啊，否则就不能留名千古了。"至于他到底立身没有，能否留名千古，诗里面没有说，只好给我们想象了。

我偏向于他还行，因为他如果水平不高的话，就写不出这样的诗歌。

三、东城高且长

> 东城高且长，逶迤自相属。
> 回风动地起，秋草萋已绿。
> 四时更变化，岁暮一何速！
> 晨风怀苦心，蟋蟀伤局促。
> 荡涤放情志，何为自结束？
> 燕赵多佳人，美者颜如玉。
> 被服罗裳衣，当户理清曲。
> 音响一何悲！弦急知柱促。
> 驰情整中带，沉吟聊踯躅。
> 思为双飞燕，衔泥巢君屋。

东城高且长，逶迤自相属。

这首诗有点像《青青陵上柏》中写洛阳的句子，但诗本身没有明确说在什么城市，只能肯定是一线城市，因为小城市不可能高且长，而且逶迤连绵，宏伟巨大。从种种情况看，应该就是洛阳。

回风动地起，秋草萋已绿。

作者登上城楼，看见翻卷的秋风，从地上升腾而起；面前秋草萋萋，还是绿色的。萋，茂盛的样子。"萋"和"细"古音很近，可以通假，在某些意义上是同源词。东西很细密，当然显得繁盛；东西很粗疏，当然就很荒凉。

四时更变化，岁暮一何速！

四季交替，一下就到年底了，日子怎么过得这么快呀！也是感叹岁月不居，时节如流。读到这里，我们可以肯定，这首诗应该也是表现人生苦短的主题。

晨风怀苦心，蟋蟀伤局促。

这两句诗都有典故，《诗经》："鴥彼晨风，郁彼北林，未见君子，忧心钦钦。"晨风，指一种鸷鸟；这里也可能双关，指清晨的风，清晨的风总是很冷，让人觉得辛苦的。《蟋蟀》是《诗经·唐风》里的一篇，据古注，诗的主旨是讽刺晋僖公过于节俭，不合礼仪，显得局促。局促，是拘谨的意思。以蟋蟀起兴，大概因为蟋蟀怕冷，十月份就要躲进人家里，动作局促。晋阮籍《咏怀》："开秋肇凉气，蟋蟀鸣床帷。感物怀殷忧，悄悄令心悲。多言焉所告，繁辞将诉谁。"也写到蟋蟀，可知它已成为中国诗歌中的一个抒情意象。

荡涤放情志，何为自结束？

前面说蟋蟀很局促拘谨，突然又说应该荡涤情志，开放胸襟，为所欲为，为什么要自己束缚自己？"荡"和"涤"都有洗的意思，其实"洗"的隐含义跟"震荡"有关。《说文》："荡，涤器也。"就是洗涤器皿。段玉裁说，洗涤本质上就是震荡，把脏衣服上的渣滓去掉。我们南昌人说喝口水荡口，就是指清除嘴里的渣滓。其实"涤"和"摇"古音很近，"荡涤"就是"荡摇""摇荡"。古代洗衣服，在池塘里漂洗，或者击打它，或者用砧槌捶它；洗衣机的原理也是通过滚动摇荡来清除渣滓。诗中的"结束"和今天我们常用的"结束"义稍有不同，而跟"局促"的意思差不多。

燕赵多佳人，美者颜如玉。

燕赵之地一向号称美女众多，在先秦很有名，一直到马王堆帛书，里面讲到美人善歌舞的，还特别要提到河间美女鼓着河间的瑟。河间就是原先赵国的地盘，在现在的河北。燕国也一向号称美女多，所以闹得荆轲等游侠流连忘返。

这几句诗的意思是说，你的人生已是秋天了，是秋后的蚂蚱，蹦跶不了几天了，赶紧捉住壮年的尾巴，放开点，及时行乐吧。到燕国和赵国去，那里的美女多啊，可以尽情欢乐一番，好好爽一把。其实没有钱，美女再多也跟你没关系。燕赵为什么美女多，估计因为纬度高，女人长得高大。陕西纬度也不低，女孩应该也长得高大，但当时人为什么不说秦地多佳人呢？估计太土，经济不发达嘛。经济不发达，蛋白质摄入就不足，就长不高。加之秦国人又普遍没文化，唯一擅长的乐器是击缶，也就是敲酒坛子，谁还喜欢？所以李斯当年对秦王说："必出于秦然后可，则是宛珠之簪，傅玑之珥，阿缟之衣，锦绣之饰不进于前，而随俗雅化，佳冶窈窕，赵女不立于侧也。夫击瓮叩缶弹筝搏髀，而歌呼呜呜快耳者，真秦之声也……"意思是美女都是赵国人，连秦始皇的老妈都是赵国人。总之，秦国是一个很贫瘠的国家。

被服罗裳衣，当户理清曲。

这两句描写燕赵美女的装束，穿着昂贵的罗衣，坐在门前弹琴。为什么坐在门前，不躲在闺房呢？人家做生意啊。《史记》里说："刺绣文不如倚市门。"但倚市门的都是比较便宜的，人家这里当户弹琴的，价格肯定高很多。

音响一何悲！弦急知柱促。

美女弹的琴曲是何等的悲伤啊，为什么悲伤？因为琴弦震荡非常急促。一般来说，琴弦震荡越密集，琴声就显得越悲伤。就像形容人的忧伤，用"蹙""戚"这类词一样，本身都有"密切"的意思。

驰情整中带，沉吟聊踯躅。

我神驰神往，整理了一下衣带，准备去找美女，但突然又犹豫起来，来回徘徊。

思为双飞燕，衔泥巢君屋。

我有个想法，希望能和这个美女成为双飞的燕子，每天衔着泥巴，在房梁上筑巢，生儿育女。

这首诗《文选》题为枚乘作，还有人分"燕赵多佳人"以下为另一首诗，余冠英就是这么认为的，但我不赞同。因为在"何为自结束"那里，不像一首诗的结尾。如果是结尾，诗就没有主题了，莫名其妙。其实前面不断抒发人生苦短，就是为了衬托后面要找美女尽情欢乐一阵，但见到美女后，大概是惊艳了，当即改变主意，盼望和她过一辈子，心中已经不把对方看成地位低下的乐妓了。但这样也有个问题，如果作者因为伤叹人生苦短，才决意到燕赵，按常理是想过夜夜新郎的日子，也就是眠花宿柳。如果仅是为找个老婆，那和及时行乐的逻辑关联不严格。因为人人都会找老婆，找老婆算什么及时行乐？因此，他的目的肯定是找妓女，而"当户理清曲"的，应该就是妓女，只是他一看见那妓女，就爱上了她；所以他整整裤带，决定向她求婚，过燕子般双宿双栖的日子。这是我的理解。

最后两句写得很深情，很有生活气息。全诗押入声韵，铿锵有力，懂得入声的，读起来会很舒服。不懂的，就没有办法了。

四、驱车上东门

驱车上东门，遥望郭北墓。

白杨何萧萧，松柏夹广路。

下有陈死人，杳杳即长暮。

潜寐黄泉下，千载永不寤。

浩浩阴阳移，年命如朝露。

人生忽如寄，寿无金石固。

万岁更相送，贤圣莫能度。

服食求神仙，多为药所误。

不如饮美酒，被服纨与素。

驱车上东门，遥望郭北墓。

这首诗肯定是叹息人生苦短的，因为起首两句就看得出来。开着车往东门，去春游？不，去观赏古墓。古书上记载，说有个人住在洛阳北邙山，站在院子里看到的就是累累坟墓。别人问他，不影响寻欢作乐之心吗？他说不，看见那坟墓，就马上想及时行乐。

白杨何萧萧，松柏夹广路。

画面感很强。高大的杨树，凄清荒凉。萧萧，凄清的样子。大道两边，种植着松柏。

下有陈死人，杳杳即长暮。

下面埋葬着死了很久很久的人，他们长久躺在夜幕之中，再也看不到太阳。除了那些夭折的，每个坟墓里，都埋藏着一个曾经活生生的人，都经历过丰富的一生。如果他们是文学家，随便写写，就是一部名著。

潜寐黄泉下，千载永不寤。

他们在黄泉底下睡觉，千年都不会苏醒，"一瞑而万世不视"，这是人类永恒的悲哀。所以，才会产生宗教，想象有朝一日能够复活，或者能进入天堂，或者能再世投生。

浩浩阴阳移，年命如朝露。

浩浩荡荡，阴阳更迭。年命不永，如朝露一样，很快就蒸发了。

人生忽如寄，寿无金石固。

人生就像寄居在别人家里，终究要离开，不能像金石一样永固。

万岁更相送，贤圣莫能度。

过去的一万年，不知送往迎来，更替了多少代人，里面有不少还是圣贤，他们再牛，对生死也没有什么办法。

服食求神仙，多为药所误。

有的人吃特供，求神仙，最后还是一个死；因为怕死而吃所谓的仙药，其实是白白糟蹋生命。古代的所谓丹药里，有很多重金属，还有很多伤肝伤肾，吃那玩意儿没病成病，有病催命。

不如饮美酒，被服纨与素。

还不如喝喝美酒，穿穿丝绸衣服，快活地过完余生呢。

这首诗的议论很棒。一般认为是写人在洛阳北邙山春游的情境。洛阳号称九朝故都，北邙山上全是历代达官贵人的坟墓，稍微敏感的人，经过那里都会发生感慨。再加上景色肃然，白杨萧萧，非常凄凉。

松柏一般种植在坟墓上，作者于是想象，那些死去的人，在黄泉下再也不可能睁眼。这是描写，接下来议论，他感慨阴阳易位，像流水一样浩浩荡荡，一往无前；人生短暂，应该吃好喝好。王国维评价最后四句写得好，说写情如此，方为不隔。但我认为意思一般，倒是"下有陈死人，杳杳即长暮；潜寐黄泉下，千载永不寤"四句，想象死人的状态，非常形象；描写中蕴含哲思，让人想起叔本华的话："我们是经过亿万斯年的虚无后，偶然到这个世界上来的，经过一段短暂的虚无，又将回归到亿万斯年的茫茫黑暗中去。"

诗好像显得很旷达，但一般口头旷达的人，其实放不下；因为放不下，才会讲得深刻；讲得深刻，文字才好；文字好，我们才喜欢读。真旷达的人，是写不出这种诗的。我敢打包票，这个放言要饮美酒披纨素的家伙，肯定过几天又要死要活的，号叫："怎么办啊，人为什么都要死啊！能不能不死啊！"

五、客从远方来

客从远方来，遗我一端绮。
相去万余里，故人心尚尔！
文彩双鸳鸯，裁为合欢被。
著以长相思，缘以结不解。
以胶投漆中，谁能别离此？

客从远方来，遗我一端绮。

客人从远方来，送给我一匹绮。"绮"是一种有花纹的缯帛，古注说这种花纹是素色的；如果是彩色的，就叫锦。绮上的花纹多含菱形，因为是在平纹底上用斜纹起花，"绮"的词源含有"敧斜"的意思，所以称为"绮"。这种缯帛很名贵很细腻。端，量词，有两丈、五丈、八丈等不同说法。

相去万余里，故人心尚尔！

相隔一万多里远，那个老朋友还不忘初心。故人，老相识。

文彩双鸳鸯，裁为合欢被。

这匹绮上的花纹是一对鸳鸯，我打算把它剪裁，做成合欢被。言下之意，盖在身上，就好像和故人睡在一起。

著以长相思，缘以结不解。

我要往被子中间填塞相思，又在被子四面的边缘打上死结，永远都解不开。填塞相思，当然是比喻。有人认为是通过谐音表达情意，说"思"通"丝绵"的"丝"，那时候没有棉花，填塞丝绵是做被子的惯常做法；打结，是表示爱情坚固。那时候的被子还没有像今天一样的被套。包括我小时候家里盖的被子，都是临时缝的，汉代的被子大概是在被面两侧留着一列布带，用来打结的。

以胶投漆中，谁能别离此？

我们的感情，就像胶水投放在漆里面，谁能将它分开？

这首诗很家常,充满生活气息。但到底是写友情,还是写爱情,颇有争议。我觉得如果是写男男之间的友情,似乎太娘。不妨把它看成是男女之间的爱情诗,才更普适。那么,诗的主人公就是位妇女,她的所爱是个男人,当时在外地谋生,说相隔万里,大约有些夸张。

诗的开头说来了客人,在那时候,可以想象这位妇女的快乐。我小时候住在乡下,偶尔来个客人,都是了不得的事,兴奋得不行。因为那时交通不便,信息蔽塞,偶尔来个客人,可以带来很多远方的见闻。蒲松龄为什么在门口摆个茶摊,要人给他讲故事?就因为信息很宝贵。而且这客人还带来了一端绮,是所爱叫捎来的。她安心了,相隔万里,老相好没有变心。接着就描述那端绮的功用,做成被子,填塞相思,想象能和所爱今生今世永不分离。

但很让我们辛酸,古代的男女,过得都太苦了,没有什么生活质量,这样两地分居被视为常态,在老外看来,是无法想象的。中国人一再慨叹人生苦短,应该及时行乐,其实就因为那是一个奢望,很难达到。因为政治架构和文化传统都太不尊重人性了,尤其妇女,简直枉活一生。上节课我们讲的《青青河畔草》里,写女性苦苦等待,偶尔来一句"空床难独守",表示老娘不干了,还被传统文人理解为嗔怨。女性难道就没有及时行乐的权利?

这样的诗,好就好在完全大白话,没有矫饰。古诗好的大多如此,比如古乐府《饮马长城窟行》:"客从远方来,遗我双鲤鱼。呼儿烹鲤鱼,中有尺素书。长跪读素书,书中竟何如。上有加飱食,下有长相忆。"和这首诗可谓异曲同工。

第九课　青青河畔草，绵绵思远道

汉乐府五首

一、十五从军征

　　十五从军征，八十始得归。

　　道逢乡里人：家中有阿谁？

　　遥看是君家，松柏冢累累。

　　兔从狗窦入，雉从梁上飞。

　　中庭生旅谷，井上生旅葵。

　　舂谷持作饭，采葵持作羹。

　　羹饭一时熟，不知贻阿谁！

　　出门东向看，泪落沾我衣。

　　这首《十五从军征》在文学史上被称为古诗。所谓古诗，一般指流传于魏晋的汉代无名氏诗作，以前选本也有作者，比如枚乘、苏武、李陵、刘勰等等，都不可靠。现在一般认为就是东汉末年的作品，大约是散落的乐府诗。

　　北宋郭茂倩的《乐府诗集》把这首诗隶属《梁鼓角横吹曲》，作为《紫骝马歌辞》的一部分。分为四支曲子，也就是四句一曲，其实内容都是连贯的，可合并为一曲。

　　十五从军征，八十始得归。

　　十五从军征，是说十五岁参军，按说是十分不人道的。一般正常的朝代，兵役的年龄都不会那么早。秦汉时代的十五岁，按照现在的计数法，其实只有十三岁，那时候的人，十三岁未必发育了。秦代征发兵役的年龄，根据睡虎地秦简《编年纪》记载，墓主名叫"喜"，是湖北安陆的一个小吏，处长级别。他生于秦昭襄王四十五年十二月甲午鸡鸣时分（前262），我读到这里的时候，不由自主裹紧了衣服，为他和他老妈感到揪心。农历十二月的湖北，没有暖气，应该寒风刺骨，而且鸡鸣时刻，是一天中最冷的时刻，在这样的季节和时辰分娩，何等痛苦。

　　《编年纪》还记载，喜在秦王政元年（前246）开始服兵役，也就是说，喜当兵的年龄不到十六岁，貌似符合"十五从军征"的说法。不过还有些疑问，秦国一向号称以十月为岁首，如果喜生于秦昭襄王四十五年十二月，按照规定，就应该算秦昭襄王四十六年，但为什么这件事系在四十五年下呢？说明那时秦国可能还没实行以十月为岁首的制度。但《编年纪》又记载，秦昭襄王五十六年后九月，也就是闰九月，秦昭襄王本人挂了。秦置闰月一般在岁末，有后九月，说明在五十六年秦国肯定已经以十月为岁首。但奇怪的是，这条记录后面，紧接着写喜的弟弟"速"出生，时间在正月，仿佛第二年正月也算昭襄王五十六年。这就奇怪了，就算你不以十月为岁首，正月怎么也得是新年啊，为什么要系在五十六年下？

　　据《秦本纪》，秦昭襄王九月死，本来十月新年，他儿子秦孝文王即位，应该换新纪年，但没有换，一直拖到第二年十月正式办理登极手续，才换成新纪年。但登极手续办完后三天，秦孝文王也挂了。搞得好像他只当了三天王，其实人家是当了一年多。有个讲宣太后故事的电视剧，就真的讲秦孝文王只当了三天王，这是不对的。

秦孝文王没有在老爹挂后的十月立刻换新纪年，这说明秦国虽然在制度上以十月为新年，习惯上并不是。他们依旧认为这一年十月后属于秦昭襄王那个死鬼，所以到十二月依旧属于死鬼纪年；但又没有在三个月后的农历正月改纪年，而一直拖到又一个十月，说明制度仍在起作用。但这么一来，硬是把后世读书人搞得一头雾水。喜的弟弟速出生在秦昭襄王挂后的第二个农历年正月，依旧系在秦昭襄王挂的那个年份下，就是这个原因。

但其实这是矛盾的，如果你确定以十月为岁首，十月就应该改纪年；习惯上依旧以正月为岁首，也应该在正月改纪年。秦昭襄王挂的那年，两样都没有实行，这应该是例外，大概因为他刚死，不好意思立刻改纪年，才拖了整整一年，到第二年十月。也就是说，秦昭襄王的五十六年特别漫长，远远超过一个太阳年。

喜出生在秦昭襄王四十五年，到秦王政元年，虽然不满十六岁，但按照当时的计算法，已经有十七岁了。我们小时候，乡下经常这样算，说某某人满了一岁，在吃两岁的饭，那么就算已经是两岁。喜更倒霉，十二月生，到第二年正月，虽然才吃一个月的奶，但从年份上，已经算一岁，那么，他捧着老妈的乳房再吃下去，就算在吃两岁的饭。所以，到了秦王政元年，他虽然其实只有十五岁，但按照那种刁钻古怪的算法，已经算十七岁。我甚至怀疑，这种计算方法，完全是为了政府需要。早点长大，早点为国家做贡献，这是政府的期盼。

至于汉朝，算是比较人道的，服兵役的年龄推迟。据张家山汉简，老百姓的儿子二十岁开始服徭役兵役；如果你有爵位，还可以推迟两到四年；据《汉书》，昭帝时，老百姓的服役年龄全面延后到二十三岁。总之，都不会在十五岁就被迫当兵。

那么我们讲的这首《十五从军征》，如果按照那时的计数法，十五岁其实只有今天十三岁，他发育了吗？扛得动枪吗？有人问："这是不是诗歌的夸张？"关于这个，我还真不好回答，因为如果碰上战争需要，国家请你为国捐躯，就算年龄不到，你好拒绝？

又按照古书记载，退休年龄，有爵位的话，五十六岁；无爵就要等到六十岁。汉朝的退休制度，也是不断变化的，张家山汉简里说，大夫以上，五十八岁退休，没有爵位的，就要六十六岁，非常可怜。但比起这首诗里写的"八十始得归"，又算是万幸了。

有人说诗歌有些夸张，确实是可能的，但也不一定。中国古代的事，大家都知道，法律不是挡箭牌，碰到战乱，一辈子服役也稀松平常。杜甫写过《石壕吏》，大家都读过，老头子被官兵捉去，即使打不了仗，危急的时候用来填沟壑，平常时候用来当厨师，总之不会放过你。所以古代老百姓非常怕兵，不管是官兵还是贼兵，都害怕。官兵可能更凶残，史书上无数次出现这样的歌谣："贼来尚可，官来杀我。""贼来如梳，兵来如篦，官来如剃。"这首诗的主人公，就是这样一个受害者。

如果诗歌没有夸张，则这诗的主人公基因真的很好，在那样艰苦的岁月，竟然活到八十岁，而活到八十岁，竟然没有立下军功，当个将军校尉什么的，也颇奇怪。身体好，总不会当烧饭的伙夫。即使当伙夫，没有功劳也有苦劳。那么，唯一的可能，就是汉朝末年普通士兵的升迁道路都没有了。一个人为军队服务六十多年，放回来的时候，还是两手空空。杜甫的《兵车行》也是这么写："去时里正与裹头，归来头白还戍边。"在古代，打仗是义务，立功升迁的机会并不多。

道逢乡里人：家中有阿谁？

而且，他找到了回乡的道路，还碰到了熟人。他们那个村也是奇葩村，这么老的一个老兵回乡，竟然还能碰到同样不死的熟人，也不惊讶，真可以视为第一个有确切记载的长寿村了。他问那熟人："我家里还有谁啊？"阿，语气词，没有实际意义，就像我们说阿猫阿狗。汉武帝的皇后，名叫阿娇。都是这样的意思。

遥看是君家，松柏冢累累。

那熟人向他指路："呐，那就是您家，看见没？对，确切地说，是遗址，更确切地说，已经变成了墓地。您家里的人都死光了。坟墓上的松柏，都可以拱抱了。"

兔从狗窦入，雉从梁上飞。

这里写老兵回到自家视察的场景。说是遗址，到底有些残垣断壁。就像圆明园，虽然烧掉了，还有些宫殿结构伫立。老兵的房子也是这样，留了些残垣断壁，竟然没被村人完全拆除，材料废物利用。只见兔子从原先的狗洞出入，野鸡在屋梁上翱翔，恢复了大自然原始生态。

中庭生旅谷，井上生旅葵。

院子的中庭，长出了庄稼，水井边的旅葵生得郁郁葱葱。中庭，就是庭中，这是古代习惯用法。"旅谷""旅葵"的"旅"，本义是旅行，古文字字形像两三个人举着一面旗帜去春游，引申为不住自己家里，又引申为寄居。庄稼和葵菜，不老老实实长在田里和菜园里，却长在院子里和井边，这是不安分，是做客，所以称为旅。也写作"穞"，古书上常见"穞生"，都是指野生。有可能跟"野"就是同源词，因为古音很近。野葵，就是野生的葵。古代很多人家，屋门外都有井。葵菜则是汉代人常吃的蔬菜，不是爱吃，而是不得已，那时蔬菜品种很少。

河南内黄三场庄汉代民居遗址

河南内黄三杨庄汉代民居遗址平面示意图

　　这两句诗画面感极强。大自然真是生机勃勃，别看人类横蛮，但一不小心，它们就会把被人类抢去的重新夺回来，只要给它们时间。这个景象，在人类自己看来，当然是不胜哀痛。古书上形容王朝覆灭，最喜欢用的比喻就是麋鹿游于台榭，荆榛蔓于宫阙。但麋鹿估计不会来老百姓的破屋子，因为它喜欢有水的地方，帝王的宫殿才有池水渐台，环境很好；老百姓的家顶多只有兔子拜访，这是不同的地方。

春谷持作饭，采葵持作羹。

好像这也有好处，就是可以就地取材，把庭中的庄稼采摘了，井边的葵菜洗了，直接做饭打汤。羹本来指肉汤，这里当然只是菜汤。可以想象一个老兵刚回家，做的第一顿粗陋的饭菜，油盐酱醋估计一概没有，不会好吃。但命运如此，又能如何？

羹饭一时熟，不知贻阿谁！

菜汤和米饭一下子就熟了，但是没有谁可以邀请，只能一个人吃，特别孤独。稍微正常的人，坐在榛棘丛生、墓冢累累的旧日庭院中吃饭，都会泪如雨下：这个房子也许是祖先传下来的，当时还簇新簇新，青砖青瓦，高大宽敞；屋梁上有燕子呢喃，父母还在，和兄弟姊妹几个一起吃饭，其乐融融；一条家养的黄狗，在旁边摇头摆尾，不胜欢快。时光一下子流逝了六十多年，父母墓木已拱抱，兄弟姊妹不知飘零何方，也许早已死了。这种悲惨人生，在汉代末年，估计是平民的常态。他多么想像往日一样，招呼亲人一起进食啊。"不知贻阿谁"，蕴含着普通人的无限悲伤。

出门东向看，泪落沾我衣。

他走出门，恍恍惚惚，向东张望。为什么向东张望，没有什么道理，就像汉乐府说"出东门，不顾归"一样。但也许是东望泰山，汉代人相信人死后灵魂会归泰山，东向看，想看看亲人的魂魄。

这首诗很像一部黑白电影，一个老兵背着个破包裹，挂着一把环刀，须发苍白，面目沧桑，但犹自精神健旺。他沿着古驿道往前走，沿途偶尔驰过几辆官方的邮车，或者几个骑马的邮卒，此外就什么都没有。每到这时，老头就停下来，望着邮卒远去，呆立半晌，又继续往前走。偶尔路过一个村庄，看见一个洗衣服的老妪，脸上露出欣喜："狗子。请问，这是狗子的家吗？"老妪说："什么狗子？"老头看着她，喃喃地说："你说话和他不是一个口音，当年狗子就住在这里，我和他一起去参军的，你在路口送我们，还塞给我一袋橘子。"老妪迷茫地看着他，老头也意识到自己年已八十，老妪比自己还年轻几岁，怎么可能是战友狗子的母亲。于是继续走。有点像美国电影《第一滴血》，但蓝堡那时还很年轻，老头子却没有未来。

他一路走的经历，如果想象合理，可以写成一部历史小说，通过路途的所见所闻，加上他的回忆，勾勒出一幅东汉末年民间的生活画卷。但难度很大。

最后老头子走到了家，家其实就是他预想中的样子。他并不伤心，最后，在他颤颤巍巍走出家门的时候，电影结束。

这一定是一部能够获奖的电影，送到好莱坞，比《战狼Ⅱ》强。

二、古歌

（一）

高田种小麦，终久不成穗。

男儿在他乡，焉得不憔悴。

这首古歌，一般认为是建安时代的民间歌曲。内容很简单，但质朴有味。终久，有一种版本作"穉穆"，指谷子干瘪，不饱满。

《齐民要术》里说，小麦适合种在低洼的地方，不适合种在高地，否则就长不好。所以说，在高田种小麦，最后会长不出麦穗。这是起兴，但跟《诗经》的起兴不同，《诗经》的起兴可以和所咏的事物无关，而这种起兴是有关的。高田不适合小麦生长，引出背井离乡的人也长不结实。所以下两句是"男儿在他乡，焉得不憔悴"。古代商业和旅店业不发达，在外奔走是很痛苦的，吃不好，睡不好，风餐露宿，很容易生病。不像现在，就算住地下室旅店，也有瓷砖砌的卫生间；买肯德基吃，虽然不健康，但营养足够。何况古代和现在不一样，现在出门，大部分是旅游，就算有不如意，也是自讨苦吃，求仁得仁。古代生活简单，生产力低下，一般人没事不会出远门，如果出远门，要么是徭役，要么是兵役，都不是自愿的（当然也有自愿的，比如做游侠和经商，但很少）。所以有一句俗语，金窝银窝，不如自己的狗窝。

（二）

秋风萧萧愁杀人。

出亦愁，入亦愁。

座中何人，谁不怀忧？令我白头。

胡地多飚（biāo）风，树木何修修！

离家日趋远，衣带日趋缓。

心思不能言，肠中车轮转。

这也是汉代无名氏的古歌，同样是写游子怀乡。汉乐府古歌里，这种题材的非常多，说明那时候为了生计，被迫远行的人不少。

秋风萧萧愁杀人。

首句写秋天的风景。萧萧的秋风，让人愁闷欲死。这句写得激烈愤懑，一读之下，就感到愁苦逼人。"愁杀人"三个字感情浓烈，再也不像《诗经》那样哀而不伤，怨而不怒了。《诗经》写愁是，"昔我往矣，杨柳依依；今我来思，雨雪霏霏"，很含蓄，汉代人不，他们激切，愤懑，慷慨，因为汉代政府权力更大，普通人也确实比《诗经》时代的人更苦。这句话影响了后世很多诗人，秋瑾的诗"秋风秋雨愁杀人"，明显就是抄袭这句。

出亦愁，入亦愁。

出去也愁，进去也愁，简直彷徨无计。有点像南唐李煜的词："昨夜风兼雨，帘帏飒飒秋声。烛残漏滴频欹（qī）枕，起坐不能平。"那种坐卧不安的感受，可以想见。

座中何人，谁不怀忧？令我白头。

这几句简直不像诗歌，节奏既不是五字一句，也不是两两成句，而是三句连发，感觉就是凌乱的思绪喷涌而出，一抒为快，跌跌撞撞，慌不择言。座上这些人，谁不怀着忧愁？真是让我白头啊。要是一般的职业诗人，肯定要在"谁不怀忧"后面加上一句，不管怎么样，苦心焦思也得加一句，这才妥帖平稳啊，才像诗歌啊。鲁迅在《采薇》里说："这是什么活，温柔敦厚的才是诗。"我们可以仿照一下："这算什么诗，骈俪的句子才是诗；这三脚猫，站都站不稳，怎么能算诗？"
但很遗憾，这才是诗，骈俪的句子老干部都能凑，最大的老干部乾隆
写了五万首，都很骈俪，但根本不算诗。有人说"座中何人谁不怀忧"
当为"座中何人不怀忧"，说"谁"是注释的文字，混入正文的，我不
这么认为。汉代人很质朴，即使言辞不像书面语那么四平八稳，但口
语就这么说，就这么忠实记录。

胡地多飙风，树木何修修！
原来主人公在胡地，那里确实风大。飙风，就是暴风，古音"飙"
和"暴"音近，有可能是同源词。说文说"飘"是"回风"，意思差不
多，古音也都相近。北方树木普遍比南方高大，所以说树木何修修。修，
就是很长很长。

离家日趋远，衣带日趋缓。心思不能言，肠中车轮转。
这四句的前两句，曾经出现在《古诗十九首》里，后两句，古乐府《悲
歌行》也有，《悲歌行》是这么写的：

悲歌可以当泣，远望可以当归。
思念故乡，郁郁累累。
欲归家无人，欲渡河无船。
心思不能言，肠中车轮转。

不同的是，这首《悲歌行》是触景生情，而《古歌》是纯粹抒情。
为什么意思相近，且有完全相同的句子？我猜都是当时人喜欢的妙

句，大家都背熟了，写诗时就顺便撷取，借别人的酒杯，抒发自己心中的块垒。

读汉代古乐府，这种怀念故乡的诗歌往往很绝望，想回家，又怕回家；因为知道世道衰乱，家园大多已经无存。白骨露于野，千里无鸡鸣。汉末的战争，在很多地方导致了灭绝性的灾难，六千万人口的东汉，十室九空。这些情况，在外征战的人不是不知道。《诗经》里写到这类心情，一般没这么激烈，也不过就是说"怀哉怀哉，曷月予还归哉"，对回家充满了期望。有家可归，自然可以含蓄，可以做到怨而不怒，哀而不伤；无家可归，怎么温柔敦厚得起来？所以，我们一定要知道：随着时间的推进，社会并非永远在进步，也经常会倒退。

三、饮马长城窟行

> 青青河畔草，绵绵思远道。
>
> 远道不可思，宿昔梦见之。
>
> 梦见在我傍，忽觉在他乡。
>
> 他乡各异县，展转不相见。
>
> 枯桑知天风，海水知天寒。
>
> 入门各自媚，谁肯相为言。
>
> 客从远方来，遗我双鲤鱼。
>
> 呼儿烹鲤鱼，中有尺素书。
>
> 长跪读素书，书中竟何如？

上言加餐饭，下言长相忆。

这首诗收入《昭明文选》，没有作者名，《玉台新咏》题名为蔡邕，《乐府诗集》收入《相和歌辞》中的《瑟调曲》，郭茂倩说是讲士兵远征，在长城边养马，老婆思念他的事。据说当时长城下有很多泉眼，称为窟，是士兵饮水和饮马的地方。《饮马长城窟》这样的诗题，不一定真的写饮马的事，主要是抒发士兵戍边的痛苦。

青青河畔草，绵绵思远道。

首句在《古诗十九首》就有，那首诗也是写思妇怨恨荡子不归家的，但纯是写景，看不出青草与离别相关的意象。这首诗则不同，古代远行野外，青草是最常见的景色，平原上青草芊绵，一眼望不到边。《楚辞·招隐士》："王孙游兮不归，春草生兮萋萋。"从此就把青草芊绵和离别永久联系起来。当时长亭送别，所看到的远方都是春草连绵，一望无际。以春草的茂盛和无与伦比的生命力，来反衬人生命的短暂和情感的憔悴，成了中国古典文学的象征。这一点，现在的人绝对难以想象。

远道不可思，宿昔梦见之。

远道之人不可思念，只在早晚梦见。宿，同夙。"宿"的本义是人躺在床上睡觉，"夙"的本义是跪在地上迎接月亮，代表凌晨。意思好像完全不同，但这两个字古音却很近，从语言学上来讲，它们的意思也有相同或者相近的可能。那是怎么统一到一起的呢？有个桥梁可以连接它们。"宿"和"夙"都有"旧"的意思。"夙"的"旧"义好理解，因为"很早的"可以认为是"旧的、不新的";而"宿"的本义是"睡觉、留宿",似乎和"旧"无关,但"留宿"的东西,就可以引申为旧了,不新了。因此,"宿""夙"应该是同源词。在甲骨文中,它们的字形就有分别,说明从语言学上就已经分开了,有了各自的功能:

夙　宿

梦见在我傍,忽觉在他乡。

梦见他在我身旁,突然惊醒,原来是美梦一场,依旧在他乡。

他乡各异县,展转不相见。

他乡就是不同的县城,我们辗转相隔,难以相见。

枯桑知天风,海水知天寒。

这里忽然转入写景,其实这个景,也不是什么实景,而是对生活经验的概括。枯萎的桑树,也了解天风的(方向变化);海水也能分别天气的(寒暖),言下之意,何况我这个人呢?我也需要人关怀,需要人知疼知热。"知"的本义是"知道",可以引申为"分别"。

入门各自媚,谁肯相为言。

可是我周围的邻居们朋友们,下了班回家,都各自抱着自己的配偶亲热,谁肯跟我说句话,解解我的寂寞?

客从远方来,遗我双鲤鱼。

刚刚抱怨完,远方的客人就来了,还提来了两只大鲤鱼。这可是好东西啊！我小时候最喜欢鲤鱼了，因为鲤鱼长得胖乎乎，显得肉多；不像别的鱼，瘦条条的。

呼儿烹鲤鱼，中有尺素书。

然后就让小儿烹调鲤鱼，剖开一看，有一条尺把长的素，素上写着字，原来是封信。其实这几句逻辑问题很严重的。首先，如果这妇女的夫君在长城饮马，要客人帮他带礼物回家，为什么带两条鲤鱼？那么远，路上不会变臭吗？即使不变臭，为什么要把信放在鲤鱼肚子里？又不是藏宝图。何况那么好的素，从鱼肚里抽出来，不腥吗？总之，不好理解。但诗歌就是这样，浪漫，不可以常理度之。写得四平八稳，就没意思了。

长跪读素书，书中竟何如？

于是赶紧恭谨地读信，不是躺着读，不是坐着读，而是长跪着，直起腰读，为什么这么恭谨？

上言加餐饭，下言长相忆。

书信里写了六个字：多吃饭，俺想你。很朴素，不文艺，却很感人。

这首诗很长，总共有二十句，分为两部分。前面十二句为第一部分，写妇女对远方亲人的思念及自己的悲伤。后面写收到书信，但也没有结果。对方只说想念自己，一句也没提什么时候休假，什么时候回家，看来是永无回家之日。普通人身不由己的悲惨，隐藏在字里行间，明着是读不出来的，要细细体味。写收到鲤鱼那段，我甚至怀疑也是梦境的延续。她说"梦见在我傍，忽觉在他乡"，好像真的醒了，其实并没有醒，或者说马上又睡了个回笼觉，结果就进入一个明亮的场景，如果是拍电影，可以调为明亮的色调：她正在厨房忙碌，突然一群小孩叽叽喳喳围着一个人走进院子："赵家母，你家来客人了。"

接着，一个汉子，提着两条新鲜的鲤鱼憨厚登场，一口外乡口音："是赵家母吧？我是老赵的战友，这不回家探亲吗？顺便路过，就帮老赵往家捎个信，喏，这是他托我带的鲤鱼。"

妇女也不疑有他，欢天喜地："是吗，赶紧进屋，坐下喝口水，留下吃饭，我去给你杀鱼。"

其实哪里有什么鱼，哪有什么信，完全不合逻辑的想象，南柯一梦。

关于鱼腹书的问题，有人曾解释说，古时舟车劳顿，信件很容易损坏，于是古人将信件放入匣中，将信匣刻成鱼形，美观而又方便携带。但从目前的考古发掘来看，没有证据证实。我想是无稽之谈。我认为古人之所以把鱼看成信使，就像把大雁想象为信使一样，都是一种美好的愿望。《汉书》里讲，苏武出使匈奴被扣留，被发配北海牧羊，汉使每次来，单于都说苏武已经死了。后来汉使又来，苏武偷偷见到汉使，教汉使骗单于说，汉天子在上林苑中射得一只大雁，雁足上系着帛书，帛书上说苏武在北海。单于只好把苏武放回。古代自然环境原始，水路四通八达，鱼凭借大小河流，只要不中途夭折，理论上就应该能游遍天下。水是鱼的凭借，天空是大雁的凭借，人却不行，靠双脚在大地上行走，不但累，而且不能喝西北风；而大雁和鱼，则可以飞 / 游到哪吃到哪。雁足系书和鱼腹藏书这种无厘头的想象，为中国文学创造了两个永恒的文化符号，"一春鱼雁无消息，千里关山劳梦魂"，"驿寄梅花，鱼传尺素"，宋代词人秦观就写了好几次。唐代女诗人李冶《结素鱼贻友人》:"尺素如残雪,结成双鲤鱼。欲知心里事,看取腹中书。"她喜欢把尺素结为鲤鱼形,当然也是受鱼腹藏书这一文化意象的影响。

四、妇病行

　　妇病连年累岁,传呼丈人前一言。

　　当言未及得言,不知泪下一何翩翩。

　　"属累君两三孤子,莫我儿饥且寒。

　　有过慎莫笪 (dá) 答 (chī),行当折摇,思复念之!"

乱曰:抱时无衣,襦复无里。

　　闭门塞牖,舍孤儿到市。

　　道逢亲交,泣坐不能起。

　　从乞求与孤买饵,对交啼泣,泪不可止:

　　"我欲不伤,悲不能已。"

　　探怀中钱持授交。入门见孤儿,啼索其母抱。

　　徘徊空舍中,"行复尔耳,弃置勿复道!"

　　这首诗收入《乐府诗集·相和歌辞》中的《瑟调曲》,诗的主题,历来有很多解释,有的说是讽刺父亲不承担抚养责任的,也就是所谓"丧偶式育儿";有的说,是写妇女死后,父子穷愁无赖的。我们自己有脑子,自己分析。

妇病连年累岁，传呼丈人前一言。

说一个妇女久病床榻，终于要死了，叫老公过来，说点遗言。丈人，老公。

当言未及得言，不知泪下一何翩翩。

话还没出口，就泪下如雨，显然是过于伤心。翩，本来指鸟飞得很快，但这里指泪水急迸，滂沱而下。这是最后的泪水了，很快她就要死了。

"属累君两三孤子，莫我儿饥且寒。"

我把两三个孩子托付你，希望你不要让他们饥寒交迫。看到这里，我想很多人都会伤感，一个可怜母亲对儿女的疼爱跃然纸上。

"有过慎莫笪笞，行当折摇，思复念之！"

有过错的话，最好别打他们，我快死了，放心不下，一直思考这件事。摇，有的注释说读为"夭"。折摇，相当于夭折。这是不对的，因为"夭"和"摇"古音不近。我想"摇"是否可以看成"摇落"的"摇"，指凋落。或者读为"犹"，断句则为"行当折，犹思复念之"。当然只是猜测，并无证据。

乱曰：抱时无衣，襦复无里。

乱，我们以前说过，可能应该读为"阑"，表示尾曲，收束全篇，好像番外，或者说副歌。这里改写母亲死后，父亲面对孩子的状态。抱着的时候没有长衣，有件短袄，但没有里子，也就是说没有填充絮。

汉代还没有棉花，都是填塞丝絮。

闭门塞牖，舍孤儿到市。

只好关紧门，塞上窗户，把孩子关在屋子里，自己去市场。这句是写男人的举措。看来男人本来想带着孩子去集市，但因为孩子没有衣服，只能锁在家里，自己独自去。

道逢亲交，泣坐不能起。

路上碰到亲朋好友，忍不住哭泣悲伤，站都站不起来，可见其伤心。

从乞求与孤买饵，对交啼泣，泪不可止：

于是请求朋友帮忙，去给孩子买点吃的。边说边哭，上气不接下气。

"我欲不伤，悲不能已。"探怀中钱持授交。

他对朋友说抱歉："我不想哭，只是实在忍不住。"同时从怀里掏出钱给朋友。他还有一点钱，够买点吃的。

入门见孤儿，啼索其母抱。

回到家，见到孩子；孩子还不知道母亲没了，哭着要母亲抱。

徘徊空舍中，"行复尔耳，弃置勿复道！"

男人在屋子里徘徊，也真是穷得狠了，室如悬磬，家徒四壁，空荡荡的，好不凄凉，嘴里说："生活很快就要重复，算了，忘掉这些吧，不说了。"言下之意，估计小孩也活不了多久。

这首诗简直是一个悲伤的情景短剧，每次读到它，我就会想起小时候看的黑白电影，什么《希望在人间》《桃李劫》《万家灯火》。汉代的人太苦了，劳动人民太可怜了。如果政府能够提供基本福利，哪有这样的人伦惨剧？这样的虎狼社会，是有可能带来极大后果的。很快，黄巾起义发生，天下大乱，有勇力者互相攻杀，白骨千里，除了极少数人，所有那些有钱的或者没钱的，都付出了他们该付出的代价。白骨层累的土地上，最终建立起一个新王朝，但不过是鲜血浇灌的恶之花，起初开放得非常繁盛，但过了几十上百年，又是一次轮回。

　　诗的画面感极强，共有四幕。第一幕，一个妇女缠绵床榻，脸色蜡黄，弥留之际对丈夫交代遗言，要求丈夫一定要让孩子免于饥寒，很显然已经预感到未来的不祥。因为如果是中产阶级，衣食无忧，根本不会有这种叮嘱；只会说："将来娶了后妻，希望你尽量对我们的孩子好点。"其实她心里知道，自己死后，这个穷家基本上就垮塌了。第二幕，女人已死，办完了丧事，环堵萧然。孩子在哭，喊饿。男人想把孩子带到市场上去买吃的，但天气寒冷，孩子没穿的，竟然带不出去，只好反锁在家里。第三幕，男人在路上碰到亲友，泣不成声。第四幕，回家看见孩子呼唤母亲，心如刀绞，看着四壁空空，一贫如洗，知道前景不祥。这是一个典型的悲剧，西方的歌剧常常是悲剧，如果中国要制作本土歌剧，我想《孤儿行》是非常好的改编素材。

　　而且它本来就是乐府诗，是配乐歌唱的。诗的结构很有意思，主歌很短，母亲交代完事情后，就戛然而止。副歌或者说尾曲倒很丰富，有孩子的啼哭，有道上偶遇知交的哭诉，有面对家徒四壁的慨叹，从中可以窥见汉代歌诗的特点。主歌是叙述事件缘起，乱歌是叙述结局，也说明乱歌部分确实有"残余"的意思，而不像很多注释说的，是总结全篇。

此诗出自乐府，而乐府是政府收集民歌的机构，收集了再谱曲演唱，听众主要是官吏。很难想象那些大小官吏在聆听的时候，是怎样的心情。

第十课　何以解忧？唯有杜康

汉乐府八首

终于又讲到有名有姓的作者了。曹操大概是我国最有名的历史人物之一，和他并列的之一不多，顶多包括刘备、关羽、张飞、诸葛亮，除此之外，恐怕就要降一等级了。这都拜《三国演义》之赐。对于《三国演义》，当今很多文人看不起，说写得烂，没有现代价值观。不过要我看，这种苛责不公允。能把一段纷繁的历史铺陈得流行，且经久不衰，我们不得不佩服作者讲故事的水平。以前我读《三国志》的时候，很惊讶里面的记载，百分之八十见诸《三国演义》。也就是说，《三国演义》的作者基本没多少虚构，却把历史写得如此好看，当今无一人能够达到。连我的文盲妈妈，都知道"刘备借荆州"，古人说它妇孺皆知，洵非虚言。

　　曹操在大众眼中，一向是个反面人物，这也是《三国演义》的功劳，因为他篡汉。这反映了作者饱受传统文化毒害的心灵和价值观，可以不论。现当代自鲁迅以来，又把曹操重新提拔，认为他是英雄。我一向是很敬仰鲁迅的，但对他这个评价并不以为然。为什么？这就要涉及怎么评价历史人物的问题。

　　我个人觉得，评价一个历史人物，可以从三个角度。第一个角度，就是摒弃任何价值观，单说其个人才华。从这方面讲，曹操无疑是个杰出人才。第二个角度，就是从仁义的传统价值观角度，也就是古代的普世价值观角度。曹操的出现，对社会的恢复和百姓的生活有什么影响？我认为不会有什么影响，没有曹操还有王操、李操，何况曹操在徐州，仅仅为了泄点小愤，就屠杀了徐州十多万百姓。如果"英雄"这个词仅取其字面意思，也可以认为他是英雄；但如果"英雄"这个词像现在已经带有强烈褒义，就值得商榷了。第三个角度，就是从现代文明的角度。历史上曹操这类人，跟我们的生活毫无关系，他们并没有发明什么创造什么，使我们祖先过得更方便更幸福。我宁愿把蔡伦称为英雄，也不认为曹操是什么英雄。

当然，我虽然不把曹操当成英雄，但对曹操的文学才华十分佩服，在三曹中，我最喜欢的也是他的作品，这可能跟我的性格有关。我不太欣赏过于柔媚的东西，而曹丕、曹植两个公子哥，没经历过什么苦难，写的东西不如曹操质朴有力。

《度关山》这首诗，一般诗歌选本估计不会选，会嫌它不够文学。什么是文学呢？我觉得语言学家萨丕尔的一句话很简单，但很有道理，他说：文学就是把大家常见的东西写得很有意思。所以，判断一个作品是否有文学性，我先看他语言有没有意思。没有意思，就没有文学性。当然，有没有意思，每个人的看法不同。有人认为高中生擅长铺陈形容词就叫有意思，有文采。我则看重思维方式，如果思维方式很平庸，文章是不可能写得很有意思的，只能取悦低层次的人。

曹操这首诗写得有没有意思呢？从思维方式来说，文学性不强；但遣词造句，饶有古趣，我认为也算有点意思。最重要的是，它反映了曹操的政治理想，还是值得向大家推介的。

一、度关山

> 天地间，人为贵。立君牧民，为之轨则。
>
> 车辙马迹，经纬四极。黜陟幽明，黎庶繁息。
>
> 於铄贤圣，总统邦域。封建五爵，井田刑狱。
>
> 有燔丹书，无普赦赎。皋陶甫侯，何有失职？
>
> 嗟哉后世，改制易律。劳民为君，役赋其力。
>
> 舜漆食器，畔者十国。不及唐尧，采椽不斫。
>
> 世叹伯夷，欲以厉俗。侈恶之大，俭为共德。
>
> 许由推让，岂有讼曲？兼爱尚同，疏者为戚。

《度关山》是乐府曲调名，属于《相和歌》的《相和曲》。曹操的诗歌全部用乐府曲调名，但内容和曲调本义无关。一般认为，这首诗写于中平元年（184），当时曹操三十岁，任济南相。

天地间，人为贵。立君牧民，为之轨则。

天地之间，以人为贵，古代很多文人都这么说，但实际上做到的很少。比如曾国藩，一向被视为仁厚君子，但围困天京时，跟弟弟曾国荃写信说，不许放一个百姓出城，尽量消耗城内粮食，以多杀为上。以前书上称他"曾剃头"，不是没有道理的。所以，永远不要高估人性。曹操也是一样，看他这首诗，谁会相信他一口气就屠杀了徐州十多万人？

后面两句也是陈词滥调。说拥立君主，让他像放羊一样来放牧百姓，给百姓建立种种规矩。我每当看到这样的话，总是意不能平。我认为，文学作品，就是应该抒写在现实中有难度，但理想应该存在的生活状态。歌功颂德的，永远不叫文学，不管它文辞如何华美。如果心中没有理想，如何能叫作家？好的文学总是批判的，批判中可以反映作者的理想。批判有很多种，直笔痛斥黑暗，是最古老的；通过某种荒诞的描写来反衬现实，也是一种理想，教人警惕。或者即使不批判，但却讴歌美好，也行，和理想者同归殊途。

车辙马迹，经纬四极。黜陟幽明，黎庶繁息。

车马行走的轨迹，一直延伸到偏远之地。极，就是最边缘，最极致。黜陟幽明，是指黜幽陟明，把坏人赶下去，把好人提上来，然后黎民就能蕃息。这几句话貌似寻常，其实暗含古代思想极大的可悲可怜。他们最大的目标，也不过是让人口增殖；相当于一个牧人，希望他家的牛羊不断繁殖增长，以便让他卖个好价格，或者有畜力可使。说真的，繁息其实是低等欲望，在现代文明国家，出生率很低，但古人这么低等的需求，还无法得到满足。农业社会养不活太多人口，超过六千万，就会发生战乱。直到明末南美的番薯传入，才使清代人口破亿。但增多到一定数目，番薯也支撑不住，于是太平天国兴起。

於铄贤圣，总统邦域。封建五爵，井田刑狱。

於铄，叹词，古音"於"的读音相当于 a，"铄"的读音相当于 xiauk，连读的话，跟"哇嗽"近似。古代有个常用叹词"呜呼"，古音相当于 aha，用汉字表示就是"啊哈"。这几句是说古代的贤圣们，总管整个疆域，而且给贵族设立五等爵位，颁布井田和刑律。

> 有燔丹书，无普赦赎。皋陶甫侯，何有失职？

古代罪犯变成奴隶，要用朱笔记载他的名籍，称为丹书。烧掉丹书，就是赦免其为自由人。据《左传》记载，晋平公八年（前550），晋国内乱，贵族互相攻伐，大夫栾盈联结魏氏、七舆大夫，与韩、赵、智、范、中行氏火并，栾盈率曲沃之甲袭击晋国绛都（今山西侯马），打了五家一个措手不及，范宣子拥着晋平公退守固宫。栾盈身边有个力士叫督戎，勇冠三军，冲锋陷阵，当者披靡，范宣子焦头烂额。有个奴隶叫斐豹的，就对范宣子说："苟焚丹书，我杀督戎。"范宣子大喜："你要是能杀督戎，而我不肯焚丹书，让太阳灭了我！"

这几句诗是说，如果罪人有功，可以焚烧丹书赦免他们，但不应该一刀切赦免所有罪犯。言下之意，要加强法治建设。夏传才的注释说："宁可烧掉丹书，把犯人入官为奴的法律废除，不可既保留这条法律，而又随便普遍赦免或允许用钱赎罪，以致法律有名无实。"恐怕是不对的。皋陶，是古代的法官；《尚书》里有一篇《吕刑》，又写作《甫刑》，是周穆王时吕侯（甫侯）制订的，吕、甫古音近，可以通用。大概是曹操自比。

> 嗟哉后世，改制易律。劳民为君，役赋其力。

哎呀后世人胡乱改革，变易律法。为了君王的私欲劳民伤财，把百姓当牛马使唤。这点体现了曹操的治国理想，注重节俭。他死前下令，不许在坟墓中藏金银珠宝。他还曾作《内戒令》，叙述自己的节俭经验，并严格禁止家人和身边工作人员的奢侈行径。曹植的老婆崔氏衣着锦绣，曹操看见后勃然大怒，立刻下令将崔氏赐死。但要说曹操严格执法，是不对的，法律条文上绝不可能写人穿了奢侈衣服就得杀头。曹操本质上是个刻薄寡恩的人，专横，并不爱惜人命。当然，一些流氓无产者看见这个事例，会为之欢呼。一般来说，穷极猥琐的人，往往缺乏人性。

舜漆食器，畔者十国。不及唐尧，采椽不斫。

舜用的碗筷是漆器，结果有十个国家反叛。在古代，漆器也是比较奢侈的东西，因为做工非常精细。

海昏侯墓漆器

上面海昏侯墓漆器，记载了漆器的工值。"私府漆木笥一合，用漆一斗一升八龠，丹斛，丑布财用工牢并值九百六十一。昌邑九年造，卅合。"一个小小的漆器，工本价就达九百六十一钱，相当于当时一个普通工人三个月的工资。想想如果一个碗需要你三个月工资，你肯定也会觉得奢侈的是吧？所以舜不如尧，尧建造房屋的椽子都不裁制，就保持原生态的模样。

世叹伯夷，欲以厉俗。侈恶之大，俭为共德。

古往今来很多诗人赞美伯夷，说他节俭，认为奢侈是最大的恶，节俭是最大的德行。好像很有道理，其实是胡说。很久以前我读过德国学者维尔纳·桑巴特的《奢侈与资本主义》，他说，正是奢侈才发展出了资本主义，因为有钱赚，才会激发人的创造力；没有人疯狂消费，是拉不动经济的。这个道理司马迁都知道，但文人都想当然，认为奢侈有罪。其实不是奢侈本身有罪，而是花公款奢侈有罪。曹操举尧舜的例子作对比，说的其实还是君王的奢侈问题，这点可以说是对的。其实我认为，人的奢侈节俭与否，与品德无关。希特勒就很节俭，华盛顿就很奢侈，说明不了什么。汉文帝很节俭，却把铜山赐给邓通，说明权力的无节制要可怕得多。

许由推让，岂有讼曲？兼爱尚同，疏者为戚。

许由是古代拒绝当皇帝的高士。曹操说，如果人人都像许由，怎么会有官司打？只有做到兼爱尚同，不分亲疏，才能天下和谐。原来曹操有浓厚的墨家思想。

诗的押韵很怪，辙、极、息、域是古职部字，但狱、赎是古屋部字。接着职、力、国是古职部字，但在其中插入的律字，是古物部字，听起来肯定不协调。斫、曲、戚是古铎部、物部、觉部字，说明曹操押韵很随便，大概有其方言的原因。但所有入韵字都是入声字，可能表明入声字的声调在听觉上非常相似，一定程度上会掩盖主要元音的差别。

二、蒿里行

> 关东有义士，兴兵讨群凶。
>
> 初期会盟津，乃心在咸阳。
>
> 军合力不齐，踌躇而雁行。
>
> 势利使人争，嗣还自相戕。
>
> 淮南弟称号，刻玺于北方。
>
> 铠甲生虮虱，万姓以死亡。
>
> 白骨露于野，千里无鸡鸣。
>
> 生民百遗一，念之断人肠。

蒿里，泰山南边的一个地名，汉代人认为，其下有掌管鬼魂的地府。这首诗也是乐府古题，一般认为作于建安二年（197），袁绍率关东群雄和董卓相拒的时代。

关东有义士，兴兵讨群凶。

建安二年，董卓专权。袁绍不服，率领关东诸侯讨伐董卓。群凶，指以董卓为首的兵马。

初期会盟津，乃心在咸阳。

盟津（孟津），黄河的古渡口。古代的渡口，相当于军事关卡，所以古书上往往"关津"连称。这些诸侯原来预备在孟津会合，一举击灭董卓。咸阳是秦国首都，这里用来借代董卓盘踞的国都。孟津是周武王伐纣的典故，当时武王和诸侯相约在孟津会合，讨伐商纣。

军合力不齐，踌躇而雁行。

各路义军都心怀鬼胎，只有曹操是真的卖命。袁绍已经想当皇帝，曹操那时倒还淳朴。雁行，军队像大雁一样排成一列，踌躇不决，缓慢前进。

势利使人争，嗣还自相戕。

势利，权势和利益。诸侯各自想保全实力，联盟很快瓦解，反而回过头来互相杀戮。

淮南弟称号，刻玺于北方。

淮南弟指袁术，他是袁绍的同父异母弟。曾为讨伐董卓的诸侯之一，后割据淮南，在寿春称帝。袁绍也在北方刻皇帝玺，劝汉朝宗室刘虞称帝，刘虞不干。后一句省略了主语。

铠甲生虮虱，万姓以死亡。

铠甲生了虱子，老百姓几乎都死光了。铠甲生虱，说明战乱频仍，人几乎甲不离身。古代卫生条件很差，人很喜欢生虱子。看陕北知青插队回忆，他们到了陕北，被虱子咬得一身红肿，当地人却毫无感觉，看来人对虱子适应起来也快。

白骨露于野，千里无鸡鸣。

这两句很沉痛，是教科书上常引的。汉末战争，六千万人口只剩下一千万，依梁启超的看法，死的还要多，人口大约只剩七分之一。当然，也有学者认为，鉴于大量隐匿人口的存在，汉末最低时人口也有两千多万。但不管怎样，都死掉了一大半人，导致土地荒芜，村落废弃。

生民百遗一，念之断人肠。

人口只剩百分之一，想起来就断肠。当然这是夸张。

《蒿里行》这首诗歌倒是比较切题，描绘了东汉末年战乱，人口大量死亡，齐奔蒿里去报到的悲惨景象。因为东汉政府的治理失败，导致社会动荡，玉石俱焚，全国上下都为之埋单，它是两三千年来中国末世的真实写照，在任何相同时段都通用。战争，绝对不是好玩的事，但战争又不是竭尽全力能避免的事，它是政治失败的必然。有一句话说，战争是外交失败的延续，其实战争也是内政失败的延续。无论外战内战，都和政治密切相关。内政失败，会致民不聊生，起义蜂起，也让外敌有机可乘。

三、观沧海

东临碣石，以观沧海。水何澹澹，山岛竦峙。

树木丛生，百草丰茂。秋风萧瑟，洪波涌起。

日月之行，若出其中。星汉灿烂，若出其里。

幸甚至哉，歌以咏志。

这首诗是曹操的杰作，原题为《步出夏门行》。夏门，是洛阳的西北门。同题诗总共五首,这是第二首。其实就是一个大曲,分为五部分,第一部分叫"艳",相当于序曲。序曲没押韵,大概是散文体。碣石,在今天的河北昌黎县西北 15 里,主峰海拔 695 米。建安十二年,曹操北征乌桓,路过此地。

东临碣石,以观沧海。水何澹澹,山岛竦峙。

沧,深绿色。澹澹,摇动的样子。大海和一般的湖水不一样,它非常巨大,好像会上下摇动。

树木丛生,百草丰茂。秋风萧瑟,洪波涌起。

萧瑟,相当于说"肃杀""萧索",音近可通。"萧"和"杀"都有收缩的涵义。

日月之行,若出其中。星汉灿烂,若出其里。

这几句很好懂,但意境浑阔,所谓好诗往往不识字的人也能懂,就是这个道理。这种诗句,属于天籁,好像没说出什么深刻的道理,但品味起来,又觉得光辉灿烂,宝相庄严。

幸甚至哉,歌以咏志。

这是《步出夏门行》后四首结尾的惯例。

《步出夏门行》五首,最有名的除了这首,还有《龟虽寿》那首,都是四言诗中的翘楚,《诗经》以来四言诗的精华。《诗经》有时也讲哲理,比如"高岸为谷,深谷为陵"之类;也华美,比如"如月之恒,如日之升,

214

如南山之寿"。但两者的表现，皆不如此诗这样强烈，带有浓烈的个人色彩，体现出曹操无与伦比的才华。如果取天下靠科举，曹操完爆刘备孙权，是无可争议的状元，应当被选为东汉之后新一代核心。

四、短歌行

> 对酒当歌，人生几何！譬如朝露，去日苦多。
> 慨当以慷，忧思难忘。何以解忧？唯有杜康。
> 青青子衿，悠悠我心。但为君故，沉吟至今。
> 呦呦鹿鸣，食野之苹。我有嘉宾，鼓瑟吹笙。
> 明明如月，何时可掇？忧从中来，不可断绝。
> 越陌度阡，枉用相存。契阔谈宴，心念旧恩。
> 月明星稀，乌鹊南飞。绕树三匝，何枝可依？
> 山不厌高，海不厌深。周公吐哺，天下归心。

曹操写过两首《短歌行》，第一首是自明志向，说自己不会篡汉，只欲效法春秋霸主，为天子靖平宇内。第二首则是这首。

对酒当歌，人生几何！譬如朝露，去日苦多。
起句抒发人生苦短，像朝露一样稀薄，应该及时行乐。

慨当以慷，忧思难忘。何以解忧？唯有杜康。
我之所以慷慨激昂，是忘不了忧愁。怎么才能解忧呢？只有靠杜康酒了。

青青子衿，悠悠我心。但为君故，沉吟至今。

前两句出自《诗经·郑风·子衿》，讲的是一少女对男人的思念，
这里借用，表达自己渴念贤人。为了你的缘故，我才沉吟至今。沉吟，
一般解释为"深思低吟"，但其他典籍中没有类似的用法，所以到底是
不是这个意思，还值得研究。这两个字都是古侵部字，有点像联绵词。
根据类似词的词源，也可能指"忧伤""坎坷"一类意思。

呦呦鹿鸣，食野之苹。我有嘉宾，鼓瑟吹笙。

《鹿鸣》也是《诗经》里的篇目，这四句完全抄袭《诗经》，表达
自己招待客人的喜悦。

明明如月，何时可掇？忧从中来，不可断绝。

那明灿灿的月亮啊，什么时候才能摘下来？我忽然忧从中来，不
可遏止。明月是人类可见最永恒最浪漫的天体，古人不明白它是地球
的卫星，既感到神秘，又容易反衬出人生的短暂。

越陌度阡，枉用相存。契阔谈宴，心念旧恩。

汉代有一句俚语："越陌度阡，更为客主。"就是说走过田间小道，
更替互相串门做客。我小时候住得没有那么分散，但邻里间喜欢串门
是一样的。城里人就没有这个习惯了。曹操说，越陌度阡来做客，有
劳你枉道来存问。朋友们久别再会，一起饮酒，不忘旧日恩情。

月明星稀，乌鹊南飞。绕树三匝，何枝可依？

月光明亮的时候，星星就很稀少，乌鸦向南飞翔，绕着大树，飞了三圈，也找不到合适的枝条可以依靠。乌鹊，指乌鸦。在汉唐时代，乌鸦一般被认为是吉祥的鸟，如果家里有官司，或者想念远行亲人，突然乌鸦来叫，官司就能解决，远人也能回归。乌鸦似乎很喜欢在黑夜飞翔，师范大学就有很多乌鸦，冬夜里往往噪声不断，黑白交杂的鸟屎摔落一地。

山不厌高，海不厌深。周公吐哺，天下归心。

山不怕高，海不怕深，表示招纳贤才，永不满足。西周初年的周公热爱人才，吃饭时一听见有人才上门，赶紧把饭吐掉接待；洗头时一听见有人投送简历，赶紧抓住湿漉漉的头发去审阅。以周公自比，反映了曹操的政治抱负。

这首诗无疑是好的，但好处众说纷纭。古人评价这首诗，都会提到它抒发了诗人渴望建功立业的心态，充满了积极进取的精神。说实话，我不喜欢听这些陈词滥调。但古人的评价，是囿于他们狭隘的世界观，现在人如果还是这几句，就不应该了。中国并不缺这种建功立业的英雄，无论乱到什么程度，总会有人收拾山河，建立霸业。中国分久必合合久必分，但总无质变，是因为缺少良好的世界观。因为世界观没有更新，那些建功立业的英雄们，最终只能重复建立另一个注定会被推翻的朝廷。最可怕的是，每个王朝三两百年的稳定，也不过是膏火自煎，生活并不美好。

从思想性来说，这首诗的开头很好，都是人类正常情感，但从"月明星稀"开始，就陈词滥调了，它是半首好诗，非常可惜。

五、于清河见挽船士新婚与妻别作

接下来说曹丕。

曹丕是曹操的儿子，一般认为，他的才华是三曹中最弱的，但我不这么看。至少我认为曹丕的世界观是三曹中最好的，为什么？因为他的《典论·论文》。在这篇文章中，他说，建功立业并不是什么伟大的事，文章才可以使人不朽。在当时，这怎么也算是一种石破天惊的想法。它是一种人性的觉醒，在那之前，文学被视为倡优。当然，曹丕本人也很欢喜当皇帝，但他的想当皇帝，大概只是为了享受权力的快感，在精神层面，他是不满足的。

于清河见挽船士新婚与妻别作
与君结新婚，宿昔当别离。
凉风动秋草，蟋蟀鸣相随。
冽冽寒蝉吟，蝉吟抱枯枝。
枯枝时飞扬，身体忽迁移。
不悲身迁移，但惜岁月驰。
岁月无穷极，会合安可知。
愿为双黄鹄，比翼戏清池。

这首诗古书或题徐干作，《玉台新咏》题为曹丕作品。是一首写士卒和新婚妻子告别的诗。所以说，杜甫的《新婚别》，类似的事在以前并不罕见。

与君结新婚，宿昔当别离。

以女性的口吻写，才结婚就要别离。宿昔，早晚。

凉风动秋草，蟋蟀鸣相随。

凉风吹动秋草，蟋蟀也在悲秋。

冽冽寒蝉吟，蝉吟抱枯枝。

寒蝉在凄惨鸣叫，死死抱着枯枝。可知也是苟延年命。

枯枝时飞扬，身体忽迁移。

枯枝时时飞扬，身体就要迁移，暗示将无枝可依。

不悲身迁移，但惜岁月驰。

并不因无枝可依悲哀，只是怜惜岁月飞驰。

岁月无穷极，会合安可知。

岁月无穷无尽，但见面却难以预料。

愿为双黄鹄，比翼戏清池。

希望做一对黄鹄，永远在清澈的池塘里，比翼双栖玩。"鹄"和"鹤"古音近，是一个词。

这首诗写新婚的军人，马上要和妻子离开，妻子悲叹不知此生何时再见。相当于杜甫的《新婚别》，抒发了古代下层士兵家属的痛苦，其实也是士兵的痛苦。诗歌气格略卑弱，显示出浓厚的文人特征，艺术上不如《古诗十九首》。诗有一首姊妹篇，叫《清河作》："方舟戏长水，湛淡自浮沉。弦歌发中流，悲响有余音。音声入君怀，凄怆伤人心。心伤安所念，但愿恩情深。愿为晨风鸟，双飞翔北林。"意思差不多，只不过后面的黄鹤，换成了晨风，前者可能要善良些，后者是猛禽，威武些。

六、临高台

> 临台行高，高以轩。下有水，清且寒；中有黄鹄往且翻。
>
> 行为臣，当尽忠，愿令皇帝陛下三千岁，宜居此官。
>
> 鹄欲南游，雌不能随。我欲躬衔汝，口噤不能开。
>
> 我欲负之，毛衣摧颓，五里一顾，六里徘徊。

这首诗可分为三段，上面第一行为一段，第二行为一段，第三四行为一段。内容似不相关，大概传抄有讹误。

> 临台行高，高以轩。下有水，清且寒；中有黄鹄往且翻。

登临高台，台子很高很高。轩，也是高的意思。夏传才解释这句说"高台上有轩"，恐怕是不对的。古代皇宫中往往有渐台，就是在水中央建一个高台。这诗里说台子下有水，可知就是渐台一类。在台子中，有黄鹤往来翻飞。翻，就是飞，大概和"翩"是同源词。

行为臣，当尽忠，愿令皇帝陛下三千岁，宜居此官。

做臣子的，当对皇帝尽忠。看来写的确是皇宫的台子。

鹄欲南游，雌不能随，我欲躬衔汝，口噤不能开。

我欲负之，毛衣摧颓，五里一顾，六里徘徊。

这段有人指出，乃出自古歌辞《飞鹄行》："飞来双白鹄，乃从西北来。十十将五五，罗列行不齐。忽然卒疲病，不能飞相随。五里一反顾，六里一徘徊。吾欲衔汝去，口噤不能开。吾欲负汝去，羽毛日摧颓。乐哉新相知，忧来生别离。踯躅顾群侣，泪落纵横垂。今日乐相乐，延年万岁期。"

这首诗告诉我们，当时很多署名的诗歌，作者往往不一定可靠。

七、侍太子坐

最后说曹植。曹植在后世评价很高，谢灵运说天下才有十斗，曹植应该得八斗，他自己得一斗，其他天下人共分一斗。可见对曹植的推崇。但我认为，《古诗十九首》作者肯定不服气。和曹丕不同，曹植的理想是当皇帝，建功立业，诗文只是消遣。这肯定更让曹丕生气。

侍太子坐

白日曜青春，时雨静飞尘。

寒冰辟炎景，凉风飘我身。

清醴盈金觞，肴馔纵横陈。

齐人进奇乐，歌者出西秦。

翩翩我公子，机巧忽若神。

诗歌大约作于建安十六年前后。

白日曜青春，时雨静飞尘。

写景。太阳照耀春天的大地，雨水黏滞了飞尘，一切都很安静。

寒冰辟炎景，凉风飘我身。

寒冷的冰块被炎热的阳光驱得退避三舍，凉风飘扬在我身上。也
有人说，诗是写夏天，寒冰指宫廷里藏的冰块，夏天则拿出来食用避暑。

清醴盈金觞，肴馔纵横陈。

黄金的酒杯里，倒满清澈的醴酒，各种好吃的酒菜纵横陈列。

齐人进奇乐，歌者出西秦。

这里用典。据《史记·孔子世家》，齐国人怕鲁国称霸，于是广选
美女八十人，加良马三十驷，送给鲁国君。《列子》载，秦国人秦青善歌，
声振林木，响遏行云。这里用来形容宴会上的歌手很厉害。

翩翩我公子，机巧忽若神。

歌颂曹丕风度翩翩，游戏技艺精妙，才华横溢。

这是一首歌功颂德的作品，建安十六年，曹丕还没被立为太子，陪太子坐云云，是后来改定的说法。如果这样，那这首诗的悲凉气氛会小很多，顶多展示了兄弟怡怡；但若在曹丕被正式立为太子时所写，则非常悲凉。曹植在争立太子的过程中失败，心中肯定郁闷，曹丕也会对他有嫌隙。这时候歌功颂德，不一定有什么效果，看到末两句，我都为他尴尬。

八、野田黄雀行

高树多悲风，海水扬其波。

利剑不在掌，结友何须多？

不见篱间雀，见鹞自投罗？

罗家得雀喜，少年见雀悲。

拔剑捎罗网，黄雀得飞飞。

飞飞摩苍天，来下谢少年。

一般认为此诗是曹植怀念自己的朋友所作，他因为跟曹丕争立太子失败，曹丕即位后，对他的官属进行清洗，于是他用比喻手法写了这首诗。

高树多悲风，海水扬其波。

高树会引来更凛冽的风，海水扬起了波涛。曹植的《杂诗》还有类似的句子："高台多悲风，朝日照北林。"

利剑不在掌，结友何须多？

手中无权，何必交接朋友，真是害人害己。一般认为这是曹植对自己官属被清洗的悲叹。

不见篱间雀，见鹞自投罗？

难道看不到鸟雀，见到鹞子吓得自投罗网？

罗家得雀喜，少年见雀悲。

设立罗网的人很高兴，因为有肉吃了。但一个天真淳朴的少年看见这幕场景，却很难受。他有赤子之心，还没有那么功利。

拔剑捎罗网，黄雀得飞飞。

少年拔剑挑断了罗网，黄雀飞走了。捎，就是"削"的同源词。

飞飞摩苍天，来下谢少年。

黄雀感激少年，飞上了苍天，尽情享受自由之乐后，又飞下来感谢少年。

这首诗的少年，大概是作者自况。他见到黄雀被罗网罩住，立刻拔剑救援。大概看见黄雀，想起自己也在罗网之中，可惜没有少年来解救他。在诗中，他恍然不知自己是黄雀，还是少年，抑或兼而有之。最后黄雀在少年的解救下，获得了自由，就好像作者给自己以心理安慰，在幻想中获得安宁。

这首诗有汉乐府民歌的质朴风味。首先，拔剑捎网、黄雀谢恩这一情节，明显受汉乐府民歌影响。西汉《铙歌》十八曲中《艾如张》一曲有"山出黄雀亦有罗，雀已高飞奈雀何"之句，而在这之前，秦简中也有类似的句子，北京大学藏秦简《公子从军》："南山有鸟，北山置罗。念思公子，无奈远道何。"总之，那时的社会，这种捕鸟状况是常见的，如果写历史小说，这些社会场景不可忽视，它是平民生活的重要场景。"黄雀得飞飞，飞飞摩苍天"的顶真修辞手法，也都是乐府民歌中常见的。一般来说，曹植的诗歌辞采华茂，但这首有乐府诗的影子，别有风味。

第十一课　千秋万岁后，谁知荣与辱

陶渊明

这节课是讲一个人的诗,他的名字叫陶渊明。在中国,就连初中生都读过《桃花源记》,所以,对陶渊明这个人物,都有一定了解。但他又不像"三曹"那样,因为《三国演义》的缘故,妇孺皆知,所以有必要多花一些笔墨,介绍他的生平。毕竟评论诗歌讲究知人论世,只有了解他的生平,才能更好地理解其作品。

陶渊明(365 或 372 或 376—427),字元亮,又名潜,一般认为"潜"这个名字,是入宋后才改的。私谥"靖节",世称靖节先生,寻阳柴桑(今江西九江)人,曾任江州祭酒、建威参军、镇军参军、彭泽县令。他做彭泽县令,仅持续八十多天,从此归隐田园,再也没有出仕。因此,他被文学史称为中国第一位田园诗人,还戴上了"古今隐逸诗人之宗"的桂冠。

陶渊明出身不错,他的曾祖名叫陶侃(也有人表示反对),陶侃这人很有名,我小时候读过这样一首诗:

陶侃惜光阴,贵于惜黄金。
光阴金难买,黄金失可寻。

也不知道是谁写的，但从此就记住了陶侃的名字。不过我那时总以为是书上印错了，把"陶潜"印成了"陶侃"。这当然说明我很荒谬，但同时也证明，陶潜的名气比他曾祖父大很多。其实就官职来讲，陶侃才是大人物，他虽出身贫寒，但从县城的小公务员，竟一直爬升到郡守、刺史、侍中、太尉，最后封长沙郡公，还活了七十六岁，在当时，可谓彻底的人生赢家。史书上对他的记载也很多，留下很多轶事，比如他做了大官，还每天搬砖锻炼身体；比如他年轻的时候，朋友来访，家里没有酒肉招待，他老妈毅然剪下一头青丝卖掉，换来酒菜待客。但遗憾的是，他的名声依旧没有超过孙子陶渊明。这说明什么？说明文学成就可以碾压一切。陶渊明太有个性了，文学才华太高了。也由此可见，不管人世间多么势利，大众多么追慕庸常的生活，骨子里究竟都向往特立独行。陶侃肯定对此不服气，但又无可奈何。他虽然是当时的人生赢家，却不可能永远是人生赢家。

陶渊明出生在寻阳柴桑，也就是今天的江西九江。前些年，江西宜丰某几个学者，根据一些不可靠的记载，认为陶渊明是宜丰人，还具体考证出他出生在江州豫章郡康乐县义钧乡七里山安成村，即今江西省宜丰县澄塘镇新安村安成自然村，后迁居故里陶家园，再徙南山陶家坪。煞有介事，我看都不可靠。中国读书人有个很好的风气，就是仰慕贤人，见贤思齐。但这个事情做过头，就会变成坏的风气，也就是拉大旗作虎皮，捕风捉影，阿Q精神，仿佛家乡出个贤人，自己就牛皮哄哄了，其实很没意思。别人是不是厉害，跟你没什么关系。你要是不努力，就算和爱因斯坦为邻，又能如何？当然，有经济利益的诉求时例外。我就听说湖北襄阳和河南南阳为争诸葛亮隐居处，打得不亦乐乎，而且向编语文课本的行贿，希望编辑偏向自己这方，大概是抢旅游资源，根本不是仰慕先贤，这就更等而下之了。

陶渊明年少的时候，家道就中落了。因为魏晋时代重门第，陶家虽然做过大官，但门第很低，所以不能像王、谢那样，长保富贵。不过即使如此，比一般的老百姓家庭还是好很多，至少他受过良好教育，一般人家是小学也念不起的。陶渊明虽然获得了大学文凭（至少是同等学力），按说可以努力做官，实现陶氏家族的伟大复兴。但麻烦的是，他这个人太有性格，太有文学才华，根本不适合做官，注定不可能让家族再次兴旺。这也不怪陶渊明，得怪他老妈。古往今来，那些有文学天才的人，一般不会再有什么做官的才华（当然也有极少例外）。陶渊明早年曾做过江州祭酒。江州是西晋元康元年（291）新立的州，大约相当于今天的江西、福建二省，也包括湖北、湖南、安徽省的一部分，治所在豫章（今江西南昌），后迁武昌（今湖北鄂州），公元前340年（大概还要更早），又迁寻阳，此后一直比较固定，寻阳也因此成为江州的代名词。寻阳，后世或写成浔阳（有人认为寻阳和浔阳并非一地，但实际上差别不大）。白居易的名诗《琵琶行》开头两句："浔阳江头夜送客，枫叶荻花秋瑟瑟。"但在诗的末尾，他又自称"座中泣下谁最多，江州司马青衫湿"，就是这个道理。

江州的面积大约为三十万平方公里，相当于现在的一个大省。刺史是江州最大的官，相当于现在的省委书记。这个地方不简单，著名书法家王羲之都曾在此居住十年之久，他的老师卫夫人的丈夫，也曾做过江州刺史。还有王羲之和儿子王凝之，都当过江州刺史。正是王凝之在任时，提拔了陶渊明为江州祭酒。

祭酒是个很体面的官，相当于省政府的首席行政官，在刺史的下属中算老大，估计是厅局级。但陶渊明没有珍惜自己的政治前途，很快就辞职了，理由是"不堪吏职"。想起来挺可惜。那么多人找关系，那么多人参加科举，那么多人拍马溜须，不惜抛弃人格，就为了谋个一官半职。《儒林外史》里说："做了官，就可以坐堂撒签打人。"陶渊明三十岁不到，就做到厅局级，却说不堪吏职，难理解吗？可能很多人都难理解，我却和陶渊明很有同感，其实就是受不了那种单调的机关生活，这是真正的文人都会碰到的困扰。陶渊明的问题在于，那时没有自由撰稿人这个职业，否则他单靠写作，写个专栏，开个公号，弄个私塾，就可以功成名就。但那时不行，他不做官，就只有亲自耕种。

由于那时读书人较少，像陶渊明读过这么多书的人，在家务农，确实有点人才浪费。所以省政府很快又注意到他，请他去当主簿。主簿也是一省的高级官员，和祭酒差不多，厅局级。这是陶渊明放弃了的东西，他怎么肯去？但种田的话，他的身子骨确实吃不消，在家躺了一阵，饿得不行，又重新到官府谋了官职，断断续续地做着，想睡懒觉是不可能了。后来他到处宣扬："很想弄个职务，不那么累的，又有固定收入，平时可以交交朋友，唱唱小曲。（聊欲弦歌以为三径之资，可乎？）"你觉得他净想美事是吧？不，领导还真的满足他，当即就给他发了张委令状："兹任命陶潜同志为彭泽县令，原县令不再担任这个职务，另有任用。"

其实陶渊明同志没有那么穷，他有奴仆，去彭泽了，把奴仆留给儿子，还特意写信叮嘱：

汝旦夕之费，自给为难，今遣此力，助汝薪水之劳。此亦人子也，可善遇之。

意思是：就你那身子骨，自己也养不活自己，现在我把这个仆人送给你，可以帮你做点事糊口。不过记住，那也是人家的儿子，一定要善待人家。

我以前读到"此亦人子也"五个字，总是心弦一颤。别小瞧这五个字，实际上蕴含着极大的悲悯。要知道，我们每个人都是从娘胎里辛辛苦苦待了十个月才出来的。刚出生时，大多纯真善良，茫然无助。父母都会祈祷我们将来过上好的日子。如果在娘胎里就知道自己注定会饿死冻死，我们一定会悲愤欲绝，我们的父母也会悲愤欲绝。陶渊明那五个字，其实是以父母对待孩子的爱怜角度说的。所以，我说他心地极善良，有大悲悯。

他在彭泽，把公田百亩全部用来种植秫，用来酿酒。老婆说："总得种点粮食吧，不然吃什么？"于是勉强答应五十亩种秫，五十亩种粳。就这样过了近三个月。年终到了，地区派专员下来考核，属下对陶说："陶书记，这回去见专员，打扮得要严肃，要穿西装，打领带。"他当即不干了："为了这五斗米薪水，我干吗要奉承那种傻帽儿？"写了封辞职信，走人了。

关于陶渊明辞职的原因，本来还有别的说法。有的说，他是因为三十四岁的程氏妹死掉（陶渊明同父异母妹，因嫁给程家，故称程氏妹），回家奔丧；还有的说，是陶感觉官场险恶，随时可能遭遇灭顶之灾；也有的说得很高大，说是悲悯晋朝将要灭亡。

我不知道现在当官的，是不是可以随便辞职，但在秦汉魏晋时代，官员如果不想干了，写封辞职信，把官印放在上面，可以马上走人。那时很多地方官，一旦听到上面派下了严厉的考核专员，就会这样辞职，连夜跑路，朝廷一般都既往不咎。大概是觉得人家连做官都肯放弃，已经付出了极大牺牲，再追究就过分了。我甚至怀疑陶渊明其实也是这类。他说不愿折腰见乡里小儿，没准只是一句遮场面的话，实际情况可能更杂。老实说，像陶渊明这样的诗人，当县令多半是当不好的，与其被专员查出各种问题，不如主动辞职，还体面些。那位专员的官职，当时叫督邮，挺倒霉的，因为没有才华，写不了诗，就丧失了话语权，被黑了近两千年。督邮本来就是一个讨人厌的差事，大家都记得《三国演义》里，有个督邮下去考核刘备，被张飞绑起来抽了一顿的故事。有才华的人，谁也不喜欢搞考核的；循规蹈矩混饭吃的，则比较喜欢，因为还等着他发奖金。

总之，陶渊明蛮幸运，因为文化水平高，换了好几个"省委书记"，都敬仰他。王弘在任时，想请他吃饭，陶渊明还爱理不理。后来王书记只好求陶渊明的朋友庞通之帮忙，假装由庞请客，一会儿他突然驾到，终于见到了陶一面。

有个大文学家叫颜延之的，非常有名，家世也好，曾祖颜含做过右光禄大夫，祖父颜约做过零陵太守，父亲颜显做过护军司马。他本人好读书，无所不览，文章之美，冠绝当时，与谢灵运并称"颜谢"。曾经当过江州"省委书记"刘柳的手下，在寻阳居住，每天去找陶渊明喝酒。后来被拜为始安太守，路过寻阳，再次去找陶渊明玩。王书记听说后，也想请颜延之吃饭，结果颜延之也不理他。后来颜延之离开寻阳，留了二万钱给陶渊明养家糊口，谁知陶渊明马上都送到小酒馆，说以后每天都来打酒，从那钱里扣。可以看出，陶渊明根本就不适合过日子，根本不该结婚，谁要嫁给他还生了孩子，绝对是"丧偶式育儿"。但可悲的是，他二十六岁就生了儿子，而且有两任老婆，五个孩子，其中一对还是双胞胎。

古书上记载，陶渊明曾经在九月九日，也就是重阳节那天，在家门口菊花丛中坐，满手都是菊花。突然省委书记送酒来了。他马上打开盖子就喝，喝高了才回家，很率性。他不懂音律，但弄了一张琴，也不装琴弦，喝酒喝嗨了，就假装拨弄拨弄。客人来了，不寒暄，而是请喝酒，喝醉了就说："我要睡觉，你请便。"太守，也就是地委书记去拜访他，碰到他正在打理酿熟的酒，找不到滤网。他顺手就把书记的纱帽从头上摘下，过滤酒糟，用完后还给书记："谢谢。"

晚年他穷得叮当响，瘦骨嶙峋。改朝换代了，刘宋朝廷的新任省委书记檀道济特意来看他，他躺在床上，像一条瘦狗，几天没吃饱饭。檀书记和蔼地问："夫贤者处世，天下无道则隐，有道则至；今子生文明之世，奈何自苦如此？"意思是，我听说贤明的人，世道不好就隐居，世道好了出来做事。现在我们是清明的时代，你为什么还躲在家里，穷成这样？陶渊明回答："我哪敢称为贤人，没那志向。"他说的倒是老实话，陶渊明的理想就是避居，根本不像孔子，有当帝王师、治国治民的理想。否则以陶渊明的学问，开个私塾也足够了，不至于去干体力活。

檀书记也理解他，送了点精制面粉和猪肉牛肉，就回去了。

陶渊明的老婆翟氏，一点都不烦他，不是一家人，不进一家门。

陶渊明一直活到南朝宋元嘉四年，终于死掉了，享年六十二岁（也有一种说法，说是五十五岁）。

我个人特别敬佩陶渊明的为人，主要是因为性格相似，干不了正事儿，不习惯朝九晚五的生活，还有就是和人情世故格格不入。陶渊明曾经给儿子写信，说自己"性刚才拙，与物多忤"，我觉得简直说到自己心底去了。但我比他俗气，没有这么率性，顶多在灵魂中，对这种率性的人格有一点慕恋。

陶渊明的诗歌以冲淡见称，但也有金刚怒目的篇章，所以鲁迅提到，看一个人，该看他的全集。其实我想，像陶渊明这样的人，这看不惯，那看不惯，肯定心底有愤怒在，但不敢宣之于口，只好沉湎于酒。没有愤怒的人，其冲淡也不会有多高境界，不过是假古董。

下面就来读陶渊明的诗，第一首是《停云》。

一、停云

停云，思亲友也。罇湛新醪，园列初荣，愿言不从，叹息弥襟。

其一

霭霭停云，濛濛时雨。

八表同昏，平路伊阻。

静寄东轩，春醪独抚。

良朋悠邈，搔首延伫。

停云，思亲友也。罇湛新醪，园列初荣，愿言不从，叹息弥襟。

这是诗序，说写这首诗，是用来思念亲友的。为什么会突然思念亲友呢？因为日子过得不错，杯子里装满了新酿的酒，而恰巧园子里又花朵新绽，于是诗兴大发。因为见不到亲友们，于是忍不住叹息起来。这叹息好多，差不多盈满衣襟。湛，是满溢的意思。醪，本义是醪糟，带酒糟的酒，这里也许就指一般的酒。

霭霭停云，濛濛时雨。

霭霭，云气密集的样子。我以前说过，从"曷"声的字，很多有"饱满""丰盛"的意思，就像"蔼"，就是"多"的意思。《诗经》里说："蔼蔼王多吉士。"就是说王的身边挤得满满的，都是高大健壮的吉士。停云，就是静止不动的云彩。濛濛，微小的雨。时雨，是符合时节的雨。这是春天，自然是讲春雨。江西那边的春雨我很熟悉，基本每天都下个不停，很讨厌的，我从小就经常领略。那时最大的担心，是预定春游的那天也不肯放晴。所以看到这两句，就感觉很有画面感。

八表同昏，平路伊阻。

八表，就是八方。表，外部。四面八方的外部，也就是八面外的远方。陶渊明认为，因为下雨，感到四面八方都昏昏沉沉的，平坦的道路也因此受到了阻隔。

静寄东轩，春醪独抚。

我静静地寄居在东轩。寄，托，也就是依附、搁置的意思。"轩"的本义是一种官车，后来词义引申到很多义项都跟屋子有关，既可以指屋子的前面屋檐下，也可以指有窗户的长廊，还可以指厕所。这里大概泛指东边的房间。陶渊明待在东边的房子里，一个人偷偷享用春天的酒酿，舍不得一口喝光，像一个人安静地抚摸毛茸茸的宠物，舍不得把手放开一样。

良朋悠邈，搔首延伫。

那些很好的朋友，个个都隔得太远太远。我只能搔搔头皮，伸长脖子长久站立，翘望他们。这都是古诗词的套话。

其二
停云霭霭，时雨濛濛。
八表同昏，平陆成江。
有酒有酒，闲饮东窗。
愿言怀人，舟车靡从。

停云霭霭，时雨濛濛。
和第一章意思相似，只是词句顺序有所调整。

八表同昏，平陆成江。
因为下雨多，四面八方都昏昏沉沉的，搞得平平的陆地也汇成了江河。

有酒有酒，闲饮东窗。
在东边的房子里闲适地饮酒，人生就足够了。需要注意到这首诗的押韵，"窗""江"和第一句的"濛"以及下一句的"从"，现在读起来不押韵，但在当时是押韵的。因为当时的"窗"和"江"的韵母不像现在念 ang，而更倾向念 ong（精确的音值不是这样，我们这里只说大概）。为什么？因为"窗"的声符是"囪"，"江"的声符是"工"，还保留了 ong 的韵母读音。早期汉字的声符和全字读音一般相同或者相近，"窗"和"江"就是这种情况。

愿言怀人，舟车靡从。

我真的很怀念我的那些朋友，想去看望他们，可惜没有船和车。

其三

东园之树，枝条载荣。

竞用新好，以怡余情。

人亦有言：日月于征。

安得促席，说彼平生？

东园之树，枝条载荣。

东园里的树木，枝条上都点缀朵朵初放的鲜花。载，本来是"乘坐"
的意思，但在这里是刚开始的意思，其实它和"开始"的"始"古音很近，
没准儿是同源词。

竞用新好，以怡余情。

那些花争奇斗艳，竞相用新奇美好的造型，来博取我的注意，愉
悦我的情怀。

人亦有言：日月于征。

有一句古话说：日月不停飞逝。征，本来是"远行"的意思，但这
里表示飞逝。

安得促席，说彼平生？

如何才有机会，让亲友们的席子凑拢到一起，说些生平旧情？古代有点儿条件的人家里都铺席子，相当于地毯。席子上再铺小席子，相当于现在的椅子。如果人很多，就同坐一条长席子，相当于现在的长凳。如果一个人身份比较高，就不能让他坐长席子，要给他专门安排一个小席子，相当于单人沙发。促席，相当于把单人沙发凑拢，相互说话更方便更亲切。一般来说，这是不由自主的举动。李商隐有一句诗："可怜夜半虚前席，不问苍生问鬼神。"前席，就是把座位凑拢，生怕耳朵里错过一个音节。

其四

翩翩飞鸟，息我庭柯。

敛翮闲止，好声相和。

岂无他人？念子实多。

愿言不获，抱恨如何！

翩翩飞鸟，息我庭柯。

那些翻飞得非常好看的鸟，都在我庭院中的树枝上歇息。

敛翮闲止，好声相和。

它们把翅膀垂下来，闲适地停着，努力发出美好的声音，婉转鸣叫，相互唱和。敛，收拢；翮，羽毛。

岂无他人？念子实多。

我难道没有别的相好？主要还是更喜欢你呀。

愿言不获，抱恨如何！

可惜这想法难以兑现，只能抱着遗憾了，否则又能怎么办？

《停云》四首诗，一般认为写于晋安帝元兴三年（404）春，这年作者四十岁。这四首都是四言诗，《诗经》体。第一、二首每首诗的前面两章，甚至开头两三句都是相同的，和《诗经》不断重复咏叹的写作手法相似。诗中虽然写到乌云、细雨，但只是用来起兴，未必实指。第三章改以庭院里的花朵起兴，第四章则换成了以庭院中的鸟雀起兴，都和作者后面要表达的情怀没有太大关系，顶多作为环境陪衬，表示在那样的景色下，心情容易跌宕起伏。从诗的内容看，作者表现出来的冲淡闲适并不纯粹，他也怀念亲人友人，情感和普通人没有什么区别。诗句用字浅显，读来亲切。

二、荣木

荣木，念将老也。日月推迁，已复九夏，总角闻道，白首无成。

其一

采采荣木，结根于兹。

晨耀其华，夕已丧之。

人生若寄，憔悴有时。

静言孔念，中心怅而。

荣木，念将老也。日月推迁，已复九夏，总角闻道，白首无成。

《荣木》这首诗也是《诗经》体。序言说，自己感觉年华老去，日月飞逝，很快就到了夏天。于是慨叹，儿童的时候就听说过人生的道理，如今到老，一事无成。荣木，即现在的木槿花。

采采荣木，结根于兹。晨耀其华，夕已丧之。

繁盛的木槿，在这里生根。早上开花，晚上就已经凋零。采采，繁茂的意思。

人生若寄，憔悴有时。静言孔念，中心怅而。

人生就像在世间寄居做客一样，很快就会憔悴老去；我静静地拼命思考，心中怅然。孔，很，非常。

其二

采采荣木，于兹托根。

繁华朝起，慨暮不存。

贞脆由人，祸福无门。

匪道曷依，匪善奚敦！

采采荣木，于兹托根。繁华朝起，慨暮不存。

繁盛的木槿，在这里托付生根。繁华在早上呈现，让人慨叹的是，晚上就已经消逝不存。

贞脆由人，祸福无门。匪道曷依，匪善奚敦！

人的坚固和脆弱，是一种天性；祸福，则非注定，而是为人所招来的。除了善道，我还能依靠什么？除了善良，我还能努力什么？贞脆，即坚脆，贞有坚定的意思，引申为坚固。敦，就是努力，集中力量。匪，通"非"。

其三

嗟予小子，禀兹固陋。

徂年既流，业不增旧。

志彼不舍，安此日富。

我之怀矣，怛焉内疚。

嗟予小子，禀兹固陋。徂年既流，业不增旧。

可叹啊，我这个人，上天赐给我的，非常简陋，没有什么天分。只能眼睁睁看着岁月流逝，学业却没有长进。看来陶渊明也不是无欲无求，他也是有志向的。至于志向是什么，诗中没有明说，但我估计也是齐家治国平天下。古代的士大夫，不管有没有这种才能，不管是不是真的喜欢吏事，这种理想都是从小被灌输了，难以清洗的。

志彼不舍，安此日富。我之怀矣，怛焉内疚。

我本来该勤勉不舍地工作，以完成志愿，但现在却沉湎于酒。我心中真的好忧伤啊，好惨怛内疚啊。这里有两个典故，《荀子·劝学》："骐骥一跃，不能十步；驽马十驾，功在不舍。"诗里面用"不舍"两个字，谦称自己是一匹驽马。日富，指醉酒。《诗经·小宛》："壹醉日富。"如果不知道《诗经》这个典故，就不知道陶渊明在自责酗酒。

其四

先师遗训，余岂云坠！

四十无闻，斯不足畏。

脂我名车，策我名骥。

千里虽遥，孰敢不至？

先师遗训，余岂云坠！四十无闻，斯不足畏。

先师给了我遗训，我哪敢忘记？但四十岁了，还没有名气，看来这辈子，是不足以让人生畏了。这里用的是《论语》的典故："四十五十而无闻焉，斯不足畏也已。"说明古代人认为，四五十岁的时候，是人生的巅峰，如果还没成名，今后也就没有希望了。大器晚成，也不能比这更晚。古人寿命短，能活过五十的并不很多，所以尤其紧迫。现在略好一点，但五十之后精力衰退，大多也不大可能有太高成就了。

脂我名车，策我名骥。千里虽遥，孰敢不至？

我要给我的豪车上油，我要给我的好马加鞭。一千里虽然不近，但我哪敢不到？所谓"名车""名骥"云云，我们听听就行了，这是老陶在吹牛呢。别说他没有，有也会立刻送到酒馆换酒喝。

这首诗和上首一样，也是《诗经》体，也分四章。前两章是以木槿花起兴，倒很切题，因为木槿朝开夕落。中国有一种牵牛花，日本人称之为"朝颜"，也是清晨花开，傍晚花谢；还有一种"夕颜"，则是黄昏开花，凌晨花谢（但在《源氏物语》中，这种花指瓠子花或葫芦花），听起来都很有诗意。这样的名称及花性，很容易让人反省人生的脆弱。陶渊明反反复复自称浪费时间，学业没有进步，看成自谦就行了。我感觉，他虽然是个醉鬼，但清醒的时刻，还是读了很多书的。当然，那时的书不多，也容易读完。

三、归园田居（其二）

> 野外罕人事，穷巷寡轮鞅。
> 白日掩荆扉，虚室绝尘想。
> 时复墟曲人，披草共来往。
> 相见无杂言，但道桑麻长。
> 桑麻日已长，我土日已广。
> 常恐霜霰至，零落同草莽。

这组诗大约作于陶渊明由彭泽令任上弃官归隐后的第二年，即晋安帝义熙二年（406），当时诗人四十二岁。只做了八十多天彭泽县令的陶渊明，实在无法忍受烦琐行政工作的束缚，加上考核提醒他，当这个县令也不能完全吃吃喝喝，多少也得做点事。他权衡得失，终于再次辞官归隐，且终身不再出仕。由于这回铁了心不再做官，再也不患得患失，所以诗歌中充满了轻松之感。

野外罕人事，穷巷寡轮鞅。

在乡下地方，没有行政事务的束缚，没有什么人来烦扰。窘迫的小巷子里，也开不进豪车。鞅，本来指套在马颈上的皮套子，为了押韵，这里专门用来指代马车。

白日掩荆扉，虚室绝尘想。

白天，我关上柴门，坐在空荡荡的屋子里，什么都不想，满脑子都是空明澄静。扉，门户。

时复墟曲人，披草共来往。

时时有一些乡巴佬，拨开野草来我家，找我聊天。这两句画面感极强，我们可以想象一下：一群乌头黑壳的乡巴佬，猿猴一样龇着色彩艳丽的黄牙，笑嘻嘻地拨开草丛，停下来回答别人的询问："我去找陶书记聊天去。是的，是退休的老书记，但也是书记啊，连省委书记都来看过他呢。什么？不，你不懂，陶书记对我们乡下人可亲切了，见了面就敬酒，一点儿不嫌咱脏。"满脸的自豪。

相见无杂言，但道桑麻长。

这些乡巴佬也很识趣，见了面，一般不问官场中的事，只谈些种田的工作，桑树的叶子长好了没有啊，麻的种植量够不够织布的原料供应啊之类。

桑麻日已长，我土日已广。

桑树的叶子长得很茂盛，足够蚕宝宝吃了。麻也生机勃勃，足够供应织布了。陶渊明也喜悦，说："我开垦的自留地也越来越多，越来

越广阔。"不知道他会不会说，还是朝廷的富民政策好哇！让咱老百姓
都过上好日子了。

常恐霜霰至，零落同草莽。

政策这么好，唯一害怕的就是，霜降和冰雹猝然而至，会把我的
桑树和麻摧毁一空，让我血本无归。

《归园田居》五首，实际上应该连起来看，如果只看第一首，我们
会觉得好轻松，第二首就会觉得不那么妙，原来他害怕霜冻，把庄稼
全部冻死。这很正常，毕竟陶渊明还没学会大棚养殖技术嘛。第三首《种
豆南山下》，是我们耳熟能详的，又显得悠游自在。但看第四首：

久去山泽游，浪莽林野娱。

试携子侄辈，披榛步荒墟。

徘徊丘陇间，依依昔人居。

井灶有遗处，桑竹残朽株。

借问采薪者："此人皆焉如？"

薪者向我言："死殁无复余。"

"一世异朝市"，此语真不虚！

人生似幻化，终当归空无。

有一种《古诗十九首》兼汉乐府《十五从军征》的味道。乡间的生活、
动荡的时代、落后的医疗，常常导致一家绝灭，无有遗育。观之让人
恻然，蛮触景生情的。陶渊明又是一个敏感的人，看见断垣残壁之间，

还残存着当年的井灶，心中肯定横生波澜。他会立刻遐想，当年这室内，也曾温暖如春，也曾饭温灶热，一家数口其乐融融。对衬这荒凉的遗迹，教人怎不长叹。总之，诗歌本身并不那么闲适快活。

四、拟古（其九）

> 种桑长江边，三年望当采。
>
> 枝条始欲茂，忽值山河改。
>
> 柯叶自摧折，根株浮沧海。
>
> 春蚕既无食，寒衣欲谁待！
>
> 本不植高原，今日复何悔。

这组诗约作于南朝宋武帝永初二年（421）前后，陶渊明五十七岁。拟古，就是摹拟古诗之意。但事实上这组诗并无摹拟的意思，完全是诗人在自抒怀抱。从内容来看，也大多是忧国伤时，寄托了自己的感慨，细细寻味，可以看出其中的托古讽今之意。

种桑长江边，三年望当采。

在长江边种植桑树，三年可望能够采摘桑叶。陶渊明晚年，东晋已经灭亡，刘宋政权建立。在刘宋建立之前两年，宋武帝刘裕假惺惺立了晋恭帝。因此有人说"种桑长江边"一句，是比喻恭帝为刘裕所立，而终受其祸。桑是暗指晋。为什么？据说西晋初，人们曾以桑树作为晋朝的祥瑞之物。傅咸《桑树赋》序文里说："世祖（晋武帝司马炎，

247

西晋开国之君）昔为中垒将军，于直庐种桑一株，迄今三十余年，其茂盛不衰。"又赋中说："惟皇晋之基命，爰于斯而发祥。"此外，陆机的《桑赋》，潘尼的《桑树赋》也皆曾咏叹晋朝兴起的发端。于是后人认为，"三年望当采"，是说三年后有望采摘桑叶，暗喻晋恭帝即位三年，应当做出些成绩。但实际上，晋恭帝即位的第二年，就被迫禅让帝位给刘裕，哪有三年的时间？所以如此解陶诗，显然是求之过深。

枝条始欲茂，忽值山河改。

枝条正是欣欣向荣、走向茂盛的时候，突然山河变色了。有人也因此以山河变色，来隐喻刘宋篡晋。

柯叶自摧折，根株浮沧海。

树枝和叶子都零落了，掉进水里，浮在了沧海上。

春蚕既无食，寒衣欲谁待！

我的蚕宝宝就此没有吃的了，因为没有麻这个原料，我的寒衣制作计划也泡了汤，这可怎么办是好？

本不植高原，今日复何悔。

谁叫我不把它种植在高地上呢，现在后悔，也没什么用啦！

这组诗共九首，其中真正怀念古人的不多，大多是抒发朝代更迭、人事无常的感慨。作者经常想象自己驰骋到某个地方，观赏名胜古迹，抒发怀古的幽怀。实际上并没有真去，都是想象的神游。陶渊明既厌恶朝九晚五的工作，多半同时也厌恶舟车劳顿的辛苦，所以，他其实是个怀古的键盘侠。由于像他这样的人，精神世界极其丰富，所以根本也不会真的在乎什么名胜古迹，光靠想象，他就能迅速达到高潮。他的心灵丰茂，一小片雨点，足以芳草萋萋，蘑菇春笋竞相萌发，所以他能写出《桃花源记》；而那些花钱到处跑的普通游客，大多数只是拍个照、发个朋友圈，古迹在他们面前，虽然同样像雨水，但落到了他们沙漠般的心灵之中，又能怎样？照旧寸草不生。

五、杂诗（其二）

> 闲居执荡志，时驶不可稽。
> 驱役无停息，轩裳逝东崖。
> 沉阴拟薰麝，寒气激我怀。
> 岁月有常御，我来淹已弥。
> 慷慨忆绸缪，此情久已离。
> 荏苒经十载，暂为人所羁。
> 庭宇翳馀木，倏忽日月亏。

一般认为这四首杂诗，作于晋安帝隆安五年（401），这年陶渊明三十七岁，内容多咏旅途行役之苦。

闲居执荡志，时驶不可稽。
闲居的时候，怀执着放荡的情怀。然而时光飞逝，不可羁留。

驱役无停息，轩裳逝东崖。

出去上班，像被人驱使的奴隶一样，永远没有停息。此刻马车正向东崖奔去。轩，马车；裳，车帷。裳本来指人穿的衣服，引申为车穿的衣服，就是车帷。逝，去，往。东崖，东边的角落，一般认为代指晋都建康一带。陶渊明做幕僚的时候，经常要去都城一带出差，非常辛苦。

沉阴拟薰麝，寒气激我怀。

天气阴沉沉的，好像是熏染着麝香一般，浓烟弥漫。寒气激荡，像箭矢一样射入我的怀中。有一种版本的前一句作"泛舟拟董司"，有学者认为，"拟"是"诣"的讹误，"董司"指都督、司令，在这里代指刘裕。我感觉不可靠。

岁月有常御，我来淹已弥。

岁月如常运行、前进，我来到这个世间，已经停留很久。御，运行。淹，淹留。弥，久。

慷慨忆绸缪，此情久已离。

我心情激动，回忆以往，心情缠绵，而这种心情，离开我有很长一段时间了。

荏苒经十载，暂为人所羁。

十年的蹉跎光阴逐渐逝去，我暂时还被人像马一样控制。由此可知，陶渊明在大官手下奔走有十年之久。

> 庭宇翳馀木，倏忽日月亏。

> 庭院里很多树木，遮蔽了日光；倏忽之间，日月已经亏损。翳，遮蔽。

这首诗讲做官劳役的辛苦，可以看出陶渊明的痛苦，主要还在于他的性格。魏晋时代想做官的，无一不是从小吏做起，积累资历逐渐升迁。那时又没有科举考试，考上后一步登天。有许许多多陶渊明这样的人，都在这个道路上奔命劳碌，包括陶渊明的先祖陶侃，也是如此。除非出身实在高贵，或者碰上战争，而自己又能在战争中发挥才干，否则都得熬资历。十年算什么？但陶渊明已经不乐意了。说实话，这样的下属，哪个领导都不会喜欢。如果领导看到他这首诗稿，一定会气得狠狠掷到地上，大叫："解聘，赶紧给他写一张解聘通知，没有医保社保，看他嘚瑟。"

六、拟挽歌辞（三首）

根据史书记载和学者考证，陶渊明大概死于宋文帝元嘉四年（427）的十一月，享年六十二岁（也有人不同意）。这组"挽歌辞"，作于其逝世前的两个月，即元嘉四年的九月。

> 其一
> 有生必有死，早终非命促。

昨暮同为人，今旦在鬼录。

魂气散何之？枯形寄空木。

娇儿索父啼，良友抚我哭。

得失不复知，是非安能觉？

千秋万岁后，谁知荣与辱？

但恨在世时，饮酒不得足。

有生必有死，早终非命促。

凡人有生，必定有死，就算那些早死的，也不是命短，而是天意。

昨暮同为人，今旦在鬼录。

昨天晚上还一起是人，今天早上可能就登上鬼簿，和人有区别了。
这两句看似寻常，其实是非常沉痛的感慨。我母亲去世的时候，也是在
一个初冬的凌晨，之前整个晚上就靠输液支撑，但她的呼吸越来越粗重，
医生说只能挺到天明。果然，天亮时分，她呼出最后一口气。几天后，
我在车里看她的各种化验单，看到她去世前夜的化验报告，想到那时候
她虽然已经人事不省，但各种血细胞还是鲜活的，然而一夜之间，就全
部凝固，什么也化验不出来。陶渊明这两句，就仿佛写出了我的感受。

魂气散何之？枯形寄空木。

精魂会散到哪里？枯槁的尸体，从此寄居在挖空的木头里。古代
人认为魄是附在尸体上的东西，魂则是气体，人死后就会散去。

娇儿索父啼，良友抚我哭。

娇嫩的儿女们会哭哭啼啼，索要父亲，好朋友们则抚着我的尸体痛哭。

得失不复知，是非安能觉？

世间所有得失，再也不知道了；所有是非，又怎有察觉？

千秋万岁后，谁知荣与辱？

过了千万年，谁知道我的生前荣辱？

但恨在世时，饮酒不得足。

我只恨活着的时候，酒还没有喝够呢。

其二

在昔无酒饮，今但湛空觞。

春醪生浮蚁，何时更能尝？

肴案盈我前，亲旧哭我傍。

欲语口无音，欲视眼无光。

昔在高堂寝，今宿荒草乡。

荒草无人眠，极视正茫茫。

一朝出门去，归来夜未央。

在昔无酒饮，今但湛空觞。

以前没有酒喝，今天反而酒杯斟满了。这是诗人想象自己死后，灵前的酒杯状况。湛，满溢。

春醪生浮蚁，何时更能尝？

春天酿造的美酒，上面浮着蚂蚁似的泡沫，我什么时候还能再次尝到？

肴案盈我前，亲旧哭我傍。

盛着菜肴的案在我面前摆得满满的，亲朋故旧个个在我旁边大放悲声。

欲语口无音，欲视眼无光。

我想说话，但是说不出来；我想看看，但是眼睛再也没有光芒。

昔在高堂寝，今宿荒草乡。

原先我睡在家里的高堂之上，现在却只能在荒草遍布的地底就寝。

荒草无人眠，极视正茫茫。

在这个荒草遍布的地底，睡满了尸体，没有一个活人。极目远望，一片茫茫。

一朝出门去，归来夜未央。

一旦出门之后，回来就是永远不尽的黑夜，亿万斯年的黑暗。古人常说"死"是"一瞑而万世不视"，写出了人生的极大悲哀。

其三

荒草何茫茫，白杨亦萧萧。

严霜九月中，送我出远郊。

四面无人居，高坟正嶕峣。

马为仰天鸣，风为自萧条。

幽室一已闭，千年不复朝。

千年不复朝，贤达无奈何。

向来相送人，各自还其家。

亲戚或余悲，他人亦已歌。

死去何所道，托体同山阿。

荒草何茫茫，白杨亦萧萧。

荒草啊，是多么广阔无垠；白杨啊，你也是那么萧然，叶子稀疏。

严霜九月中，送我出远郊。

在九月的严霜季节，他们把我送到远方的郊野。写这首诗的时候，陶渊明估计自己活不了几天了，很快就会被送去埋葬，但没想到他自己竟挺了两个月才死，那可能不是严霜了，而是大雪纷飞了。

四面无人居，高坟正嶕峣。

四面八方都没有人居住，高大的坟墓巍然耸立。

马为仰天鸣，风为自萧条。

马为我仰天悲鸣，风为我萧条凄清。

幽室一已闭，千年不复朝。

坟墓一旦闭上，千年也见不到朝阳。

千年不复朝，贤达无奈何。

千年也见不到朝阳，这种痛苦就算是贤人贵胄也无可奈何。

向来相送人，各自还其家。

一向以来，送葬的人都各自回自己的家。

亲戚或余悲，他人亦已歌。

亲戚们或许还保留了一点余悲，但是别人早就忘记你了，已经唱起欢乐的歌来。

死去何所道，托体同山阿。

死了之后还有什么可说的？自然是把这肉体融化在山石之中了。

这三首诗很有意思，是陶渊明死前写给自己死后的。这种生前给自己作挽诗的情况，并不少见。据说书法家启功生前也专门邀集了几个好友，给自己弄死后告别会，但最后亲临者都忍不住笑了起来，没有一点儿感伤气氛。一群人坐在有声光化电的水泥楼房里，如果健健康康，确实很难产生那种凄凉的心境。但要是住在古代的农村，四面寒风呼啸，房间到处漏风，点着一盏绿莹莹的油灯，那种气氛会油然而生。陶渊明躺在病床上，想象自己被埋在荒郊野外，再也不得回家；

又想象人死后，亲戚虽然哭泣，但与他人无关。等到亲戚也死了，就再也没人记得自己了，既悲凉，又无奈。还好，人类发明了文字，陶渊明通过文字，把思想和文采传递给了千载万世，从此后世人永远知道晋宋之交，有一个叫陶渊明的人，虽然不会为他哭泣，但读了他那么好的诗歌，至少会感念怀想，永世不忘。但普通的老百姓呢？他们通过什么让后人知道？

其实也可以。

我读古代那些普通人记载在竹简上的事迹，也会为之遐想。只要历史的积淀足够，时光的陈旧足够，他们也一样能让我们后人为之感叹。我非常喜欢看那种记载了死者生平轶事的墓志，从中能看出一个个活生生的人。可惜这样的墓志很少，大多是高头讲章，一些红头文件似的无聊套话。其实何必如此，哪怕记载墓主曾经偷鸡摸狗，都是何等鲜活？我曾经在一本介绍汉画的书上，看到汉墓中有一块印着当时某工匠手掌的砖，指纹形状纤毫不差，不禁神驰不已。可惜没有文字留下，纪念这个工匠的生平。我小时走在郊外，看见野草中一个个恐怖的坟墓，想象坟墓中的骨头也曾在世上生活过几十个春秋，如果他们能够写作，每个人都是一部文学史。

然而，他们什么也没有写下来。

第十二课　池塘生春草，园柳变鸣禽

谢灵运·谢朓

记得以前上学的时候，讲到谢灵运，老师第一句就是："谢灵运是个大地主。"我马上就想起小时候看的连环画中的恶霸，他们大多脑满肠肥、五官歪斜、神态狡猾，对人民政权无比仇恨，天天躲在家里拨弄算盘，计算他们的变天账。但我小时候在乡下，没有亲眼见过地主，只见过地主婆，没发现她们和别人有什么不同。她们的子女也个个正常，甚至比普通贫下中农长得还要中看些。然而不管怎么样，地主这个词，在我脑海中已经附上了顽固的贬义，很难矫正过来了。即使我后来知道地主并不一定都那么可恶，但一想起谢灵运是地主，脑中也立刻呈现一副脑满肠肥的形象。

恶霸地主，怎么能写出"池塘生春草，园柳变鸣禽"这样的诗句？按说能写出这样诗句的人，该有多么纯真的灵魂啊。

谢灵运生于东晋太元十年（385），死于刘宋元嘉十年（433），主要活动在东晋时代，原名公义，字灵运，以字行于世。小名客儿，世称"谢客"。

他的出身很好，祖籍陈郡阳夏（今河南太康），和革命领袖吴广是老乡，号称陈郡谢氏，是当时的望族。他爷爷很有名，叫谢玄，就是在淝水之战中，以弱胜强，大败前秦苻坚，挽救了中央，挽救了革命的那位。著名的宰相谢安，则是他的叔叔。他生于会稽始宁（今浙江嵊州），因为曾寄养在别人家里，才有了小名客儿。他出生时就含着金钥匙，是纯天然无任何杂质的财务自由拥有者，因袭封了祖父的爵位康乐公，又获得了一个称号叫"谢康乐"。不过他的最终命运不大好，元嘉十年（433），他被自己的粉丝宋文帝刘义隆下诏处死，享年仅四十八岁。

出生在这样家族中的人，从小上的当然是最好的学校，接受最好的教育，基因又好，所以很快崭露头角。年少时因为才华横溢，和颜延之齐名，就是那个经常去找陶渊明喝酒的颜延之。他喜欢奢侈的东西，花天酒地，无所不为，还杀过人。事情发生在他三十五岁那年，他的门人桂兴趁他长久在外，竟给他扣了一顶绿帽，和他的小妾通奸。他一怒之下，就把奸夫杀了。但他这样的地位，杀个把人根本不算什么。他做永嘉太守的时候，每天游山玩水，不理公事。这是好事，也是坏事。好事是，一般来说，中国古代官府做事少，老百姓就会过得好一些，反之亦然。但有些事却是必须做的，比如审案件，如果也这么懒散，治安就会成问题。

后来他又隐居到会稽，每天搞文艺创作，写完一首诗，就传到京城，传到京城，都会引起轰动。换到现在，绝对是作协主席的料。在那时，朝廷也要褒奖，所以又征他去做官，但他实在又不是做官的料，因此反反复复。他家里很有钱，有个大花园，自己设计园林的山水，因为原料不够，还亲自率领仆从数百人开山伐木，声势浩大，吓得当地地方官魂飞魄散，以为山贼来了。

他率性，常常和人在公园亭子里饮酒作乐，喝醉了，就赤身裸体，哇呀怪叫。会稽太守气得不行，派人传话，要他注意点儿社会影响，他反而勃然大怒："老子就爱这样，关你个屁事（身自大呼，何关痴人事)。"裸体饮酒，好像是谢家的家风，他儿子后来在办公室也这样干，不但裸体，还到处撒尿。

这种名士做派，有点儿像剑桥大学一年一度的大学生裸奔，可见自由的灵魂都是不羁的。中国魏晋时期的文人，简直和现代文明合拍。

他特别喜欢山水，曾请求皇帝把会稽境内著名的"回踵湖"赐给自己，皇帝都答应了，但太守孟觊不肯，说这个湖物产丰富，周围百姓就靠它捕点儿鱼，增加点儿蛋白质摄入。他因此对太守怀恨在心，两人都上奏到皇帝那里。皇帝是他粉丝，拜他为临川内史。他到了临川，依旧放浪形骸，又被纪委告上去。上级领导大怒，派人去捉他，他不知天高地厚，发兵拒捕，兵败被擒，终于判了死刑。但粉丝皇帝坚决不肯，专门下诏，将他流放广州。

但恨他的人太多，有人受指使，去官府告状，说他流放广州时，曾给了他们一大笔钱买军火，让他们在野猪林埋伏，杀了解差，将他劫走。文帝一听，再也偏袒不得，于是下诏，将他在广州处决。

他的命运很可悲，在现代，可能是个颓废派艺术家，拍电影、拿奖、搞行为艺术，人畜无害。当然，他曾经杀过人，在今天，也有可能被终身监禁。这是个麻烦事。

他最擅长的，是山水园林诗，注意，是山水园林诗，而不是山水田园诗。田园和园林，虽然只差一个字，但在汉语中，内涵天差地远。前者一般代表着落后、卑微、可怜，比如中华田园犬，包括陶渊明的田园诗，也是一个"穷鬼"的风格；但园林不一样，园林，会让我们想起颐和园、圆明园、避暑山庄，最不济也是拙政园、网师园。因此，"田园"的"园"，和"园林"的"园"，虽然字形一样，义项却不同。在《汉语大字典》中，它的第一个义项是《说文》所说的本义：种植瓜果蔬菜的地方。引用的辞例是《诗经·郑风·将仲子》和陶渊明的诗;第二个义项就比较高大上:供人憩息、游乐或者观赏的地方。辞例是汉代某官的颂词和《世说新语》里"顾辟疆有名园"。《红楼梦》里的大观园,明明属于后者,偏要在里面伪造一间草房,竖起个帘子,写什么"杏帘在望";挂起个牌匾,写什么"稻香村"。林黛玉还专门题一首诗:"杏帘招客饮,在望有山庄。菱荇鹅儿水,桑榆燕子梁。一畦春韭绿,十里稻花香。盛世无饥馁,何须耕织忙。"贾元春对此忍无可忍,大笔一挥,给改成了"浣葛山庄",言下之意:稻香你个鬼,老娘好歹是个贵妃,岂能这么俗气。园林,确实是不该叫"稻香村"的,田园还差不多。

所以,他的山水园林诗,充满着贵气。他的苦,和陶渊明的苦,不完全相同;他的隐逸情怀,和陶渊明的也不会相同。这点我们必须要明白。

下面读他的诗。

一、岁暮

> 殷忧不能寐,苦此夜难颓。
>
> 明月照积雪,朔风劲且哀。
>
> 运往无淹物,年逝觉已催。

第一首《岁暮》,大概是除夕或者年尾几天写的。古代"暮"和"夕"的意思相同。我曾经写过一篇长文,认为"除夕"的意思并非传统所言的"除旧迎新",它不是动宾式,而是并列式,也就是说,"除"和

"夕"是一个意思，都是指残余、多余。古代说年终，也说"岁暮""岁除""岁尽"，颜延之《秋胡诗》："良时为此别，日月方向除。"张铣注："除，尽也。"就是这个道理。宋代王观国的《学林》说："岁除谓之除者，一岁至此而尽也。"唐代人确实是以"尽"来表示一月最后一天的，唐韩鄂《岁华纪丽·晦日》："大酺小尽。"自注："月有小尽，有大尽，三十日为大尽，二十九日为小尽。"至今山东、河南有些地方，依旧把月底称为"大尽""小尽"。

这首诗作于东晋义熙十二年年底，作者三十二岁。古人很喜欢在除夕夜写诗感怀，唐诗中就非常多，和谢灵运齐名的颜延之也写过，这是符合人之常情的，在一年的最后一天，总不免有年华逝去之慨。

殷忧不能寐，苦此夜难颓。

我深深地忧虑，因此睡不着，很辛苦。这个长夜漫漫，很难过去。殷，就是很深。颓，就是指结束。《楚辞·九章·悲回风》："岁忽忽其若颓兮，时亦冉冉而将至。"古人把一年或者一季的开始称为"正"，一年的末尾就称为"夕"，"夕"有"邪曲"的意思。也就是说，在古人眼里，开始的就是好的、正的，结束的就是坏的、歪斜的。"颓"也有歪斜的意思，所以一年的年终自然也可以称为"颓"。一般来说，睡不着的人，都会觉得长夜漫漫，但我很少这么觉得。

明月照积雪，朔风劲且哀。

明月照耀在积雪上，北风非常强劲，带着凌厉哀伤之气。这两句是名句，钟嵘《诗品序》夸奖说："至乎吟咏情性，亦何贵于用事？'思君如流水'，既是即目；'高台多悲风'，亦惟所见；'清晨登陇首'，羌无故实；'明月照积雪'，讵出经史？观古今胜语，多非补假，皆由直寻。"为什么会成为名句呢？按照钟嵘的说法，就是它不加雕饰，不用典故，纯出天然，而诗意盎然。但我觉得还不如《古诗十九首》，因为缺了一股苍凉气氛；当然它也有它的长处，它显得要清贵些，恐怕有其他性格的人喜欢。我感觉，古代的诗人喜欢写秋天，总是非常萧瑟；但到了冬天的积雪季节，反而不怎么写了，为什么呢？我想是不是因为冷得不敢出门，即使出门，也没心情欣赏。谢灵运怎么不一样？他富贵以极，左拥右抱，在明月之夜出来看看雪，有这个情怀。就像《世说新语》里"雪夜访戴"的故事一样，乘兴而来，兴尽而去，很随意。

运往无淹物，年逝觉已催。

天地运转，不会淹留，等到年光逝去，才会感觉到岁月是如何地催人衰老。古人寿命短，三十多岁就会感慨时日无多，这两句依旧是说年华流逝。

这首诗只有六句，说真的，看惯了律诗的我，真想给它添两句，否则总感觉它有点儿跌跌撞撞、立足不稳的样子。首两句写失眠的心境，次两句写风景。灿烂的明月，厚厚的积雪，北风呼啸，凛冽苍劲。接下来两句写年华老去的心情。如果是唐诗，恐怕还有两句讲讲哲理，比如说老也没什么了不起呀，这是天地自然之理啊，要顺其自然呀。总之要表现一点儿乐观精神。但它没有，我觉得有一些不自在。

二、登池上楼

> 潜虬媚幽姿，飞鸿响远音。
> 薄霄愧云浮，栖川怍渊沉。
> 进德智所拙，退耕力不任。
> 徇禄反穷海，卧疴对空林。
> 衾枕昧节候，褰开暂窥临。
> 倾耳聆波澜，举目眺岖嵚。
> 初景革绪风，新阳改故阴。
> 池塘生春草，园柳变鸣禽。
> 祁祁伤豳歌，萋萋感楚吟。
> 索居易永久，离群难处心。
> 持操岂独古？无闷征在今。

《登池上楼》这首诗也是名篇。按照大多数学者的说法，谢灵运写这首诗时，是在刘宋少帝景平元年初春，时年三十九岁，任永嘉太守。他被拜为永嘉太守是前一年的事，因为郁郁不得志，一到任就病倒了，第二年初春才缓过来，才有心情登楼看看。半年后，他就离开永嘉太守的职位，回家乡会稽始宁老宅隐居。诗中所写的池塘，至今犹在永嘉境内，俗称灵池。

潜虬媚幽姿，飞鸿响远音。

蛟龙深潜在水里，姿态幽雅；飞翔的天鹅在空中，发出嘹唳的鸣叫，虽远也听得很真切。"虯"是"虬"的本字，《说文解字》里说，"虯"

是有角龙，也有说法是无角龙，我认为应该是有角龙。为什么？因为这类读音的字，在古代都有"坚""紧""壮"一类意思，而雄性的龙才有角，才会"坚""紧""壮"。媚，美。鸿在古代既可以指天鹅，也可以指大雁，其实大致是一回事。天鹅原本是雁族的飞禽，家鹅则是雁的一种。《尔雅》里说，野生的就叫"雁"，家生的就叫"鹅"。

薄霄愧云浮，栖川怍渊沉。

承接上文，说潜龙和飞鸿都很厉害，他们或者飞迫天际，或者栖在深渊，自己面对它们，是很惭愧的。因为自己进不能如飞鸿，退不能如蛟龙。这两句如果按照正常语序，应当是"愧薄霄云浮，怍栖川渊沉"，但古诗一般不喜欢用"一四句式"，所以调换了语序。薄，泊也，停泊（薄）的意思。我们现在停车还叫泊车。"泊"这个词出现较晚，不见于东汉《说文解字》，最早见于南北朝时的《玉篇》，意思是"止舟也"。河南信阳出土的战国楚简中有这个字形，但不作"止舟"的意思用，和有"止舟"意思的"泊"只是同形字。因此，"停泊"的"泊"，在谢灵运时代还写成"薄"，它是由"厚薄"的"薄"引申分化出来的。"薄"和"泊"音近。"薄"的本义是"草木密集"，引申为"靠近"。"靠近"就是"依附"，泊车就是把车"依附"在某地。我们说物体厚度小，也是因为靠得很近的东西就显得很薄。

进德智所拙，退耕力不任。

想继续仕进，建功立业，但才能不足；想辞官归隐耕种，力气又不够。当然，他说的都是场面话，不真诚。以他的万贯家私，就算隐退，也不会像陶渊明那样亲自耕种。而且他也不真的认为自己没有才干。

宋文帝很宠信他，曾召他为秘书监、侍中，非常宠幸，但只是把他当著名作家来养着，不跟他谈政治。他就感到懊恼，认为文帝把他看扁，于是常常不上班表示抗议。几百年后，孟浩然给唐玄宗献诗，说"不才明主弃，多病故人疏"。唐玄宗很直率，说你别瞎说，你根本没向我求官，怎么算我抛弃了你？想无中生有把我批判一番？你们这种人啊，我见得太多了。假谦虚这是文人的通病，一直延续到现在，但实际上，他们绝大部分其实真的没有什么政治才能。他们心中以为自己是谦虚，殊不知根本不算谦虚。

徇禄反穷海，卧疴对空林。

为了追求功名利禄，来到这穷海之地，还染上疾病，只能卧在床上，对着空林发呆。徇，就是营求，跟"营"的古音也近，是同源词。所以我们今天既说徇私舞弊，也说营私舞弊，就是这个道理。也可以引申到好的方面，比如殉职、殉国，就是极端谋职谋国，不惜献出生命，但写法改成了"殉"。穷海，穷途之海。作者当时是永嘉太守，永嘉是现在的温州，很发达，但当时还很荒凉，少数民族很多，所以称为穷海。空林，说明不是冬季就是初春，树叶都落光了。

衾枕昧节候，褰开暂窥临。

躺在暖和的被子里，不知道时节的变化，偶尔拉开窗帘，偷偷窥视一番，可见他过得很好。若是上班族，每天朝九晚五；若是穷人，每天上山砍柴、下水捕鱼，节候的变化无疑是最清楚的。

倾耳聆波澜，举目眺岖嵚。

倾侧着耳朵，聆听波涛起伏；抬起头，眺望险峻的山峰。

初景革绪风，新阳改故阴。

初春的太阳消融了残余的冬风，新生的阳光改变了以往的阴沉。景，本义是阳光，现在主要解为风景。故阴，指冬天的阴沉。

池塘生春草，园柳变鸣禽。

池塘上生长着萋萋的春草，园子里柳树上的鸟儿叫声都不一样了，看来是换了一拨。这两句是名句，作者从风景细微的变化，感觉到季节物候的变化，可见其心灵的敏感。可能有些老农也能感受这样的物候变化，但不会觉得有什么了不得的，更不会觉得有什么专门写出来的必要。宋叶梦得《石林诗话》评论说："此语之工，正在无所用意，猝然与景相遇，借以成章，不假绳削，故非常情所能到。"金人元好问《论诗绝句》："池塘春草谢家春，万古千秋五字新。传语闭门陈正字，可怜无补费精神。"后两句是对江西诗派的陈师道进行批评，他以风趣的口吻说："快去传我的话，告诉陈正字，不要闭门苦吟，他太可怜了，这不仅不能弥补诗的贫乏，还白白浪费精力。"宗廷辅说，陈师道的诗"纯以拗朴取胜。'池塘生春草'何等自然"。王国维《人间词话》也引元好问这首诗，评论道："梦窗、玉田辈当不乐闻此语。"都对这两句极尽推崇。这两句诗还有个故事。据说谢灵运很喜欢跟堂弟谢惠连聊天，因为谢惠连也是很有才华的文学家。两颗睿智的大脑碰撞，往往能产生天才的火花。谢灵运常说，每次跟谢惠连聊过天之后，总能很快写出好句子。后来他住在永嘉西堂，想作诗却整天写不出，气得打起了瞌睡。睡梦中忽然见到谢惠连，立刻诈尸一般，一骨碌爬起来，就写出了这两句。后来他曾经跟人说："这两句诗，是神送给我的，单凭我个人的才华，是写不出的。"可见还染上了传奇色彩。

祁祁伤豳歌，萋萋感楚吟。

面对满园春色，想起《诗经·豳风》里"采繁祁祁"这句歌词；园中春草茂盛的样子，让我想起《楚辞·招隐士》里"春草生兮萋萋"这句歌词。这些，真使我伤悲啊！

索居易永久，离群难处心。

一个人独居，总是感觉岁月漫长；离开群体，总是难以宁处。要注意谢灵运说的独居，和我们一般认为的独居是不一样的。我们普通人的独居，就是真正一个人生活，没有爱人亲友相伴；谢灵运身边则丫鬟仆妇一大堆，比《红楼梦》里的贾宝玉只好不差。他所谓的独居，是指没有跟同样身份的亲友在一起。

持操岂独古？无闷征在今。

坚持节操难道只有古人能做到？毫不苦闷的我，也是这样。前面说独居不爽，这里又说没有苦闷，有点自相矛盾。

这首诗依我的标准，算不上非常好的诗。它有句无篇，说的都是一些陈话套话，还不真诚。但也有好的方面，就是心灵的纤细感，相比之前的古典文学作品，又是另外一种特色。汉乐府虽然好，但主要是写现实给人的冲击，写人生易老；谢灵运的诗，却是纤细的文人之诗，象征着他们开始关注个人的灵魂是否满足。一个人虽然不愁吃不愁喝，但也未必总是高兴的。我记得高中时候看《红楼梦》的电视剧，我爸爸就嘲笑林黛玉："这只女扇头（傻子），锦衣玉食，身在福中不知福，硬是不晓得哭哭啼啼做什么。还葬花，吃饱了撑的没事做，神经。"这说明什么？说明我爸爸就是个标准的粗人。有些人，如果我们发明了灵魂探测器，扫描一下他，就能发现他的灵魂一片荒芜，好像撒哈拉沙漠；而有些人的灵魂则芳草密厚如翠毯，溪水潺潺，营养充分。

谢朓（464—499），字玄晖，和谢灵运同族，陈郡阳夏（今河南太康）人。他的高祖谢据，是宰相谢安的哥哥。父亲谢纬，官为散骑侍郎，尚宋文帝女长城公主，谢朓就是长城公主的儿子。生在这样的富贵家庭，做官是自然而然的事。永明元年，谢朓才十九岁，就进入仕途，不过他一辈子也没做过什么大官。做不做大官，按说对他来说也无所谓，他家有的是钱，官位高低，怎么也不会影响生活质量。但东晋南北朝时期，朝廷走马灯似的更换，政治环境险恶，谢朓虽然是世家大族，也不免被波及。他的宗族有两人被牵连进重大案件，死于非命。他自己也因为恐惧、自保，告发过自己的岳父谋反，导致岳父被诛夷三族。这个不光彩的行径，不但让他妻子痛不欲生，而且让他遭到世人的嘲笑、咒骂。尽管如此，他最后还是无法逃离政治的漩涡。齐东昏侯永元元年（499），因为看不惯东昏侯的昏聩，始安王萧遥光想取而代之，派人邀请谢朓参加，谢朓拒绝了，并再次告发。但这回萧遥光的人先发制人，矫制逮捕谢朓，将其下廷尉狱，谢朓就此死在狱中，享年仅三十五岁。因为在诗歌写作上的伟大成就，和谢灵运合称"大小谢"。

和谢灵运一样，谢朓在当时也是一线作家，名声煊赫。梁武帝萧衍就是他的粉丝，曾说："三日不读谢诗，便觉口臭。"有个著名的文学家刘孝绰也很推崇谢朓，说："常以谢诗置几案间，动静辄讽味。"可见其影响。

谢朓的诗名往往和"永明体"联系在一起。所谓永明体，就是中国南朝齐武帝永明年间出现的一种诗歌体裁，当时受梵文影响，文人注意到汉语的平仄四声，由此对诗歌的音律进行规范，这为唐代格律诗的产生奠定了基础。和近体诗一样，永明体诗歌多押平声韵，韵脚严格，不随便合韵。一般规定为五言四句、五言八句，类似近体诗的五言绝句和五言律诗。还非常讲究骈偶、对仗，这都是近体诗的特点。谢朓就是写作永明体诗歌的杰出代表。

在唐代，谢朓收割了无数粉丝，连最牛掰的诗人李白，都对他念念不忘。他说："解道澄江静如练，令人长忆谢玄晖"（《金陵城西楼月下吟》）；"三山怀谢朓，水澹望长安"（《三山望金陵寄殷淑》）；"我吟谢朓诗上语，朔风飒飒吹飞雨"（《酬殷明佐见赠五云裘歌》）；"蓬莱文章建安骨，中间小谢又清发"（《宣州谢朓楼饯别校书叔云》）。清人王士祯在他的《论诗绝句》里说李白"一生低首谢宣城"，这个谢宣城不是谢灵运，而是谢朓。其实不但李白，整个唐代诗坛都受到谢朓影响，这点古往今来的评论家多有阐发。

谢朓也擅长锤炼警句，"余霞散成绮，澄江静如练"，"大江流日夜，客心悲未央"，"天际识归舟，云中辨江树"，这些大家耳熟能详的名句，都出自谢朓之手。

三、晚登三山还望京邑

> 灞涘望长安，河阳视京县。
>
> 白日丽飞甍，参差皆可见。
>
> 余霞散成绮，澄江静如练。
>
> 喧鸟覆春洲，杂英满芳甸。
>
> 去矣方滞淫，怀哉罢欢宴。
>
> 佳期怅何许，泪下如流霰。
>
> 有情知望乡，谁能鬒不变？

一般认为，这首诗作于齐明帝建武二年（495），谢朓出为宣城太守，也因此被后世称为谢宣城。古代人是官迷，主要因为除了做官，没有别的途径实现自身的理想和价值。所以，那些伟大的文学家，文集也喜欢用官名，什么《杜工部集》《王右丞集》，谢朓的诗文也曾被后人编为《谢宣城集》，就是这个道理。

三山，地名。根据李善注引《丹阳记》，江宁县北十二里，滨江有三山相接，所以称为三山。京邑，指当时的都城建康，现在的南京。当时的建康隶属丹阳郡，所以古注也称京邑为丹阳。

灞涘望长安，河阳视京县。

在灞水和涘水边瞻望长安，在河阳遥看京县。这两句是用典，汉末王粲《七哀诗》："南登灞陵岸，回首望长安。"潘岳《河阳县诗》："引领望京室，南路在伐柯。"谢朓引用这两句，来暗示自己在三山还顾建康的心情，对建康显然颇为眷恋。

白日丽飞甍，参差皆可见。

灿烂的白日照耀着飞翔一样的屋顶，屋顶高低错落，但是都历历可见。丽，明丽。甍，屋脊，也可以训为屋檐。飞甍，指屋檐像鸟翼飞腾。古代宫室的屋檐，经常用鸟翼来形容。参差，高下错落。

余霞散成绮，澄江静如练。

傍晚剩余的霞光散落开来，宛如一片片花纹灿烂的丝绸；而俯首下视，清澄的大江连绵不绝，日夜流动不息，宛如一条素白的生绢。这两句是名句，有极强的画面感，一千多年前谢朓眼中看到的建康一带风景，历历如在目前。绮，是一种织有邪曲花纹的丝绸，花团锦簇，用来形容霞光，非常贴切。而江水澄净，缓缓东流，波澜不兴，用素白的生绢来形容，也非常精准。无论是"绮"还是"练"，都不仅仅给人视觉的美感，也同时能让人有柔和的触摸感，因此更能让读者感到美好。尤其后句，这种澄澈安静的江水，仿佛能升华人的灵魂，所以它打动了历朝历代的文人。《聊斋志异》里有一篇叫《白秋练》，我看到这个名字，就会感到一种美好。

喧鸟覆春洲，杂英满芳甸。

喧闹的小鸟们，覆盖了春天江中的小洲；形形色色的野花，铺满了芬芳的田野。甸，田野。这两句是镜头摇到了别处，从天空和江水上，进一步伸展。这是一个绝美的春日黄昏，在这样的时光别离，心中一定是五味杂陈的。

去矣方滞淫，怀哉罢欢宴。

走吧，却还是忍不住滞留一会儿；我好怀念啊，由此不忍心参加欢乐的宴会。总之就是舍不得走。淫，滞留。古书上"怀"也有忧伤的意思。怀念会导致忧伤，所以"思"在古代也有忧伤的意思。这诗里的"怀"，显然透露着忧伤。《诗经·王风·扬之水》："怀哉怀哉，曷月予还归哉。"谢朓这句诗，也可以看成直接用典。

佳期怅何许，泪下如流霰。

美好的日子，什么时候才能再来？想到这里，不由得心中惆怅，潸然涕下，像雪珠一样飘散。霰，微小的雪珠。这两句可见作者的悲痛。

有情知望乡，谁能鬒不变？

人生有情，免不了会瞻望故乡，如此多情，谁能保证鬒密的黑发不会变白？鬒，本义指头发非常密集，和"缜密"的"缜"是同源词。后来引申为又黑又密，大概在古人看来，黑和密是一致的，一旦老了，头发稀疏，也就变白了。

这首诗比谢灵运的那首《登池上楼》要好，因为没有那么装。中国文人的装，体现在摇摆于做官和归隐之间。其实古往今来，从来没有几个人真的愿意归隐，大多是到了年龄还要恋栈，甚至不惜为此修改年龄，丑态百出。但文人们大多虽然身体很诚实，嘴巴却很硬，总要写几笔。谢朓这首就不这样。人家绝口不标榜说不想当官，官还是想当的，但对故乡也是怀念的，这就心口如一了。还有就是写景非常好，

"白日丽飞甍"一句，让我简直看到了达官贵人们屋顶琉璃瓦耀眼的反光，"澄江静如练"那句就更不消说了。在这样一个宁静美好的春天傍晚，空气能见度很好，没有雾霾，登山远望，何等心旷神怡。正因为风景极美，所以诗人流连不肯离去，但也不说辞官，只是一味说相思。最后两句抒情，正是谢灵运《岁暮》那首缺乏的，如果加上去，就神完气足了。

第十三课　举杯邀明月，对影成三人

李白

李白的身世，好像没什么可介绍的。据说他是唐宗室子孙，祖先为唐太宗李世民的弟弟李元吉后裔，因为玄武门之变失败，避难远去西域。其真实程度如何，还有争议。一般认为，李白出生在碎叶城，也就是今天吉尔吉斯斯坦北部的托克马克市境内，所以曾经有学者认为，李白是胡人，但我感觉，这种可能性不大。

其实李白对自己的身世有自述，他称先人是在隋代末年因为犯罪被流放到碎叶的，靠做生意维生。他老爸叫李客，有点像谢灵运的小名叫谢客，表明他们都曾有寄居别人家里或在外地做客的经历。一般来说，做生意只要不完全失败，就会比一般人过得舒服。连我爸爸都经常念叨："无官不贪，无商不富。"我小时候所见，哪怕是在路边卖卖菜，都会比一般工薪阶层富裕。

李白给人写信，自称"陇西布衣，流落楚汉"。陇西是李姓的郡望，唐代人喜欢标榜这个，实际毫无关系。楚汉则是四川、湖北一代。有学者认为，李白五岁才到四川；也有学者认为，李白就出生在四川绵阳，也就是今天的江油市。在四川，他一直生活到二十五岁，相当于研究生毕业的年龄，然后离开四川，从此一去不反，非常决绝。唐玄宗天宝初年，他写了一首《蜀道难》，回忆家乡的道路，不知道心中是否充满温情，我想是会的，当然也不一定。他写过"举头望明月，低头思故乡"，好像很思念家乡，但究竟从未回家看看。我经常这样觉得，文人有两种，一种是很温情的，对以往的经历充满温情，总忍不住要写诗撰文怀念；一种是很冷酷的，以往的经历对他只如过往烟霞，他总是喜新厌旧。两者似乎都有些极端，但好的作家，必须有点极端的东西，要不然就混同于一般的老百姓了，谁还看他？在中国现代史上，我很喜欢鲁迅和胡适。鲁迅是典型的文学家，他的性格就很极端，容易愤怒，所以他能写出好文章；胡适不大会愤怒，比一般人还理性，所以他是个好学者，但文字就没劲。所以，我们对待有才华的人，应该宽容一些。因为要知道，他们在为我们提供美好的精神食粮，在不断提升整个民族文化的品格，要容忍他们、珍惜他们、爱护他们。

就生活来说，李白一辈子过得不错，吃喝玩乐，基本没有短缺。唐代宗宝应元年（762）的冬天，大约是十一月，李白死在寄居的族叔、著名书法家李阳冰家中。李阳冰是当涂县令，养一个李白还是没问题的。可惜那时没有网络，要不然李白不会死在那么一个小地方，一定会被全国粉丝蜂拥抬到北上广的大医院进行抢救。那么，李白起码还能再活二十年，不晓得能给我们伟大祖国增加多少文学瑰宝。可惜生在那个科技不昌明的古代，搞得李白只享年区区六十一岁。

李白死后三十多年，也就是唐德宗贞元十五年（799），新晋桂冠诗人白居易去探访他的墓，写诗慨叹道："采石江边李白坟，绕田无限草连云。可怜荒垄穷泉骨，曾有惊天动地文。但是诗人多薄命，就中沦落不过君。"非常动人，大概是古往今来咏叹李白的最好诗篇。从诗的内容来看，好像白居易是李白的脑残粉。他们的姓名还都有一个"白"字。其实不然。白居易最敬佩的人是杜甫，因为白居易是现实主义诗人，对李白老写些风花雪月、偷情狎妓的事颇有微词，怪李白不关心国家，不关心民族，是个精致的利己主义者。其实这就偏颇了。干革命不分手段，能写出好诗，提升中华民族的文化品格，也不少为国家做贡献，是吧？再说白居易自己也狎妓，晚年家里还搞了欢乐组，养着几十个如花似玉的小丫头，为此写了不少肉麻兮兮的诗，你这就品德高尚啦？

关于李白的死因，有些美丽的传说，最有名的一个是说他醉后捞月，落水溺死；还有人说看见他骑在鲸鱼上，劈风斩浪，高速前进，好像驾驶一台进口的顶级摩托艇，却没有机器的噪音。我得承认，这很浪漫，但都是美好想象。为什么会产生这样的传说？我想主要是因为大家都无法接受一个这样伟大的诗人，也会平庸地死在床上。其实我个人也宁愿相信他是捞月溺水而死，因为我也无法忍受，他和我那文盲爷爷的死法一模一样。

当然理智上我清楚，什么死法其实没那么重要，再卓异的死法，也一样要埋进黄土。人类都由亿万个细胞组成，差异的只是细胞的组织方式。

我非常喜欢李白的诗歌，《将进酒》和《蜀道难》不消说了。念初中的时候，有一年新年茶话会，有个同学上台朗诵了一首《将进酒》，一听到开头，我就震惊了，世上竟有这么好的诗。"君不见黄河之水天上来，奔流到海不复回。君不见高堂明镜悲白发，朝如青丝暮成雪。人生得意须尽欢，莫使金樽空对月。天生我材必有用，千金散尽还复来。"真是气势磅礴，浅白如话，又警句迭出，这才叫诗歌。那时我的同桌也喜欢写些长长短短的句子，煞有介事地分段分行，告诉我说那就叫诗，简直……

后来我问那位同学，能不能把全诗让我抄录，他婉言拒绝。那个年代，找一首古诗真的很难，不像现在，搜索一下，什么都出来了。我磨了他好几天，鉴于我那时还是个学霸，他多少给我几分面子，终于答应了，借给我一本《李白的故事》，出版单位是中国少儿出版社。里面简单讲述了李白的生平，选了李白一些诗，但大多只是截取了一些段落，我觉得不过瘾。好在这篇《将进酒》是全的，我飞速把它背下来，慌慌张张刻入了我的大脑硬盘，仿佛还左右看了看，生怕被人发现。

至于《蜀道难》，是我高中时在新华书店的开架书上翻到的，书很贵，我买不起，于是站在书店一下午，默默把它背下。我并没有王充过目不忘的本事，是读了好几遍，才在大脑上刻录成功的。

所以，现在的孩子，很难想象我刚上大学时，第一次去图书馆的心情。那种可以在知识的海洋里畅游的欢快，我发誓要读尽图书馆的书。但后来，我不再去图书馆了，光是家里的书，我就看不完。我真羡慕我的女儿猫猫，但她不会觉得幸福。

下面我们细读李白的几首诗。第一首，是《月下独酌四首》中的一首，也是我非常非常喜欢的。

一、月下独酌（其一）

花间一壶酒，独酌无相亲。

举杯邀明月，对影成三人。

月既不解饮，影徒随我身。

暂伴月将影，行乐须及春。

我歌月徘徊，我舞影零乱。

醒时同交欢，醉后各分散。

永结无情游，相期邈云汉。

这首诗叫《月下独酌》，月亮这个天体，对于古人来说，有特别的意义。《诗经》里就曾经写月下的美人，说在月光下，美人是那么的美貌：

月出皎兮，佼人僚兮。舒窈纠兮，劳心悄兮。

现在城市的人，肯定很难理解月亮的重要作用。我小时候在乡下，总能看见皎洁的月亮，碰到满月的晚上，庭院好像撒上了一层银粉，确实让人诗意暗生。我相信有些农民心中也有这种诗意，只是他说不出。不过，《诗经》里对于月亮的类似诗意特征，描写得还很少。《楚辞》里则根本没见到对月亮的真正描写，顶多用月亮为比喻，来形容明珠。这种比喻在后来，也一直是诗人常用的。它着眼于月的"明亮"特征，不管是"明月何皎皎"，还是"明月耀清景"，都是这样。但唐宋以来，月亮逐渐成为诗歌一个不可或缺的意象，和情感紧紧联系在一起，尤其在写相思的时候。李白本人就写过有名的《静夜思》："举头望明月，低头思故乡。"还写过《闻王昌龄左迁龙标遥有此寄》："我寄愁心与明月，随风直到夜郎西。"月亮有个特征，就是不管你走到哪儿，它似乎都像是跟到哪儿。而它又只出现在晚上，晚上是最容易产生孤独感的，这时只有明月对你不离不弃，如果你还天良未泯，会不会感动？李白有两句诗："暮从碧山下，山月随人归。"对于孤独的人，这会有很强的抚慰。而天才又经常感到孤独。李白也不能例外，所以，在他眼中，只有明月配跟他一起饮酒。

李白还写过一首《把酒问月》，首句开门见山："青天有月来几时，我今停杯一问之。"其中还有两句名句："今人不见古时月，今月曾经照古人。"被《增广贤文》的作者改改，收进了自己的书里。看见月亮，会产生人世永恒但人生短暂的感觉。我们乡下人是不会的，他们只会说："不要用手指月亮，它会下来割你的耳朵。"

古诗中产生的月亮意象，固定于古诗这种题材中，我们现代人住在高楼里、电灯下，有电视网络为伴，对月亮再也产生不了这样深厚的感情。所以，我们写不出古诗，我们也无法用古诗体创造出现代的名作，因为我们的审美被古诗产生的诸多意象五花大绑了，以致我们认为古诗就该是那样的，不该是这样的。我们认为，古诗只该写红烛、明月、野花、飞鸟、窗帷、炊烟，其他的，我们统统不接受。

花间一壶酒，独酌无相亲。

在花间，我有一壶酒，自己一个人喝着，没有人和我亲近。他饮酒的环境很好，在鲜花丛中。我小时候没见过什么花，尤其没见过"一树亭亭花乍吐"的风景，也不知道那些乡下人为什么这样，但即使不种，为什么连灿烂的野花也没有呢？实在很不解，疑心连野花都嫌乡间贫瘠。

举杯邀明月，对影成三人。

我举起酒杯，邀请明月，这样一来，对着影子，好像有三个人。这得有多自恋，三个人中，一个是明月，一个是他的肉身，一个是他的影子，别人插不进来，牛逼得不行，自恋得不行。

月既不解饮，影徒随我身。

可惜月亮和影子都不懂得饮酒，影子白白跟着我的身体。言下之意，它们都不会说话，没有真正的价值，有点无可奈何的感觉。关于影子和形体，陶渊明也写过诗《影答形》，起因是形先跟影说："人生短暂，咱们要及时行乐，多多饮酒。"其实也是吃饱了撑的，影子又不是实体，但是作者玄想了影子这样回答形体：

> 存生不可言，卫生每苦拙；
> 诚愿游昆华，邈然兹道绝。
> 与子相遇来，未尝异悲悦。
> 憩荫若暂乖，止日终不别。
> 此同既难常，黯尔俱时灭。
> 身没名亦尽，念之五情热。
> 立善有遗爱，胡为不自竭？
> 酒云能消忧，方此讵不劣！

这首诗我很喜欢，尤其是"与子相遇来，未尝异悲悦"，一般认为是说：我和你相遇以来，彼此无差，你喜我也喜，你悲我也悲。但我经常会瞎想，这是影子告诉形体：我和你偶然相遇，并不为此高兴，也不为此悲伤，我不把这个世界放在心上。当然，我的解读并不符合诗的原义。李白的这首诗，是不是受陶渊明启发，也不可知，但诗人读书未必多，而想得多，总会不约而同。

暂伴月将影，行乐须及春。

我只好让月亮和影子暂且陪伴我，喝那么一杯了。因为春天快要过去，不喝不行。这是对春天的感怀。

我歌月徘徊，我舞影零乱。

我一边饮酒，一边唱歌，月亮仿佛在徘徊；我又起舞，影子凌乱不堪。大家知道，人喝酒喝到微醺的时候，就容易放浪形骸，鬼哭狼嚎。李白也不例外，他引吭高歌，天上的月亮看似在徘徊，其实是他的醉眼蒙眬。他唱歌还不够，还要扭屁股跳舞，影子就像鬼魂蹦蹦跳跳。这就是陶渊明说的，"未尝异悲悦"。

醒时同交欢，醉后各分散。

醒着的时候，我和影子一起欢乐；醉后就告别，各顾各。我们南昌有一句骂人话，说人躺在床上叫"摊尸"。人"摊尸"了，自然影子和身体就合二为一了。这种合二为一，在李白看来反而是分散。醒着的时候，和影子是分离的，在李白看来却是一起交欢。想法很怪诞，但又合情合理。当然，我们单独撷取这两句，也可以看成是一种对朋友的率性独白。就像陶渊明，朋友来找他，他用酒招待，一起欢快交谈。但喝醉了，他就直言不忌："我要睡了，你随意，马蜂掉进裤裆里，爱咋蜇咋蜇。"这种任性的态度，天才之间都是相通的。但你要是当了人事处副处长，肯定就不行，因为你想升正处，就必须照顾好领导。李白这种人，会看得起领导吗？不会的，嘴巴上会，心里也不真的会。

永结无情游，相期邈云汉。

永远缔结无情的游乐，约定好时间，在遥远的天上再见。邈，远。汉，就是天河。前一句似乎有矛盾，既然无情，又何必永结相游？但放在人和影子的关系上，又非常合理。形体和影子，谈不上情感，是天然存在，所以无法不永，只能永结。人和月亮，也是天然存在，无法不永，只能永结。人间天上，无法回避。

这两句虽然说的是作者本人、影子及月亮，但未尝不可以当成一种对人的态度来理解，表现出一种道家的豁达，但不一定要冠上道家这个名目。智商特别高的人，他看周围大多数人都是傻子，不想搭理，不想跟傻子玩。陶渊明是这样，李白也是这样。貌似无情，实际上是因为无处可以用情。就像鲁迅本来学医，挽救生命，后来发现挽救的那些生命如果都是傻子，也没什么意思。他毕竟希望自己生活在真正的人间啊！但真正的人间，前提是绝大多数人不傻。所以，他想让周围的人都不是傻子，自己才有的可玩，所以选择了文艺。貌似高尚？其实也不是高尚，是另一类自私，为了满足自己的精神需要。你看鲁迅不肯救人的生命，貌似很冷漠的，其实是心中有大热。当然，李白这个人还想不到那么多，他毕竟生活在那样的时代，他甚至有俗世的抱负。光读他的诗，我无法想象他也欲建功立业。这样伟大的一个诗人，竟因为参加过李璘的军队，被投进了监狱，让我有不可思议之感。虽然说，历来天才被关过监狱的很多，但李白不是思想家，我总觉得他和监狱格格不入。

李白在世间到处跑，到处结交朋友，但都不在意，差不多就是"永结无情游"，估计他也看不上谁，动不了太真的感情。朋友丢了就丢了，他抬头看看天："下次什么时候见？很遥远，到天上吧。"他就是这么一个人，孤独的人。

这首诗我之所以喜欢，主要在于最后两句，没有这两句，诗句就一般了。它是诗眼所在。我们每个人未必有李白那样的孤独感，但看到这类句子，却会被打动，为什么呢？大概因为我们偶尔也有脑子灵光的时候，有时候头脑中会霎时闪过这样一个念头，但像闪电一样，倏忽而逝。我们潜意识中，早觉得它不同寻常。因为闪念的时候只是一霎，无法捕捉，更无法用文字捕捉。然而，看到别人写出来，会恍若旧识。我想，我们看伟大的作品，偶尔会有如逢故人的感觉，大概就是因为此吧。

二、春思

> 燕草如碧丝，秦桑低绿枝。
> 当君怀归日，是妾断肠时。
> 春风不相识，何事入罗帏？

这首诗是以女性的口吻来写的，类似写法，在魏晋南北朝时期已经很多了。诗歌的题目叫《春思》，指春天的思绪。

燕草如碧丝，秦桑低绿枝。

北方燕地碧草如丝之际，秦地的桑树绿枝低桠。首句以燕草和秦桑对仗。燕，古代的燕国，今天的北京一代。秦，陕西。既然写男女思情，可以想象，代表男女双方，一个在燕地，一个在秦地。唐的都城在长安，秦地，所以秦地不会是边疆所在。秦桑透露出女性在秦，她的心上人在燕。她想象，当此春天，燕地的草肯定已经像碧绿的丝线，这是女性的思维，因为经常和织布打交道，所以思维的联想，也倾向于此。

当君怀归日，是妾断肠时。

此时此刻，当你怀念家乡、想要归来的时候，我的肠子也难受得像要断了。这两句写得凄凉婉转，但似乎有些不对。为什么你怀归了，我反而会断肠？因为两地相思，心有感触。相思之情越浓，越想马上相见而不得，就越肝肠寸断。有时候思念是这样，你不想念我，我也就漠然置之，"子不思我，岂无他人"。这样的话，相思的情怀反而淡了。而越是两情相悦，当事人会越觉得年华虚度，叹恨不已。况且丈夫在边戍，即使想归来，也不可能。思妇想起丈夫这欲归而不得的痛苦，对他的思念之上又增一层怜悯，怎么能不断肠？这两句可谓如泣如诉，如怨如慕。

春风不相识，何事入罗帏？

春风啊，你并不认识我，为什么要吹入罗帏之间？这两句把思妇幽微的心境，写得很神。女人正沉浸在相思的痛苦之中，突然一阵春风吹入，罗帏掀起，惊扰了她的情绪，让她忍不住埋怨，因为情绪被人打断，而且似乎心思被人看破。有学者说，这是表现了思妇贞洁的高尚情操，春风相当于外面的诱惑，空床难独守嘛，有人来勾引，也是正常的，但被女人坚决拒绝："老娘并不认识你，滚。"我觉得不必理解得这么质实，而且显得很迂腐，不符合现代价值观。顺便说一句，清代有个诗人叫徐骏，写过两句诗："清风不识字，何故乱翻书。"有点仿照李白这两句诗的句式，但徐骏很惨，因为这两句诗，雍正认为他在指桑骂槐，将其处死，成了清朝典型的文字狱事件。

这首诗只有六句，虽然押的是平声韵，却不是近体诗的写法；中间两句意思对仗，但不讲究平仄，是典型的古体诗，点到即止。写诗不能太实，需要留白，让人想象。全诗意境幽静迷离，是绝美的诗歌小品。

三、杨叛儿

> 君歌杨叛儿，妾劝新丰酒。
> 何许最关人？乌啼白门柳。
> 乌啼隐杨花，君醉留妾家。
> 博山炉中沉香火，双烟一气凌紫霞。

杨叛儿是乐府旧题，属《清商曲辞·西曲歌》，本为南齐民谣。有其典故，说是南齐隆昌年间，有个女巫的儿子，名叫杨旻，跟着母亲在宫廷内生活，发育后出落得特别帅，被寡居的何太后看上了，收到床上做了小鲜肉。向来这种丑事封锁不住，也许太后一人不知道，但全国都传遍了，街道上儿童到处传唱："杨婆儿，共戏来所欢。"为什么叫"杨婆儿"，因为"婆"字和"判"字主要元音相同，耳感相似，容易混用。反之亦然，就像"吐蕃"的"蕃"，本来从唐诗的押韵来看，应该读 fān，但很有一些人读成 bō，情况是一样的。《乐府诗集》载有这个题目的歌词八首，其中有一首为："暂出白门前，杨柳可藏乌。欢作沉水香，侬作博山炉。"已经没有讥讽的意思，只表现男女欢爱主题。

这个诗题在当时很流行，梁武帝萧衍曾经做了一首诗说："桃花如发红，芳草尚抽绿。南音多有会，偏重判儿曲。"可见其有名。

李白这首诗，就是我们上面所举《乐府诗集》那首诗的改造。

君歌杨叛儿，妾劝新丰酒。

你歌唱杨叛儿的曲子，我劝你饮新丰美酒。新丰美酒很有名，梁元帝曾写过两句诗："试酌新丰酒，遥劝阳台人。"

何许最关人？乌啼白门柳。

什么地方最让人牵挂呢？白门旁边的柳树下，乌鸦啼叫的地方。许，古代一向可以和"所"相通，所以"何许"就等于"何所"。"乌啼白门柳"五个字，点出了时间和地点。乌鸦啼叫的时间一般是傍晚。白门，是当时都城建康的正南门，名宣阳门，俗称白门。

乌啼隐杨花，君醉留妾家。

乌鸦啼叫的时候，隐藏在杨花丛中。你要是醉了，就在我家留宿吧。这事多么甜蜜。既有杨花，可见是春天，这里又紧扣乐府旧诗："暂出白门前，杨柳可藏乌。"

博山炉中沉香火，双烟一气凌紫霞。

博山炉里烧着沉香，炉盖上袅袅升起青烟，但是这青烟绞成一团，难舍难分，一起向紫霞遍布的空中升腾。这两句写男女缠绵地方的风景。在房间里，两人正欢爱缱绻，但不直接写他们欢爱，而是写他们欢爱的环境场所，借香炉青烟的互相缠绕，暗喻男女间做爱时的互相缠绕，有点像汉画中的伏羲女娲图。香艳已极，可以想见。这种想象，乐府古辞有"欢作沉水香，侬作博山炉"的句子，也很缠绵悱恻，但和双烟缭绕的香艳相比，又不算什么了。我个人的感觉，好像是两人死后，一起烧成骨灰，烟囱口出来的烟雾，也纠缠在一起，永不分离。

这样的诗，当然可以是想象，但也可以是实录，大概是李白把自己的艳遇，直接写了下来。不过这种艳遇显然带有真挚的感情。能联想到骨灰的烟雾缠绵不舍，我想，那女子一定比较美丽，有让李白非常动心之处。

四、宣州谢朓楼饯别校书叔云

> 弃我去者，昨日之日不可留。
> 乱我心者，今日之日多烦忧。
> 长风万里送秋雁，对此可以酣高楼。
> 蓬莱文章建安骨，中间小谢又清发。
> 俱怀逸兴壮思飞，欲上青天揽明月。
> 抽刀断水水更流，举杯销愁愁更愁。
> 人生在世不称意，明朝散发弄扁舟。

上次我们讲了谢朓，说到李白是他的脑残粉，这首诗就是他在谢朓修建的北楼饯别李云时写的。写得非常跳脱。

弃我去者，昨日之日不可留。

起首陡然一句，非常奇警。那些抛弃我去的昨天，不可能留住。昨日之日，指昨日的那些日子，也就是说是一个个昨日的那些日子。按照这个意思，似乎可以改成"过往之日不可留"。但这样改意思没问题，字句就不陌生了，缺乏诗味。

乱我心者，今日之日多烦忧。

使我心烦乱的，是今天的日子有非常多的忧虑。今日之日，指今日的这些日子，也就是目前和将来很快来到的那些日子。今有当今、现在的意思，也有很快到来的将来的意思。《史记·项羽本纪》："夺项王天下者，必沛公也，吾属今为之虏矣。""今为之虏"，就是指很快将被其俘虏。

这两句写出人的懊恼，人活在世上，必定烦恼多于欢乐。即便有欢乐，在记忆中，也不如烦恼那么印象深刻。所以，即使是少年人，看到这两句，也仿佛说中了自己的心思。

长风万里送秋雁，对此可以酣高楼。

长风万里的天空，秋雁南归，这宏阔的景象，终于让我的心境开阔，可以在高楼畅饮了。这两句写当下景色，回归主题。

蓬莱文章建安骨，中间小谢又清发。

蓬莱阁一样华美的文章，夹杂建安时代一样的风骨，中间还有谢朓诗文那样的清新开发。一般认为，这两句是吹捧李云的。汉代的藏书机构叫"东观"，汉人把东观称为道家的"蓬莱山"，唐代类似"东观"

的单位叫秘书省，而李云正在秘书省当校书郎，所以借蓬莱指代李云的工作单位，吹捧李云。但也可能并无吹捧之意，只是阐述古往今来文章发展的风格变化。

俱怀逸兴壮思飞，欲上青天揽明月。

我们一起怀着飞扬的兴致、壮丽的思想，我好想好想飞到青天上去拥抱明月。和曹操所说的"明明如月，何时可掇"意思差不多，都是想和明月发生肌肤之亲。如果他知道明月上全是环形山，灰尘有几寸厚，一点都不皎洁，肯定就会打消这样的念头了。

抽刀断水水更流，举杯销愁愁更愁。

抽刀砍水，但是水一样地流；举杯想浇愁，但是更加愁闷。这两句是名句，前一句比喻奇特，刀是砍不断水的，只能通过堤坝截断。古人心中的"断"，不仅仅指砍断，用堤坝堵塞，也是一种截断。所以我们说的"垄断"这个词，本义其实是堵塞独霸，让外人进不来，对于外人来说，等于资源被霸占了，被截断了。至于后一句，举杯销愁是否会更加忧愁，那恐怕见仁见智。按说喝醉了，睡着了，忧愁也就暂时离开了。

人生在世不称意，明朝散发弄扁舟。

人生在世，如果不能满意，不如明天披散头发，去当个渔翁。我认为这两句不大好，不真诚，是敷衍的句子。李白愿意当个渔翁吗？肯定不愿意的。即使不做渔翁，只是隐居，李白是耐得住寂寞的人吗？也肯定耐不住。唐代人隐居，目的大多不纯，不过是寻找终南捷径，引起国家领导人注意而已，没有几个是真心归隐的。那些真心隐居的，你也不可能知道。所以，我认为这两句不好。

这首诗好在有很多警句，起句感情充沛，如江水决堤，野马般冲下，冲刷无数人愤懑的细胞，然后玉宇澄清，可以面对万里长沙、空中秋雁，逸兴遄飞，揽取明月。但这种掩耳盗铃的心境不能持久，最后忧愁又回来了，只好发出言不由衷的隐居之念。言不由衷本来不是一件好事，但如果能由此让人明白，世间险恶，有时人不得不说假话，则效果也是很不错的。

五、秋登宣城谢朓北楼

> 江城如画里，山晚望晴空。
> 两水夹明镜，双桥落彩虹。
> 人烟寒橘柚，秋色老梧桐。
> 谁念北楼上，临风怀谢公。

这首诗还是跟谢朓有关的，李白亲自来到宣城，登上谢朓主持修建的楼阁，那种粉丝的激动，可以想见。

江城如画里，山晚望晴空。

江城如在一张画里面，傍晚时分，我望着晴朗的天空。起句很直白。江城，就是宣城，宣城被山水环抱，城外有陵阳山，还有句溪和宛溪围绕，非常漂亮，所以号称江城。山晚，说明是傍晚，但为啥不说天晚，而说山晚，这是诗，诗只要好看，不要讲太严密的逻辑。

两水夹明镜，双桥落彩虹。

两条溪水相夹，绕着城墙，像明亮的镜子一样；两座桥梁像彩虹一样坠落，横跨在溪水上方。两水，指句溪和宛溪。双桥，是跨越溪水的桥，一座叫凤凰桥，一座叫济川桥，隋文帝时所建。这个"落"字很好，很有动感，使得画面平添了一番壮观。想象一下彩虹是多么壮丽的东西，竟从天上坠落，何等让人惊叹。

人烟寒橘柚，秋色老梧桐。

炊烟、寒气、橘子、柚子；秋色、衰老、梧桐树。人烟，指炊烟。诗句把炊烟、寒气、橘子、柚子的意象叠加，就产生一种画面感，如果不是写诗，想要表达这样的环境，起码要写几十个字。炊烟袅袅升腾起来，橘子和柚子悬挂在枝头，在寒风中瑟缩，描述得索然寡味。而诗句仅把意象叠加，就达到了超出几倍的效果，这里面蕴含着文学写作的真谛：写作一定要懂得简洁，简洁才能洁净，洁净的文章就是好文章，要懂得留白，不要每个地方都说得那么清楚。因为人是有生活经验的，他自己会补足。你要是全写干净了，他的生活经验和你的可能无法叠加，就会产生抵触，在他的心中，就产生不了美感。所以，如果不是说明文，或者说理文，一定要简洁。有那种哲理小说，思想性的小说，则不妨穷形尽相。"秋色老梧桐"和"人烟寒橘柚"对仗，但"梧桐"是一种东西，"橘柚"是两种东西，到底不是严密对仗。秋色、老、梧桐，也是意象叠加。

谁念北楼上，临风怀谢公。

谁知道我在北楼上面，吹着风怀念我的谢公。这两句貌似没有什么意思，但非常有意思。作者登楼，也无非是怀古，如果这个楼不是谢公楼，这个城市没有谢公的眼光看过，就没有什么意思了。而作者指出，没有人理解我登上这个北楼，是因为怀念谢公。也就是说，世人没有谁了解我的心境。总之又是抒发孤独。

这首诗我个人觉得，有老杜的风格。尤其是"人烟寒橘柚，秋色老梧桐"一联，宛如苍凉的风景油画，似乎只有苦兮兮的老杜，才能于炼句之中得之，而天才俊迈的李白，似乎不是这样的风格。然而，伟大的诗人，才华总是不拘一格，总是兼善众体。杜甫也写过《饮中八仙歌》那样明快的诗歌，他们都是多面手，写什么都能成功。伟大的文人，在操练文字时，似乎总没有做不到的。

第十四课　天寒翠袖薄，日暮倚修竹

杜甫

中学时候，我买过一本《杜甫的故事》，里面选了杜甫很多诗，我就是通过它背了杜甫一些诗歌。可惜有些地方只摘引了诗的段落，比如里面引过"安得壮士挽天河，净洗甲兵长不用"两句，我觉得很好，可惜找不到全本，直到好几年后，我才知道是他《洗兵马》里的句子。

　　杜甫生于唐玄宗先天元年（712），他是个伟大的诗人，这不用说。但文学史上谈到他伟大，第一个原因，总是说他忧国忧民。这我不大赞同。我认为杜甫的伟大，主要在于其诗歌艺术的伟大，其次才是忧国忧民。我估计，全世界各个国家里，中国号称忧国忧民的人是最多的，仿佛谁占有了这个词，谁就百战百胜。我所见好几个自称忧国忧民的，一听见外国发生了火灾、地震或者战乱，往往拍手称快。这种毫无人性的人，怎么可能真的忧国忧民呢？因此，我提到杜甫的忧国忧民，只习惯说他内心有着巨大的对人类的悲悯，有着蓬勃丰厚的良知。

　　谈到出身，杜甫比李白似乎高级一点。李白是商人家庭，商人在古代一向是没有地位的，所以李白连参加科举的资格都没有，只好到处找人揄扬，想走破格的道路。杜甫则是小官吏家庭出身，祖父杜审言，考上过进士，在当时算比较有名的诗人，只不过后来因为和武则天的男宠张易之兄弟交往，被流放峰州（现越南河内市西北和富寿省

298

一带）。杜甫没有他祖父的考试才华，开元二十四年，他参加进士考试，但是落榜了，然后他就到处旅游。要注意，这说明杜甫家里还有点家当。我们当年高考的时候，有一个同村的，比我高几级，考完后不知实际已经落榜，自称绝对高中，他父亲喜不自禁，就给他买了火车票，奖励他去北京旅游。因为他爸爸是南昌飞机制造公司的工程师，有点钱。而我考上大学，我爸爸没有给我半分钱奖励，因为他只是个小学教师，穷鬼。

杜甫和李白曾经见过面，天宝三载（744）四月，两人相约同游梁、宋（今河南开封、商丘一带），在一起吃吃喝喝，结下了一点交情。天宝六载（747），唐玄宗下令来个特招考试，只要是"通一艺者"，都可以报考。三十五岁的杜甫赶紧报名，捏着准考证，兴致勃勃进了考场，洋洋洒洒，把作文写得花团锦簇，以为稳中。结果放榜后，依旧名落孙山。这次似乎倒不怪他，因为那张榜上一个人名也没有，只有四个大字：

野无遗贤

什么意思？意思是：真正的贤人，我们朝廷已经一网打尽了，剩下的你们这些废物点心，在街边摆个小摊，自己吆喝着卖卖就行了，我们公家废品店都不收，何况人才库。

一般认为，这是当时的宰相李林甫嫉贤妒能，原本就不打算录取谁。但有没有可能是考生确实都不行呢？我这么说，恐怕很多人会有意见："放屁，你说什么啊？杜甫他老人家会不行？"我的意见还真是这样，杜甫是个大诗人，但不表明他也擅长写高考作文。古往今来，文学作品写得太好的人，一般考试能力都不行。因为科举考试，本质上不是选拔卓异人才的，它是一种标准化考试，只要求考生在文通字顺的基础上高那么一点点，考官好打分。你写得太好，就进入文学层面了，就无法用标准答案为尺度对你进行评价了，考官们就要开会讨论了。开会讨论多浪费时间和精力？又不发加班费。

特招也落榜，杜甫虽然难受，但也没别的办法。第二年（748）秋，他又到兖州与李白相会，聊得很开心，此后杜甫一直惦念自己和李白的两次相会，写了好多诗歌怀念。

杜甫在长安待了十年之久，很拮据，虽然找关系搞了几个小官当当，但不解决问题。他在长安做官，薪水不高，养不起家，只好把家安置在奉先县（今陕西蒲城），因为奉先县令是杜甫老婆的同族，他觉得可以得到一些照应。有一次他回家探亲，发现小儿子竟饿死了。这一年是天宝十三载，可见他穷得有多么地狠。

他是个率真的人，写过两句诗说："不爱入州府，畏人嫌我真。"这样显然混不开，你老说真话，领导怎么会高兴？所以，我们要感激现代文明，尤其是搞文学艺术的，尤其要感谢现代文明，只有在现代文明下，不必做官也能丰衣足食。什么人都可以怀念古代的盛世，但真正的文学艺术家不该。他还在一首诗里写道："朝扣富儿门，暮随肥马尘。"想四处打秋风，他是文化人，还有得秋风可打，很多贫民谁也不认识，只有死路一条。"朱门酒肉臭，路有冻死骨"，这句诗看多了，神经也麻木了，心中起不了什么波澜。但如果静下来设身处地想想，有一群自己的同类，在寒冷中逐渐死去，心中定会是另外一番感受。

但话音刚落，"渔阳鼙鼓动地来"，轰隆一声，华丽而虚假的盛世崩塌，唐朝进入了它最黑暗的时代。

杜甫是忠心朝廷的，他想方设法逃脱叛军的追捕，跑到凤翔，面见唐肃宗。唐肃宗看见他灰扑扑的憔悴样子，很感动，毕竟朝廷在危难时刻，还有人不离不弃，不容易，拜他为左拾遗。但后来因为一些不快，又贬他为华州司功参军。他觉得很郁闷，没多久辞职了，又在秦州同谷旅居了一会儿，干脆入蜀，到成都去投靠剑南节度使严武。严武对他不错，给他向中央朝廷申请了个官职，检校工部员外郎，这是杜甫一生最高的官职。

在成都待了五六年后，严武死了，杜甫只好离开成都，去了夔州（今重庆奉节），得到地方官的照顾，暂且栖身。两年后，因为思念家乡，决定出蜀，打算从江陵到襄阳，再从襄阳转到洛阳。杜甫以前写过一首名诗《闻官军收河南河北》，其中有句："即从巴峡穿巫峡，便下襄阳向洛阳。"就是他一直以来的计划，但此刻距离当时，已经整整过了五年。

最可怜的是，他不知道，自己的生命也只剩下最后的两年了。

经过一番坎坷旅行，杜甫到达江陵，这时河南又乱了，军阀打了起来，无法北归。于是他决定，湖南那么多亲友，何不先去投靠一下？他先去了公安（今湖北），年底到了岳阳（今湖南），都是水路，几乎一直住在船上。大历四年的正月，他又到了潭州（今长沙），由潭州到衡州（衡阳），投靠在衡州做湖南都团练观察使的老朋友韦之晋。谁知杜甫一到，韦之晋就奉命调到潭州。杜甫决定在衡州休养一阵，再去潭州，谁知韦之晋很快就死在潭州。杜甫很伤心，能够罩着他的人不在了，他在衡州住了几个月，决定彻底离开湖南北上，先从衡州到了潭州，因为身体不好，难以进行长途跋涉，在潭州他又休养了几个月。这回也不省事，碰上湖南兵马使臧玠兵变，潭州被兵燹烧了个底朝天。

他仓皇逃离潭州，向衡州方向奔去，准备一直南下，去郴州投靠舅父崔伟。但行到耒阳,正值夏季,碰上江水暴溢,不得继续前行,然后,就死在这个地方，享年五十八岁。

杜甫的死因，和李白的死因一样，也曾引起人们的浓厚兴趣，一般认为他是吃多了撑死的。两《唐书》对此的记载都很一致，说他的船到了耒阳，碰上大水，近十天找不到吃的。耒阳的聂县令听说后，派人给他送了牛肉和白酒，他高高兴兴写了一首诗回谢，然后狂啖酒肉，酩酊大醉，当晚暴卒。一个人长久吃不饱，突然暴饮暴食，消化系统是吃不消的，有可能引发急性胰腺炎或别的什么病，换到现在，有时都是来不及抢救的。

史学大师郭沫若还提出过食物中毒说："聂县令所送的牛肉一定相当多，杜甫一次没有吃完。时在暑天，冷藏得不好，容易腐化。腐肉是有毒的，以腐化后二十四小时至二十八小时初生之毒最为剧烈，使人神经麻痹、心脏恶化而致死。"最后得出结论："腐肉中毒致死不是不可能，而是完全有可能的。"按照这种说法，杜甫的死稍微体面些，但也很狼狈。

无论撑死还是毒死，死法都不大好听，有损诗圣的清誉。所以从清代的仇兆鳌以来，就为杜甫辩护，说他不是死在耒阳，而是死在半年后潭州到岳阳之间的小舟上，是一个寒冷的冬夜。确实很凄苦，很萧瑟，很衬托诗圣忧国忧民的伟大形象。但其实我觉得，还不如说他撑死那么浪漫。世间病死的人很多，撑死的却很稀少，除了苏曼殊、朱自清，我还想不出别的名人。

杜甫的一生，可以说是蛮坎坷的。但他年轻时候，享过福，比我们很多人好得多，比同时代的人，更好得多，比上不足，比下是绰绰有余的。因此，我们不要看见历史课本上杜甫的画像一副愁眉苦脸的样子，就以为他劳苦了一辈子，其实完全不是那样。

一、哀江头

少陵野老吞声哭，春日潜行曲江曲。

江头宫殿锁千门，细柳新蒲为谁绿？

忆昔霓旌下南苑，苑中万物生颜色。

昭阳殿里第一人，同辇随君侍君侧。

辇前才人带弓箭，白马嚼啮黄金勒。

翻身向天仰射云，一笑正坠双飞翼。

明眸皓齿今何在？血污游魂归不得。

清渭东流剑阁深，去住彼此无消息。

人生有情泪沾臆，江水江花岂终极！

黄昏胡骑尘满城，欲往城南望城北。

《哀江头》这首诗，写于唐德宗至德二载（757）春天，长安被安禄山、史思明军队攻陷后的景象。我一般不爱说什么安史叛军，安禄山、史思明的问题，就在于最后失败了。

曲江，是长安的名胜，亭台楼阁，美丽繁华，尤其以杨柳如烟的风景著称，是开元盛世的象征，但战乱后的景象，就完全不一样了。

读这首诗，我们要设身处地代入杜甫的生平，才能更好体会。杜甫从小受过良好的教育，七岁就会写诗，年轻时赶上了开元盛世。三十四岁之后，开元盛世结束。一般人会忽略这个转变，认为就是个历史事件嘛，但如果你亲身处在那个时代，感觉就会不一样。比方说，你一开始能吃山珍海味，开豪车，触目到处都是中产阶级，连小区保安都能买经济适用房。突然日子一天天坏下去，你只能眼睁睁看着生

303

活水平下降，全面收紧，商店货架上空空如也，通货膨胀，吃个苹果都要计算，你就会深刻理解，这种变化对一个诗人会带来何等失落。而这还不算最差，突然有一天，你发现烽火连天，连起码的社会秩序都失去了，到处是逃亡的人群，到处是尸体，你的感受又会不一样。

我讲诗歌，不喜欢讲那些宏大概念，不爱讲某某诗歌表达了什么爱国主义观念。我喜欢设身处地，去讲人性。

少陵野老吞声哭，春日潜行曲江曲。

少陵野老暗暗饮泣，在淡荡的春光中，偷偷游走在曲江之旁。长安附近有个县，叫杜县，汉宣帝看中了这附近的一块地方，在此地建造陵墓，并改杜县为杜陵县。他的老婆许皇后也葬在附近，因为陵墓较小，号称少陵。杜甫姓杜，号称郡望是京兆杜氏，后来又住在少陵附近，所以自称少陵野老，其实他只有四十四岁，换现在，还不算老。曲江是唐代著名的皇家园林所在。作者很难受，所以要哭，为什么吞声，当然是不敢张扬，毕竟在敌占区啊。所以，他走路也是潜行，像做贼一样。

江头官殿锁千门，细柳新蒲为谁绿？

江边往日繁华的宫殿，都被锁上了，那细柳和新生的蒲草，它们现在为谁抽绿呢？曲江的柳树是很有名的，敦煌曲子词里有一首《望江南》："莫攀我，攀我太心偏。我是曲江临池柳，者人折了那人攀，恩爱一时间。"可见其知名。

忆昔霓旌下南苑，苑中万物生颜色。

我怀念当年旌旗如林、下南苑的盛况，那时候，南苑的万物色彩缤纷，欣欣向荣。据史书载，开元二十二年，唐玄宗从大明宫筑复道夹城，直抵曲江芙蓉苑，皇帝后妃也经常通过夹城去曲江游玩。霓旌，像霓虹一样的旌旗。芙蓉苑在曲江之南，所以称南苑。

昭阳殿里第一人，同辇随君侍君侧。

昭阳殿里最尊贵的那个人，正和皇帝同辇，随身侍奉。第一人，指杨贵妃。昭阳殿本来是汉代未央宫中的宫殿，皇后所居，这里指代杨贵妃的住处。

辇前才人带弓箭，白马嚼啮黄金勒。

车辇前面，是英姿飒爽的才人们，她们带着弓箭，骑着白马，握着黄金笼头。才人，地位比较低的妃嫔，武则天就做过唐太宗的才人。

翻身向天仰射云，一笑正坠双飞翼。

才人们射箭的本事非常高，她们身体一翻，朝天仰射，一阵娇笑声中，鸟就坠下来了。娇笑是香港武侠小说中常用的形容词，很肉麻，但放在这个场合，蛮契合的感觉，所以我不假思索，就这么翻译了。

明眸皓齿今何在？血污游魂归不得。

那明眸皓齿的美人杨贵妃，如今在什么地方？她的魂魄沾满血迹，到处游荡，再也不会回来了。我小时候看过一个电视连续剧，就是讲杨贵妃的，当时非常惊讶，唐玄宗竟然会任由她被缢死，他为什么不拼尽全力保护她？从那时开始，我对爱情的忠贞产生了怀疑。

清渭东流剑阁深，去住彼此无消息。

清澈的渭水东流，剑阁深邃，离开的人和留下的魂，从此死生异路，不再相见。唐玄宗把杨贵妃的游魂留在马嵬坡，自己沿着渭水，取道剑阁，逃到四川了。

人生有情泪沾臆，江水江花岂终极！

人天生饱含情感，忍不住就会涕泪沾胸；江水和江花却不在意，自己流自己的，自己开自己的。人类喜欢自作多情，好像你过得悲惨，大自然都该与你同悲，你以为自己是谁？

黄昏胡骑尘满城，欲往城南望城北。

黄昏时分，安禄山和史思明的军队在城中驰逐，尘土飞扬，覆盖了全城；我想去城南，却走到了城北。也有人说，是指仰望城北，因为唐朝的军队此刻正在北方。

这首诗押入声韵，入声韵很急促，听起来有一种吞声凄切的味道。古代很多诗词表达凄恻的情感时，都用入声韵。比如李清照的《声声慢》："寻寻觅觅，冷冷清清，凄凄惨惨戚戚。乍暖还寒时候，最难将息。三杯两盏淡酒，怎敌他、晚来风急！雁过也，正伤心，却是旧时相识。满地黄花堆积，憔悴损，如今有谁堪摘？守着窗儿，独自怎生得黑！梧桐更兼细雨，到黄昏、点点滴滴。这次第，怎一个愁字了得！"韵脚和此基本一样。杜甫这首诗写得很有艺术性，也很有感情。可唐王朝有什么好可惜的呢？唐玄宗有什么好怜悯的呢？正因为唐玄宗晚年的荒淫，才导致了战乱。只可怜唐朝那些无辜的百姓，太平时穷愁潦倒，战乱时首当其冲，仿佛生下来就是为了尝遍人世间苦头的。后来唐朝请回纥人帮忙平乱，许诺说："克城之日，土地、士庶归唐，金帛、子女皆归回纥。"其实就是慈禧的"量中华之物力，结与国之欢心"。

二、春宿左省

> 花隐掖垣暮，啾啾栖鸟过。
> 星临万户动，月傍九霄多。
> 不寝听金钥，因风想玉珂。
> 明朝有封事，数问夜如何。

这首诗作于乾元元年（758）的春天，当时杜甫官为左拾遗，属于门下省管辖。门下省位于大殿的东边，东为左，所以称左省。诗写的是深夜在门下省值班的感受。

花隐掖垣暮，啾啾栖鸟过。

鲜花隐藏在掖庭墙垣的后面，正是黄昏，晚归的鸟儿飞过，开始回巢穴憩息。唐朝的宣政殿，是唐大明宫的第二重宫殿，位于含元殿后，相当于故宫的保和殿，是皇帝平时办公的地方。殿前东廊之外，为门下省、弘文馆、待制院等；西廊之外，为中书省、枢密院、御史北台等，都是中央官署。杜甫官为左拾遗，属门下省，由于大殿面南背北，左边为东，所以门下省算是位于左掖。杜甫相当于在故宫内值班。

星临万户动，月傍九霄多。

按照一般的解释，这两句的意思是：很快就夜深了，天上满是星星，照临着下土，一闪一闪的，使得宫殿内的千门万户仿佛都在摇动；宫殿楼台巍峨，高入九霄，仿佛因此被照到的月光更多。这两句很有名，一般认为"动"和"多"用得很好，把宁静的宫廷夜景写活了，且很壮阔。不过我认为略有些隔，它只是从字面上显得壮阔不凡，仔细思量却有些问题。就像胡兰成写散文，喜欢用宏阔的词汇，但细究起来，逻辑总是不通。星星照临着千门万户，如何能显得千门万户在闪动一样？"月傍九霄多"这句，从字面上也只是说月亮陪伴着九霄，根本没有提到高耸入云的宫殿。当然，如果把九霄比喻为皇帝，倒是说得很通，但这样，就带有谄媚的味道了。

不寝听金钥，因风想玉珂。

因为睡不着，听到宫门金锁开启的声音；在风中，想象马身上系的铃发出的声音。珂，本来指马勒上的雕饰；这里为了押韵，借指马铃声。那时官员上朝，都习惯骑马。这两句写的是凌晨，官员上朝了，宫门开启了。

明朝有封事，数问夜如何。

因为明天早上自己要上封事，心情特别激动，怕耽误了上朝，导致一夜目光炯炯，一直问同伴："现在几点了？"

这首诗很有生活气息，作者晚上在国家中枢办公室值班，万籁俱寂，用诗歌的形式描绘了所见所想。诗是平仄严格的律诗，从诗中，我们可以大略知道在唐朝宫中值班的小公务员的生活。他们很孤寂，没有游戏玩，没有电视看，不能刷微博，也不能睡觉，只能干熬。可惜杜甫这个人还是太高尚了，他值班肯定不是一个人，同伴之间肯定要互相聊天。如果写多点生活琐事和聊天内容，那就更好看了。其实他们认为不值得描写的琐事，却是我们今天认为最有价值的，比这几行虽然优美但究竟可有可无的诗歌更有价值。

三、佳人

> 绝代有佳人，幽居在空谷。
>
> 自云良家子，零落依草木。
>
> 关中昔丧败，兄弟遭杀戮。
>
> 官高何足论，不得收骨肉。
>
> 世情恶衰歇，万事随转烛。
>
> 夫婿轻薄儿，新人已如玉。
>
> 合昏尚知时，鸳鸯不独宿。
>
> 但见新人笑，那闻旧人哭。
>
> 在山泉水清，出山泉水浊。
>
> 侍婢卖珠回，牵萝补茅屋。
>
> 摘花不插发，采柏动盈掬。
>
> 天寒翠袖薄，日暮倚修竹。

这首诗作于 759 年，作者已经辞官，居住在秦州，很快就要入蜀。

诗歌中的佳人大约是作者的亲眼所见，内容本身其实是很凄苦的，但因为环境渲染得好，却有一股幽悄清冷的仙人气息。

绝代有佳人，幽居在空谷。

有一个绝代的佳人，在空寂的山谷中隐居。这写得很美，但好像有一定难度，因为佳人不能吸风饮露，她也要吃饭。

自云良家子，零落依草木。

她自称是良家妇女，但因为战乱，零落山村，和草木相依。

关中昔丧败，兄弟遭杀戮。

昔日关中发生了战乱，我的兄弟们都死在了乱军之中。

官高何足论，不得收骨肉。

他们都是高官，但又能怎么样？乱世之中，武力为王。被杀死之后，尸体都没法收葬。

世情恶衰歇，万事随转烛。

世态炎凉，穷困了就没人搭理，人间所有的事，都像蜡烛转动不定的影子。

夫婿轻薄儿，新人已如玉。

我的夫婿是个轻薄无行的坏蛋，他早就抛弃我了，有了新老婆，像美玉一样捧在怀里，别提多宝贝了。其实后一句有些不通，应该说如玉的新人已在怀抱，而"新人已如玉"只是说新人已经像玉一样，莫名其妙。但为了押韵，有时不得不如此。所以说，古诗如果有不通的地方，是因为作者自己就写得不通。早期的民间诗歌反而不会如此，因为老百姓不会炼字，不会强行押韵，所以往往晓畅如话。

合昏尚知时，鸳鸯不独宿。

合欢花也知道开放的时间，但鸳鸯是一定不会独宿的。合昏，是花的名字，也叫合欢花。合欢朝开夜合，常常用来形容新婚。

但见新人笑，那闻旧人哭。

只看见新人的笑容，哪里知道我这个旧人的哭泣。言下之意，那天杀的，真狠心啊！

在山泉水清，出山泉水浊。

在山里的泉水，是清澈的；出了山，就会变得浑浊。大概是指沾染了外面的环境，就会变得庸俗。有人说，在山指佳人被遗弃前，在旁人看来是很清澈尊贵的；出山指被遗弃后，在世人看来，就成浑浊下贱的。都说得通，不妨多解。

侍婢卖珠回，牵萝补茅屋。

侍女把明珠卖了，买了建筑材料回来，牵拉着萝草修葺茅屋。看来这佳人虽然落难，倒也不是太差，至少还有婢女呢。

摘花不插发，采柏动盈掬。

摘下了山花，但是没有插在头上；采下了松柏子，双手捧得满满的。
写佳人的动作。

天寒翠袖薄，日暮倚修竹。

天色寒冷，佳人翠色的衣袖很薄很薄；她倚着修竹，望着远方茫茫
的暮色。

《佳人》这首诗，到底是在写实，还是在想象，历来一直有争议。不过，
其实也可以把两者统一起来，视为既有写实的成分，也有虚构的成分。
说是写实，是因为故事讲得头头是道，不像完全虚构；说是虚构，又有
些不合逻辑。这个女子既然是绝代佳人，且有婢女，出身不低，何以
会被丈夫抛弃？且她那种自怨自艾的抱怨口吻，显得像个村妇，形象
也不那么高雅。诗的最后两句经常被画家用来做题材，通常把佳人画
得非常美丽。但我想，实际情况很可能不会那样。颠沛流离成那个样子，
恐怕再美也有限。不过杜甫的描写能力确实令人惊叹。这个人不像李白，
一生风流，到处眠花宿柳。他似乎没有任何婚外性生活，是标准守旧
的暖男。按说诗人不浪漫，就不会写风花雪月，但这个佳人，写得活
色生香，好像作者是个中老手。当然也可能完全是意淫，如果我们能
穿越到759年，找到那个深山中的模特，多半会大失所望。

四、梦李白二首

杜甫是李白的脑残粉，这我们都知道。758年，李白因为投靠永王

李璘，被判流放夜郎（今贵州正安县西北），第二年春天，走到巫山的时候，押解他的警察在一个小邮局得到最高法院的电报："兹赦免李白为庶人，就地释放。"李白重新获得了自由，但并没有因此得到广大群众的谅解，如果那时有网络，呼吁要杀他这个"卖国者"的义士有的是。鲁迅说过，其实从某种意义上来说，老百姓比政府要不宽容得多，还好老百姓大多不识字，否则他早就没命了。当年日本鼓吹"脱亚入欧"的大思想家福泽谕吉也是如此，民间想杀他的"爱国义士"无处不在，搞得他连出去旅行都不敢用真名。好在日本的政府比较宽容，福泽谕吉因此得以一直潇洒地活着，最终赖在了日本最大面值的钞票上。

按照杜甫这个人的价值观，他对李白也应该有所看法：怎么能这样？主上忙着平叛，永王却在后面起兵，想下山摘桃子。而你李白也糊涂，竟然就投靠永王，想跟他一起摘桃子。不过杜甫究竟是伟大的诗人，不会这么狭隘。我感觉越是有才华的人，越不狭隘；越是半桶水的人，越会因为嫉妒而生坏心。一无所有的人，似乎要好些，因为他对自己期望本来就不高，但不妨碍他被鼓动出来做打手和帮凶。

杜甫写这首诗的时候，并不知道李白已经获赦。

其一

死别已吞声，生别常恻恻。

江南瘴疬地，逐客无消息。

故人入我梦，明我长相忆。

君今在罗网，何以有羽翼？

恐非平生魂，路远不可测。

魂来枫林青，魂返关塞黑。

落月满屋梁，犹疑照颜色。

水深波浪阔，无使蛟龙得。

死别已吞声，生别常恻恻。

死别已经让我吞声悲痛，生别则让我常怀凄恻。人死了，悲痛于一时，不会再怀想，因为怀想也无用；生别，则还抱希望，以为总有一天还会再次相逢。

江南瘴疠地，逐客无消息。

在江南那个瘴气和疠疫遍布的地方，被放逐的客子没有消息。李白是被流放夜郎，在那个时代，整个南方都让北方人畏之如虎，因为气候不适应。

故人入我梦，明我长相忆。

老朋友走进了我的梦中，这说明我一直在想念他。他不说自己做梦，而说李白进入他的梦中，言下之意，自己梦见李白与否，全在于李白的意愿和行动能力。

君今在罗网，何以有羽翼？

你已经被羁押了，怎么会有羽翼，助你飞翔？这是诗人在臆想，他在担心，可能李白真的死了，灵魂才能如此无拘无束，才能这么轻易跑进我的梦中。作者的看法就是，即使走入梦中，也是有自由和有能力的人才能做到，除非对方死了。

恐非平生魂，路远不可测。

我梦到的难道是他的魂魄？因为路途遥远，不可测量，活着的人，是没有这样速度和能力的。对李白的生死表示担忧。

魂来枫林青，魂返关塞黑。

魂来的时候，枫林是青的；魂回去的时候，关塞是乌黑的。其实是说魂魄要飞越南方莽莽苍苍的枫林，和北方黑沉沉的关塞，极言其旅途的险恶和遥远。这是由悲悯而产生的想象力。枫林，出自《楚辞·招魂》："湛湛江水兮上有枫，目极千里兮伤春心。"

落月满屋梁，犹疑照颜色。

将落的月亮满满照在屋梁上，好像照见了李白的面容。画风陡然由宏阔变为家常的温馨。这两句写得极美，恍恍惚惚，把梦中所见的李白写得如诗如画。

水深波浪阔，无使蛟龙得。

你回去的时候，碰到波浪要小心，不要让蛟龙把你捉去吃了。这两句是作者对李白的殷切叮嘱。

其二

浮云终日行，游子久不至。

三夜频梦君，情亲见君意。

告归常局促，苦道来不易。

江湖多风波，舟楫恐失坠。

出门搔白首，若负平生志。

冠盖满京华，斯人独憔悴。

孰云网恢恢，将老身反累。

千秋万岁名，寂寞身后事。

浮云终日行，游子久不至。

浮云终日在天上飘移，但游子却怎么也不见回来。见到天上的浮云，
而写到游子，是古代诗人的常例。这里的游子，自然是指李白。

三夜频梦君，情亲见君意。

三个晚上都频频梦见你，可以看出你对我的感情。本来他梦见李白，
是因为他自己对李白有感情，这里却说李白挂念他，特意接连三天走
进他的梦中，和上面"明我长相忆"呼应。

告归常局促，苦道来不易。

向我告别的时候，他往往不快乐，抱怨说："路上很苦很累，来一
趟真不容易。"局促，不安的样子。这句想象即使魂魄旅行，也照样千
辛万苦，而且写李白抱怨的样子，非常亲切。

江湖多风波，舟楫恐失坠。

江上和湖泊上，风波险恶，我经常担心翻了船，死在河中。这两
句仍旧是想象李白的抱怨。按照常情，既然来看朋友，就不该抱怨。
但这么写，反而显得真实。大约在杜甫心目中，李白就是这种人，虽
然重情义，但也吃不得苦，毕竟是富家孩子出身嘛。长大后也四处有

人接待，照样不需吃苦。这次被流放，大概是一生所吃的最大苦头了。

出门搔白首，若负平生志。

他走出门外，又抓抓雪白的头皮，好像对现状很不满足。这两句要注意，大概写出了李白的动作习惯，也可能是唐代文人共有的动作习惯，他们喜欢抓脑袋，每当意气风发又沮丧的时候，就会有这种动作。以后如果有反映李白或者唐代其他文人的影视剧，可以表现一下这个动作。当然，也可能唐代人并不真有这种动作习惯，在文人的诗歌里，"搔首"就像"扼腕"一样，是表示踟蹰、沮丧的标准代称。《诗经·静女》："爱而不见，搔首踟蹰。"大概源头就来自这里。但既然成为一种踟蹰、沮丧的标准代称，也可能又会真的影响人的行为。而且这两句把一代大诗人的弱点写出来了，不管当年是多么意气风发，让力士脱靴、贵妃捧墨，现在垂垂老矣，还身被枷锁，神态举止，已经和普通的市井老人没什么区别，让读者怅然惋惜。

冠盖满京华，斯人独憔悴。

在京城，到处浮动着达官贵人们的高冠华盖，但唯独这个人，是那么的憔悴。作者为李白这个伟大诗人遭受的不公平命运感到十分悲伤，我想他肯定知道，自己和李白也是一样。

孰云网恢恢，将老身反累。

谁说天网恢恢，这伟大的诗人到老了反而被捕。恢恢，指很宽大。这里大概只取字面意思，不涉及"疏而不漏"，是说天网疏阔，都是假的，照样把李白这样的才人网了进去。

千秋万岁名，寂寞身后事。

纵然他将获得千秋万岁的盛名，但死后的盛名，他也不知道。寂寞空旷，有何意思？

这两首诗情真意切，且警句迭出，第一首写梦境，就像有人分析的，似有理又无理，似有逻辑又无逻辑，但正在有理和无理之中，可看出作者对李白的真挚感情。且用入声韵，似吞声饮泣。第二首虽然写李白，但似乎又是在写自己；明为李白的命运悲叹，暗则顾影自伤，展示了一个伟大的心灵对另一个伟大心灵的惺惺相惜，洵为怀人的千古绝唱。

五、秋兴八首（其二）

夔府孤城落日斜，每依北斗望京华。

听猿实下三声泪，奉使虚随八月槎。

画省香炉违伏枕，山楼粉蝶隐悲笳。

请看石上藤萝月，已映洲前芦荻花。

《秋兴》八首诗，是作者旅居夔州时所作，大约写于大历元年（766），是年作者五十五岁。这八首诗都是格律谨严的七律，意思密切相关，难以分拆，皆表现思念长安、忧虑国家社稷、怀念往日的主题。诗意悲凉，写景兼具壮阔、幽冷和萧瑟，其中颇多名句，常被后人征引赞扬，具有极高的艺术成就。

夔府孤城落日斜，每依北斗望京华。

夔州的孤城之下，落日西斜，我经常依靠北斗星的指示，瞻望京师，想念君王。北斗，按照古代的天文理论，星宿都和地域相配，长安一带被认为对应着天上的北斗星。

听猿实下三声泪，奉使虚随八月槎。

听见猿猴哀鸣三声，就忍不住流泪；作为使者，我空有其名，实际上不可能真的乘木筏驶往天庭。这两句包含两个典故，其一是猿猴哀鸣。据《水经注》，夔州三峡七百里中，两岸连山，遮天蔽日，如果不是白天的正午，或者夜间的夜分，看不到太阳和月亮。风景倒是极为美丽，素湍绿潭，悬泉瀑布，应有尽有。山上林木幽深，常有猿猴长鸣，互相接力，声音凄异，久久不绝，江上的渔翁常唱歌道："巴东三峡巫峡长，猿鸣三声泪沾裳！"其二是八月仙槎。槎，竹筏。据《博物志》，天河和海是相通的，有住在海边的人，每年八月都乘坐竹筏去天上。曾有一人说在天河，见一男子牵牛，在河边饮水。这人问："此是何处？"那男子答："你回到蜀郡，问严君平就知道了。"后来他到了蜀郡，问严君平。严君平说："某年月日，有客星犯牵牛宿。"那人一计算年月，正是自己到天河的时间。杜甫在严武帐下的时候，官为检校工部员外郎。这个官职按属性是朝官，但杜甫当时却待在蜀地，从道理上讲，则相当于天子派驻在蜀地的使者。所以在诗中，他以"奉使"自比。杜甫本来计划要随严武回长安述职，结果严武死了，一切计划都泡了汤。

画省香炉违伏枕，山楼粉堞隐悲笳。

尚书省内的香炉，本来我应该好好享受，可惜我如今卧病，只能远离；目前只听见白帝城的女墙上，隐隐飞出悲凉的胡笳声。画省，指尚书省。汉代的尚书省以胡粉涂壁，画古烈士像在上面，故别称"画省"。《汉官仪》记载，在尚书省值勤的郎官，政府都供给青缣白绫被、通中枕，还能享受两位美貌侍女执香炉侍候的待遇，所以诗中提到香炉。杜甫的工部员外郎一职属于尚书省管辖，所以他幻想真的到长安的尚书省去值勤。只是恨自己多病，没有办法前去。其实是自我安慰。伏枕，指生病。堞，指女墙。

请看石上藤萝月，已映洲前芦荻花。

请看那本来照在石头藤萝上的月亮，不知不觉，已经转移到沙洲前的芦荻花上了。这两句大概是写一夜无眠，时光空流，不知不觉，月影暗换。虽然语调平淡，但让人惕然心惊。情在景中，情景交融。

这首诗写的是作者对京城生活的向往和怀念。起句壮丽，中间两联转为忧伤，结语写景婉丽，似平淡而余味不绝。诗的艺术水准非常高，萧瑟中有清新之气。

第十五课　是岁江南旱，衢州人食人

白居易

唐代宗大历七年（772）正月，在河南新郑，一个继李杜之后的伟大诗人诞生了。这个人在诗歌史上的地位，可能只比李杜略逊半筹，但他的读者群，比李杜要更庞大。此外，他还收割了无数外国粉丝，在当时的日本和朝鲜半岛，他的诗歌被竞相传唱。日本第一部，也是世界第一部长篇小说《源氏物语》里面大量引用了他的诗歌。也就是说，他有着巨大的国际影响，如果那时有诺贝尔文学奖，得奖的首先不是李杜，而是他。

这个人名叫白居易。

白居易的祖父白温，做过巩县县令。父亲白季庚，做过彭城县令，因军功迁徐州别驾，又迁衢州别驾、襄阳别驾。别驾的品级不低，根据人口多寡，分为上中下州，而品级有别。上州别驾是从四品下，下州别驾也有从五品上。所以，白居易的出身也还不错。

童年时，因为藩镇战乱，白居易曾去徐州依附父亲。但徐州也不太平，白季庚怕家小有失，特地将之送往宿州符离定居。因此，白居易的童年，是在宿州符离县度过的。

据古书记载，白居易自小聪颖过人，他七个月时，就认识"之""无"二字，想起来实在蛮可怕的，他应该算不折不扣的神童。

但有意思的是，白居易的父母却是近亲结婚。他老妈是他老爸的外甥女，也就是说，外甥女嫁给了舅舅，也真亏他爹下得去手。这位外甥女比舅舅丈夫小二十六岁，姓陈。作为一个同样会经历满怀憧憬的少女时代的女性，她没有选择，所以一生都郁郁不乐，有点精神疾患。这种敏感的精神问题，是文学的催化剂。在那个时代，女性没有读书的必要，她不会写作，但这种敏感，可能通过遗传，影响了白居易。

二十三岁时，由于父亲死于襄阳官舍，白居易的家境开始窘迫。二十八岁，白居易去参加高考，和李杜不同的是，他很顺利，考中了。唐代的进士考中后，有一系列庆祝活动，要骑着马游街，要到曲江宴饮，要在慈恩塔下刻名字。白居易曾得意地写诗道："慈恩塔下题名处，十七人中最少年。"那时录取进士极少，所以一旦考中，都免不了得意忘形。清朝时，进士录取率高多了，但考上进士依旧很风光。清末有一个英国人叫赫德的，曾做过中国的海关总长，亲眼见到新科进士们打马游街的盛大场面，为其荣耀吸引，曾一度想让自己的儿子也学汉语，也考进士。

高考成功后，白居易曾一度颇得赏识，爬升很快，做过周至县尉，授过翰林学士，当过左拾遗。但他是个很有天良的人，写了一系列讽喻诗，比如《秦中吟》啊，《新乐府》系列什么的，就是说，他把自己所看到的不平全部写出来，到处发表。虽然有着官吏的身份，他却一点不忌讳，屡屡上书，甚至当面顶撞皇帝。唐宪宗脾气很好，一般都接受批评，但有一次还是被他搞得非常不舒服，向大臣李绛抱怨："白居易这家伙，是我录取了他，提拔他做了官，他却总是跟我作对，实在忘恩负义。你说，这种端起碗吃肉，放下碗骂娘的人，要不要给他一个解聘处分？"还好，李绛没有落井下石，反而劝皇帝："白居易这么做，正是为了不辜负您的提拔啊。您既然想当明君，就应该有容受直辞的雅量。"唐宪宗想了想，说："你说的也有道理。"

白居易的诗歌很有影响力，因为有些像写小说，比如大家都熟悉的《卖炭翁》，如果改成短篇小说，和契诃夫的小说也没什么区别。总之我小时候读到诗中老头可怜憔悴的样子，是恻然心伤的；读到宦官抢了他的劳动成果，是愤怒不平的。这跟我后来读契诃夫小说某些篇章所引发的情绪相似。我一向见不得太可怜的人，也见不得太不平的事。白居易这类小说，大抵是叙事诗，我们就很容易明白了，他写的就是诗体现实主义小说。

白居易只是希望唐朝对老百姓好一点。除此之外，他甚至算很保守，对藩镇割据恨得不行，一生都鼓吹为了君主，臣子应该毫不犹豫献出自己宝贵的生命。然而，却还是被看不惯，很多人认为他逾越了管理红线，违反了纪律，"闻《秦中吟》，则权豪贵近者相目而变色矣；闻《乐游园》寄足下诗，则执政柄者扼腕矣；闻《宿紫阁村》诗，则握军要者切齿矣"。意思是，因为他那些诗体现实主义小说，闹得不管是党政系统，还是军队系统的人，都对他恨之入骨，并组织了水军来围攻他，说他滥用政治权力，越职言事；还深挖他的家族隐私，说他老妈在井边看花，发了精神病坠井而死，但他竟然还有心肝写《赏花》和《新井》诗，大不孝。前一招吃瓜群众没兴趣，但后一招很管用，激起了群众心中蓬勃的道德感。没多久，也就是816年，中央下了文件，贬他为江州司马。

从此，他转变了诗风，把全部精力投入到感伤诗和闲适诗上面。也就是说，他不再就公共问题发言，只谈风月。抒发个人情调，是绝对安全的。他又不傻，以他的才华，稍微变通一下，就能过得如鱼得水，那些攻击他的水军，一辈子也梦想不到。

在江州那个地方，他写出了一代名作《琵琶行》。

白居易有些诗是叙事、抒情兼美，如果又夹杂传奇，则是浪漫主义的小说了，比如《长恨歌》，作于元和元年（806），诗歌升华了唐玄宗和杨贵妃的感情，写得如歌如慕，如泣如诉，发表后当即轰动全国，出版社连夜加印，一时间洛阳纸贵，奠定了他文坛宗师的地位。但宋代的洪迈却认为奇怪，这样的一首诗，怎么能通过审查？怎么能允许出版？洪迈在自己的一篇文章《唐诗无讳避》中曾说：

> 唐人歌诗，其于先世及当时事，直辞咏寄，略无避隐。至官禁嬖昵，非外间所应知者，皆反复极言，而上之人亦不以为罪。如白乐天《长恨歌》讽谏诸章，元微之《连昌宫词》，始末皆为明皇而发。杜子美尤多，如《兵车行》《前后出塞》《新安吏》《潼关吏》《石壕吏》《新婚别》《垂老别》《无家别》《哀王孙》《悲陈陶》《哀江头》《丽人行》《悲青阪》《公孙舞剑器行》，终篇皆是。……此下如张祜赋《连昌宫》《元日仗》《千秋乐》……等三十篇，大抵咏开元、天宝间事。李义山《华清宫》《马嵬》《骊山》《龙池》诸诗亦然。今之诗人不敢尔也。

里面着重提到，唐明皇和杨贵妃的私事，被白居易这个无良文人反复描摹，语带讥讽，而皇室竟然不将他治罪，真是奇哉怪也。文末他慨叹："我们宋代人就不敢这么做（这条可以打宋粉的耳光）！"其实也要看事情怎么看。依我说，像白居易那样，把一个帝王强霸儿媳的猥琐丑行，写得那么唯美，那么浪漫，那么玲珑剔透，要我是唐明皇的子孙，我也不会生气，这简直是为老爹遮羞嘛。如果我干过这种事，有白居易这样的文学大师来给我写一篇，把我的丑行提高到爱情层面，让人千古传唱，我更加巴不得。洪迈这个人啊，当真迂腐。当然，他说的其他事情比如杜甫的例子，有一定道理。

白居易在江州没待多久，就获得老朋友帮忙，改任忠州刺史。没多久，老皇帝死了，新皇帝很崇拜他，又把他召回了朝廷，先后让他做了司门员外郎、主客郎中知制诰、中书舍人。他发现朝廷内斗厉害，在外面更自由、更安全、更好玩，于是自己请求去杭州、苏州当刺史，真是太幸福了。俗话说，上有天堂下有苏杭，就这样让他玩遍了，而且他不是以旅游者，而是以地方第一首脑的地位玩的，想怎么玩就怎么玩。据说苏州的山塘街，就是他修建的。他活得也长，七十一岁以刑部尚书退休，不，应该叫离休。因为各部尚书是正三品，应该算部级干部。四年后，他死在洛阳，那一年，是唐武宗会昌六年，846年。

可见，白居易当时没有受到太大的迫害，当然，这也跟他的认识深度有关。被贬官江州后，他基本改变了人生态度，管它呢，国家好不好，我一个人也无能为力，且以喜乐，且以永日。所以，他一辈子还真是比较顺。

他的诗最为人诟病的，就是太通俗，老头老太都能看懂，所以很多文人都对他不以为然。苏轼就曾经说过他太俗，其他人也说他太啰唆，意思太直白，太尽，没有留白，没有回味。这些批评当然有一定的道理，但也不尽然。

白居易的诗，在当时特别流行，远超李白和杜甫，也超过其他诗人，一则因为确实通俗，一则也因为有相当的艺术性。他的诗大约相当于后世柳永词和金庸小说，只要有井水的地方，就有他的作品流行。

连城市里各种房屋墙上的涂鸦，往往都画着他的诗作。他的诗歌盗印也很严重，很多人靠盗刻他的诗歌维生，对唐王朝，他其实是有贡献的，因为盗版他的作品，也需要人工，这些人工，就是无数个就业岗位。似乎政府也看到了他这个贡献，他死后，唐宣宗李忱专门写诗悼念他："童子解吟《长恨》曲，胡儿能唱《琵琶》篇。"

就我个人来说，也很喜欢白居易的诗歌，因为我平生自己买的第一本诗集，就是他的，但被我爸爸发现，撕成了几半，并在上面写上批语："读这种闲书，浪费青春，浪费生命！！！"后面是重重的三个感叹号，圆珠笔写的，力透纸背，可见他是何等痛心。好在之前我已经把那书上的诗歌全部背下来。白居易的诗歌，是我背诵最多的，虽然现在大脑硬盘中的数据有些损坏，但在有必要时，我有信心修复。

我之所以喜欢白居易，还在于他性格的刚直和善良，大诗人必然会善良，我说的大，是气魄的宏大。我相信，真正善良的人，他的诗歌艺术性也不会差的。假装善良的人，绝对写不出好诗，他们能写的，只是令人生厌的老干体。

下面就来讲他的诗歌，第一首是《宿紫阁山北村》。

一、宿紫阁山北村

晨游紫阁峰，暮宿山下村。
村老见余喜，为余开一尊。
举杯未及饮，暴卒来入门。

紫衣挟刀斧，草草十余人。

夺我席上酒，掣我盘中飧。

主人退后立，敛手反如宾。

中庭有奇树，种来三十春。

主人惜不得，持斧断其根。

口称采造家，身属神策军。

主人慎勿语，中尉正承恩。

这首诗是典型的讽喻诗，作于唐宪宗元和年间，作者做的是和当年杜甫一样的官：左拾遗。

晨游紫阁峰，暮宿山下村。

早晨游览紫阁峰，晚上投宿山下村。紫阁峰，终南山的一个支峰，现在是著名的旅游景区，当年则是终南捷径，很多想做官的隐士的隐居地，历代都有人吟诵。李白有一首诗《君子有所思行》，劈头几句就是描绘紫阁峰的，写得非常壮阔：

紫阁连终南，青冥天倪色。

凭崖望咸阳，宫阙罗北极。

万井惊画出，九衢如弦直。

渭水银河清，横天流不息。

《陕西通志》卷九引《雍胜略》曰："旭日射之,烂然而紫,其形上耸,若楼阁然。"故名"紫阁"。作者在这里游玩，晚上回不去，就在山间

328

村庄里借宿，享用农家乐。

村老见余喜，为余开一尊。

村里的老头看见我，很高兴，专门为我开了一坛酒。那当然，白居易好歹是个官，虽然这个官很小，只是从八品上。

举杯未及饮，暴卒来入门。

谁知酒刚满上，还没来得及送进肚子，突然来了几个"老总"。暴，突然。

紫衣挟刀斧，草草十余人。

他们都穿着紫色的衣服，大约有十几个人。唐代三品以上官服紫，四品、五品服绯，六品、七品服绿，八品、九品服青。这十几个人穿紫衣，显然不可能都是三品以上的官吏。那时的紫色分很多种，一般认为，这些人穿的紫色是粗陋的紫色。唐代的小吏，就有穿粗陋紫衣的。

夺我席上酒，掣我盘中飧。

这些人进来后，就像是主人，夺取我席上的酒就饮，抄起我盘中的菜就吃。

主人退后立，敛手反如宾。

主人退后站着，手好像捆住了一样，拘束恭谨地站着，仿佛自己反而是宾客。

中庭有奇树，种来三十春。

院子的中间，有一棵美树，已经长了三十年了。诗人的眼睛像摄像机，拍摄完士卒们吃喝的场面之后，又循着他们的眼睛瞄向了院中的大树。Target！这才是真正的目标。

主人惜不得，持斧断其根。

小吏们吃饱喝足，持起斧头就去砍树。主人很怜惜，毕竟是长了三十年的美树，也许是想用来打棺材的，或者干别的用的。小吏们说砍就砍，也不给钱。可见，那是多么黑暗的时代。

口称采造家，身属神策军。

他们似乎还比较遵纪守法，自称："我们是采造家的，属于神策军管辖，这是奉旨依法采伐。"让人哭笑不得。采造，采伐营造。采造是唐代宫廷里的一个部门，专门掌管修理宫廷房屋一类的事情。唐文宗年间，神策军专门上书，要求铸造"南山采造印"。南山，就是终南山。也就是说，专门设置一个职位，掌管在终南山砍伐树木事宜。神策军，本来是地方部队，天宝十三载（754），哥舒翰请立，驻扎在甘肃临洮以西二百余里的磨环川，洮水南岸。安史之乱时，奉令东迁防御叛军，兵败退守陕州，由宦官鱼朝恩统辖，后调防禁中。除中间某个短暂时期，唐后期一百多年，神策军皆由宦官统辖，长官称左右护军中尉。兵力最盛时，达十五万人。宦官依仗这支军队，基本上掌控了唐中央王朝的权柄，势焰熏天。

主人慎勿语，中尉正承恩。

白居易知道神策军的厉害，私下劝告主人："别跟他们斗了，现在中尉正得到皇帝宠幸呢，没有办法的。"

如果说以前白居易只是骂骂政府，倒也没什么关系，但这首诗竟然涉及当时最有势力的禁军——神策军，可见他的大胆。要知道，在古代那种专制王朝，谁掌握了军队，谁就掌握了一切。政府还可以骂骂，军队是万万不能碰的。唐代中期以后，皇帝皆被宦官控制，废立都由他们决定，甚至有的皇帝还被宦官直接掐死。所以白居易此诗一出，军队哗然，"握军要者切齿"。

全诗很好懂，时间过去一千多年，都几乎不需要字词解释。只有神策军需要解释几句，但在当时可谓尽人皆知。所以说，白居易的诗老婆婆一听都懂，并非虚言，也因此具有极大的影响。在此我必须说，虽然这些神策军的属下是如此飞扬跋扈、暴戾恣睢，但上级军头们还保持了极大的克制，守住了基本的文明底线。他们只是私下切齿，到底没有公然弄死白居易，这在中国很多朝代，是难以想象的。像魏晋时期，我们读阮籍、嵇康的作品，哪有这么直白的批判诗？

这首诗纯粹叙事，不夹杂任何议论，完全可以改写为一个短篇小说，就像我前面说的，如果这种诗歌都用短篇小说的形式来写，那白居易就是中国古代的契诃夫。我读契诃夫的小说，才感受到一个实实在在的俄国，那是看多少本概论性质的俄国史都感受不到的。同样，不管你把唐代通史看了多少本，都不如试着把白居易的讽喻诗改写为短篇小说，你一定会对白居易的时代有焕然一新的理解。

二、轻肥

> 意气骄满路，鞍马光照尘。
>
> 借问何为者，人称是内臣。
>
> 朱绂皆大夫，紫绶悉将军。
>
> 夸赴军中宴，走马去如云。
>
> 樽罍溢九酝，水陆罗八珍。
>
> 果擘洞庭橘，脍切天池鳞。
>
> 食饱心自若，酒酣气益振。
>
> 是岁江南旱，衢州人食人！

《轻肥》属于《秦中吟》中的一首，也是抨击宦官的。轻肥，出自《论语·雍也》："赤之适齐也，乘肥马，衣轻裘。"总之指豪奢的生活。

意气骄满路，鞍马光照尘。

骄傲的气息洒满一路，马上的鞍鞯闪闪发光，照得见细小的灰尘。意气，指好强争胜之气。

借问何为者，人称是内臣。

打探是些什么人？有人说："他们啊，是宫里的宦官。"内臣，就是内朝的官，也称中官。古代"内"和"中"意思相似，可以换用。

朱绂皆大夫，紫绶悉将军。

穿着朱色官服的，都是大夫级别的官员；佩戴紫色绶带的，都是将

332

军。绂，古代礼服上的红色蔽膝，后多借指官服。唐代四品、五品服绯，绯就是朱色。按照唐代官制，大夫以上皆五品，将军皆系紫色绶带。说明这些人都是大官。

夸赴军中宴，走马去如云。

他们自夸，都去军队里面赴宴，马跑得跟踏云一样轻快。

樽罍溢九酝，水陆罗八珍。

樽罍的美酒都溢出来了，菜肴则罗列了水陆所产的珍奇，天上飞的、水里游的、地上走的，应有尽有。樽、罍，皆盛酒器，罍像坛子，是比较大的樽。其实这是借指，唐代人一般不用罍装酒。九酝，多次酿制的厚重美酒。《西京杂记》卷一："汉制，宗庙八月饮酎，用九酝、太牢。皇帝侍祠，以正月旦作酒，八月成，名曰酎（纣），一曰九酝，一名醇酎。"也有人认为九酝是一种美酒的名称。

果擘洞庭橘，脍切天池鳞。

有洞庭的橘子，有天池的鱼肉。吴地的洞庭产的橘子很有名，郭璞《山海经注》说："吴县南太湖中有包山，山下有洞庭道也。"《唐书·地理志》："苏州土贡柑橘。"脍，指细切的鱼肉。

食饱心自若，酒酣气益振。

吃饱后，心里就很顺畅；酒酣后，意气更加高扬。

是岁江南旱，衢州人食人！

结尾卒章显志：今年江南大旱，衢州地方颗粒无收，已经导致人吃人的惨状。古代水灾旱灾很多，即使是鱼米之乡，也经常因为灾难死伤无数、饿死无数。所以，千万不要穿越到古代。

这首诗主要描写了内臣、大夫、将军们赴宴的得意之态，以及席上酒食的丰盛，铺陈得非常详细，但最后两句，一下揭示出了社会的黑暗本质，也可以改写成一篇小说，但这个小说有着令人吃惊的结尾。很显然，这样的诗句，达官贵人是不会喜欢的。中唐的政治还算宽容，社会的黑暗却是如此触目惊心，只是靠着庞大的国家机器，仍可以维持暂时的稳定。黄巢起义还要等到七八十年后，那时就要"内库烧为锦绣灰，天街踏尽公卿骨"，"华轩绣毂皆销散，甲第朱门无一半"。但此刻骄横的将军大夫内臣，早已不在人世了。他们作下的孽，将由后人代偿。

三、买花

帝城春欲暮，喧喧车马度。
共道牡丹时，相随买花去。
贵贱无常价，酬直看花数：
灼灼百朵红，戋戋五束素。
上张幄幕庇，旁织巴篱护。
水洒复泥封，移来色如故。
家家习为俗，人人迷不悟。
有一田舍翁，偶来买花处。

低头独长叹，此叹无人喻：

　一丛深色花，十户中人赋！

这首诗依旧属于《秦中吟》的讽喻诗范畴。

帝城春欲暮，喧喧车马度。

暮春的一天，在帝都长安城里，车马喧阗，人来人往。

共道牡丹时，相随买花去。

原来是牡丹开花的日子，大家都前赴后继去买花。

贵贱无常价，酬直看花数。

无论贵贱，都没有固定价格，能卖多少钱，就看数量。

灼灼百朵红，戋戋五束素。

有的花瓣火红，一百朵就要付五束白绢的价钱。戋戋，是小的样子。

上张幄幕庇，旁织巴篱护。

上面覆盖着帷幕，旁边筑起了樊篱，就是为了保护这些花朵。

水洒复泥封，移来色如故。

又洒水，又再次培土，所以拿来卖的时候，花色还和以前一样鲜艳。

家家习为俗，人人迷不悟。

家家习以为俗，人人都执迷不悟。

有一田舍翁，偶来买花处。
有一老农，偶然来到卖花的地方。

低头独长叹，此叹无人喻。
他低头长叹，这个长叹，没有什么人能够理解。

一丛深色花，十户中人赋！
一丛深色的牡丹花，相当于十户中产阶级人家的赋税啊。

这首诗本来是讽刺达官贵人的玩赏过于奢侈的，和普通人（还不算穷人）比较起来，已经触目惊心：贵人们买一丛深色的牡丹，价格竟然相当于中产阶级十户的赋税。现在这种情况也不少，比如一个 LV 包，价格可能相当于穷人一年的饭钱。不过，这世上贫富不均是常态，如果钱的来路是正的，他乐于奢侈，似乎也没什么可说。但官吏们如果按照正常收入，是用不起这样的奢侈品的。他们能够这么奢侈，显然都来自民脂民膏，当然必须讽刺。在这种情况下，白居易的诗歌，又无疑带有天然的正义性。

四、燕子楼

《燕子楼》这首诗，有个长序：

徐州故张尚书有爱妓曰眄眄，善歌舞，雅多风态，予为校书郎时，游徐、泗间，张尚书宴予，酒酣出眄眄以佐欢，欢甚，予因赠诗云："醉娇胜不得，风袅牡丹花。"一欢而去，迩后绝不相闻，迨兹仅一纪矣。昨日司勋员外郎张仲素缋之访予，因吟新诗，有《燕子楼》三首，词甚婉丽，诘其由，为眄眄作也。缋之从事武宁军累年，颇知眄眄始末，云："尚书既殁，归葬东洛，而彭城有张氏旧第，第中有小楼名燕子，眄眄念旧爱而不嫁，居是楼十余年，幽独块然，于今尚在。"予爱缋之新咏，感彭城旧游，因同其题，作三绝句。

　　说的是徐州曾经做过尚书的张老，有个爱妾叫眄眄，擅长歌舞。白居易去徐州旅游时，张尚书请他吃饭，还让这个爱妾出来表演文艺节目，活跃酒宴气氛。倏忽又过了十二年，有个叫张仲素的官员来访问白居易，呈上自己的诗稿《燕子楼》三首，说是为眄眄写的。为什么呢？因为张尚书死了，葬在洛阳，他在徐州有个旧宅叫燕子楼，留给了眄眄。眄眄对张尚书念念不忘，从此不再嫁，守节十多年，至今活着。白居易也很感动，就和了这三首诗。

　　张尚书，名张愔，曾任武宁军节度使，工部尚书。眄眄，有的本子作"盼盼"。古音"眄""盼"音近可通，所以混用。《说文》："盼，目黑白分明也。"引《诗经》："美目盼兮。"但解释为黑白分明，其实讲不通句义。《说文》："眄，目偏合也，一曰斜视。"我认为"美目盼兮"的"盼"，应该是"眄"的意思，指斜着眼睛看。一般来说，美女斜视你，会显得更迷人。"盼"之所以被训释为"黑白分明"，大概因为它的声符为"分"，故而被古人望文生义，随口乱解。"眄"训为斜视，其实和分开的意思也相关，"份"和"分"为同源词，一份，就是一半、一边。一边和分开，意思是相通的。

> 楼上残灯伴晓霜，独眠人起合欢床。
> 相思一夜情多少，地角天涯未是长。
> ——张仲素

> 满窗明月满帘霜，被冷灯残拂卧床。
> 燕子楼中霜月夜，秋来只为一人长。
> ——白居易

满窗明月满帘霜。

满窗都是明月，满帘都是寒霜。这是写环境，在月亮皎洁的晚上，天气已经比较寒冷，帘子上都结满了霜。在这种环境下，衬托人的孤独凄凉，是很有效果的。

被冷灯残拂卧床。

被子很冷，青灯残破，显然已经点了很久，夜很深了，可怜的盼盼才拂床就寝。

燕子楼中霜月夜。

在燕子楼中，这么一个凝结着寒霜的月夜。

秋来只为一人长。

秋天到来之后，只因为一个人而变得漫长，或者说，只有一个人感到漫长。

张仲素的原作，写盼盼独眠高楼，对张尚书思念不已，但至少是睡着了。白居易却写她因为孤寂，半夜未眠，只觉长夜漫漫。张的原作要正统些，白的和作回避了盼盼对张尚书所谓的刻骨相思。大概他无从判断，到底有没有那么刻骨的相思。把侍妾和主人的感情写得那么缠绵，既肉麻，又陈腐老套。白居易是聪明人，大概觉得不以为然，所以他只说失眠。毕竟失眠也不一定为了相思。因为主人死了，没人罩着，也不好抛头露面，那种痛苦是可以想见的。这是白的高明之处。

> 北邙松柏锁愁烟，燕子楼中思悄然。
> 自埋剑履歌尘散，红袖香销已十年。
> ——张仲素

> 钿晕罗衫色似烟，几回欲著即潸然。
> 自从不舞《霓裳曲》，叠在空箱十一年。
> ——白居易

钿晕罗衫色似烟。
金银宝石镶嵌的罗衫，像轻烟一样美丽。钿，指用金银宝石镶嵌。

几回欲著即潸然。
几次想穿在身上，就忍不住泪珠潸然。

自从不舞《霓裳曲》。

自从不再跳霓裳羽衣舞。

叠在空箱十一年。

这罗衫叠在箱子里，已经过了十一年。白居易在十二年前见过张愔，看来第二年张愔就死了。

第二首张仲素的原诗，依旧是着眼于盼盼对张尚书的思念，格局依旧局狭。白居易则不然，他同样是写盼盼不再有歌舞，但只是单纯写她看见当时的舞衣，就潸然涕下。这眼泪难道一定是为了相思？难道不能因为怀念当时的青春欢乐？只是因为地位卑贱、礼教森严，在主人死后，一切欢乐都就此尘封，再也无法寻觅而已。盼盼看见那美丽的舞衣，一定想起了当年的如花岁月，想再次穿而又不敢，也无意义。这种深厚的酸楚，白居易应该是知道的，但张仲素不知道或者假装不知道。由此可见两人的高下。

> 适看鸿雁岳阳回，又睹玄禽逼社来。
> 瑶瑟玉箫无意绪，任从蛛网任从灰。
>
> ——张仲素

> 今春有客洛阳回，曾到尚书墓上来。
> 见说白杨堪作柱，争教红粉不成灰？
>
> ——白居易

今春有客洛阳回。

今年春天，有客人张仲素从洛阳回来看望我。

曾到尚书墓上来。

提起他刚到张尚书墓上去过。

见说白杨堪作柱。

听说坟边种的白杨树，都已经又粗又高，可以做房柱了。

争教红粉不成灰？

如何能让盼盼的花容月貌，不会变成灰土？

如果说前两首张仲素的原诗，写得还有一定艺术性的话，这首就粗糙了些。他说盼盼无心琴瑟，任其蒙尘，秋去春来，虽未点明相思所致，但结合前两首，其意思是很清楚的。而白居易这首就强得太多了，他不但不说盼盼溺于相思，无力自拔，反而对十一年来盼盼的孤凄命运表达了巨大的同情。十一年了，逝者墓木成拱，生者却形同活死人，被礼教的枷锁锁住，不得解脱，只能眼睁睁看着自己花容消逝，这是何等的残酷？

这两组诗的唱和非常严格，不说题材用韵，就连韵脚的次序都相同，这叫次韵。这类唱和的作品，要求内容彼此照应。如果评价两者诗歌水平的好坏，白居易无疑全胜。尤其白诗的最后一首最后两句，把故人去世后，时光飞逝的场景，通过对比的手法，写得既惊心动魄，又委婉曲折，升华了诗歌主题。他不仅仅是哀叹盼盼，更揭示一种永恒的悲痛：人死后很容易被忘，后来者很快会步武前人。人生短暂，倏忽成灰。

第十六课　无物结同心，烟花不堪剪

李贺

我最喜欢的唐代诗人不是李白，不是杜甫，不是白居易，不是李商隐，而是李贺。估计很多人会觉得奇怪，但我自己不奇怪，因为我就喜欢阴郁清冷的东西。

李贺在中国诗歌史上，是个非常独特的现象，也是伟大的贡献。李白和杜甫虽然不可复制，但他们的诗歌情调毕竟比较大众，只有李贺是那么独特。如果没有李贺，唐诗明显会少一份异彩。我也说不清楚到底会少什么异彩，且不妨把唐诗想象为一个璀璨的星球，那些天才的诗人，就是这个星球发出的光，依照他们作品的伟大程度，那些光束有大有小，有粗有细；有的光芒颜色是一样的，只有大小粗细之分；有的则不同。李贺发出的光芒，乃是其中颜色最诡异的一束。这个璀璨的星球，也有其他一些诡异的光芒，但都是微小的、纤细的，而李贺这束，却非常宏大，非常璀璨，夺人目睛，不可逼视。

唐诗中也许还需要其他的异彩，但正像我们刚才所说的，因为没有出现像李贺这样的诗人，我们不知道缺了什么。

在唐代诗人中，李贺也是我最为熟悉的。二十年前，我在北京师范大学任教不久，就曾应一个书商之约，做过一本《李贺诗歌注析》，对他的全部诗歌进行了注释赏析，花了很多时间，寻找翻阅了当时能找到的所有李贺的资料。可惜书商那边发生了变故，没有出版，而手写的稿子也在十二年前的一次搬家中，被人误做废纸扔进了垃圾堆。现在想来，非常遗憾，毕竟每首诗的赏析，我都是苦心斟酌，而且力求不雷同的。

下面我们介绍一下李贺的生平。

李贺，字长吉，唐代河南福昌县人，生于唐德宗贞元六年（790）。他所居的地名叫昌谷。出生时，杜甫已经死了二十年，白居易已经十八岁，是标准的中唐时代。李贺的远祖李亮，是唐高祖李渊的叔父，所以李贺属于唐宗室远支，这点稀薄的宗室血统，是他一辈子引以为傲的东西，曾经在诗歌里不厌其烦吹嘘"唐诸王孙李长吉，遂作《金铜仙人辞汉歌》""欲雕小说干天官，宗孙不调为谁怜""蛾鬟醉眼拜诸宗，为谒皇孙请曹植"。

如果拿现在的眼光去看，在这点上，李贺无疑表现得非常俗气。你是你，他是他。你远祖就算是李渊，现在和当朝皇帝都成了远亲，何况你祖先还不是李渊。你自比曹植，但各自和皇室血缘相近度差得十万八千里呢。从这个例子来看，世上并不是没品味的人才那么俗气，天才诗人也一样，让人痛心疾首。

李贺的老爸名叫李晋肃，做过几任小官。李晋肃对孩子应该是非常疼爱的，但他没想到，自己的名字后来成了儿子仕进的巨大障碍。而他又没给李贺留下什么像样家产，对李贺来说，这打击尤为深重。

和许多中小官吏家庭一样，李贺自小有读书机会，七岁能写诗，名声传了出去，引得著名文学家韩愈和皇甫湜都来造访，一探虚实。李贺立刻写了一首《高轩过》诗，让两位客人大惊。但据学者考证，这首诗其实是李贺青年时的作品。

不过李贺和韩愈确实关系密切，曾经写过著名的《雁门太守行》诗，拜谒韩愈。韩愈当时已经是大唐文联主席，每天忙得要死，刚刚送走一批客人，困得不行，一边解裤带，一边上床，想倚在枕头上看两行催眠，谁知扫了两行，当即像打了鸡血一样跳起来："这是谁的诗，李长吉？赶紧把他请进来。"

得到韩愈的赏识，李贺很是风光了一阵。但光靠写诗谋生也不行啊，李白能靠稿费谋生，因为他的诗到底比较光明，积极向上，所以印数高（其实是富豪愿意资助他）；李贺则是纯之又纯的纯文学，又偏凄苦，一般老百姓欣赏不了，达官贵人也嫌晦气。所以韩愈劝李贺："小李，你还是参加高考吧，考上了国家分配工作，有一份旱涝保收的工资，有五险一金，还分一间单人宿舍，业余时间就可以专心写诗啦！"

二十岁那年，李贺欣然参加高考预考（府试），以优异成绩获得正式高考（进士考试）资格，但由于小人告发，政审时被刷了下来。中国很多事是这样，领导未必事事躬亲，也知道怎么回事，但奴才一告状，领导就不能不管。当然，领导也不能免责。唐朝讲究孝道，让小人有了可乘之机。很多嫉妒李贺才能的人，说"进士"的"进"犯了李贺老爸的名讳，因为李贺老爸叫"晋肃"嘛，如果李贺执意参加高考，便是不孝。考上了也不该录取，因为我们大唐取士，以品德为上。

韩愈气得不行，以文联主席的身份，写了一篇论文《讳辩》，为李贺背书。他充分发挥自己的才华，举了古代很多例子，说同音词没有什么可讳的，应该重新给李贺提档，一时舆情凶猛。韩愈以为招生办会改正错误，谁知人家根本懒得搭理。再煊赫的名气，也不能无视唐朝的孝道红线。李贺其实不能怪别人，得怪他所谓的李家大老爷。但李贺是个诗人，他是想不到那么复杂的。他不断地写诗发牢骚，也只是骂骂小人，而从来不会想：为什么会有这么多小人？小人的告状为什么能够告准？

高考政审不合格的李贺，只好灰溜溜回到家乡。好在他的宗室身份还是发挥了一点作用，后来他参加了朝廷内部考试，被授予"奉礼郎"一职，很小，只有从九品。这个屁大的小官，他做了三年。在这期间，他写了大量的诗歌，这些诗歌被认为是他最主要的作品。

元和八年（813）春，李贺自觉身体不好，加之升迁无望，告病回乡休养。这时人生景况非常悲凉，老婆病逝了，姐姐出嫁了，弟弟也出外谋生了。不久，他又南游吴越，想找找别的机会，结果也不理想。元和九年（814），他辞去奉礼郎，重回家乡，又待不住，再次出门，去了潞州（今山西长治），在朋友张彻的举荐下，当了昭义军节度使郗士美的幕僚。张彻是韩愈的学生兼侄女婿，看来他的主要社会关系还是离不开韩愈。李贺在潞州工作了三年，这可以视为他的晚年生涯。因为没过多久，他再次告病还乡，第二年就死于穷愁潦倒之中，只活了短短的二十六岁。

他的早死，和其他命运多舛的大诗人一样，都让人痛心。所以，有关他的死也有传说。据李商隐写的小传，李贺临死时，梦见天帝派绯衣使者，召他上天，给天上新落成的白玉楼作记文。这当然一样是美好的想象。

李贺活得这么短，跟他的身体素质不好就有很大关系。他为人纤瘦、长指爪，估计先天就发育不全。另外一个原因，就是他写诗太拼命。李商隐说他："恒从小奚奴，骑距驉（一种马），背一古破破锦囊，遇有所得，即书投囊中，及暮归，太夫人使婢受囊出之，所见书多，辄曰：'是儿要当呕出心乃已耳！'"他几乎把写诗当成生命，如果生在现在，估计也很难办。他虽然热衷做官，却不会写颂诗，能否被养起来，也是个未知数。

但好的文章，好的诗歌，都应该这样用生命才能写成。那种快餐文学，是不可能传世的。

今天流传的李贺诗歌有两百多首，比他自己编订的，要少一百多首。内容有慨叹现实不公的，但最有名的还是那些抒发个人情绪和奇幻性质的，艺术性极高。总的来说，就是想象奇谲，辞采瑰丽。虽然有时意思不好索解，但看句子的组合，仿佛就觉得应该是好诗。有人给它专门安了一个名目：长吉体。

我小时候特别不喜欢李贺的诗歌，因为他很少写近体诗，而我们普通人，从小接受的唐诗就是近体诗：平仄和谐，都押平声韵，四句或者八句一首，讲究对仗，逾越了这个藩篱，审美上就难以接受。而李贺的诗，大多是古体，爱押入声韵，不讲究平仄对仗，意象险怪幽冷恐怖，都令儿童难以索解。

但年长后，突然有一天就特别喜欢了，而且觉得那种入声韵特别有味道，幽冷宁静的描写，也非常契合心灵。可能，我的心灵在生活的磨难中，已经潜移默化被洗礼了一回吧。李贺的诗歌不爱用流俗的意象，总是比较尖新。元代人孟昉说："尝读李长吉《十二月乐词》，其意新而不蹈袭。"《解辑昌谷集》里说："二月送别不言折柳，八月不赋明月，九月不咏登高，皆避俗法。"写作，就要避开俗滥，就是要给人带来一种陌生感。不懂得这个，就不懂得怎么写出好文章。

当然李贺的诗歌，也不是凭空产生的。杜牧曾经指出，他的诗歌有《楚辞》风韵，如果我们想起《山鬼》《招魂》那类楚辞，这么说，也不是没有道理的。

李贺的诗歌并不好学，有人说，宋人贺铸、周邦彦、刘克庄、文天祥，元人萨都剌、杨维桢，明人汤显祖，清人曹雪芹，都受到李贺诗的影响，但说实在的，就我个人的看法，不觉得。我倒是觉得，姜夔很受李贺的影响，他们喜欢用同样幽冷的词语。我曾经写过一篇文章《李贺与姜夔》，阐述过这种看法，只不过词这种文体比较舒缓，掩盖了李贺诗歌中的峭刻。当然，李贺的诗歌意象更加颓废，除了幽冷，他还喜欢写老、死、衰、鬼、枯、颓等意象，言为心声，文如其人，也可见其内心的凄苦。

除此之外，蒲松龄写的《聊斋志异》里，有些故事的语言有李贺的影子，现在最记得的，是一首诗：

> 玄夜凄风却倒吹，
> 流萤惹草复沾帏。
> 幽情苦绪何人见？
> 翠袖单寒月上时。

诗出自《连琐》那一篇，是讲女鬼连琐和书生幽会的，前两句是连琐吟的，后两句是书生续的。我感觉前两句，有读李贺诗的感觉。当然，恐怕大家也不觉得。

当然，我个人认为，李贺的诗歌比之李白、杜甫，还是差一点。为什么？因为李白和杜甫不刻意为奇，却能横生波澜，意蕴浓厚；李贺却必须耽于炼句，汲汲避俗翻新。我一向认为，最上乘的语言，总是写起来带三分随便的。胡适曾说，英文写得好的，必须有三分随便。其实用母语写文章，要写得好，道理也是一样的。古人说："长吉穿幽入仄，惨淡经营，都在修辞设色，举凡谋篇命意，均落第二义。"也是有一定道理的。

鲁迅和毛泽东也喜欢李贺的诗歌。鲁迅曾经专门抄过李贺的诗歌送人，还说"年轻时较爱读唐朝李贺的诗"，虽然他也讽刺过李贺；毛泽东则专门把李贺的诗句嵌入自己的作品，比如"天若有情天亦老""雄鸡一唱天下白"。他还曾经给陈毅写信推荐："李贺诗很值得一读，不知你有兴趣否？"

下面我们来读诗，第一首《苏小小墓》。

一、苏小小墓

幽兰露，如啼眼。

无物结同心，烟花不堪剪。

草如茵，松如盖。

风为裳，水为珮。

油壁车，夕相待。

冷翠烛，劳光彩。

西陵下，风吹雨。

苏小小，是南朝齐时的著名歌伎，钱塘人，古往今来，关于她的诗歌吟咏不绝于耳。她喜欢乘坐油壁车，对于她的记载最早出于《玉台新咏》，其中收录了《钱唐苏小歌》一首：

妾乘油壁车，郎跨青骢马。

何处结同心，西陵松柏下。

　　苏小小墓曾是西湖边的名胜，但"文革"前夕被砸烂。有关她的爱情故事，这首古诗里写得并不明确，只提到她喜欢坐油壁车，情郎喜欢骑青骢马，他们在西陵下幽会，永结同心。中国传统社会，重男轻女，但对美貌的女子，文人总喜欢意淫。历来大家都讥笑意淫这类行为，但我认为不但不该讥笑，反而应该鼓励。没有他们的意淫，哪有这样好的诗歌传世？文化的丰富，大概有一半要归功于文人的意淫。

幽兰露，如啼眼。

幽兰上的露水，像苏小小哭泣的眼睛一样，湿汪汪的，非常可爱。

无物结同心，烟花不堪剪。

没有什么东西用来永结同心，萋迷如烟的花朵，也不堪剪裁。

草如茵，松如盖。风为裳，水为珮。

青草像茵毯一样丰润，松树像车盖一样亭亭；把清风当成衣裳，把渌水当成环佩。这是写苏小小的魂魄所依。

油壁车，夕相待。冷翠烛，劳光彩。

油壁车停了下来，等待情郎，一直等到黄昏。冰冷而翠色的蜡烛，发出奄奄一息的光芒。这是写苏小小的魂魄去会见情郎。把蜡烛的光形容为翠色，颇有恐怖气氛。

西陵下，风吹雨。

西陵之下，凄风苦雨，好不愁人。情人不会再来了。

这首诗名为《苏小小墓》，但又写了"油壁车，夕相待"的活动，显然是一首讲鬼魂活动的诗，只是这诗中的鬼，绝对不恐怖吓人，而是一副多情缠绵的形象。在诗歌中，苏小小的鬼魂依旧忧伤悲凉，经常啼哭流泪。她的泪珠像幽兰上晶莹的水滴。作者想象她人已逝去，但犹且思念当时的爱情，依旧记挂着和情郎在西陵下的约会。于是毫不犹豫出发。鬼魂在世上奔走，形象不能分明，于是在作者的想象中，青草、松树、风、水，都成了她的车马和衣饰。但到了西陵下，又能怎样？鬼火徒劳地空照，西陵寂寞，时间已经过去千年，往日的约定，对方哪能记得？你的鬼魂有这样的执念，对方则未必。千年之中，魂魄消散，物是魂非，令人忆想成劳。

也只有敏感的诗人，才会有这种温热的想象。如果世上真有外星人，我想诗人是第一个拍手欢迎的。他们希望有高科技，能让过去几千年来最浪漫的一幕得到回放。他总会想象，千年之前西湖的景象，苏小小到底长得什么样子？她的油壁车驶过，情境到底如何？万古寂寥的西湖边，所有的古树和山石，都看过那个香艳的场景，作者应该是很羡慕的。

这首诗全押仄声韵，又多是三字断句，读来音调急促，有如鼓点，衬托出诗人想要急切抒发的忧伤。且换韵频繁，显得心情很不平静。从"剪"换到"盖"，倒也罢了，毕竟前面已有四句。但最后两句"下""雨"

还换一次，又戛然截止，显得随心所欲。韵字比填词还宽，也仿佛慌不择路，只图宣泄痛快的感觉，不管其他。我以前不喜欢换韵很频繁的诗，但现在很喜欢，大概我也接近一个诗人了，心绪不够宁静了。

有人说，这首诗通过幽冷的描写，衬出作者火热的心肠，从火热的心肠中，透露出作者汲汲于世之心。他想为多灾多难的李唐王朝做一番事业、贡献才智。我觉得过分深究了，是一种不懂得作诗的外行观感。这种观感，颇流行于中国广大的古代文学史教授群体之中。

二、天上谣

> 天河夜转漂回星，银浦流云学水声。
> 玉宫桂树花未落，仙妾采香垂珮缨。
> 秦妃卷帘北窗晓，窗前植桐青凤小。
> 王子吹笙鹅管长，呼龙耕烟种瑶草。
> 粉霞红绶藕丝裙，青洲步拾兰苕春。
> 东指羲和能走马，海尘新生石山下。

这是一首奇幻诗，通过想象天上仙境的场景，抒发了人世间的局促和困苦。

天河夜转漂回星，银浦流云学水声。

天河在黑夜中转动，漂洗着回旋的群星；银色的河岸边，流动的云彩，像能发出水声一样。

玉宫桂树花未落，仙妾采香垂珮缨。

玉石砌成的宫殿里，桂花还未凋零；仙女们采摘桂花，垂戴在自己的玉佩和飘带之上。缨，是古代妇女佩戴的一种彩带。仙妾，就是仙女。李贺为了避俗滥，特意把"女"改成"妾"。

秦妃卷帘北窗晓，窗前植桐青凤小。

秦妃卷起帘子，北窗的晨光透入；窗外竖立着美丽的桐树，上面栖息的青凤尚且幼小。秦妃，指秦穆公的女儿弄玉。相传她嫁给了萧史，两人吹箫引来凤凰，双双成仙。弄玉不是秦国的妃子，按说不该叫"秦妃"，但这也是为了避免俗滥。作者对她在仙境生活的想象，很有家常味道。弄玉和青凤长生不老，自然也是诗人的愿望。

王子吹笙鹅管长，呼龙耕烟种瑶草。

王子乔吹着笙，他的笙像鹅管一样修长；他呼唤龙耕开烟霞，种植瑶草。王子，指周灵王的儿子王子晋，字子乔。《古诗十九首》里曾写到他："仙人王子乔，难可与等期。"他擅长吹笙。据《列仙传》，他吹的笙音像凤凰鸣叫，后来也成仙而去。笙有孔，像鹅毛管一样。作者想象他种植瑶草，因为仙人吸风饮露、衣食无忧，用不着种植粮食；他们只要香草，而且不用自己动手，只要吹吹笙，就有龙帮他们种了。

粉霞红绶藕丝裙，青洲步拾兰苕春。

在粉红色的彩霞下，穿着藕丝裙、系着赤红绶带的仙女，窈窕走在青洲上，捡拾着兰花。苕，有"花穗"的意思，应该就是"秀"的同源词。"苔"和"秀"的古音是很接近的。青洲，传说中的仙境。

　　东指羲和能走马，海尘新生石山下。

　　仙女们突然指着东边，说："羲和能驾驶着太阳车奔驰，海水又干了，扬起尘土了，和石头山脉连为一体了。"

　　这首诗按照古代传统，可以归为游仙诗一类，想象力很奇特。前面都是借助古代传说，铺陈情境，用语力求尖新，因此铺陈得场景清丽，在李贺的诗歌中，算是比较温暖的作品。在作者的心目中，仙境还是温暖的，有美女，有千年不老的雏凤，有温驯的蛟龙，有穿着淡雅藕色裙子的仙女。但最为不俗的，是最后两句，仙女们轻盈地采拾着兰花，间隙中不经意评论了一番世事：天上这么宁静，时间岿然不动。但太阳却一刻不停，驾着车马疾驰，在这短短的时刻，人间已经天翻地覆、沧海桑田、世事全非。这种人间天上的对比，何其震撼！汉武帝听见方士说神仙事，突然大声慨叹道："我如果能够成仙，抛弃妻子儿女，就会像扔掉破草鞋一样。"我想，当时游说汉武帝的方士，一定也有李贺这样的才华，他描述的场景，肯定也使汉武帝非常震惊且无限向往。

　　这首诗换韵也很频繁，共换了四次，也可以看出作者写的时候，心境跌宕。

三、秋来

　　桐风惊心壮士苦，衰灯络纬啼寒素。

谁看青简一编书，不遣花虫粉空蠹。

思牵今夜肠应直，雨冷香魂吊书客。

秋坟鬼唱鲍家诗，恨血千年土中碧。

这首诗写秋天的感受，一点也不温暖，充斥着悲凉。

桐风惊心壮士苦，衰灯络纬啼寒素。

秋风吹落梧桐的叶子，搞得壮士心境凄苦；一盏破灯照耀着室内，蟋蟀在墙缝里悲鸣，好像也在哭叫着贫穷。寒素，有贫穷的意思，也有人认为是指寒衣。清代王琦给这诗作注："络纬，莎鸡也。其声如纺绩，故曰啼寒素。或曰络纬，故是蟋蟀鸣则天寒而衣事起，故又名趣织。"没有别的旁证，恐怕不确。

谁看青简一编书，不遣花虫粉空蠹。

谁来看看，这青色的竹简所编的书，怎样才能不让它被蠹虫蛀成齑粉，大概是李贺怜惜自己的作品。古代书籍保存不易，绝大多数人的作品，包括李白、杜甫的诗歌，都有巨量的散佚。李贺自己的诗歌，虽然死前亲自编好，后来也丢失了三分之一。

思牵今夜肠应直，雨冷香魂吊书客。

忧思在心胸中牵念，拉扯得今夜的肠子都要笔直；外面凄风冷雨，仿佛有散发着幽香的鬼魂，来凭吊我这个可怜的书生。一般人写悲伤，都是写肠子蜷曲到一起，"心思不能言，肠中车轮转"嘛。他正相反，说忧愁会导致肠子变直，这仿佛没什么道理，但他用了一个"牵"字，仿佛就顺理成章了。肠子被牵拉，可不是变直吗，这也是力避俗滥。

秋坟鬼唱鲍家诗，恨血千年土中碧。

这些鬼魂唱着鲍照的诗歌，诗歌中散发的遗恨，像苌弘的碧血一样，千年难消。鲍照是南北朝著名诗人，出身寒门，所以虽然才华极高，却升迁不利。他的诗歌，有的非常沉痛地抒发了自己郁郁不得志的心情。清代的王琦说，古代或者有鬼唱鲍家诗的典故，后来失传。碧血也是个典故。据《庄子·外物篇》载，苌弘是蜀人，被冤杀之后血流不止。蜀人藏其血，三年之后化为碧，后人以"苌弘化碧"形容一个人的冤屈愤懑，虽死难消。

这首诗大概是作者顾影自怜。秋风秋雨，最容易触发人的感伤情绪，因为万物衰微，一片萧瑟。"物色之动，心亦摇焉。"春天思春，秋天伤秋，是中国古典文化的标配。李贺最牵念的，是自己身体不好，时日无多，而一生呕心沥血写下的诗歌，恐怕难以流传下去。他似乎感觉自己注定会有这个结局，连鬼魂都来吊问他了，而且唱着鲍照的诗歌，似乎是告诉他："我们才是你的知音，你的诗歌，也会属于我们鬼魂。来吧，和我们做伴，回到我们这个大家庭中来。"我猜李贺一想起这些，内心是极为痛苦的，他不想遭受苌弘那样的命运，但又怎么由得了他？

全诗押仄声韵，四句一换韵。后段为入声，更显得悲怆。

四、南山田中行

> 秋野明，秋风白，塘水漻漻虫喷喷。
> 云根苔藓山上石，冷红泣露娇啼色。
> 荒畦九月稻叉牙，蛰萤低飞陇径斜。
> 石脉水流泉滴沙，鬼灯如漆点松花。

这首诗写秋天的夜晚，田野中的景色。李贺好像对夜晚非常钟情，这也体现了他的"诗鬼"特色，他偏爱幽暗的东西。

秋野明，秋风白，塘水漻漻虫喷喷。

秋天的田野很明亮，秋天的风仿佛是纯洁透亮的，雪白雪白；池塘里的水又深又清，虫声喷喷，细小繁碎。漻，清深貌。用词都很不俗。一般人写秋天的田野，顶多写颜色怎样，但他用了一个表示亮度的词，明；一般人写秋风，会用肌肤获得感受的词，比如刚硬或者柔和之类，但他用一个表示色彩的词，白。就是和常人不一样。秋夜的田野怎么会是明亮的呢？就算有月亮，也谈不上明亮，也不能跟光天化日之下相比。但诗人的感受就是不一样，他是儿童的心理，不关注其他，只关注他能感受到的东西。在他心中，这是一个非常澄澈的夜晚。

云根苔藓山上石，冷红泣露娇啼色。

山间的苔藓碧绿碧绿，爬满山上的石头；冰冷的红花瓣上，有滴滴露水，好像哭泣过的颜色。云根是指山石，古人认为，山是云的根，是云生长之处，这里泛指山。

荒畦九月稻叉牙，蛰萤低飞陇径斜。

荒芜色调的稻田里，水稻早已成熟，茎叶分叉；蛰伏的萤火虫，低低飞过斜斜的田垄。这两句细致地描写田野景色，鬼气森森。

石脉水流泉滴沙，鬼灯如漆点松花。

石头缝隙里，秋水流过，像泉水细细渗进沙子；磷火像漆一样，在松树间飞舞，仿佛点燃了松花。

这首诗是典型的李贺风格，纯粹写景，没有一句抒情，但每一句都清冷幽暗，读来让人凉气侵骨。同样，几乎每一句都别出心裁，讲究炼字，不落俗套。比如"秋野明，秋风白"，比如将稻子黄灿灿的稻田写成"荒畦"，比如将磷火比喻为漆。磷火虽微，究竟也是光芒，总不可能如漆一样。但细细一想，鬼火闪闪，在幽暗的山间看见它，确实比没有看见还可怕，就连那些松树，也仿佛被鬼灯占领，成了鬼魂们的巢穴，都是不落俗套的想象。由于炼字清奇，虽然意境幽暗，却有一种明丽的美感。

五、感讽五首（其五）

石根秋水明，石畔秋草瘦。

侵衣野竹香，蛰蛰垂叶厚。

岑中月归来，蟾光挂空秀。

　　　　桂露对仙娥，星星下云逗。

　　　　凄凉栀子落，山罍泣清漏。

　　　　下有张仲蔚，披书案将朽。

　　这首诗仍是写秋天的，而且也是写夜晚。

　　石根秋水明，石畔秋草瘦。

　　石头的根部，秋水明亮；石头旁边，秋草纤瘦。

　　侵衣野竹香，蛰蛰垂叶厚。

　　野生竹子们的香气，侵蚀着衣服；它们密集的叶子下垂，却是肥肥厚厚的。蛰蛰，众多的样子。

　　岑中月归来，蟾光挂空秀。

　　月亮从山中升起来，光芒挂在空寂的天空，娟秀可爱。岑，小而高的山。蟾，蟾蜍，据说月亮中有蟾蜍。

　　桂露对仙娥，星星下云逗。

　　桂花上的露水，对着嫦娥，星星们在云彩下互相逗乐。

　　凄凉栀子落，山罍泣清漏。

　　凄凉的栀子花黯然凋零，山石的缝隙里，泉水幽咽，仿佛哭泣的眼泪，像滴漏一样缓缓下滴。罍，缝隙，就是"挑衅"的"衅"另一种写法。

下有张仲蔚，披书案将杇。

下面有个叫张仲蔚的人，一天到晚坐在书桌边翻书，书桌都快烂掉了。据晋皇甫谧《高士传·张仲蔚》说，张仲蔚是平陵人，与同郡的魏景卿俱修道德，隐身不仕，精通各种学问，擅长写文章，喜欢赋诗，但是穷得不得了，住处往往蓬蒿没人，少有人来往，邻居们也不理解他的伟大，只有一个姓刘的和一个姓龚的懂得他。李白《鲁城北郭曲腰桑下送张子还嵩阳》："谁念张仲蔚，还依蒿与蓬。"此处是作者以张仲蔚自比。

这首诗也是典型的李贺风格，除了最后两句，其他都是写景，由天上到地下。寻常的景物，带有作者个人显而易见的风格。在他眼中，秋水是明亮的，秋草是瘦弱的，竹叶是香的，但又是密密麻麻肥厚的，是阴郁的。栀子花是凄凉的，山泉是哭泣的。都与大部分人的感受不同，都不光明积极向上。用词一样避俗滥，所以他不说山，说岑；月亮不是升起，而是归来；月光不是月光，而是蟾光。嫦娥不是嫦娥，是仙娥；山缝不是山缝，是山罍。总之，不想跟人雷同，由此产生陌生化效果。最后两句突显颓唐，沉痛伤感。

第十七课　劝我早归家，绿窗人似花

唐五代词

这次课聊聊四个人，温庭筠、韦庄、冯延巳、李煜。这四个人都是大文学家，每一个人都值得专章讲述，但因为时间有限，我们只好一并介绍。

　　温庭筠（约812—约866），本名岐，字飞卿，唐代并州祁县（今山西省晋中市祁县）人，生于太原。他的出身其实不错，祖先温彦博，唐初时官做到宰相（尚书右仆射），但又怎么样？远没有官做得很小的温庭筠有名。《唐才子传》记录了温庭筠很多事迹，说他文思敏捷、下笔千言、倚马可待，还擅长音乐，什么没见过的乐器拿到手上，马上就能弹奏，而且很熟稔。这是音乐天才，要换现在，会是著名作曲家、演奏家。有一个美国电影叫《心灵捕手》，讲一个出身贫苦的数理天才的故事，由马特·达蒙扮演。在电影中，他是一个建筑工，对于女友奇怪他为什么会做那么难的化学题，他有一段台词，大意是："书上说，莫扎特、贝多芬看见琴就会弹，他们不用学。我看见琴，只是一些木头、金属，但我看见数学题、化学方程式，我就是会做。我也不明白为什么，我只能说到这程度。"搞得他那个哈佛大学的女友满眼崇拜，嘴巴立刻吻了上去。我猜温庭筠也会这么说："我看见这些乐器，就是会弹。我也不明白为什么，我只能说到这程度。"

他喜欢饮酒狎妓，被时人看成是嬛薄无行，所以参加高考，判卷老师故意给他打低分，不让他被录取。但他的才华太大了。唐代的高考，计算时间很有意思。日暮，每个考生允许烧三根蜡烛，烧完就得交卷。所以在唐代笔记里，有很多关于"三根蜡烛"的记载。唐代诗人薛能有《省试夜》诗：

白莲千朵照廊明，一片承平雅颂声。
更报第三条烛尽，文昌风景写难成。

唐代考诗歌，至少要写六韵十二句，要写成八韵就更好了，一般迟钝的人往往写不完，但温庭筠只要两手交叉八次，就可以交卷，所以号称温八叉。但就算如此，也没用，已经上了黑名单，怎么考也不能录取。但他还是屡次进考场，帮别人答卷。事情传出去，下一次高考，考官就专门给他远远放一张课桌，不让别人接近。结果这次考完，他又伸出手指，扬扬得意告诉别人："帮八个人答了试卷。"作弊手法很高，助人为乐的精神很猛。

曾经，国务院总理（宰相）令狐绹很欣赏温庭筠，收他做幕僚。皇帝很喜欢《菩萨蛮》，令狐绹多次献诗，都让温庭筠代笔，要他保密，但温庭筠按捺不住才子脾气，不仅说出去，还公然讥笑令狐绹，说："中书内坐将军。"意思是中书省这么一个重要职位，竟然让一个大老粗作领导。令狐绹还曾经问温庭筠某个典故，温庭筠很不屑："这么简单的东西也问我，将军，您还是应该读点书啊。"令狐绹这回终于忍不住，上奏皇帝说温庭筠这家伙品德太差，不宜任用。皇帝也正好不喜欢温庭筠，因为有一次微服出行，碰到温庭筠，温庭筠出言不逊。皇帝摇头:"这家伙确实人品差。"不过令狐绹后来还帮过他一次。他在扬州深夜嫖娼,喝醉酒犯了宵禁,被警察打得满地找牙。当时令狐绹正好调任为淮南节度使,温去找他哭诉,令狐绹把警察叫来责问。警察调出温庭筠的犯罪记录,罪行累累、触目惊心。令狐绹只好摊手:"老兄,这我真没法帮你。"这回更惨,据说导致丑行远播天下,人皆不齿。

所以他只做过随县和方城县尉、国子监助教等小官,但我们知道,像他这样的人,做小官是必然的。能做大官的人,基本上不可能写出他这样的诗。大诗人都是赤子之心,想到什么说什么,所以他那些所谓"丑行",其实是不同于流俗的个性。这种人,如果说了别人些不好听的话,大多是有口无心,没有目的,和小人的构陷罗织完全是两回事。他们心灵纯净,像秋水粼粼,清澈见底,也因此容易被人嫉妒陷害。

温庭筠是文学多面手,诗与李商隐齐名,时称"温李"。他的诗歌辞藻华丽,色彩鲜艳。有一首诗叫《商山早行》,就体现了这点:

晨起动征铎,客行悲故乡。

鸡声茅店月,人迹板桥霜。

槲叶落山路,枳花明驿墙。

因思杜陵梦,凫雁满回塘。

其中"槲叶落山路,枳花明驿墙",画面感极强,我当初一读,就仿佛眼前出现了一幅秋天山路的画卷,半青半黄的槲叶满地飘落,雪白枳花在驿站暗淡的墙上开放,仿佛把墙也照亮了。不过我更喜欢他的词，在词史上，他与韦庄齐名，并称"温韦"。下面读一首他的《菩萨蛮》。

一、菩萨蛮·玉楼明月长相忆

《菩萨蛮》本来是唐教坊曲，后用为词牌，又名《子夜歌》《花溪碧》等。双调，四十四字，用韵两句一换，平仄递转，上下阕各四句，均两仄韵，两平韵。

> 玉楼明月长相忆，柳丝袅娜春无力。
> 门外草萋萋，送君闻马嘶。
>
> 画罗金翡翠，香烛销成泪。
> 花落子规啼，绿窗残梦迷。

这是一首思妇怀情人的词。

玉楼明月长相忆，柳丝袅娜春无力。
天边明月皎洁，在玉楼上陷入了长长的回忆；当时柳丝袅娜，春光旖旎，慵困无力。

门外草萋萋，送君闻马嘶。
门外芳草萋萋，我送别心上人，将行的骏马发出嘶鸣。

画罗金翡翠，香烛销成泪。

画着花纹的罗幕低垂，上面绣着金色的翡翠；红烛不断烧短，好像含着眼泪。这两句暗示着春闺的寂寞。

花落子规啼，绿窗残梦迷。

院外落红成阵，杜鹃鸟的啼叫打破了寂静，横卧在绿色窗纱里的丽人，从残梦里醒了过来。这两句写侵晓时的场景。

这首词上阕写思妇坐在玉楼上，望着天上的明月，回忆当时离别的场景。正是一年中最好的季节，也是最应该缠绵的季节，但那个人却要离开，门外芳草萋萋，王孙游兮不归。柳丝和芳草，都是中国古典文化的传统意象，看见这两个意象，就会联想到离别。加上骏马的嘶鸣，好像汽车已经点火，火车轮船已经鸣笛，飞机发动机已经轰鸣。季节的渲染很重要。离别如果选在秋天冬天，发生在一个朔风怒号、天寒地冻的晚上，大家也就接受了，固然也会觉得凄苦，但绝不会有太多的惋惜。秋天冬天能做什么？大家潜意识里会有一种交欢不宜的感觉。只有辜负了柳丝袅娜和玉楼明月，才会惹人发出"从此无心爱良夜，任它明月下西楼"的酸溜溜的慨叹。

下阕回到现实中，着力描写深闺景况。罗幕、红烛，都暗示春闺的寂寞，也是闺怨词的重要道具。王国维的词："蜡泪窗前堆一寸，人间只有相思分。"如果有电灯，亮堂堂的，又开着电视，上着网，看他怎么联想。最后两句丽人梦醒，春梦还没做全，那种爽快到喉没到肺，心里倍增惆怅。

温庭筠是"花间派"代表词人,这首词有着典型的《花间集》特色,描写手法无外乎几点:1.屋外的景色,多半是春天,有花有鸟。比如有《花间集》浓厚特点的晏几道的《更漏子》:"柳丝长,桃叶小。深院断无人到。红日淡,绿烟晴。流莺三两声。"2.屋里的情况,多半是寂静的环境和华丽的装饰。比如:"雪香浓,檀晕少。枕上卧枝花好。"3.人,多半是漂亮妇女,且这妇女还特爱做梦。比如:"春思重,晓妆迟。寻思残梦时。"掌握了这三点,就可以很轻易写出中心思想,就可以得高分。

下一个来看韦庄。

韦庄(约836—910),字端己,长安杜陵(今陕西西安附近)人。一听这个姓氏,我们就知道这人不得了,因为京兆韦氏是唐朝有名的高门大族,出过二十多个宰相。韦庄的七世先祖韦待价就做过宰相,四世先祖韦应物做过苏州刺史,他本人又做过前蜀宰相。当时关中民间有俗语"城南韦杜,去天尺五"。意思是他们离皇帝的距离,只有一尺五寸。

但韦庄仕途也不顺利,他比温庭筠小二十多岁,生活似乎没有温庭筠那么浪漫,至少关于他的轶事不多。少年时他在长安居住,家境不错,诗里面经常写到少年时不识愁滋味,上学堂经常翘课,还捉弄老师。二十多岁参加高考,但一直没有考中,只能依附他人当差。广明元年(880),四十四岁的韦庄又一次在长安高考,依旧落榜,还碰上黄巢军攻入长安,于是仓皇逃离,奔赴洛阳,此后就一直在全国各地漂泊,躲避战乱。乾宁元年(894),唐朝都快亡了,韦庄五十八岁,终于高考成功，成为大器晚成的大学生，被授予校书郎官职。

天复元年（901），时割据蜀中的西平王王建，请韦庄入蜀，拜为掌书记。天祐四年（907），唐朝灭亡，韦庄劝王建称帝，最后官做到吏部侍郎兼平章事，也就是宰相，享年大约七十四岁。他的官声很好，后人曾评价他"不恃权，不行私"，显然是个正直的人。

韦庄具有过人的文学才华，词与温庭筠齐名，并称"温韦"。诗也有名，所著长诗《秦妇吟》反映战乱中妇女的不幸遭遇，长达一千六百六十六字，并因此诗而被称为"秦妇吟秀才"，后失传，20 世纪初始在敦煌石窟卷子中重见天日。

我个人更偏爱韦庄的词，感觉要比温庭筠高明。王国维《人间词话》里说，韦庄的词，情深语秀，虽规模不及李煜和冯延巳，但稳在温庭筠之上。还说，温庭筠的词，是句秀；韦庄的词，则是骨秀。我不会用那么多术语，我之喜欢韦庄，是感觉他的词除了代抒闺情外，更多的是抒发个人情感，有别于温庭筠的单调。而且韦庄的词更蕴藉尔雅，更深情委婉，或者说更闷骚。比如："劝我早归家，绿窗人似花。""桃花春水渌，水上鸳鸯浴。凝恨对残晖，忆君君不知。""罗带悔结同心，独凭朱栏思深。梦觉半床斜月，小窗风触鸣琴。"尤其"梦觉半床斜月，小窗风触鸣琴"两句，写景造情真是到了极致，这种深情的闺情描写，估计是作者自己的亲身体验。而温庭筠的句子丽则丽矣，却有些轻飘，估计他更滥情，对爱情不会有如此刻骨铭心的感受。

韦庄活了七十多岁，却没有流传什么风流韵事，也不见什么嬛薄之行，大概就和他个人比较闷骚有关。虽然他也写过这样的词："如今却忆江南乐，当时年少春衫薄。骑马倚斜桥，满楼红袖招。"闷骚的人也有春天！

二、谒金门·空相忆

空相忆，无计得传消息。

天上嫦娥人不识，寄书何处觅。

新睡觉来无力，不忍把伊书迹。

满院落花春寂寂，断肠芳草碧。

这首词有本事，据说韦庄有个宠妾，又漂亮又聪明，且擅长作诗填词。后蜀国君王建听说后，找了个借口，说要请她到后宫教诗词，强行夺去。韦庄失此爱妾，抑郁不欢，就作了两首词怀念，这是其中的一首。做好后投稿，发表在《成都早报》上，他的爱妾边吃早餐边读报，泣不成声，当即绝食而死。当然这未必是真事，因为王建很倚重韦庄，大概不至于干这种事。

空相忆，无计得传消息。

徒然相思，没有办法把消息传递过去。很显然，是一入侯门深似海。

天上嫦娥人不识，寄书何处觅。

她简直像月宫的嫦娥，人多不知，我想给她写信，却寄往何处？以嫦娥做比，既暗示了她的迥不可及，又说明了她的美丽。

新睡觉来无力，不忍把伊书迹。

刚刚做梦醒来，浑身无力，不忍心捧着她的书信。无力，可能因相思病染。《西厢记》里的"每日价情思睡昏昏",可能就是这种样子了。他忆佳人难再得,只有拿起她往日的信笺把玩,就如我们今天把玩情人的旧物一样,望梅止渴。

满院落花春寂寂,断肠芳草碧。

只见落花满庭,春天的院子里,寂寥无声;我的心因为相思刻骨,有断肠般的痛苦,而庭院中芳草自绿,健康成长,一点也不顾及我的感受。以芳草的碧绿,来衬托人心的枯萎,意味深长。

词的结构没什么新鲜,和好多脍炙人口的作品一样,上阕抒情,下阕写景,发感慨。但文字组合得就是妙。就像好厨师做菜,也只是那些材料,只是他就能炒出不一般的味道。

三、菩萨蛮·红楼别夜堪惆怅

红楼别夜堪惆怅,香灯半卷流苏帐。
残月出门时,美人和泪辞。

琵琶金翠羽,弦上黄莺语。
劝我早归家,绿窗人似花。

这是一首游子思家的词。一般来说,写女子思远人的诗歌比较多,写男子怀念女子的很少。韦庄却喜欢写男人,说明他这个人心中,是大有深情在的。

红楼别夜堪惆怅，香灯半卷流苏帐。

红楼离别的那天夜晚，堪为惆怅。当时我离开悬挂着华丽流苏帐的房间，和妻子告别。

残月出门时，美人和泪辞。

那是一个有着弦月的夜晚，夜色澄鲜，碧天如水。妻子舍不得我离去，但又无可奈何，只好罗袖遮面，垂泪目送。这个离别的时辰比较特殊，是在晚上。一般来说，离家远行都会选白天，那时又没有火车飞机，不至于一定只有晚上的票。也许作者故意这么写，以渲染离别时的气氛。

琵琶金翠羽，弦上黄莺语。

房间里摆设着雕饰着金色翠羽的琵琶，弦上面一只黄莺，在叽叽喳喳地叫唤。主人公由于思念妻子，一时发痴，竟把黄莺的叫声，也听成了在向他说话。这是写男主人公客居他乡的场景。

劝我早归家，绿窗人似花。

它好像在劝主人公：你还是早点回家吧，家里蒙着绿纱的琐窗边，你那美貌如花的妻子正蹙眉思念你呢！这个画面真的很美，绿窗很美，美人更美。我想很多人在青少年时看了这样的描写，都会对自己未来的妻子产生不切实际的憧憬。

这首词层次分明，由客居时回忆离别的场景，到这回忆被黄莺的叫声打断，叙述中暗含着一层淡淡的感伤，表现了游子在外的寂寞和辛苦。末两句尤其生动，借黄莺责备主人公辜负娇妻韶颜，隐隐透露出生活的无奈。如花美眷，似水流年，人孰不遗憾？然而却身不由己，只能辜负青春，人生总会有不得已的苦衷吧。

再来看冯延巳。

冯延巳，字正中，广陵（今江苏扬州）人，生于唐昭宗天复三年（903），卒于宋太祖建隆元年（960），享年五十七岁。冯延巳家世也不错，父亲冯令頵，事南唐烈祖李昪，官当得不小。冯延巳年少时，随父亲在歙州生活和读书。有一个叫樊思蕴的人作乱，放火烧营房，大火波及了冯家，而那些叛兵竟然都放下武器赶去冯家救火，可见他老爸人品官声极佳。

但冯延巳的人品却不怎么样，他以才艺自负，经常狎侮同僚，曾当面嘲讽大臣孙晟："你有什么能耐？竟然也官居丞郎。"孙晟愤然反唇相讥："我不过是山东一介书生，论鸿笔藻丽，十世不及你；论诙谐歌酒，百世不及你；论谄佞险诈，那是永生永世不及你了。我虽然无能，可于国于民无害；你有能耐，却足以祸国殃民。"孙晟极为鄙视冯延巳的人品，说他是"金碗玉杯而盛狗矢"。

前人评论冯词，往往兼及其为人，褒贬不一。他的人品或多争议，但其学问才华确属一流，而且对文学创作是真投入，不管多显贵，不管多年老，都不曾荒废。他的词，成就超越了温庭筠和韦庄。温庭筠词有非常精美的物象，抒情方式又与美人芳草的传统暗合，可以引起很多美感的联想，但缺少主观的抒写，不易给读者直接的感动。韦庄词则是"其中有人，呼之欲出"，是他自己的最真切深刻的感情。然而，韦庄所写的时间、地点、人物和情事都是分明的，因此也就有了局限。冯延巳则继承了温庭筠对精美物象的描写和韦庄的直接感发，又将个人感情提升到普遍而永恒的感伤境界，为词的发展开拓了新的道路。他的"情"和"愁"，是他对人生的幽微感触和思索，不再限于具体的男女情事和实在的生活忧愁，而是一种无可名状、难以抛弃的杳渺情感。王国维《人间词话》说："冯正中词，虽不失五代风格，而堂庑特大，开北宋一代风气，与中、后二主词皆在花间范围之外。"这个评价应该说是很精辟和公允的。

四、谒金门·风乍起

风乍起，吹皱一池春水。
闲引鸳鸯香径里，手挼红杏蕊。

斗鸭阑干独倚，碧玉搔头斜坠。
终日望君君不至，举头闻鹊喜。

《谒金门》，原唐教坊曲名，上下阕共三十五字，一韵到底。这首词写的是闺怨。

风乍起，吹皱一池春水。

风突然吹起来，把一池的春水都吹出了皱纹。"乍"字可作两解，一为"忽然"，一为"刚刚开始"，在词中都说得通。俞陛云《唐五代两宋词选释》说："'风乍起'二句破空而来，在有意无意间，如絮浮水，似沾非著，宜后主盛加称赏。"其实，不过只是一种普通的铺垫和起兴，如果没有后面那位日日盼望郎君归来的少妇，仅仅是再平常不过的景物描写罢了。

闲引鸳鸯香径里，手挼红杏蕊。

这位少妇闲来在漫溢花香的小路上逗引着鸳鸯，手中还不停揉搓着红杏的花蕊。"挼"，用手摩弄搓揉。这位少妇必定是贵族女子，每天无事可干。逗引鸳鸯显出闲适，而手挼红杏蕊显出的是不安宁的内心。鸳鸯这种有着夫妇象征意义的水禽，显然引发了这个女子内心的无限焦渴，正如乍起的风，吹皱了心中的一池春水。

斗鸭阑干独倚，碧玉搔头斜坠。

在斗鸭的栏杆上独自倚靠，头上碧玉的搔头斜斜欲坠。斗鸭，古代宫中和大户人家的一种游戏，大抵与斗鸡类似，早在《三国志》中，就记载了吴国人喜欢斗鸭，还逗引得魏文帝曹丕也遣使求取。唐诗中也多有记载，可见是唐代人普遍喜欢的游戏。搔头，发簪的一种。《西京杂记》载，汉武帝有一次在李夫人处，顺手从李夫人头上拔下玉簪来搔头，自此后宫人搔头皆用玉。独倚阑干这个动作，有明显的暗示意味。我们可以想见往日郎君在时，他们两人一起在这里观看斗鸭的场景，如今却只剩她一人独倚，靠着回忆来排遣寂寥，所以懒于梳妆，导致玉簪斜坠。

终日望君君不至，举头闻鹊喜。

整天盼望你回家，但是你不回；抬起头来，突然听见喜鹊鸣叫，不由得心中暗喜。唐代人认为听见乌鸦或者喜鹊叫，就会有喜事，所以这个少妇才转忧为喜。这种峰回路转的变化，充分传示出人物情感的跌宕起伏。而这鹊喜要是无凭，惊喜之余的失望又将如何承受？余音袅袅，妙在言外。

这首词还有故事，据《南唐书·党与传下》载，南唐中主李璟曾经戏弄冯延巳说："吹皱一池春水，关你啥事？"冯延巳说："不如陛下写的'小楼吹彻玉笙寒'那句。"其实答非所问，但李璟听了很高兴，反正是君臣摘出对方的作品名句互相吹捧，都觉得很爽。不过这首词确实极好，以景传情，而不着色相，把女性复杂、纤细、敏感、曲折的心态写得活灵活现。

最后来看南唐二主中的李煜。

李璟、李煜父子大概是中国文化史上最有名的父子了，比之三曹，毫不逊色。三曹的诗歌中，其实曹操的更脍炙人口，曹植名气大，但真正没几个人读过他什么诗。李煜的诗歌，恐怕稍有文化的人都会知道。

我还记得当年在新华书店开架区，第一次读到李煜词时的场景，共有两首，一首《虞美人·春花秋月何时了》，一首《浪淘沙·帘外雨潺潺》，真的呆若木鸡，完全被它们击晕了。我那时想，这两首词，我一定一辈子也读不厌。

确实，直到现在，我只是恨它们太短，却毫无厌倦。

后来在《文史知识》上读过一篇连载的《李煜传》，里面把李煜的诗词全部嵌在他的生平中，娓娓讲述。我那时还是高中生，就通过这个传记背熟了李煜的几乎全部诗词，其实他有些诗词不是那么有名的。

李煜的生平，估计大部分人都知道，这里依旧略微介绍一下。李煜（937—978），是南唐中主李璟的第六子，初名从嘉，字重光，北宋建隆二年（961）继位。开宝四年（971）十月，宋灭南汉，李煜改称"江南国主"，以取悦宋人。开宝八年（975），李煜兵败降宋，被俘至汴京，封违命侯。太平兴国三年（978），被宋太宗毒死于汴京，追封吴王，世称南唐后主。

自幼从未受过苦的李煜，实际上天性比较纯真，并不适合做政治家，他自己也说过，要不是哥哥们都夭折了，国君的位置也不会轮到他，他也就没那么痛苦。他最后被毒杀，也是因为言语不慎。他过去的官吏来探望，谈起旧事，他竟怅然伤悲，还说："悔不该错杀了潘佑、李平。"明摆着对投降宋朝非常悲愤和后悔。他难道不知祸从口出？但天真无邪，忍不住就要说出来。或者说，他这种人，很可能并不知道祸患的红线在哪儿。

五、破阵子·四十年来家国

四十年来家国，三千里地山河。

凤阁龙楼连霄汉，玉树琼枝作烟萝，几曾识干戈？

一旦归为臣虏，沈腰潘鬓消磨。

最是仓皇辞庙日，教坊犹奏别离歌，垂泪对宫娥。

《破阵子》，唐教坊曲，一名《十拍子》。双调小令，六十二字，上下片皆三平韵。一般认为，这首词是李煜辞别宗庙、投降北宋时的作品，《东坡志林》卷四就曾经这么说。但也有人认为，这是他被拘北宋，回忆当时辞庙时的作品。从下阕的头两句看，应该以后说为是。

四十年来家国，三千里地山河。

成立有四十年之久的国家，曾拥有三千多里地的壮阔山河。南唐立国从先主李昪 938 年开始，到后主 975 年覆灭，共三十八年，粗略称四十年。南唐曾经是大国，中主李璟接手时，共占三十五州，有兵吞天下的实力，所以称三千里地山河。可惜李璟是个艺术家，没有治国才能，李煜更等而下之。

凤阁龙楼连霄汉，玉树琼枝作烟萝，几曾识干戈？

凤阁龙楼巍峨高耸，上连霄汉；玉树琼枝如烟似萝，繁盛茂密。据古书载，南唐全盛时，宫中以丝罗罩墙壁，非常豪华。凤阁龙楼，极写南唐宫殿的宏伟；玉树琼枝，极写宫中的奇花异草。这样的太平盛世，何时曾见过干戈？其实李璟在位时，就曾贡献土地给周，且自去帝号，可谓屈辱，不能算不曾见干戈。但文人的大脑，一般装不进这些东西，只顾沉迷在自己的世界。

一旦归为臣虏，沈腰潘鬓消磨。

一旦投降，归为臣虏，心中好不悲伤，导致日渐瘦损，两鬓斑白。沈腰，用南朝文人沈约的典故。沈约曾经给朋友写信，说自己几个月来生病消瘦，革带常常移孔，手臂一天比一天细。潘鬓，用南朝文人潘岳的典故，潘岳在《秋兴赋》里说自己两鬓斑白。

最是仓皇辞庙日，教坊犹奏别离歌，垂泪对宫娥。

最痛苦的是，仓皇辞别宗庙的日子，教坊还奏唱着别离的歌曲，真让我肝肠寸断，垂泪涟涟。这是回忆当年投降仓皇辞别宗庙时的场景。我想每到这个时候，宗庙里的先人板板都会打晃，棺材板则根本压不住，鬼魂们会愤懑咆哮：这个不肖子孙！把好好的一份家当败成这样。

而此时此刻，宫中的欢乐组还在奏乐，真是滑天下之大稽。他看着那些千娇百媚的宫女，默默地说："再见，我的欢乐组们。再见，我的一切的一切。"我想，有些人肯定能深切理解他的感受。

诗歌本身直抒胸臆，浅白好懂，一气呵成。我猜李煜写它的时候，根本来不及细想，词句音节像消防水龙头爆裂，从喉管激射而出。如果说杜甫曾经写过天下第一快诗《闻官军收河南河北》，那这首词完全可以称为天下第一快词，只是杜甫是喜悦，这一个是悲凉。

第十八课　一向年光有限身

柳永·大小晏·欧阳修

柳永这个作家，一向被认为比较俗气。他最被人诟病的，是涉嫌淫秽。我很早时候读相关研究著作，总有人要举出柳永一些"淫秽"的句子，和民间俗词比较。他们举出的俗词，确实有些比较不纯洁，比如这首，我就记得很清楚：

鱼歌子

洞房深，空悄悄，虚把身心生寂寞。

待来时，须祈祷，休恋狂花年少。

淡匀妆，周旋妙，只为五陵正渺渺。

胸上雪，从君咬，恐犯千金买笑。

最让我念念不忘的，当然是"胸上雪，从君咬"两句，你以为是其他的？我就是从中知道，原来古人也是喜欢胸器的。但柳永的句子，其实没那么直白。

柳永，字耆卿，福建崇安人。其实他大半辈子都叫柳三变，改名柳永是他晚年的事。《宋史》没有他的传记，所以这么一个有名的人，竟要搞得我们去考证他的生卒年。他大约生于宋太宗雍熙四年（987），时代不错，正是国家的上升时期。他祖先是山西人，后来避乱逃到崇安。祖父柳崇，有文化，曾被当地官府邀请做官。父亲柳宜，做过南唐的监察御史，入宋后中进士。他有两个叔叔，也都考中进士，可见家族高考基因非常好。但柳永高考并不顺利。1009 年他二十二岁，第一次参加高考，落第；六年后再次高考，又落第。三年后第三次高考，不利，但他大哥柳三复考上了。又六年，第四次高考，照样失败。他一怒之下，去南方打工。五年后，感觉还是念书好，又回到京师，发现好多老朋友都不见了，一时心情不佳，就去西北、四川一代投靠友人，浑浑噩噩，好像放弃了前途。一直到景祐元年，也就是 1034 年，他听说朝廷准备进行一次特招考试，这回录取人数多，题目也容易，又赶紧报名，星夜赶回首都补习。这一次，学渣柳永终于高考成功，但已经四十七岁。这个年龄现在还可以算中年人，但在当时已经算一只脚入土了，所以当时人的笔记说他"及第已老"。不过他也不必伤心，因为他还有十九年寿命。最重要的是，他二哥柳三接也是半个学渣，也是在这年考中进士，比他年纪还大呢（十二年后，柳永的儿子也高考成功）。

高中后，柳永被授予睦州团练使推官，他当得勤勤恳恳，领导很喜欢他，一个月后就向朝廷推荐他晋升。但朝中有人反对，说哪有上一个月班就升职的。于是柳永官职原地不动，但当地文艺青年都很喜欢他，邀请他做当地作协顾问。他也来者不拒，曾写了一首词歌颂当地风景，被改成了流行歌曲，在祭祀和迎神的时候，都是主打曲目。有一句俗语，是金子在哪里都会发光，就是说的柳永。

后来他又做过几任地方小官，同时坚持写作，其中有一些作品甚至带有愤世疾俗色彩。比如他在浙江定海做盐场盐监的时候，写过一首《煮海歌》，里面竟有这样的句子："卤浓咸淡未得闲，采樵深入无穷山。豹踪虎迹不敢避，朝阳出去夕阳还。船载肩擎未遑歇，投入巨灶炎炎热……自从潴卤至飞霜，无非假贷充糇粮。秤入官中得微直，一缗往往十缗偿。周而复始无休息，官租未了私租逼。驱妻逐子课工程，虽作人形俱菜色。煮海之民何苦辛，安得母富子不贫。"意思是沿海居民煮海为盐，以充租赋，每天披星戴月劳作，结果还是活得面有菜色，真盼望朝廷广施仁政，让百姓能喘口气。这个经历肯定对柳永的心灵产生了重大打击，因为他在汴梁的时候，看到的是都市无比豪华，再也想不到普通老百姓会过得这么暗无天日。有些当今佞宋的知识人，看到这里，肯定也会感到不适吧。

当了十年地方官后，他想转为京官，到处找人活动。有个姓史的官员是他粉丝，就向皇帝推荐。皇帝说："正好宫廷乐队说今天要给朕进献新曲，你就叫那个柳永填首歌词陪曲吧。"柳永欣喜若狂，马上写了一首献上。皇帝拿到手里扫了两行，满脸乌云，把稿纸抖得哗啦啦作响："这写的什么玩意儿？我宫殿里的太液湖这么宁静，这么澄澈，他却写什么太液波翻。我翻他大爷。"把稿子扔到地上。柳永不服，去找宰相晏殊申述，晏殊调侃他："听说你喜欢作歌词？"柳永感到不妙，小心翼翼回答："跟您一样，有时写两首。"晏殊当即打个哈哈，好像吃了辣椒："可我不会给那些妓院里的妓女写啊。"接着，晏殊还装腔作势吟了一句柳永的词："'彩线慵拈伴伊坐'，这好像是要跟妓女成家立业，生儿育女啊？"

从相府出来，柳永气得不行，他娘的说什么风凉话，我要是当了宰相，家里养得起年轻戏班子，我也不会给外面的妓女写啊。他气得也不回家，一拐弯跑到丽春路派出所，大呼小叫："我要改名，我不叫柳三变，我要叫柳永。"可能因为改了名，就改了命运，柳永果然转为京官，叫屯田员外郎，从六品。这是柳永一生的最高官阶了。

不久之后，柳永就死了，身后还留下歌伎凑钱为他葬身的传说。但据叶梦得《避暑录话》的记载，出钱埋葬柳永的是润州太守王和甫，而不是他那些青楼知音。当时柳永的遗柩寄存寺庙之中，王氏求其后不得，只好"出钱葬之"。柳永卒年大约在1053年。

柳永确实跟青楼妓女关系密切。第一次高考落榜后，他就流连风月场中，还写了很多词记述。从这些词中，我们知道跟他最要好的妓女名叫"虫虫"，他曾经这么写："但愿我，虫虫心下，把人看待，长似初相识。况渐逢春色，便是有举场消息。待这回、好好怜伊，更不轻离拆。"似乎发下了誓愿，如若高考成功，就要把虫虫娶回家中。

他经常给教坊填词，也就是说，当时的宫廷乐队一旦得到上面命令，要听新曲，就去找柳永帮忙填词。可以这么说，柳永是那时最著名的作词家，大约相当于今天香港的林夕。一般来说，他填的词都是一些歌功颂德的东西，但也经常被暗示要写得"俗一点"，他当然心领神会，毕竟当官的也是人，也不能老端着架子。通过这些俚俗的歌词，他估计得到不少稿费。

因为名声鼎盛，他最忙的时候，到处被催稿。要想马上拿到稿子，甚至要向他行贿，有个叫张师师的，就曾在路上抱住他不放，埋怨道："你这死鬼，怎么好久不去我那儿过夜了？"他解释："对不起师师，不是不想去，是这些天腰酸背痛，实在忙不过来。等我调养完这阵再说。"张师师说："死鬼，又哄人家开心，但你要给我写一首歌词，我才放你走。"

柳永为什么词风跟其他文人不一样呢？据说有个故事。说他年轻时，读到一首《眉峰碧》词：

黦损眉峰碧，纤手还重执。

　　镇日相看未足时，忍便使，鸳鸯只。

　　薄暮投村驿，风雨愁通夕。

　　窗外芭蕉窗里人，分明叶上心头滴。

　　这首词显然很香艳，很俚俗，柳永特别喜欢，把它抄在壁上，日日揣摩，说："我就是从中悟到填词诀窍的。"

　　柳永应该是填慢词的第一人，在他之前，词大多是短章，从他以后，慢词才逐渐盛行。而且他是一个精通音律的人，而词都是配乐的，这样一来，他的词肯定更富有音乐的节奏，更容易传唱。就作品的通俗性来说，他堪比白居易，甚至更让老百姓喜闻乐见。白居易的诗歌大多写政治，固然很能引起人的兴趣，但政治永远不如爱情更让人着迷，尤其对于女读者来说。所以，在当时号称"凡有井水饮处，即能歌柳词"。

　　前面我们曾说晏殊瞧他不起，其实苏轼等人也曾批评柳永太俗，只是实际上，这些批评者都无法漠视柳永的影响。苏轼曾写信给好友："近作小词，虽无柳七郎风味，亦自是一家，呵呵。"拿柳永做标杆，得意之情溢于言表。

一、鹤冲天·黄金榜上

　　黄金榜上，偶失龙头望。

　　明代暂遗贤，如何向？

未遂风云便，争不恣狂荡？

何须论得丧？才子词人，自是白衣卿相。

烟花巷陌，依约丹青屏障。

幸有意中人，堪寻访。

且恁偎红翠，风流事，平生畅。

青春都一饷，忍把浮名，换了浅斟低唱。

《鹤冲天》，词牌名。双调八十六字，仄韵格。这首词是柳永落第后所作，充满了不得志的牢骚和对洒脱不羁生活的向往。

黄金榜上，偶失龙头望。明代暂遗贤，如何向？

黄金榜上，我偶然失去了排名第一的机会。这伟大的时代，暂且遗落了我这样的贤人，我该去哪儿？黄金榜，指的是录取进士的金字题名榜。龙头望，指考第一名。明代，圣明年代。作者考试失利，更别说第一名了，却依然意气风发，其实是自我宽慰。不得志，还得夸时代圣明。在古代，不管你对皇帝有什么意见，都不能说出来，说出来碰到贤明君主，倒也罢了；碰上心胸狭隘的昏君，很可能马上丢命。当然，客观地说，柳永生活的仁宗时代，确实还不错。仁宗是历代史家所称颂的不多的几个好皇帝之一，在《宋史》仁宗的本纪里，说官员建议给他建个新花园，他果断拒绝了，说我继承先帝的园林，已经很惭愧了，还有什么资格修建新的，和汉文帝的说辞几乎一样。而汉文帝，我们知道那是很了不起的皇帝标杆。

未遂风云便，争不恣狂荡？

没有碰到好的机遇，怎不令人恣意狂荡？他高考失败，不说自己学习不好，而说机遇不行，由此自暴自弃，流连花丛，好像也顺理成章似的。

何须论得丧？才子词人，自是白衣卿相。

何必管它得与失？才子词人，自然而然就是平民中的公卿将相。古代当官的衣着姹紫嫣红，不同官阶的人穿不同颜色，聚在一起像开染坊。平民则只许穿白衣，不染色。作者把才子词人的地位抬得很高，但又要用卿相做比，显然还是有点酸溜溜。要是真以为才子就足够牛掰的话，何必用卿相做比？

烟花巷陌，依约丹青屏障。幸有意中人，堪寻访。

青楼烟花女子居住的巷子里，依稀竖立着画有美丽图案的屏风。虽然我高考落榜，但幸好有这些意中人，还可以让我寻访。失意时寻找女人安慰，是很多脆弱的男性文人之通病。英国作家Ｄ.Ｈ.劳伦斯有首诗说："在她的双乳之间是我的家园，我周围三面都充满恐惧，但这第四面是安宁。"柳永也是一样。但文艺小青年们，看了这句不要想入非非，人家是柳永，你才出道，会写两首歪诗也想泡歌姬？这个美梦不要轻易做。

且恁偎红翠，风流事，平生畅。

暂且就这样偎红倚翠，干点风流韵事吧，这才是我柳永平生最觉畅快的。偎红翠，指狎妓。据宋陶谷《清异录·释族》记载，南唐后主李煜曾经微服行至娼家，自题为"浅斟低唱、偎红倚翠大师，鸳鸯寺主"。柳永这里是袭用李煜的典故。

　　青春都一饷，忍把浮名，换了浅斟低唱。

　　人的青春岁月，都不过是极短暂的一饷时刻，这种和美女们互相斟酒取乐、低声吟唱新词妙曲的美好时刻，谁忍心用功名来替换呢？饷，本义是送饭，后引申为食物，大概再引申为吃一顿饭时间，表示很短。这两句貌似洒脱，但千万别当真。柳永是很想做官的，否则不会那么老了还参加高考。而且考上后非常循规蹈矩，一心想升迁，再也不流连花丛。

　　这首词有典故，说是柳永那年高考，卷面成绩其实不错，本来已经内定录取他了，但他迫不及待写了这首《鹤冲天》词，而且因为太有名，竟然被当成内参传到皇宫，让宋仁宗看到了。宋仁宗很不高兴，在上面批示："且去浅斟低唱，何要浮名？"说本吴曾《能改斋漫录》卷十六，里面还专门提到仁宗一贯喜欢性格方正整饬的儒学之士，讨厌浮艳虚博的文艺青年。根据史籍记载，宋仁宗即位时是1010年，才十二岁。柳永是1009年初次高考，1015年二试，1018年三试，1024年四试，估计这首词是柳永第一次或者第二次高考落榜后写的。宋仁宗看了这首词后黜落他是第三次或者第四次时的事，更可能是第四次，因为宋仁宗这时二十六岁，可能有些老气横秋。但说真的，宋仁宗本人以好色闻名，还专门派人抢过人妻（当然，在大臣质问下，他把锅推给下面的人，并立刻把人妻放了）就私德来说，并不比人家柳永高尚到哪里去。所以，再贤明的君主，他都有些不近人情，皇帝是永远永远靠不住的!

听到自己的词上了内参,而且仁宗亲笔批复了,柳永干脆自称"奉旨填词柳三变",无所顾忌地纵游于妓馆酒楼之间。

这首词在艺术性和思想性上都有一定可观之处,作为一个古代社会的文人,能够公开宣布,自己不跟你们玩了,我玩我自己的,这是要有很大勇气的。虽然他说这句话是违心的,但也不容易。要知道,公开说出这样的话,意味着体制很难再接纳你,你就不能光宗耀祖,市井闲人就要对你前走后戳。那时不像现在,你有才华可以靠写作挣很多钱,甚至可能世界知名,你可以不鸟体制。但那时不行,那时的人,并不知道世界上还有另外一种价值观。柳永生错了时代,如果生在现代,我猜他根本不会参加最后一次高考特招。"青春都一饷,忍把浮名,换了浅斟低唱。"这句话即使是言不由衷,却能给我们失意的人多少安慰?这一年柳永三十七岁,确实没剩下多少青春了。

晏殊(991—1055),字同叔。北宋抚州(今江西抚州)人。他是个神童,1005年,他十四岁,首次参加高考,一举高中,是名副其实的少年大学生,旋即被授为秘书省正字,正式走上仕途。这个时候,他的身体才刚发育,声音都没变粗,喉结处还是平的。柳永见了肯定要气死,他比晏殊大四岁,考上大学还要在漫长的二十九年之后。这个时间真不短,那时二十九岁的人,都可以当爷爷了。

要说起仕途的顺利,像晏殊这样好运的不多,他几乎没受过什么挫折,一路升到宰相,活得也不短,六十四岁,赶上了好时代,足足享受了五十年的好日子,是真正的人生赢家。不过,他确实懂得做官,据说皇帝每次问他问题，都写在纸条上，他收到纸条，认真答题，答好后，把题目和答案全部密封上交，所以皇帝很喜欢他。千万别小看这事，皇帝是人，总希望自己在众人面前表现得英明，但智力又不一定够，如果臣子肯把智力贡献给他，又尽力不让人发现，这样的臣子，谁不喜欢？据说乾隆曾经让沈德潜代自己写诗，后沈德潜死，门人整理老师的作品，把他为乾隆代写的诗也收了进去，乾隆知道后恼羞成怒，把沈德潜的墓也给挖了，门人全部治罪。按说这不关沈德潜的事，人家都死了，哪管得了弟子做什么？但乾隆可不管这么多，何况你帮我写的代笔诗，为什么要留草稿？

晏殊的词确实写得很好，一般来说，擅长考试做官的人，文学才华都不高，但晏殊是个例外。可能因为他运气好，年少就登科，从此再也没有被高考所苦，保持了一点性灵的缘故吧。

二、浣溪沙·一向年光有限身

一向年光有限身，等闲离别易销魂。
酒筵歌席莫辞频。

满目山河空念远，落花风雨更伤春。
不如怜取眼前人。

《浣溪沙》，唐玄宗时教坊曲名，后用作词调，有杂言、齐言二体，杂言称为《摊破浣溪沙》，齐言仍称《浣溪沙》。这首词表达了人生苦短，不如及时行乐的思想。

一向年光有限身，等闲离别易销魂。

一出口就是警句。年光有限，生命无常；但就在这样可怜的人生中，还经常要生离死别，这是何等让人销魂？一向，即一晌，一会儿，片刻。等闲，随随便便。

有文化的人就容易敏感，尤其像晏殊过得这么舒服，更珍惜生命，更怕死。一般老百姓，怎么会伤春？春天要插秧，累得要死，忙得你一回家就想大睡，根本没有精力想这想那。人类伤春的情绪，基本都是闲的。

酒筵歌席莫辞频。

然而晏殊毕竟是有境界的，他才不会那么没有节制，在伤了一点春之后，他马上警觉起来，宣布："趴踢和宴会，还是要经常地开啊，千万不要认为开得太频繁了。"言下之意，就是要珍惜当下，做一个享乐主义者。

满目山河空念远，落花风雨更伤春。

满目的山河阻隔，只能徒然叹息路途的遥远；在这落花风雨的日子，让我更加伤感春天的美好。满目山河两句，出自李峤《汾阴行》："山川满目泪沾衣，富贵荣华能几时？"是说阻隔重重，相见无望，一个"空"字，说明思念也是枉然。这两句词，意境雄浑，但情调柔媚，刚柔兼济，堪称天籁。著名词学家吴梅认为，它比起晏殊另一对名句"无可奈何花落去，似曾相识燕归来"，起码要好五倍，可惜举世皆盲，看不到这点。吴梅的这个看法，我完全赞同，我以前读到这句的时候，浑身战栗，全身每个毛孔似乎都要滴下"好"和"美丽"的东西。

不如怜取眼前人。

还不如恣意爱怜眼前的丽人。这句化用元稹《会真记》中崔莺莺诗："还将旧来意，怜取眼前人。"晏殊不会老自怨自艾，他不想伤春，也没必要伤春。他可以怜取眼前人，搂过一个侍妾恣意欢乐。这点我们学不来，因为我们大多数人读到这首词的时候，别说侍妾，就连女朋友都没有。

本词是晏殊的代表作。慨叹生命和离别，古人常有之，在晏殊时代早已不新鲜了。我们读过《古诗十九首》，还有什么不能应付？但《古诗十九首》太悲苦太激烈，仿佛是号叫嘶鸣似的，带着汉代的泥土味，扑簌簌而下；晏殊的词作则柔媚雍容，不疾不徐，揭示了中国文化传统的彻底江南化。

欧阳修（1007—1072），字永叔，号醉翁，晚年又号六一居士，庐陵（今江西吉安）人。欧阳修这个人也曾经很苦，四岁时，老爸就死了，很穷，作业本都买不起，年轻的老妈小郑想了个办法，用芦秆画地教他识字。但我们要注意，他没有去学耕田施肥，他老妈还识字，说明他家不算底层。他老爸当过绵州军事推官，五十六岁才生了他。要换我们这个年代的普通百姓，五十六岁你找谁和你生孩子去？不骂你老流氓才怪。如果他老爸是生于现在的平民，我们国家就少一个欧阳修了，文学史的损失就大了。

老公死后，小郑带着儿子去湖北投奔小叔子，欧阳修就这样依附叔叔为生。叔叔家附近有个邻居，姓李，欧阳修常去他家玩。有一次在那家存放旧书的箩筐里，发现一部韩愈文集，残缺得厉害，欧阳修却不在乎，吹了又擦，如获至宝，捧在手里，舍不得放手，寝食俱废。叔叔看在眼里，喜在心头，这孩子如此好学，将来必定高中啊。也不心疼伙食了，对小郑说："嫂子，您放心，有我锅里的，就少不了你们娘俩碗里的。"

1023 年和 1026 年，欧阳修连续参加两次高考预考，都不幸落榜，但这两次预考，他的年龄分别是十四岁和十七岁，不急。等到 1030 年，他再次报考，在三次不同级别的预考中都得了第一名，连中三元。大家都以为，第二年举行的殿试他肯定也是状元，却不料只是第十四名。后来考官承认，是怕这家伙太骄傲了，故意压了名次，想杀杀他的锐气。

高考成功后，欧阳修基本官运亨通，虽然也遭受过三次贬谪，但基本波澜不惊，后来也一直做到宰相，以太子太师致仕。

欧阳修是唐宋八大家之一，散文没得说，其实词也写得很好，很艳情，充分展示了他作为一个人的本质，而不是什么巍巍庙堂上的道德表率。曾有些傻子不服气，认为那些署名为欧阳修的艳词，是仇人写了来栽赃欧阳修的，目的是丑化他。我只为有这种想法的傻子感到可怜，中国漫长的岁月中，这些傻子是多么无趣，又害了多少人啊。

三、玉楼春·尊前拟把归期说

尊前拟把归期说，未语春容先惨咽。
人生自是有情痴，此恨不关风与月。

离歌且莫翻新阕。一曲能教肠寸结。
直须看尽洛城花，始共春风容易别。

玉楼春，词牌名，又名《惜春容》《归朝欢令》等。双调，前后阕
各四句，五十六字。这首词写的是情人离别的痛苦。

尊前拟把归期说，欲语春容先惨咽。

在喝酒的时候，就想把回来的日期敲定；但是每次还没开口，对方
美丽的颜容就变得凄恻了。尊，酒樽。春容，美丽的面容。喝酒本来
是欢快的事，但离宴就不同。在酒席上，一方想敲定归期，以安慰另一方，
但是后者照样不忍听闻。

人生自是有情痴，此恨不关风与月。

在人类中，本来就有情痴那样的人物，他们永远是感情第一，这
点和风花雪月之类的环境无关。这两句没有接着前面的内容叙事，而
是转入对人生情感之苦的悲叹。在中国的文化传统中，人的感情往往
要和节候相联系。离别必说青草，伤秋爱书落叶，怀念长咏明月，思
念总拟流水。李煜说："春花秋月何时了，往事知多少？小楼昨夜又
东风，故国不堪回首月明中。"就是这样。但作者不同，他另翻新意，

强调"情痴"人间本来就有，不必以风月为媒。这样的思考，显然很对文艺青少年的胃口，比原先那种风花雪月不说高明多了，至少也有尖新之感。

离歌且莫翻新阕，一曲能教肠寸结。

离歌千万不要反复翻唱新的曲子，这样的曲子能让肠子寸寸打结。离歌，就是饮酒时所唱的歌曲。阕，本义是事情结束，引申为指乐曲一章的结束，又引申为乐曲。新阕，就是新曲。翻，反复咏唱。为什么新曲就会让人悲伤？不得而知。总之，这两句又从理念回到现实的情景中来，双方的情绪不再含蓄，而是直抒胸臆，大苦大悲。

直须看尽洛城花，始共春风容易别。

必须看尽洛阳的牡丹，才和春风一道，容易和你离别。洛城，即洛阳；洛城花，指牡丹。洛阳自古以牡丹闻名天下。这两句是一转折，突然写到看花。前面写情已到极致，无可推进，这么一转，情绪略有松弛，也仿佛是抚慰离别之痛。其实并不是真的抚慰，因为对方并没有许诺，可以等到洛阳牡丹开尽之后，再行离别。但这样遣词用语，究竟显出一点豪放之气，和一般的婉约词有些不同。

这首词押入声韵，所以读来一开始就显得泣不成声，痛苦噎在喉间，换了非入声韵，就没有这种效果。内容本来是写离情，但如果仅仅是铺叙场景，就显平常。所以突然穿插两句议论，"人生自是有情痴，此恨不关风与月"，概括天地间自有这样一种人物，他们就是为情而生，也甘愿为情而死的。这种概括因为其一定的普遍性，很容易让人产生共鸣，从而极大提升了作品的优秀度。没有这两句，它虽然也不错，但不会成为宋词中的顶级作品。

晏几道（1030—1106），字叔原，号小山，北宋抚州（今江西抚州）人，晏殊第七子。他出生宰相家庭，自幼生活优裕，又有才华，所以比较孤傲。虽然至和二年（1055）晏殊死后，家道逐渐中落，但脾气不改。苏轼曾托黄庭坚引见，想登门拜访他。他却说："当今在朝廷做各种大官的，多半是我家以前的客人，我都懒得去见，何况你呢。"后来因为给神宗皇帝献《鹧鸪天》词，得到赏识，加上父亲的恩荫，授了几任小官。曾经把词作敬献给父亲的一个老部下，希望得到提携，那人却说："你的东西我看了，才华是有，但是太不正经。我跟你说，人生在世，还是品德最重要啊。"晏几道当即傻眼。他死于宋徽宗大观四年（1110），享年七十六岁。他的词作沿袭了"花间词"传统，对当时流行的慢词不屑一顾，也算执着。

四、阮郎归·旧香残粉似当初

旧香残粉似当初，人情恨不如。
一春犹有数行书，秋来书更疏。

衾凤冷，枕鸳孤，愁肠待酒舒。
梦魂纵有也成虚，那堪和梦无。

《阮郎归》，又名《醉桃源》《醉桃园》《碧桃春》，双调四十七字，上下阕各四平韵。这是一首闺怨词。

旧香残粉似当初，人情恨不如。

旧日残留的香粉，还是像当初一样；但是人的感情，已经不一样了。这是把物和人对照起来写，抒发今不如昔的感慨。

一春犹有数行书，秋来书更疏。

春天的时候，那人还有数行书信寄来；到了秋天，就越发稀少了。这两句是对上两句的补充，写出了时移世易，人情冷暖变幻的悲凉。

衾凤冷，枕鸳孤，愁肠待酒舒。

被子上的凤凰好冷好冷，枕头上的鸳鸯好孤独好孤独；我的愁肠需要酒才能舒展。其实凤凰才不会冷，鸳鸯本来就绣得成双成对，它们都是没有生命的东西，不可能感到孤单。这两句都是以物拟人，明写物，暗写人。另外，酒未必能舒展愁肠，所以说"待酒舒"，可能等待得到，也可能等待不到。总之，凡事都不可靠。

梦魂纵有也成虚，那堪和梦无。

就算梦中能梦见那人，也是虚幻不切实际的东西，何况根本连个梦也没有。这两句写醒来的空虚和惆怅，非常真挚感人。上句说已看穿了梦境的虚幻，似乎是说，管它呢，有梦无梦都那么回事，其实已经很难受了，很痛苦了；但下句又推进一层，说可怜我连梦都没有。鲁迅曾说，讨厌一个人，就要眼珠都不看他一眼，根本不把他当回事。这在坏人看来，是得到的最大蔑视。同样，他肯入你的梦，都算给你恩赐了，可怜人家连梦都不入你的，这该有多残酷？

这首词抒写对人的思念情怀，层层深入，通过把自己贬低得一无是处，让自己产生一种自虐式的快感，所谓顾影自怜，大概与此相似。末两句直达高潮，一泻千里。冯煦在《宋六十一家词选例言》中说："淮海、小山，古之伤心人也。其淡语皆有味，浅语皆有致。"在我看来，就是擅长自虐，让卑微可怜的读者也迅速产生共情，从中获得强烈的阅读快感。

第十九课　花影乱，莺声碎

秦观·周邦彦

秦观（1049—1100），字少游，一字太虚，别号邗沟居士、淮海居士，他在兄弟中排行第七，所以又称"秦七"，扬州高邮（今江苏高邮）人。家里条件还不错，有上百亩薄田，算个小地主之家，所以能安心读书。十五岁时，父亲去世，和母亲、弟弟相依为命，也不见人，经常关上门，弹弹琴，读读书，自己玩自己的。他有一个偶像，叫苏轼。宋神宗熙宁十年（1077），苏轼出任徐州知州。第二年夏天，秦观去京城参加高考，特意绕道去徐州拜谒偶像。苏轼也对这个二十九岁的高中生非常赏识，祝愿他高考顺利。但高中生却不顺利，高考落榜，郁郁还乡。

元丰五年（1082），秦观第二次进京高考，还是名落孙山，整天哭丧着脸，有精神抑郁的症状。苏轼耐不住了，两年后路过金陵时，极力向王安石推荐。王安石看了秦观的诗文，说："这么好的文笔，怎么高考没录取呢？"答应帮忙揄扬。有了两位超级学霸的赏识，秦观重拾信心。三年后，第三次参加高考，终于高中，但已经三十七岁高龄，被分配到蔡州（今属河南）当"教授"（学官名），薪水不高，生活清苦。虽然得到苏轼的继续举荐，依旧仕途不顺。当时朝廷新旧党争，秦观不由自主卷入，连续遭贬，从杭州一直贬到处州（今浙江丽水），又贬到郴州（今湖南郴州），再贬到横州（今广西横县），最后贬到雷州（今广东海康县）。数年之间，一直颠沛流离在贬谪的路上，几乎没有睡过一天安稳觉。

元符三年（1100）五月，二十五岁的宋哲宗驾崩，其弟赵佶即位，是为徽宗，向太后临朝辅政。五月，下赦令，声称不论新党旧党，均一视同仁。于是被贬的群臣大多开始内徙，秦观也被召回京师，拜为宣德郎。七月，他从雷州动身北行，路经藤州（今广西藤县）时，因为中暑，病死在光华亭，享年仅仅五十一岁。

秦观的一生，可谓命运坎坷，他的创作风格，也因身世的变换而有较大的不同。南宋的吕本中就说："少游过岭后诗，严重高古，自成一家，与旧作不同。"是说他被贬到岭南横州之后，风格大变。其实在绍圣元年秦观被贬为杭州通判之后，创作风格就已经大变，字里行间充斥着不高兴：好想有一张安稳的床，不再被贬来贬去。但这对他未必是坏事，从文学创作上来说，肯定是好事。以前他是纯写艳情的，到这时候，才真正懂得人生之悲，于是大大丰富了词的表达内容，在文学创作上，产生了巨大飞跃。

秦观以词名著称于世，但实际上他是个多面手，文章、辞赋、诗歌样样精通，他自己对此也是颇为自负的。元丰七年，他自编《淮海闲居集》，甚至完全没有把词列入编内，认为它们文辞鄙陋，不足传世。如果你穿越到那个时代，在他的新书发布会上，对他表示一个粉丝的景仰之情："秦先生，您的歌词写得太好太好了，我最喜欢的，就是《鹊桥仙》那首。您是我们全家最喜欢的词人。"他会马上变脸，粗着嗓子说："对不起，我不是词人，你们全家才是词人。下一个问题。"他本人是不以词人自居的，这点我们一定要清楚。

秦观在诗上面很下功夫，风格柔媚，元好问称之为"女郎诗"，但这样的评价并不全面。他的古体诗写得清新俊逸，所以王安石、吕本中等人都称赞他有鲍照、谢灵运的风格。

秦观的词名所以大大掩盖了诗名和文名，主要因为词写男女情事而又要眇真挚，容易为更多的读者接受。到了南宋，他已被视为婉约派第一流词人，排名上升很快。他擅长把男女恋情同自己的坎坷身世相结合，艺术手法含蓄蕴藉，常通过凝重的意境，用"飞絮""落花""黄昏""流水"等意象，来营造一个惝恍清幽的艺术世界，在当时赢得了很多青楼歌女的粉丝。他死的时候，还有一个灵异故事，说潭州知府在合江亭宴请客人，命令歌妓都唱《临江仙》词。有一个歌妓独独唱了两句"微波浑不动，冷浸一天星"，在座一个叫张才叔的客人非常喜欢，问歌妓词的全篇，歌妓说："不晓得，只是昨夜居于商人船中，邻船有个男子倚樯唱了这首歌。我记性不好，只记住了这两句。"张才叔于是请求太守晚上一起去听。至夜，果然见一男子三叹而歌。有个客人赵琼不禁堕泪："这是秦七的声音啊。"派人去一问，却是秦观的灵舟。这个故事迷离凄凉，略带恐怖，自不可信，但由此可见，秦观在当时有普遍的影响。

一、鹊桥仙·纤云弄巧

纤云弄巧，飞星传恨，银汉迢迢暗度。
金风玉露一相逢，便胜却人间无数。

柔情似水，佳期如梦，忍顾鹊桥归路。

两情若是久长时，又岂在朝朝暮暮。

《鹊桥仙》，又名《金风玉露相逢曲》《广寒秋》等，双调五十六字，上下阕各两仄韵，每阕首两句要求对仗。从这个词牌名就可以看出，它起初跟七夕有关。

七夕也就是农历七月初七，传统的中国节日，据说这天晚上，牵牛和织女被允许通过天河相会，每年只能一次。有关他们的爱情传说，在汉代就有了。说是织女爱上了人间的牛郎，偷偷下凡来和他幽会，王母娘娘听说后大怒，命令将织女押回天庭。牛郎得到神牛的帮助，追到天上。王母娘娘用发簪一划，在两人之间划开了一道银河，从此两人银汉相隔，无法相会。只在七月初七这天，喜鹊们自愿在天河上搭起一座桥梁，让他们有一夕的欢爱。那些为他们的爱情付出劳力的喜鹊们，还因此被王母娘娘嫉恨，遭到髡首之刑。这个优美的故事一直流传，因此七夕这天也被称为中国的情人节。据《荆楚岁时纪》记载，七夕这天，还有乞巧的风俗。妇女们都结彩缕，穿七孔针，在庭院中陈设瓜果，向织女"乞巧"，希望自己的手也能像织女一样灵巧，织出美丽图案。

这首词千百年来一直脍炙人口，可以说是古往今来最著名的七夕诗词了。尤其是"两情若是久长时，又岂在朝朝暮暮"两句，已成为抒写男女爱情的千古绝唱，在中国几乎妇孺皆知，一直安慰着因种种原因不能日日厮守的青年男女。我童年的时候，电视里播过一个单集电视剧《鹊桥仙》，里面秦观出场，初次见到苏小妹，就脱口吟出这两句，让我心中一惊，感觉如此诗歌只许天上有。那时我并未读过这首词，这说明或者这两句词我曾经听过，潜意识中已经有点记忆；或者我虽未听过，但它就如天籁，谁听到都会被打动。总之，有着非同凡响的魅力。

纤云弄巧，飞星传恨，银汉迢迢暗度。

似乎天上的纤云也在学习织女的技巧，星星也在为两人的相会传送幽恨。相会的路途遥远，只能在暗夜中行进。银汉，天河，是割断这对神仙眷侣的天堑。这几句都是写天上的景色。

金风玉露一相逢，便胜却人间无数。

虽然相会一年才能有一度，但比起人间那些蝇营狗苟的所谓爱情，或者纯粹是肉体的欢娱来说，其幸福的感觉要高过千倍万倍。作者把牛郎织女的相会时刻比作"金风玉露"，来源于李商隐的《辛未七夕》诗："恐是仙家好别离，故教迢递作佳期。由来碧落银河畔，可要金风玉露时。"这是作者对牵牛织女爱情纯洁坚贞的赞美，人间的一切爱情，与之相比都黯然失色。

柔情似水，佳期如梦，忍顾鹊桥归路。

他们之间的温柔缠绵，像水一样，而短暂的佳期欢娱，又如同梦幻泡影；佳会一过，很快就不得不分别。当他们依依不舍地朝鹊桥的两端而去，不时地回头相望，心中痛楚，充溢着说不尽的辛酸难受，让我们读者不能不为之动容。这是写他们欢会之后的分别。

两情若是久长时，又岂在朝朝暮暮。

爱情若是长久，又何必朝朝暮暮在一起。正当我们要为牵牛织女的惜别抛洒一抔同情之泪的时候，作者突然抛出这两句，一下又把我们这些庸俗之徒警醒，让我们惭愧，自己对他们的同情是多么的可怜。在上阕中，作者已经说了，人家两情相悦一次，就胜过我们人间情侣的千次万次，我们就算每天缠绵，一年也不过三百六十五次，而人家可以千年万年，永无止境，我们怎么能跟人家相比？况且，真正的爱情，是不在乎相伴时间长短的，朝朝暮暮的相伴不一定有真实的爱情，更不一定有质量。这点我们应该承认，人间很多夫妻虽然天天相处，却同床异梦，或者吵架不断，柴米油盐让大家都筋疲力尽。

自古以来写七夕的诗词很多，但秦观这首拔高了牵牛织女的意境。因为以往的作者大多是慨叹他们离多会少的悲哀，比如汉代《古诗十九首》："河汉清且浅，相去复几许？盈盈一水间，脉脉不得语。"写两人隔河相望的可怜。而秦观却说他们一年一会比天天厮守好，正显得他们的精神高尚，所以《草堂诗余集》卷三眉批说："相逢胜人间，会心之语。两情不在朝暮，破格之谈。七夕歌以双星会少别多为恨，独少游此词谓'两情若是久长'二句，最能醒人心目。"说得确实不错。但这样的拔高，秦观也不是第一个，欧阳修的《七夕》诗就说过："莫言天上稀相见，犹胜人间去不回。"也是说牛郎织女的相会，并不逊于人间情侣的薄情。只不过秦观的说法要更进一步，他不像欧阳修，把牛郎织女的一年一会和人间始乱终弃的情侣相比，而是说即便和一般恩爱的夫妻相比仍要高尚。但我常常私下以为，这其实是一种无奈的自嘲。即使牛郎织女寿命无限，也会希望天天厮守的。当然我境界可能有些低，没办法。人世间有种种无奈，我们可以为他们欲欢会而不得的状态寻找一个安慰，但如果我们有机会和情人厮守，却还这么振振有辞，那就是不折不扣的虚伪了。更重要的是，人生苦短，光阴易逝，不及时恩爱缠绵，等到倏忽老去，就后悔莫及。

　　除了思想之外，从技巧上看，最后两句也非常别致。有学者分析说，作词最忌以议论入词，最忌以散文笔法入词，但这两句就偏偏是议论，句子也近于散文，而产生了让人惊讶的效果，这就是妙语天成，可遇而不可学，就算秦观本人，恐怕也写不出第二句。这一点我们心里要明白。

二、千秋岁·水边沙外

> 水边沙外。城郭春寒退。
> 花影乱，莺声碎。
> 飘零疏酒盏，离别宽衣带。
> 人不见，碧云暮合空相对。
>
> 忆昔西池会，鹓鹭同飞盖。
> 携手处，今谁在。
> 日边清梦断，镜里朱颜改。
> 春去也，飞红万点愁如海。

　　《千秋岁》，词牌名，七十一字，上下阕各五仄韵。此词写作时代有两种说法，一说是秦观贬谪处州时作，因词中有"花影乱，莺声碎"之句，后人慕之，在处州建"莺花亭"以为纪念。另一说是作于衡阳。据宋曾敏行《独醒杂志》，秦观被贬谪郴州，心里很不快乐，路过衡阳的时候，衡阳知府孔毅甫盛情款待他。有一天，他们在郡斋喝酒，秦观就作了这首《千秋岁》词。孔毅甫读到"镜里朱颜改"这句，大惊，问道："少游，你正当盛年，为何作此悲语？"还步其韵和了一首，以为慰解。秦观住了几天，告别孔毅甫，孔毅甫把他送到郊区，又百般劝告，归来后对身边亲近的人说："少游气貌，和平时大不一样，恐怕不久于世。"没多久，秦观果然就去世了。这个记载非常生动，但是据学者考证，此词写的是春景，秦观被贬到郴州的时间是绍圣三年（1096）年岁末，那么经过衡阳时应当为秋天，所以说，把它看成秦观在处州时所作，时间为绍圣二年（1095）的春天，更为可信。此词抒发了作者春日的离情别恨，以及对昔时盛会的无比怀念之情，意境悲怆，和秦观往日柔媚婉曲的词风也不大契合，无怪乎别人认为这是词谶，预示着秦观的死期将至。

水边沙外。城郭春寒退。花影乱，莺声碎。

《水边沙外》，点明地点；《城郭春寒退》，说明是春暖逐渐加浓的时候；《花影乱》，表明春花非常繁盛，春意非常浓厚。但是作者一个"乱"字用得非常好，白居易诗说"乱花渐欲迷人眼"，只有春花极为繁盛，才会产生这种让人目不暇给的缭乱之感，同时一方面又暗示了作者心情之乱。"碎"字也用得非常传神，说明莺声处处，聒噪盈耳，将草长莺飞的春日盛况描写得栩栩如生。从另一方面来讲，"碎"字也象征作者迷乱破碎的心灵。

飘零疏酒盏，离别宽衣带。人不见，碧云暮合空相对。

作者既然被贬谪远方，则身世飘零，不再有饮酒看花的兴致，疏远了酒盏；而且自从离别后，一个人孤独地过日子，心情悒郁，恹恹瘦损，衣带都因此变得宽松了。这句化自《古诗十九首》："相去日已远，衣带日已缓。""人不见"，说明词人在等待着什么人，但是这个人迟迟不来，只剩下自己和碧云暮色空自相对。这句也是来自前人的诗，江淹《拟休上人怨别》："日暮碧云合，佳人殊未来。"从江淹的诗看来，词人在此等待的似是一位女性。

忆昔西池会，鹓鹭同飞盖。携手处，今谁在。

下阕开始写对往事的回溯，和上阕的现实构成鲜明对比。"西池会"是对往日在西池宴集的回忆。所谓"西池"，即"金明池"，是汴京城西很有名的池子，当日王公大臣都喜欢在那里游玩集会。元祐七年（1092）三月的上巳节，皇帝下诏赐花酒，以中浣日游金明池、琼林苑，又会于国夫人园，会者共有二十六人，秦观也是与会者之一。后来他无比怀念那次佳会，在作品中，提及不止一次。"鹓鹭同飞盖"，是写同行者排列游园的盛况。"鹓鹭"，指朝官之行列，如飞行的鹓鸟和鹭鸟那样排列整齐有序。《隋书·音乐志》："怀黄纡白，鹓鹭成行。"鹓鹭就是指朝廷百官。"飞盖"，形容车辆行驶疾速，语出曹植《公宴诗》："清夜游西园，飞盖相追随。"如此盛大的场景已成梦幻烟云，当年那些携手同游的同事，大部分被贬谪到了远方。胜地不常，盛筵难再。"今谁在"三个字，写出了作者心中怀旧的悲伤。

日边清梦断，镜里朱颜改。春去也，飞红万点愁如海。

这几句可以看出，秦观对贬谪他的哲宗皇帝曾经抱着莫大希望，认为有可能召他回京，官复原职。古人常用"日"来比喻皇帝，"日边"，就是在皇帝身边。但是日久天长，渐渐朱颜变换，人都老了，回京的美梦逐渐断绝。用政治前途和生理年龄的衰老的交替叙述，来反复抒发自己不得志的主题，一唱三叹。最后两句非常有名，是全词的高潮。"春去也"，感叹春天的消逝，像是散文句式。"也"是感叹词，相当于现在语体文的"啊"，在词中突然出现这么一句散体感叹句，显得非常突兀，但可以看出感情发泄的剧烈。"飞红万点愁如海"，写春花的凋零，到处飘洒，减却了春光，导致词人产生了如海一般的悲愁。春归固然能引起词人的悲愁，但恐怕寻常的时节更替，还不至于导致如海的愁怨，肯定还有别的原因，寻绎起来，自然是被贬谪的愁怨。把悲愁比作浩瀚无垠的大海，比较生新。

这首词是秦观的名作，上阕写当时场景，通过春光的明媚抒发离人之思；下阕回忆往昔在京城的盛况，昔日之美好而今风流云散，今非昔比，怎不让人肠断。词似写惜春之情，实际上是感叹贬谪之痛和身世之悲，最后以"愁如海"作结，缠绵悱恻，催人泪下，不愧为一篇千古名作。

三、减兰·天涯旧恨

天涯旧恨，独自凄凉人不问。
欲见回肠，断尽金炉小篆香。

黛蛾长敛，任是春风吹不展。

困倚危楼，过尽飞鸿字字愁。

《减字木兰花》，又省称《减兰》，词牌名，系从《木兰花》的词牌减省改韵而成，共四十四字，上下阕各两仄韵，两平韵。这首词大约作于绍圣三年（1096），作者当时正遭贬湖南。词中借闺怨抒发了远离思家之情和飘泊天涯之恨，情感真挚，催人泪下。

天涯旧恨，独自凄凉人不问。

首句开门见山"天涯旧恨"，既然是"旧恨"，可知这妇女积怨已久，她丈夫离开她起码好多年了。至于为什么离开，去哪儿了，作者没有交代。或者是为了高考，或者是为了经商。古时候电信不发达，心上人一旦远游，就别想那么容易知道音讯，甚至有时出游的人死在外面，一辈子不回来也是常有的事。总之游子久不归，让独守空床的思妇极为痛苦，所以有的古诗写道："早知潮有信，嫁与弄潮儿"，"不如桃李，犹解嫁东风"。凡是有规律的自然现象，都会让中华大地上的怨妇产生联想。潮水是有规律来回的，东风也是春天必至的。她们哀叹自己的命运还不如桃李，桃李一年中还至少能得到一次东风的垂怜眷顾，她们有什么呢？

欲见回肠，断尽金炉小篆香。

这两句写怨妇心中的思念，她们肠一日而九回，百转千折，像那种曲里拐弯的盘香一样。"篆"的本义是曲而连环的花纹，所以曲里拐弯形状的书体称为"篆书"。而人的肠子也是回环纤曲，如同盘香。应该说，以盘香比喻愁肠不算什么新发明，而且这个比喻很静态平庸。《古

412

歌》里说："心思不能言，肠中车轮转。"这才叫生动新奇；李贺诗《秋来》里说："思牵今夜肠应直，雨冷香魂吊书客。"这才叫尖峭惊鬼神之笔。秦观这句与之相比，如果不是对他超级崇拜的人，我想都会承认远远不及。但他把思念的回肠比喻成正在燃烧而寸寸成灰的盘香，还是有值得肯定的地方，毕竟极大地渲染了怨妇对男人的渴盼之深，已经到了柔肠寸断的地步。沉痛是沉痛，却也不能说是天外神笔。因为李商隐早说了："春心莫共花争发，一寸相思一寸灰。"

黛蛾长敛，任是春风吹不展。

下阕的这两句，应该说也比较一般。词句中有"春风"二字，但从后面两句看，这首怨妇怀人的背景却不是春天，"任是"两个字，也点明了作者仅仅是虚拟，也就是说，即便是春风，也不能化解这位思妇的愁怨。不少人夸奖这句很妙，其实我觉得都是皮相之见。众所周知，春天是情欲勃发的季节，而怨妇得不到生理和心理的满足，愈发悒郁，愈是春风，愈会吹不开她的眉弯，那是显而易见的事。如果换了秋风，百物肃杀，怨妇的心里也许就没有那么难受了。所以，"春风"二字，看似花团锦簇，其实不算太好。后来纳兰容若《临江仙·寒柳》词："西风多少恨，吹不散眉弯。"大概从这句启发，但写的是西风，情理上我比较接受些。

困倚危楼，过尽飞鸿字字愁。

最后两句点明了季节是在秋天，因为怨妇正困倦地倚在高楼上发愁，有危楼可上，有阑干可倚，可见她是在一个富贵人家。她望着头顶，头顶上大雁们一会儿排成了"人"字，一会儿排成个"一"字，却没有给她带来心上人的音信，教人争不怅惘？和潮水和春风一样，大雁也是按照季节行动的，它们冬南夏北，具有很强的规律性。不过前此诗人们从来没有代思妇下笔，说想嫁大雁的，不知道是怎么回事。总之，在别人看来，能送信的大雁是个喜讯，而对于思妇来说，却更加增人忧愁。

中国的士大夫喜欢代女人写闺怨，或者干脆赤膊上阵，把自己对君王没机会完全披露的悃款忠心，借女人的口吻表达出来，因为两者之间的确很相似：不得志的臣子冀望君王的宠信，就像失欢的妇女渴盼丈夫的垂爱一样迫切。当然，秦观这首词也许仅仅是单纯写闺怨。

从艺术上来说，秦观这首词音律铿锵悦耳，每两句一换韵，显得音节紧凑，情绪如山中涧流，虽然百折千回，却情感充沛，势不可挡，急流直下，有一种激情喷涌的畅快淋漓之美。这可能得益于《减字木兰花》这个词牌的特色。诗词一旦急遽换韵，就会让人产生急切不安分的感觉，适合抒写郁闷。李贺很多诗就有这种特点，如果换成别的不换韵的词牌，也许艺术价值会大大降低。有的学者说："（《减字木兰花》）全篇四韵，每韵均为一个四字句、一个七字句，这种形式，相对来说比较呆板，很容易造成各句之间不相联属的断片结构。"我不同意这种看法，诗词不是散文，它并不一定需要各句之间有连属。诗词的意境是完全可以急遽跳跃的。反之，我认为，如果不是这个词牌的急遽换韵，秦观这首词根本不能产生急雨骤风般情感宣泄的效果，也就成不了一首好词。

周邦彦,生于宋仁宗嘉祐元年(1056),死于宋徽宗宣和三年(1121),享年六十五岁。他死后没几年,金兵就攻破了汴梁,北宋灭亡。所以,他的命还不错,至少避开了战乱。他是钱塘(杭州)人,平生事迹在古书上记载得不是很详细,而且颇多自相矛盾之处。青年时代大概曾在荆州游学,后来还到过长安,元丰五年(1082)年入太学,曾给朝廷献《汴都赋》,开始入仕,当了几任不大不小的官,后期主要在各地任知府,最后死在赴处州知府的路上。

他的性格,据史书说,"疏隽少检,不为州里推重",也就是性格不稳重。我之听说过周邦彦这个人,就是因为少年时候看过的一本地摊杂志,里面津津乐道周邦彦和名妓李师师的艳情,正是情浓耳热的时候,宋徽宗来了,也要找李师师,周邦彦吓得一骨碌钻到床底,听见宋徽宗一边和李师师调情,一边欢爱。宋徽宗许诺要把李师师娶进宫,李师师其实不愿,但也虚与委蛇。而后,宋徽宗离开,周邦彦从床底钻出来,给李师师写了那篇著名的《少年游》:

并刀如水,吴盐胜雪,纤指破新橙。
锦幄初温,兽香不断,相对坐调笙。

低声问、向谁行宿,城上已三更。
马滑霜浓,不如休去,直是少人行。

表示对自己被忽略的抗议。史书所谓周邦彦的"不稳重",难道指狎妓这类事情?如果是,我则觉得有些冤枉,因为那时的文人,几乎没有不狎妓的。别人这么指摘周邦彦,肯定还有别的原因。

很多学者指出，周邦彦的人品不好，当时没有几个人说过他的好话，所以导致他前期做官，考核总不合格，屡不得升迁。四十五岁之后，因为他的赋获得皇帝欣赏，官运才渐有起色。而且他跟权臣蔡京关系密切，颇被当时的清流所恨，所以刘熙载批评周邦彦的词不洁净、不贞刚。

周邦彦是宋代少有的精通音律的词人，自己就创制了很多词牌，比如《六丑》《华胥引》《玲珑四犯》。他的词句不像以前的小令那样，遵守近体诗格律，而是颇多拗句，因此唱起来有一种特殊的味道，显得激越慷慨，隐含风雷，和秦观那些人圆熟柔媚的风格大不相同。他的词句，凡是可平可仄处多用仄声，仄声中又多重视上声和去声，显得沉郁顿挫。一般青涩的乐师都驾驭不了，非得老乐师使尽浑身解数才能对付。

他和柳永一样，也喜欢填慢词，但比柳永的词作要典雅。他特别喜欢用典，擅长铺叙。但他的铺叙不像柳永、苏轼等人平铺直叙，而是往往像小说中的倒叙、追叙一样，交叉杂糅，变化多端；他用典也不像辛弃疾那么粗暴，霸王硬上弓，而是水乳交融，浑然无迹，可见他的写作技巧。总之，他当得上是北宋慢词的集大成者。

四、六丑·蔷薇谢后作

正单衣试酒，恨客里、光阴虚掷。

愿春暂留，春归如过翼。一去无迹。

为问花何在，夜来风雨，葬楚宫倾国。钗钿堕处遗香泽。

乱点桃蹊，轻翻柳陌。多情为谁追惜。

但蜂媒蝶使，时叩窗槅。

东园岑寂。渐蒙笼暗碧。静绕珍丛底，成叹息。

长条故惹行客。似牵衣待话，别情无极。

残英小、强簪巾帻。终不似一朵，钗头颤袅，向人欹侧。

漂流处、莫趁潮汐。

恐断红、尚有相思字，何由见得。

这首词是作者自度曲，据周密《浩然斋雅谈》，周邦彦曾对宋徽宗云："此犯六调，皆声之美者，然绝难歌。昔高阳氏有子六人，才而丑，故以比之。"意思是，这首曲子有六个变调，都是很美的曲调，但是很难歌唱。当年高阳氏有六个儿子，都很有才华，也很丑，所以用来比附它。全词一百四十字，上阕八仄韵，下阕九仄韵，皆押入声，诸领格字并用去声。犯，词曲变调。领格字，以第一个字总领本句中其他字词，或总领下一句甚至几句，大多为虚词，常出现于词意转折处，起连结过渡作用。比如这首词的领格字是"正""但""渐""似"。

此词写的是作者看见蔷薇花谢之后，心中的一系列感想，主要是表达年华逝去的感慨。

正单衣试酒，恨客里、光阴虚掷。

正穿着单薄的衣服尝酒，怅恨在客居的地方，光阴白白地被抛弃了。掷，扔弃。但实际上不是光阴被人抛弃，而是人被光阴抛弃。但这么写，就显得自责，好像自己做错了事似的。

愿春暂留，春归如过翼。一去无迹。

希望春天能够暂时停留一阵，然而春天依旧像飞鸟掠过，一点痕迹都不剩下。作者的期望也不高，只是希望春天能够暂时停留一会儿，可惜连这个愿望也达不到。春天一去，就杳无痕迹了，显得非常惨痛。南朝费昶《和萧记室春旦有所思诗》："水逐桃花去，春随杨柳归。"杜甫《夜二首》之二："城郭悲笳暮，村墟过翼稀。"周邦彦这几句，化用了古人诗句。

为问花何在，夜来风雨，葬楚宫倾国。

我想问问，花现在去哪了？昨天一夜的风雨，把佳人似的蔷薇都给埋葬了。楚宫，楚国宫殿。倾国，指代美女。古书上说，楚灵王好细腰，大概因此想象楚国宫中多细腰美女。唐韩偓《哭花》："若是有情争不哭，夜来风雨葬西施。"西施是美人，楚宫倾国也是美人，都是用美女来比喻花瓣。周邦彦这两句，大概由此生发。

钿钿堕处遗香泽。乱点桃蹊，轻翻柳陌。

钗钿坠落的地方，还留有一点佳人的香泽。它们在桃柳树下的小路上翻飞乱点。这几句进一步想象蔷薇花像美女头上的首饰坠落在地。唐末徐夤《蔷薇》："朝露洒时如濯锦，晚风飘处似遗钿。"据《新唐书·杨贵妃传》记载，唐玄宗带着杨贵妃去华清宫，杨国忠率领车骑开道，穿着都非常绮丽奢侈，一路上遗落的钿和鞋子琳琅满目，香飘十里。所以后人用遗落的钗钿来比喻落花。

多情为谁追惜。但蜂媒蝶使，时叩窗槅。

这么多情的美女，有谁追念怜惜？只有那些蜜蜂和蝴蝶，时不时还飞来飞去，在窗格子上乱撞。唐裴说《牡丹》："游蜂与蝴蝶，来往自多情。"周邦彦写只有蜜蜂和蝴蝶时叩窗槅，暗示只有它们怜香惜玉，当是暗用裴说的诗意。

东园岑寂。渐蒙笼暗碧。静绕珍丛底，成叹息。

东园里非常静谧，花木逐渐朦胧茂密，呈现出阴暗的碧色。我静静地绕过珍贵的蔷薇花残丛下，叹息不已。黄庭坚《次韵黄斌老晚游池亭》："岑寂东园可散愁，胶胶扰扰梦神游。"周邦彦可能隐用黄庭坚诗意。南朝刘缓《看美人摘蔷薇》："绕架寻多处，窥丛见好枝。"唐韩偓《大庆堂赐宴元珰而有诗呈吴越王》："笙歌风紧人酣醉，却绕珍丛烂熳看。"以珍丛喻花，当是周邦彦所本。

长条故惹行客。似牵衣待话，别情无极。

长长的枝条故意招惹着我，牵扯着我的衣服，好像要跟我说话，畅叙不尽的离别之情。众所周知，蔷薇枝上刺非常多，容易挂住人的衣服。唐储光羲《蔷薇》："高处红须欲就手，低边绿刺已牵衣。"也是写蔷薇牵人衣服，周邦彦与之相似。

残英小、强簪巾帻。终不似一朵，钗头颤袅，向人敧侧。

有一朵残留的小小花朵，我把它摘下来，勉强插在头巾上。但终究不像一朵成年的花，能在美人的钗头上微微颤动，向人倾斜。

漂流处、莫趁潮汐。

漂流之处，能否不趁潮汐？意思是，你能不能留下来，不跟着潮汐流走。

恐断红、尚有相思字，何由见得。

我担心你零落的红色花瓣上，还写有相思的字迹，若是你流走了，我就看不到了。唐代有好几个红叶题诗的典故，其中一个说顾况在洛阳，和几个朋友在上阳宫附近玩，看见宫墙内流出的溪水上，漂着一片梧桐叶，上面写有一首诗："一入深宫里，年年不见春。聊题一片叶，寄与有情人。"还有一个故事说，中书舍人卢渥去长安高考，有一天走过御沟，看见一红叶上写着一首绝句："流水何太急，深宫尽日闲，殷勤谢红叶，好去到人间。"于是捡起来收藏。后来皇帝省减宫女，赐给各级官员，卢渥也分到一个，那宫女看见卢渥收藏的红叶，说："这是我写的，怎么被你捡到了？"周邦彦写花瓣上题诗，当是暗用红叶题诗的典故。

这首词是周邦彦的名作，作者心思细密，一丛普通的蔷薇花谢，也能引发这么多联想。其实词的内容并没有什么特别，不过就是寻常的惜春情绪，也没有什么警句，主要优点在于铺陈细腻，几乎每句用典，但又看不出刻意的痕迹。但如果是知道那些典故的人，肯定会心一笑。由此可见周邦彦的博学。此词在音乐上也有特点，因为词牌名为"六丑"，周邦彦说其取名原因在于一曲中有六次变调，而乐曲变调时，往往都是声音非常特别美好之处，可惜乐谱失传，我们现在听不到了。词中颇有不合格律的拗句，也是周邦彦词的特色。不过我对这首词感情很深，因为它是我高中时最早背诵的长调词之一，而且当时正是在一个春日，泥墙上正好悬挂着一丛淡黄色的蔷薇花，在半阴的南方春天微风下摇曳，气温不高不低，非常舒服，那种舒服的感觉，糅进了我的青春记忆中，让我至今思来依旧神驰不已。

五、蝶恋花·月皎惊乌栖不定

> 月皎惊乌栖不定。
> 更漏将阑，辘轳牵金井。
> 唤起两眸清炯炯，泪花落枕红绵冷。
>
> 执手霜风吹鬓影。
> 去意徊徨，别语愁难听。
> 楼上阑干横斗柄，露寒人远鸡相应。

《蝶恋花》，词牌名，本名《鹊踏枝》，又名《黄金缕》《凤栖梧》等。双调六十字，上下阕各五句四仄韵，另有变体二种。这个词牌的作品，名作极多。

月皎惊乌栖不定。

月光非常皎洁，把乌鸦都吓住了，在树枝上坐卧不宁。乌鸦喜欢在夜间活动，月亮竟然皎洁得让它们受不了，这个想法很别致。"惊乌"的意象见于唐王昌龄的诗《途中作》："坠叶吹未晓，疏林月微微。惊禽栖不定，寒兽相因依。"但是王诗没有说禽鸟是被月亮的皎洁惊动的，周邦彦是从旧曲中生发新意。

更漏将阑，辘轳牵金井。

长夜即将过去，更漏声眼看结束，可以听见有人在井边扳动辘轳汲水的声音，这差不多是凌晨了，这两句可见古人的勤劳。南朝费昶《行路难》之四："唯闻哑哑城上乌，玉栏金井牵辘轳。"周邦彦应该受此诗句意象启发。

唤起两眸清炯炯，泪花落枕红绵冷。

这唤起了一个人，她的两个眸子炯炯生光，泪花落在枕头上，沁湿了红绵，逐渐变得冰凉。这人的眼睛那么亮，可见其大概一夜未眠，一直在悲伤流泪，为什么流泪呢？下面将会交代。红绵是今天的枕头芯，被泪水泡得竟然冰凉，说明她流的泪太多，时间太久，否则无论如何不至于湿冷。南朝潘岳《寡妇赋》："愿假梦以通灵兮，目炯炯而不寝。"写的是寡妇，周邦彦受此启发，用来写离人。

执手霜风吹鬓影。

互相握着手，在寒霜遍地的风中伫立，风吹动了她的鬓影。下阕的首两句，就是妇人通宵不眠的原因：她和心上人要在凌晨的霜风中离别。李贺《咏怀》："弹琴看文君，春风吹鬓影。"周邦彦"鬓影"一词大概沿用李贺。

去意徊徨，别语愁难听。

离去时心神不定，但又不得不然。离别的话让人痛苦，不忍入耳。徊徨，心神不定。有的版本写作"徘徊"，指流连不忍离去，也通。

楼上阑干横斗柄，露寒人远鸡相应。

天上的北斗星斗柄横斜，时间不早了，在露水的寒冷中，人渐渐远去，公鸡也叫了起来，天快亮了。阑干，横斜的样子。北斗七星像个勺子，古人认为斗柄横斜的时候，就是凌晨时分。曹植《善哉行》："月没参横，北斗阑干。"隋杨广《月夜观星诗》："更移斗柄转，夜久天河横。"可见说斗柄横斜，是古人常用来指代时间的写法。

周邦彦以慢词闻名，其实小令也写得很好，这首就是其代表作。内容是写一位妇女在凌晨送别情人，本身没有什么新意，我们前面讲温庭筠的时候，讲到他写的一首送人诗，也是写类似时段送别，但温词写得非常旖旎，有"玉楼明月"，有"柳丝袅娜"，有"画罗金翡翠"，有"花落子规啼"，和这首的凄凉形成鲜明对比。虽然季节有差别，所描写的风景也会有差别，但双方择取的意象，也明显反映了不同的审美趣味。周邦彦就不铺陈室内金碧辉煌的环境，他只写感受。而且和前面讲的《六丑》一样，这首小令也几乎句句用典，但又基本完全看不出来用典，展示了周邦彦擅长檃栝前人诗词意境、化为己出的卓越才能。

第二十课　云中谁寄锦书来，花自飘零水自流

李清照·辛弃疾·姜夔

李清照（1084—约1151），号易安居士，山东济南人。出身一个高知家庭，父亲叫李格非，宋神宗熙宁九年（1076）进士，当过几任小官，性格耿介，因为反对新法，遭到排挤，被罢官，从此着意著述。李清照从小受到家庭影响，好学不倦，多才多艺，擅长音律诗歌。十八岁和太学生赵明诚结婚，赵明诚喜欢搜集金石古董，两人志同道合，这是她一生最幸福的时段。不过她的公公赵挺之依附蔡京，当过宰相，和她父亲李格非政见不同，势同水火。所以，李清照青年时期，也颇感受到思想分歧的可怕、政治斗争的险恶。赵挺之后来又和蔡京反目成仇，死后，蔡京派人搜罗他的罪状，险些酿成大狱。李清照夫妇为了避祸，急忙跑回老家隐居。

　　后赵明诚重新出来做官，李清照跟着丈夫赴任，帮助搜集金石。不过她颇感压抑，现在的女权主义者肯定会有极大共鸣，她深恨自己生为女性，在那个时代空有才华，不能尽情驰骋。她曾填过一首《渔家傲》：

　　　　天接云涛连晓雾，星河欲转千帆舞。仿佛梦魂归帝所，闻天语，殷勤问我归何处？

我报路长嗟日暮，学诗谩有惊人句。九万里风鹏正举，风休住，
蓬舟吹取三山去。

　　她说，诗歌写得再好，惊人的句子到处都是，也到底有什么意义？
在这种郁闷之下，她梦魂飞扬，想去询问天帝。但世上哪里真有天帝呢？
　　这并不算最惨的，她碰到了中国人最恐惧但有时又最无法避免的
事情——战乱。为何这么说？古代中国，平均不到一百年就要发生改
朝换代，每到此时，血流成河，整个中国就变成一架无垠的绞肉机。
李清照很不幸，她就碰上了。1127 年，金兵攻陷汴京，李清照随着难
民仓皇南渡，往日节衣缩食搜集的金石古董，除了少数之外，皆毁于
乱兵之中。南渡之后，她跟着丈夫到处奔波。在池阳，赵明诚突然得
到诏书，要奔赴湖州，李清照问他："你走了，万一发生战乱怎么办？"
赵明诚说："跟着别人行事，不得已的话，先把辎重扔掉；再不行，扔
掉衣被；还不行，扔掉书册卷轴；依旧不得已，扔掉古董；但那些价值
连城的宗器，绝对不能扔，除非你死了。"大男子主义溢于言表，我想，
李清照听到这句话，是非常痛苦的。她料不到在丈夫心中，她的生命价
值也不过尔尔。但赵明诚在路上突然病死了，这对李清照来说，肯定又
比听到上述那番话时还要痛苦。毕竟在那个时代，家里没个男人不行。
　　李清照成了寡妇，还有人落井下石，诬陷她和她的死鬼老公通敌，
吓得她魂飞魄散，通过关系找到宋高宗赵构辩冤，侥幸昭雪。这一年，
她四十五岁。
　　在此后的几年，她带着剩余的书画四处奔逃，几乎无有宁日，有一
次在绍兴借住人家，又被盗窃，藏品几乎荡然而光。1132 年，她四十八岁，
不得已，再嫁张汝舟。张汝舟是浙江归安人，北宋徽宗崇宁二年（1103）

进士。张汝舟开始对她还行，后来听说她的收藏不存，就改变了态度，经常搞家暴。李清照一怒之下，就去告发张汝舟考试作弊，借此获准离婚。此后，她又独身活了近三十年，终于死去。这期间，她完成了大量诗词作品，以及赵明诚的学术著作《金石录》的校勘整理。

李清照的词所存不多，但她是我认为唯一几乎每篇作品都好的词人，我甚至怀疑，她是否在生前就把所有写得不好的词都烧掉了。但我最敬佩她的是，作为一个女人，在绵延数千年的男权社会脱颖而出，可以想象她有多高的才华。这点，是现在一般的男人很难想象的。

一、孤雁儿·藤床纸帐朝眠起

藤床纸帐朝眠起，说不尽、无佳思。
沉香断续玉炉寒，伴我情怀如水，
笛声三弄，梅心惊破，多少春情意。

小风疏雨萧萧地，又催下、千行泪。
吹箫人去玉楼空，肠断与谁同倚。
一枝折得，人间天上，没个人堪寄。

《孤雁儿》，词牌名。又名《御街行》，双调，七十八字，上下阕各四仄韵，下阕亦有略加衬字者，列为变格。这首词有个小序："世人作梅词，下笔便俗。予试作一篇，乃知前言不妄耳。"写古诗的，确实有个毛病，喜欢用典，喜欢说些陈旧套话。比如一写到梅花，恐怕总忘不了陆机和林和靖，所以李清照说，下笔便俗。她想试着写一篇，"乃知前言不妄"，意思是写了才知道确实容易俗。别人俗，自己也俗，但这显然是谦虚。中国人多喷子，见不得人袒露真实。你不自己先谦虚一下，会被喷子喷死，除非你有生杀予夺之权，否则真招架不过来。甚至即使你有那个权力，仍有一些喷子抱着所谓士大夫气节，一阵乱喷，搞得你打他吧，其他喷子说你气量小，所以也只好优容，成就其名了。所以有识之士，往往先把自己矮化，其实心中并不是那么想的。外国人不能理解中国人的假谦虚，以为是多礼，其实并不是，只是知道社会险恶，不得不夹起尾巴做人而已。

总之我认为，李清照这首词写得非常好，一点都不俗。一般认为，它是李清照为赵明诚写的，是悼亡之作，写于 1129 年。

藤床纸帐朝眠起，说不尽、无佳思。

用藤条编织的床，用纸编织的帷帐，清晨，我从中醒来，说不尽心中的悲愁。佳思，就是好心思。无佳思，就是没有好心思。古代"思"有平仄两读，意思相近，这个"思"字要念去声，才能押韵。

沉香断续玉炉寒，伴我情怀如水。

炉子里烧的沉香木，断断续续的，炉子也因此冷冰冰，就这些，伴随着我如水的情怀。水是寡淡无味的，心情如水，自然是寡淡无味。

笛声三弄，梅心惊破，多少春情意。

笛子的声音，连续了三章，连梅花都惊了，不由自主绽开，春意盎然爆发。弄，本来指乐曲，后来一段乐曲或者一章乐曲都可以称为"弄"。

小风疏雨萧萧地，又催下、千行泪。

外面刮着小风，下着疏雨，四处萧然，这些凄凉景象，又催下我千行的泪水。

吹箫人去玉楼空，肠断与谁同倚。

吹箫的人走了，玉楼空空荡荡，我的肠子简直要断绝，从今以后，我还能和谁一同吹箫？倚，有伴着音乐而歌的意思，这句暗用秦穆公女儿弄玉的典故。说弄玉和她的丈夫萧史吹箫逗引凤凰，后成仙而去。李清照的意思，两个人本来可以相倚而歌，现在只剩一个人，教人怎不肠断。把"倚"理解为"倚靠"也通。

一枝折得，人间天上，没个人堪寄。

我折下一支梅花，但是人间天上，都找不到人可以寄赠。赵明诚已死，夫复何言。

自古以来，才女给亡夫撰写悼文和悼诗的事，在所多有。在李清照之前，最有名的就是南朝梁代的才女刘令娴了，她写得比较直接："辅仁难验，神情易促。霜碎春红，霜雕夏绿。躬奉正衾，亲观启足。一见无期，百身何赎……从军暂别，且思楼中；薄游未反，尚比飞蓬；如当永诀，永痛无穷。百年几何？泉穴方同。"如潮水奔溢，不可遏制。李清照的这首词，则看似平淡，底下蕴含汹涌的暗流，更让人回味。尤其最后一句，以梅花无人寄赠，来表达爱人的永诀，人说乐声美妙，可以绕梁三日袅袅不绝，其实悲痛之气亦然。

辛弃疾（1140—1207），字幼安，号稼轩，山东东路济南府历城县（今济南市历城区）人，和李清照算老乡。辛弃疾出生的时候，北方已经沦陷于金国，就国籍来说，他其实是金国人。他父亲辛赞，还做过金国的知府，也就是说，辛弃疾是不折不扣的金国官二代。但他没有因此对金国感恩，反而参加了金国山东耿京的一支义军，并劝说耿京南下投宋。宋高宗很高兴，给他封官，却搁置了他献的伐金大策。

此后，辛弃疾先后被任命为各处地方官，曾任江西安抚使、福建安抚使、绍兴知府、镇江知府、枢密都承旨等职。有时为朝廷平叛，更多时候用来安抚地方。中间还曾被诬陷免官，蹉跎二十余年，却一日未尝忘却北伐，可惜朝廷并不给他机会，他只好广揽游客，作诗填词，抒泄胸中的苦闷。因此，他的词多带金戈之声，被人称为豪放派的代表。开禧三年病逝，享年六十七岁。

辛弃疾也是我最熟悉的词人之一，因为我小时候也买过一本《稼轩长短句》，在那个没什么书读的年代，这本书自然也经常翻阅。他其实有不少婉约风格的词，写得不比秦观差，但最终被豪放气掩盖。下面这首《破阵子》，大概是最能代表他主体风格的词作了。

二、破阵子·醉里挑灯看剑

醉里挑灯看剑，梦回吹角连营。

八百里分麾下炙，五十弦翻塞外声。

沙场秋点兵。

马作的卢飞快，弓如霹雳弦惊。
了却君王天下事，赢得生前身后名。
可怜白发生！

这首词有小序："为陈同甫赋壮词以寄之。"陈同甫，名陈亮，婺州永康（今属浙江）人，才气超迈，喜谈兵事。宋光宗绍熙四年（1193）状元及第，授签书建康府判官公事，未及至官而逝，享年五十一岁，词作风格豪迈，有《龙川词》传世，是辛弃疾的好友。淳熙八年（1181）春，陈亮曾经告诉辛弃疾，要到辛弃疾驻扎的上饶访问，但后来没去，写信向辛弃疾要一首词作，辛弃疾就写了这首送给他。

醉里挑灯看剑，梦回吹角连营。
在酒醉当中挑灯端详宝剑，做梦时梦见了吹着号角的军营。

八百里分麾下炙，五十弦翻塞外声。沙场秋点兵。
八百里这样的牛被烤熟后，分给部下；五十弦的瑟奏着塞外的乐声；然后在秋天的沙场上，清点着士兵。据《世说新语》，王君夫有牛，名"八百里驳"，非常珍爱，经常把它洗刷得干干净净。王武子对君夫说："我射箭不如你，但今天想用你的牛做赌注，如果我输了，则给你千万钱。"王君夫觉得自己稳赢，答应了。让武子先射。武子一发，射中靶心，一屁股坐在交椅上，对左右大叫："赶紧把牛心给我挖来。"须臾，烧好的牛心端上，王武子吃一勺就走了，很显然是故意想搞死王君夫的牛，这就是魏晋人的率性。这句中的八百里，就代指牛。

　　马作的卢飞快，弓如霹雳弦惊。

　　骑着的卢那样的骏马，跑得飞快，弓箭像霹雳的雷霆那样射出去，弓弦惊颤不已。据《三国志》引《世说》，刘备帮刘表守襄阳，刘表忌惮刘备的才干，不敢重用。有一天请刘备来吃饭，刘表手下的蔡瑁、张允想趁机搞定刘备，刘备察觉后，假装上厕所，骑上的卢马就逃。结果掉进襄阳城西檀溪中，刘备急了，大叫："的卢的卢，今天一定要努力啊！"的卢受了激励，一怒而起，跃上三丈，跳上檀溪，保了刘备一命。作，名叫。

　　了却君王天下事，赢得生前身后名。可怜白发生！

　　帮助君王清除天下的灾难，为自身赢得生前身后的英名。可惜，我的白发已经不少了。

　　这首词写得非常豪放大气，语言精湛，很有画面感。我评价文章的好坏，就看它精确不精确，精确的话，一定能把场景写得栩栩如生，如在目前。这首词的很多句子，就让人觉得画面感很强。士卒们在帐下分食牛肉，大快朵颐，伴着苍凉的塞外乐曲声，走上沙场，其场面读来让人热血沸腾。"了却君王天下事，赢得生前身后名"两句，寥寥十几个字，就把一个忠贞正直的灵魂勾勒得活灵活现。最后一句哀叹白发已生，意思貌似转折，实际更进一步展示了忠臣奋不顾身却壮志难酬的痛苦。当然，就我的价值观来说，这不是很好的，因为他的理想不是为了人类的太平，而是为了君王的安稳。但他毕竟毫无私心，坦荡磊落，即使愚忠，其激昂向上的纯粹，也让人不敢逼视。我曾经在一篇文章中开玩笑地说："当奴才能当得如此豪放，无一丝卑下之气的，除此之外，古今中外，似无第二人。"当然，我只是开玩笑，对辛弃疾的人品，我还是诚服的。

姜夔，字尧章，号白石道人，饶州鄱阳人（今江西鄱阳），大约生于宋高宗绍兴二十五年（1155），卒于宋宁宗赵扩嘉定十四年（1209），享年五十四岁。

姜夔生于一个破落官宦之家，父亲姜噩，绍兴十八年（1148）进士，先后官任新喻（今江西新余）县丞、汉阳（今湖北武汉）知县，在知县任上病卒。姜夔很小的时候，就跟随父亲到任职地，也算个小衙内。父亲死后，十四岁的姜夔依靠姐姐，在汉川县山阳村度完少年时光，直到成年。因为户口地落在饶州鄱阳，姜夔曾于淳熙元年（1174）至十年（1183），四次回老家参加高考，但都名落孙山。

于是落榜学渣姜夔四处流寓，曾涉足过扬州、江淮一带，后来又客居湖南。大约在淳熙十二年（1185）左右，认识了诗人萧德藻，因为情趣相投，一老一少结为忘年之交。

萧德藻是福建闽清人，绍兴十一年（1141）进士，曾官任龙川县丞、湖北参议，后调湖州乌程县令。因为喜欢乌程风景，于是把户口落下来，永久定居。他擅长作诗，与范成大、杨万里、陆游、尤袤齐名，因为赏识姜夔，把自己的侄女许配给姜夔。淳熙十三年（1186）冬天，萧德藻调官湖州，姜夔决定随行。第二年暮春，途经杭州，萧德藻介绍姜夔认识了著名诗人杨万里。杨万里看了姜夔的诗词，也很欣赏，说："你这家伙，几乎什么文体都精通啊。"也和他结为忘年之交。杨万里还专门写信，把姜夔推荐给另一著名诗人范成大。范成大曾官任参知政事（副宰相），当时已经告病回老家苏州休养，他读了姜夔的诗词，说："这家伙，高雅脱俗，我觉得和魏晋人很像。"

得到杨、范两位诗坛大家的揄扬，姜夔声名鹊起，此后寓居湖州达十多年。湖州弁山风景优美，绍熙元年（1190），他正式把户口迁到弁山苕溪的白石洞天，于是大家叫他"白石道人"。

当时名流都争相与他结交，其中包括大学者朱熹和著名词人辛弃疾。

在湖州居住期间，姜夔仍时时四处游历，往来于苏州、杭州、合肥、金陵、南昌等地。绍熙元年（1190），他客游合肥，寓居赤阑桥，这里有两位歌妓姐妹，姜夔和她们颇为相好。后来他写了很多诗词，纪念这段美好时光。和合肥姐妹的感情，是姜夔一生中极为重要的感情经历，他一生中有过多次合肥寓居之举，直到绍熙二年秋，那对姐妹离开合肥才止。他在这年作的《秋宵吟》中，无可奈何地说："卫娘何在，宋玉归来，两地暗萦绕。摇落江枫早，嫩约无凭，幽梦又杳。"表现得无比伤感和眷恋。

绍熙二年冬天，姜夔再次来到苏州，谒见范成大，在范家踏雪赏梅，范成大向他征求歌咏梅花的诗句，姜夔填《暗香》《疏影》二词，范成大让家妓习唱，音节谐婉，大为喜悦，特意把家妓小红赠送给姜夔。除夕之夜，姜夔在大雪之中乘舟从石湖返回苕溪，好不浪漫。途中作有七绝十首，过苏州吴江垂虹桥之时，写下了"小红低唱我吹箫"的名句。

绍熙四年，姜夔大约三十九岁，在杭州结识了世家公子张鉴。张鉴是南宋大将张俊的诸孙，家境豪富，在杭州、无锡都有田宅。他对姜夔的才华也很欣赏,因为姜夔屡试不售,曾经想出钱为姜夔买官,但姜夔觉得这不好听,婉言谢绝。此后姜夔经常出入张鉴家,相互作诗填词唱和。

庆元三年(1197),四十三岁的姜夔曾向朝廷献《大乐议》《琴瑟考古图》,希望获得青眼,但没有得到回应。两年之后,姜夔再次向朝廷献上《圣宋铙歌鼓吹十二章》。这次朝廷下诏,允许他破格到礼部参加进士考试,但他仍旧落选,从此完全绝了仕途之念,以布衣终老。

嘉泰二年(1202),张鉴死,姜夔没有地方打秋风,生活逐年走向困顿。嘉泰四年(1204)三月,杭州发生火灾,二千零七十多家民房同时遭殃,姜夔的屋舍也在其列,家产图书几乎烧光,这对姜夔又是一个打击。由于亲朋好友相继故去,姜夔投靠无着,难以为生,不得不为衣食奔走于金陵、扬州之间,死后靠友朋吴潜等人捐资,才勉强葬于杭州钱塘门外的西马塍,这也是他生命中最后几年居住的地方。

姜夔的一生,可谓郁郁不得志,在那个看重仕进功名的年代,终身没有穿过官服,对姜夔的身心应该有不小的打击。虽然当时人称许他为"晋宋间雅士",他自己也以唐代隐士陆龟蒙自拟,实际上他是深以不得功名为耻的。他曾在《自述》中感叹:"嗟呼!四海之内,知己者不为少矣,而未有能振之于窭困无聊之地者。"恨没有人能帮助他真正发达,其实这有些过分了,不靠萧德藻、范成大、张鉴等人资助,你能活过六十岁?人家张鉴还说了帮你买官,你自己不肯嘛。再说,高考的机会那么多,谁叫你不擅长写高考作文呢?不要老怪别人,也得掂量一下自己。

当然,我们必须承认,姜夔是有才华,但这个才华不适合标准化考试。他曾感叹:"文章信美知何用?漫赢得天涯羁旅。"(《玲珑四犯》)

也说得过去。他的诗词集中，这样的牢骚话不少。但他写得最多的还是爱情词，他的词现存总共不过八十四首，其中关于合肥情事的词，就有近二十首，可见那事对他心灵的影响之大。在艺术上，姜夔的词更是被公认的南宋宗师，除辛弃疾外，没有敌手。在开拓词风方面，就算辛弃疾也有所不及。

词这种艺术体裁，经过晚唐五代、北宋两百来年的发展，到南宋已到达巅峰，而姜夔则为其领军人物，是南宋词坛的集大成者。南宋以来，原来的婉约派和豪放派两家，虽然仍旧创作了一些脍炙人口的作品，但也各自显出弊端。婉约派失之俗俚纤弱，豪放者失之喧嚣浮躁。姜夔不想沿袭他们的道路，他从江西诗派的瘦硬尖新得到启发，用诗法入词，逐渐形成自己的风格。他的词融豪放派的阳刚和婉约派的阴柔为一体，清幽淡雅而又委曲深挚，格调不凡。他从杜甫、李贺等人那里汲取营养，甚至将他们的成句直接化为己用。如《霓裳中序第一》里的"人何在，一帘淡月，仿佛照颜色"化用了杜甫《梦李白》中的"落月满屋梁，犹疑照颜色"。《八归》里的"想文君望久，倚竹愁生步罗袜"，也来自杜甫的《佳人》诗"天寒翠袖薄，日暮倚修竹"。

至于借鉴李贺的地方，更是不少，李贺喜欢描写幽冷的东西，"冷风""寒绿""衰兰""静夜"常常出现在他诗歌中，而姜夔也是如此。写绿，李贺是"九山静绿泪花红"，姜夔是"万绿正迷人，更愁人、山阳夜笛"；写永恒的自然，李贺是"今夕山上秋，永谢无人处"，姜夔是"万古西湖寂寞春，惆怅谁能赋"；写月亮，李贺是"凉月生秋浦，玉沙粼粼光"，姜夔是"淮南皓月冷千山，冥冥归去无人管"……甚至在词句上也有因袭的，姜夔有"芳莲坠粉，疏桐吹绿"，李贺有"病客眠清晓，疏桐坠绿鲜"；姜夔有"相看转伤幽素"，李贺有"病骨伤幽素"。当然，在李贺诗中很明显的诡谲、绝望之气，在姜夔词中是没有的，顶多有点凄美而已，这大概因为词本身的艺术形式所致，它字句的错落不齐，本身就形成了一种委曲的风格，避免了诗句的那种整齐瘦硬。姜夔的这种独特词风，被南宋末年的词人张炎概括为"清空"。

除此之外，姜夔还精通音乐，擅长自制曲，能超越旧曲的束缚，加以创变。常先率意为长短句，然后协以音律，这和其他按旧谱填词的词人不同，所以他的词讲究平仄清浊，更适合歌唱。今传《白石道人歌曲》中，有十七首词调标有宋代燕乐字谱，其中十四首是他自度曲，是今天唯一存留的宋代乐谱，也是研究宋代词乐的最宝贵资料。

三、踏莎行·燕燕轻盈

自沔东来，丁未元日至金陵，江上感梦而作。

燕燕轻盈，莺莺娇软，分明又向华胥见。
夜长争得薄情知？春初早被相思染。

别后书辞，别时针线，离魂暗逐郎行远。
淮南皓月冷千山，冥冥归去无人管。

根据小序，这首词作于宋孝宗赵昚淳熙十四年丁未（1187）元日新年的正月初一，这年姜夔三十二岁。上一年的冬天，萧德藻邀请姜夔由沔（今湖北汉阳）去湖州，舟行江上时，姜夔做了一个春梦，抵达金陵后，就写下这首词纪念。词中记述了自己对合肥情人的深挚思念，同时幻想合肥情人对自己也一往情深。

燕燕轻盈，莺莺娇软，分明又向华胥见。

姜夔熟读群籍，词中喜欢用典，这首也不例外。首句"燕燕""莺莺"典出苏轼《张子野年八十五尚闻买妾述古今作诗》："诗人老去莺莺在，公子归来燕燕忙。"莺、燕两种飞禽，都以体态轻盈、啼声娇媚而著称，而且都出现在春日明媚的芳菲世界之中，用来形容美女，再合适不过。首两句用的是互文法，表面上说燕燕体态轻盈，莺莺声音娇软，实际上是指作者的心上人兼有这两种品质，能歌善舞。但如今她们远在他乡，只能在梦中出现。"华胥"，传说中的国名，语出《列子·黄帝》："黄帝昼寝，而梦游于华胥氏之国。"后多用来指代梦境。"分明"二字说明梦境极为清晰，更可衬托出梦境消失之后的无奈。

夜长争得薄情知？春初早被相思染。

这两句写作者自己的体会，长夜漫漫，情思难遣，薄情人怎么能知道呢？一副怨恨的语气。"争"，怎。"薄情"犹如"薄幸"，是古代情人之间昵称的一种反语，恨之深正见其爱之切。接下来说，薄情人绝不会知道春天初到，自己已经被相思之苦浸染得体无完肤了。春天一向是怀人的季节，百花争艳的繁春时节，思念更会加深，可是作者的思念之苦早在初春已经勃发。一个"染"字，把多情人被思念追逐得"无所逃于天地之间"的痛苦抒发得淋漓尽致。

别后书辞，别时针线，离魂暗逐郎行远。

下阕写梦醒之后的情状。自从当年离别后寄来的书信还在身边，临行时缝制的衣服还在眼前，睹物思人，倍添惆怅。紧接着笔锋陡转，从情人一方着墨，写情人在梦中的表现。由于在梦中见到她，她的魂魄必定离开了形体，不远千里走到了我虚幻的梦中。"郎行"，情郎身边，是当时口语。

　　淮南皓月冷千山，冥冥归去无人管。

　　最后两句继续写情人。作者想象自己梦醒之后，情人的魂魄将在清冷的明月之下归家，沿途要经过千山万水，冥冥长夜，独自一人，无人为伴，无人看管，将是何等的凄凉伤感？文字中浸透着对情人的恋爱和负疚之情。当然，这两句词虽然想象别致，却是有所本的。杜甫诗《梦李白》："故人入我梦，明我长相忆。恐非平生魂，路远不可测。魂来枫林青，魂返关塞黑。"《咏怀古迹》："画图省识春风面，环佩空归月夜魂。"前者是写自己追忆的好友李白，夜间魂魄旅行，经过千山万水来自己梦中，非常辛苦；后者是想象王昭君被迫远嫁漠北，而魂魄在月夜返回家乡。尤其是后面这个意象，由于契合姜夔"清空"的创作理念，曾被姜夔多次借用。《暗香》："昭君不惯胡沙远，但暗忆、江南江北。想环佩月夜归来，化作此花幽独。"杜甫原诗的想象在这两句中可以看出影子。

　　这首词非常有名，也是表现姜夔词作"清空"特色的代表作之一。上阕的"燕燕""莺莺"倒无甚特色，和其他词人无别，下阕的"离魂""皓月""冷千山""冥冥"等语，幽凄冷艳，给刻骨的相思披上了一层超凡脱俗的气氛，这是和其他婉约派词人有着明显区别的。尤其最后两句，将离人相思导致魂魄摧折的精微泑穆之心，写得纤毫毕现。难怪连素来不喜姜词的王国维也不由得点头赞叹道："白石之词，余所最爱者，亦仅二语，曰：'淮南皓月冷千山，冥冥归去无人管。'"

姜夔本人主张"意中有景，景中有意"，这在他自己的创作中得到了充分反映，正是因为他擅长营造类似此词的幽冷气氛，才使得他的作品独具一格，在宋代如林的名家中夺得了不可动摇的席位。王国维说姜夔的词"隔"，如"雾里看花"，实在是不懂得姜词的好处。这种雾里看花的效果，也许正是姜夔所刻意追求的。

这首词"染"字亦出韵，按照吴梅先生的说法，这是古人误处，如欲学填词，不可迁就。姜夔即使精通音律，也会出韵。实在因为当时的词并无韵书规范，不同籍贯的词人都会受自己方言影响，在姜夔的方言中，"染"字应该是不出韵的。

四、长亭怨慢·渐吹尽枝头香絮

渐吹尽、枝头香絮，是处人家，绿深门户。

远浦萦回，暮帆零乱，向何许？

阅人多矣，谁得似、长亭树？

树若有情时，不会得、青青如此！

日暮，望高城不见，只见乱山无数。

韦郎去也，怎忘得、玉环分付？

第一是、早早归来，怕红萼、无人为主。

算空有并刀，难剪离愁千缕。

这首词词牌又名《长亭怨》，是姜夔的自度曲，调名和词意因此相合。据夏承焘考证，词大概作于宋光宗绍熙二年（1191）年，姜夔离开合肥恋人时写的惜别之作，这年姜夔三十七岁。姜夔流寓合肥时，和情人一直住在合肥南城赤阑桥西，当地闾巷多种杨柳，这在作者的另一首词《凄凉犯》的序里亦曾提到。据《世说新语·言语》，东晋大司马桓温率兵北征，看到自己以前种的柳树都已老大，感叹道："树犹如此，人何以堪。"抒发了光阴如电、朱颜难驻的悲伤。姜夔序里引到桓温这句话，一则因为桓温感叹的是柳树，和自己当年居住的环境多柳有关；一则也是因为和桓温一样，自己也忧心年华逐渐老去，而情人远离，功名未立。词意委婉沉郁，是姜夔的另一种风格。

渐吹尽、枝头香絮，是处人家，绿深门户。

首句回忆当年居处风景，所选的画面是暮春时节，柳絮纷飞之际，更易触发流年暗换、美人迟暮之悲。在满天飞舞的柳絮之下，巷陌里到处都是居住人家，家家户户都掩映在绿色之中，当真一幅暮春美景。是处，到处。

远浦萦回，暮帆零乱，向何许？

镜头转向远处，只见远方江水萦回，沙滩曲折，暮色逐渐降临，江上帆船零乱，来来往往，不知道是向什么地方去的。

阅人多矣，谁得似、长亭树？

平生见过的人也算是很多了，但是有哪一个像长亭边的柳树一样永不衰老呢？其实树也会衰老，但的确寿命多比人长，作者这么质问，似乎无理，但又别有意味。长亭，古代旅行者中间歇宿之处，也是送别亲友的地方。

树若有情时，不会得、青青如此！

这句承上句而发感慨。原来作者上句质问平生所见之人，之所以没有一个像长亭树，是因为树没有情意。人有情，所以会因为悲伤而催老，甚至会因为悲伤而一夜白头，而树因为冷漠，却可以保持长青。姜夔这句词的意思倒也不算新鲜。唐代李商隐《蝉》："五更疏欲断，一树碧无情。"说的是蝉在树上鸣叫得声嘶力竭，无情的树却无动于衷，仍是油光碧绿。姜夔应该受到了李商隐诗的启发。自古文人多情，常会忽发奇思，怨恨其他物品的无情。李贺诗："天若有情天亦老。"也是如此。清代学者陈廷焯评价道："白石《长亭怨慢》云：'阅人多矣，谁得似、长亭树？树若有情时，不会得青青如此！'白石诸词，惟此数语最为沉痛迫烈。"

日暮，望高城不见，只见乱山无数。

下阕又写景，是作者告别情人后，坐在船上的观感。已经是日暮时分，天色黯淡，船离情人越来越远，作者站在船头，远望合肥高城，却什么也看不到了，只看见无数乱山在暮色中屹立。离别之痛苦，虽然没有一字直写，但心中的悱恻，见于字里行间，令人酸鼻。唐代诗人欧阳詹《初发太原途中寄太原所思》诗："高城已不见，况复城中人。"姜夔化用了欧阳詹的诗句。

韦郎去也，怎忘得、玉环分付？

这句回忆离别时，情人对自己的嘱咐。"韦郎"是代指自己，"玉环"是代指情人。据《云溪友议》记载，唐朝西川节度使韦皋，年少时候曾游览江夏，寄寓在姜使君家里，和姜家的侍婢玉箫发生恋情，后韦皋回长安，临别和玉箫相约，五至七年之后一定来娶玉箫，并留给玉箫玉指环一枚以为信物。而韦皋回去后，因故不能践约，到第八年，玉箫绝食而死，以指环殉葬。韦皋后来做了大官，知道此事，大为伤心，写经造像，报答玉箫一片诚意。玉箫后重新托生，再为韦皋侍女，中指肉质隆起若玉环。姜夔此处正用此典。

第一是、早早归来，怕红萼、无人为主。

这句写情人临别时给自己的嘱咐，她说，第一要紧的是早早归来，以免自己无人可以依靠。在那个男尊女卑的年代，作为一个歌女，她的身世就像红花一样，柔弱易凋，亟需人来保护。这句把女子跌宕的心情和絮叨的口吻描写得非常逼真。

算空有并刀，难剪离愁千缕。

最后两句转而回归为作者感叹，在刻骨相思之下，他痛苦地感叹，如今就算有一把锋利的剪刀，也剪不断千缕离愁，万种相思。把离愁拟物化，倒不算新鲜，但词意层层递进，至此而至高峰，戛然而止，别有味道，令人凄怆难胜。"并刀"，据说古代并州（今山西）以出产好刀闻名，所以"并刀"也是古典诗词中常用来指代好刀的名词。

这首《长亭怨慢》也是姜夔词中的名作，历来都有很高评价。姜夔早年作诗，学江西诗派，取法黄庭坚，后来把江西诗派的特色用到自己的词作上，填词喜用拗句，用典以故为新，变俗为雅。风格生新瘦硬，但兼有泂亮芊绵。此词就很好地体现了这一特色。在姜夔之前的五代北宋名家写艳情词，大多色调秾丽，直笔抒情。而姜夔却着笔淡雅，借物起兴，清刚峭折，以健笔写柔情，深挚动人，和他其他词作中喜欢渲染高远意境的做法也是颇有不同的。

图书在版编目（CIP）数据

悠悠我心：梁惠王古诗词二十讲／史杰鹏著. ——
北京：北京十月文艺出版社，2018.5
ISBN 978-7-5302-1813-6

Ⅰ. ①悠… Ⅱ. ①史… Ⅲ. ①散文集－中国－当代
Ⅳ. ①I267

中国版本图书馆CIP数据核字（2018）第058204号

悠悠我心：梁惠王古诗词二十讲
YOUYOUWOXIN：LIANGHUIWANG GUSHICI ERSHIJIANG
史杰鹏 著

出　　版　北京出版集团公司
　　　　　北京十月文艺出版社
地　　址　北京北三环中路6号
邮　　编　100120
网　　址　www.bph.com.cn
发　　行　新经典发行有限公司
　　　　　电话 (010)68423599
经　　销　新华书店
印　　刷　山东鸿君杰文化发展有限公司
版　　次　2018年5月第1版
　　　　　2018年5月第1次印刷
开　　本　920毫米×1270毫米　1/32
印　　张　14.125
字　　数　300千字
书　　号　ISBN 978-7-5302-1813-6
定　　价　58.00元
质量监督电话　010-58572393
如有印装质量问题，由本社负责调换